Catherine Cusset

Die Definition von Glück

Catherine Cusset

Die Definition von Glück

ROMAN

Aus dem Französischen
von Sabine Schwenk

EISELE

Besuchen Sie uns im Internet:
www.eisele-verlag.de

Das zweite Motto auf S. 7 ist Aharon Appelfeld, *Meine Eltern*, aus dem Hebräischen von Mirjam Pressler, Rowohlt, 2017 entnommen. Der Abdruck erfolgt mit freundlicher Genehmigung.

FSC
www.fsc.org
MIX
Papier aus verantwortungsvollen Quellen
FSC® C014496

Die Originalausgabe »La définition du bonheur«
erschien 2021 bei Éditions Gallimard, Paris.

Gesetzt aus der Adobe Garamond Pro
Satz: LVD GmbH, Berlin
Druck und Bindearbeiten: GGP Media GmbH, Pößneck
Printed in Germany
ISBN 978-3-96161-140-9

In Erinnerung an Josette Pacaly
und Anisioara Genunchi

Für Vlad und Claire

Für Nathalie

Ich liebe Spinnen und ich liebe Brennnesseln,
weil man sie hasst;
[…]
Weil sie das Dunkel des Abgrunds umgibt,
weil man sie flieht.
Weil beide Opfer sind der finsteren Nacht.

VICTOR HUGO,
Betrachtungen

Schon damals fürchtete ich mich vor dem Schreiben. Insgeheim wusste ich, dass es mit schmerzhaften Beobachtungen verbunden war, doch ich konnte mir noch nicht vorstellen, dass es mir im Lauf der Zeit zur Zuflucht werden könnte und dass ich beim Schreiben nicht nur zu mir selbst finden würde, sondern auch zu jenen, die in meinem Gedächtnis verborgen sind, an deren Gesichter ich mich erinnern kann.

AHARON APPELFELD,
Meine Eltern

PROLOG

29. Januar 2021

Die Nacht verbrachten Paul und ich bei meinen Eltern in Boulogne-Billancourt. Wir hatten diesen Kurztrip gemacht, um Clarisse zu beerdigen, am nächsten Morgen würden wir wieder nach New York zurückfliegen.

Mit dem Jetlag, dem Schnarchen meines Mannes neben mir und dem meines Vaters im Nachbarzimmer – meinem alten Zimmer, in das er aus Rücksicht auf meine Mutter umgezogen war – fand ich einfach nicht in den Schlaf. Immer wieder tauchten Bilder des Tages vor mir auf, der Friedhof von Bagneux, kalt und feucht unter dem grauen Winterhimmel, der Sarg, auf den ich wie die anderen eine Handvoll Erde geworfen hatte.

Ohne Paul zu wecken, stand ich leise auf und nahm mir meine Handtasche. Der Teppichboden unter meinen Füßen war rau. Die Tür knarrte. Ich musste dreimal den Schalter drücken, bis das schwache Licht im Flur anging, dessen Tapete seit dem Einzug noch nie erneuert worden war – seit fünfundvierzig Jahren. Alles in der Wohnung meiner Jugend war veraltet. Die Fußbodenheizung funktionierte nicht mehr. Mir war kalt. Im Ankleideraum nahm ich mir eine alte Decke, die auf einem Wäschestapel lag, und sog den typischen Geruch dieses Zimmers ein, diese Mischung aus dem Rasierwasser meines

Vaters, den Bergen von Lederschuhen, den Kartons voller Kordeln, Kleidern und altem Stoff. Den Geruch meiner Eltern, den Geruch des Alters.

Ich war in jener seltsamen Stimmung, die nach Beerdigungen nicht ausbleibt, wenn das Nichts in unser Leben dringt und uns an die Eitelkeit aller Dinge erinnert. Mein Vater wirft nie etwas weg, und meine Mutter, die alles Materielle hasst und Gegenstände gar nicht wahrnimmt, hebt alle Bücher auf. Es gab Bücher in jedem Zimmer, zweireihig in die Regale gestellt und neben ihrem Bett zu hohen, instabilen Türmen gestapelt. Maman hatte mir lachend von einem Artikel über einen alten Mann erzählt, der unter seinen eingestürzten Bücherstapeln gestorben war. Ich sah schon den Tag vor mir, der hoffentlich noch in weiter Ferne lag, an dem meine Brüder und ich riesige Müllsäcke füllen und alles entsorgen würden, all diese angehäuften Dinge, all dieses kiloschwere Papier – diese Spuren zweier Leben.

Genau das taten in diesem Moment viel zu früh Clarisse' Söhne. Von dem Nest, dass sie sich gebaut hatte, diesem Kokon, in dem sie ihre Jungs großgezogen hatte und selbst alt werden wollte, diesem Ort, an dem sie so oft und so leidenschaftlich geliebt hatte und jeder Gegenstand eine Geschichte, eine Seele besaß, würde nichts zurückbleiben. Die Bücher, die japanischen Keramiken – jedenfalls diejenigen, die Boris' Wutausbruch überlebt hatten –, die indonesischen Marionetten, der Batikstoff über dem Sofa, alles würde verschwinden. Und auch ihr Gesicht, die Erinnerung an ihr Lächeln, ihre schwarzen, lebhaften Augen. Ihre Stimme. Im Geist sah ich einen Sturzbach, der alles mit sich riss, alles fortspülte. Wie das Ufer eines Flusses bröckelt sogar die Erinnerung und verweht wie Staub.

Nichts bleibt. Bleibt nur das Nichts.

Es sei denn … Ich ging in das enge, mit Bücherschränken zugestellte Arbeitszimmer meines Vaters, setzte mich vor seinen uralten Computer und nahm den USB-Stick aus meiner Tasche, den mir Clarisse' ältester Sohn auf der Trauerfeier gegeben hatte.

ERSTER TEIL

Der Roman von Clarisse

KAPITEL 1

Die Definition von Glück

August 1979

»Schreibst du mir auch?«, fragte Irina und überschüttete sie dabei wie eine Fünfjährige mit Küssen. Zwei Mädchen, die ein paar Sitze weiter saßen, beobachteten sie.

»Ja. Steig aus, Maman. Der Zug fährt gleich los.«

Clarisse schwankte zwischen Schuldgefühlen und Erleichterung, als sich der Zug entfernte. Weil sie mit dem Rücken zur Fahrtrichtung saß, sah sie die Landschaft während der ganzen Reise rückwärts vorbeiziehen, die Weizen- und Sonnenblumenfelder, die Dörfer auf den Hügeln, in deren Mitte der Turm einer romanischen Kirche die Dächer überragte, die Bauernhöfe, die Kühe, die Städte, in denen der Zug für einige Minuten hielt. Zeitgleich mit der Entfernung zur Mutter nahm die Vorfreude zu. Sie fing an, sich vorzustellen, was sie erwartete: das Meer, der Sand, die Hitze, die Weite, die Einsamkeit.

In Toulon stieg sie von Menschen umringt aus dem Zug. Ihre Patentante – Patentante des Herzens, denn Clarisse war nicht getauft – wartete am Ende des Bahnsteigs, sehr elegant in ihrem geblümten Kleid und den Sandalen mit Absatz, die Haare im Nacken zu einem perfekten Knoten gedreht, geschminkt und so gepflegt im Vergleich zu Clarisse' Mutter. Paulette umarmte den Teenager.

»Wie hübsch du bist! Bist eine richtige junge Dame geworden! Nur ein bisschen blass. Die drei Wochen hier werden dir guttun.«

Clarisse mochte ihren melodischen südfranzösischen Akzent. Sie stiegen in den R4 und unterhielten sich auf der Fahrt nach Hyères.

»Gut, dass deine Mutter eine neue Schülerin gefunden hat.«

Dann glaubte Paulette also die Geschichte, die Irina ihr aufgetischt hatte? Clarisse war sich sicher, dass ihre Mutter einfach nicht den Mut gehabt hatte, Jacques und Paulette in die Augen zu schauen, denn sie hätten den Ernst der Lage sofort erkannt. Die beiden Frauen hatten sich schon als Kinder in dem Dorf in der Haute-Provence kennengelernt, wo sich Clarisse' Mutter während des Krieges versteckt hielt; Paulette hätte nicht gezögert, ihre älteste Freundin Irina zu konfrontieren. Irina hatte also lieber einen Vorwand gefunden, um ihre Tochter loszuwerden und sich mit billigem Wein und Whisky zu benebeln.

»Ich hoffe, du wirst dich nicht allein fühlen? Im August arbeiten wir von morgens bis abends.«

»Nein, nein. Ich habe mir Bücher mitgenommen. Und ich helfe euch im Restaurant.«

»Kommt nicht infrage! Du bist hier, um Urlaub zu machen.«

Es war schön, wie ein verwöhntes Kind behandelt zu werden.

Der Ferienclub, den Jacques und Paulette führten, lag auf einer kleinen Halbinsel am Ende einer langen Straße. Paulette parkte vor dem Hauptgebäude. Clarisse stieg aus und atmete in vollen Zügen den Duft nach Thymian, Lavendel, Pinien und Eukalyptus ein. Es war ihr sechster Sommer hier und sie fühlte sich wie zu Hause. Jacques kam aus dem Büro geschossen und drückte sie an sich.

»Na, da ist sie ja – die Hübscheste unter den Hübschen! Du hast dich überhaupt nicht verändert!«

Paulette lachte.

»Ich habe ihr gerade genau das Gegenteil gesagt!«

Er hatte einen flauschigen Bart, die Statur eines Bären und ein tiefes, dröhnendes Lachen. Er packte ihren Koffer und ging ihr auf dem sandigen Weg voran.

»Wir haben dich im Jasmin einquartiert. Da hast du es nicht weit, wenn du abends aus dem Restaurant zurückkommst.«

Der Club bestand aus einem weitläufigen, bewaldeten Park mit kleinen verstreuten »Dörfern«, die nach Blumen benannt waren. Die Betonbungalows waren alle gleich geschnitten. Es gab einen Vorraum, in dem ein Metallschrank und ein Etagenbett standen (in dem Clarisse die letzten Jahre geschlafen hatte), dahinter – durchs Bad getrennt – ein Schlafzimmer mit einem Doppelbett und zwei Nachttischen. Im Unterschied zum letzten Jahr würde sie nun in dem Doppelbett schlafen und müsste sich das Bad nicht mit ihrer Mutter teilen.

Sie leerte ihren Koffer. Außer den Sachen, die sie für die Reise angezogen hatte – T-Shirt und Jeans –, hatte sie nur noch zwei Kleider, drei Oberteile, zwei Badeanzüge und ein Paar Sandalen mitgenommen, dazu ihr Tagebuch, ein Skizzenbuch, Buntstifte und drei Bücher. Und ihr Kuscheltier, ein kleiner, vom vielen Waschen ziemlich ausgeleierter Hund mit großen Ohren, den sie aus den Klauen ihrer Mutter gerettet hatte. Réglisse.

»Wir sind jetzt in Hyères!«, teilte sie ihm mit. »Hörst du die Zikaden?«

Sie streifte sich eins der beiden Kleider über, zog die Badesandalen an und nahm den Weg zum Strand.

Wie ein Schattenspiel zeichneten sich die Bäume vor dem hellen Blau des Himmels ab. Sie kratzte sich am Arm. Ihre Mutter kannte doch so ein Mittel gegen Mücken – Zitrone? Essig? Eine Familie kam ihr entgegen, ein kleiner Junge, von Vater und Mutter flankiert, die ihn jeweils an einer Hand hielten. Sie wirkten aufgebracht, das Kind weinte.

»Hör auf zu heulen!«, schimpfte der Mann. »Du hättest halt besser aufpassen müssen! Geschieht dir recht! So ein nagelneuer Laster!«

Das Schluchzen des Jungen wurde noch lauter. Grußlos gingen sie an ihr vorbei. Wie konnte man sich an so einem schönen Ort dermaßen aufregen?

Sie stieg den steinigen Weg zum Strand hinunter. Dort war jetzt niemand mehr. Ihre Füße gruben sich in den warmen, weichen Sand. Im Vergleich zur Luft war das Meer kühl. Sie tauchte ein.

Als sie wieder aus dem Wasser kam und ihre langen Haare tropfend im Rücken spürte, fühlte sie sich fantastisch. Jetzt war sie wirklich angekommen.

Nach einer warmen Dusche spazierte sie zur Restaurantterrasse unter den Pinien. Die Gäste, die an Gemeinschaftstischen saßen, bedienten sich an einem großen Büffet. Hier und da brannten Mückenspiralen. Die Terrasse hallte von Stimmen und Gelächter wider. Es waren mindestens hundert Erwachsene und etliche Kinder. Clarisse erkannte die Familie wieder, die ihr auf dem Weg zum Strand begegnet war. Die Eltern starrten ihren Sprössling an, sie schienen ihn wieder zurechtzuweisen. In der Nähe der Mutter war ein Platz frei. Clarisse ging zielstrebig hin. Diese Leute liefen wenigstens nicht Gefahr, sie anzusprechen. Nach dem Essen blieb sie, wo sie war, auch als die Musik begann. Die Familie war gegangen, um das Kind ins Bett zu bringen.

»Möchtest du etwas trinken?«, fragte Jacques, als er Cocktails zu einer Gruppe brachte, die nicht weit von ihr saß. »Einen Gin Tonic?«

»Nein, danke.«

»So ein vernünftiges Mädchen! Amüsier dich ein bisschen, Süße, du bist sechzehn!«

Clarisse hatte bald genug von der Disco und nahm im letzten Dämmerlicht den Weg zu ihrem Bungalow. Die beiden Kopfkissen in den Rücken gestopft, setzte sie sich aufs Bett und vertiefte sich in Balzacs *Verlorene Illusionen*. Alles, was David und Ève erlebten, ihre Liebe, die Habgier und der Egoismus von Davids Vater, der dem eigenen Sohn die Druckerei verkaufte, um sich daran zu bereichern, schien ihr realer und spannender als ihr eigenes Leben.

Die Tage vergingen einer wie der andere, ohne dass sie es leid wurde, abwechselnd im Meer und in der Sonne zu baden. Im Wasser ließ sie sich auf dem Rücken treiben und betrachtete den Himmel. Wenn sie wieder trocken war, las sie oder zeichnete die Landschaft. Sie spürte die Blicke der Männer – der Ehemänner und Väter. Jacques hatte gesagt, sie solle ihm Bescheid geben, falls jemand sie belästigen würde. Sie hielt sich abseits. Ihre Schüchternheit sorgte für schützende Distanz.

Im Restaurant lauschte und beobachtete sie. Unauffällig. Die unsichtbare Zeugin. Sie hatte mehrere Familien ausgemacht. Sie jeden Tag wiederzusehen, war fast so wie das Fernsehserien-Gucken ihrer Mutter. Zum Beispiel die Familie neben ihr. Der Sohn war ein Insekt, an den Flügeln aufgespießt von zwei Augenpaaren, die jede seiner Bewegungen überwachten. Der Vater schnauzte, der Junge heulte, die Mutter schimpfte und funkelte dabei ihren Mann an. Was für ein Frust zwischen diesen Eltern, die sich das eigene Kind wie einen Schwarzen Peter gegenseitig zuschoben.

Am anderen Tischende dagegen saß die perfekte Familie: zwei hübsche kleine Mädchen mit ihren pädagogischen Eltern, die den Zank zwischen den Tischnachbarn diskret ignorierten und dabei umso liebenswürdiger miteinander umgingen. Clarisse konnte nicht hören, was sie sagten, doch ihre Gesten verrieten Zuneigung. Die ältere Schwester, die höchstens acht war, bot der jüngeren sogar etwas von ihrem Teller an und lächelte freundlich über die naiven Fragen der Kleinen.

Der interessanteste Tisch war allerdings ein kleines bisschen entfernt. An ihm saßen drei Paare und sechs Kinder, fünf Jungen, die ungefähr zwischen acht und achtzehn waren, und eine Fünfjährige, die Prinzessin der Gruppe. Sie waren laut und lachten viel. Bald hatte Clarisse die familiären Verhältnisse der Gruppe durchschaut. Die drei kräftigen Männer – dunkle Haare, dunkle Augen, behaarte Brust – schienen Brüder zu sein. Die Frauen hatten blond gefärbtes Haar und lackierte Fingernägel. Unter den Jungen fiel ihr vor allem der dunkelhaarige mit den langen Wimpern und dem strahlenden Lächeln auf. Die beiden Kleinen konnten nur seine Brüder sein, und die anderen beiden Jugendlichen – der eine stämmig und der andere, der etwas Ähnlichkeit mit der Prinzessin hatte, mager und sommersprossig – waren wohl seine Cousins.

Dass sie sich beim Hingucken ertappen ließ, war unvermeidlich: Als sie die Gruppe einmal gegen Ende der Mahlzeit hinter ihrem Colaglas beobachtete, schaute der hübsche Junge plötzlich auf, und ihre Blicke begegneten sich. Zu spät, jetzt noch die Augen niederzuschlagen. Lächelnd nagelte er sie mit seinem Blick fest und deutete auf den Kicker am Rand der Terrasse. »Spielst du?«

Sie drehte sich um, weil sie dachte, er hätte jemanden hinter ihr gemeint. Aber da war niemand. Sie wurde rot und schüttelte den Kopf.

Tagsüber war er nicht im Club, sondern mit seinen Brüdern und Cousins in der Segelschule oder an abgelegenen Stränden, die den Erwachsenen besser gefielen. So viel hatte sie aufgeschnappt. Am späten Nachmittag spielte er Tischtennis oder Kicker mit seinen Cousins und anderen Feriengästen, darunter zwei etwas ältere Blondinen mit glatten Pferdeschwänzen. Es war bewundernswert, wie gut er die Bälle schneiden konnte. Irgendwann blieb Clarisse auf dem Rückweg vom Strand schließlich stehen und schaute ihnen zu. Ihre Augen leuchteten, und sie konnte ein Lächeln nicht unterdrücken, als das Mädchen seinen angeschnittenen Ball nicht erwischte. Er sah sie an.

»Willst du gleich auch mal?«

»Ich kann nicht Tischtennis spielen.«

»Ich kann's dir beibringen. Wie heißt du? Ich bin Samuel.«

Er stellte ihr seine Cousins und die beiden Blondinen vor. Clarisse zog sich zurück und kam sich dabei sehr dumm vor. Nur zu gern wäre sie eins der Mädchen gewesen, die mit ihm spielten. Aber sie hätte keinen einzigen Ball erwischt. Nach fünf Minuten hätte sie ihn gelangweilt.

Samuel war ein schöner Vorname. Sie wiederholte ihn leise.

Die erste Woche ging zu Ende. Am Freitagabend gab es eine Party. Sie blieb länger als sonst im Restaurant. Er forderte alle zum Tanzen auf, seine Tanten, seine kleine Cousine, seine Tischtennis-Partnerinnen, seine Mutter. Ob Slow oder Rock, er tanzte genauso, wie er Tischtennis oder Kicker spielte: elegant und mit viel Energie. Er war unwahrscheinlich sexy in seinem Fruit-of-the-Loom-T-Shirt, seinen Jeans mit Schlag und den marineblauen Espadrilles. Als er sich zu ihr hin wandte, senkte sie den Blick. Sobald die ersten Akkorde von *Alexandrie Alexandra* ertönten, stellten sich zwei Dutzend Feriengäste, darunter auch die beiden Blondinen, in einer Reihe auf, um die Choreographie nachzutanzen. Samuel nahm in der Mitte den Platz des Sängers ein, als würde seine Ausstrahlung von allen anerkannt. Clarisse ging schlafen.

Als sie sich am nächsten Morgen dem Restaurant näherte, sah sie auf einer Bank den kleinen Jungen neben den Koffern seiner Eltern sitzen. Sie kramte einen Lutscher aus der Tasche und gab ihn dem Kind.

»Hier. Für die Reise.«

Anstatt den Lutscher zu nehmen, drehte sich der Junge ängstlich zur Rezeption um, wo seine Eltern offenbar gerade bezahlten. Schon tauchte die Mutter auf und musterte sie misstrauisch. Während Clarisse schulterzuckend weiterging, fiel ihr auf, dass sie sich im Grunde genauso verhielt wie der Junge, wenn sie Samuels Angebot, mit ihr Tischtennis zu spielen oder zu tanzen, ablehnte. Sie verzichtete auf etwas Schönes, als würde auch sie von irgendjemandem überwacht.

Als sie Samuels Familie an diesem Abend im Restaurant sitzen sah, war sie erleichtert. Sie würden also noch eine Woche bleiben. Die beiden Blondinen waren abgereist. Den Platz des kleinen Jungen und seiner Eltern hatte ein Ehepaar mit einer blinden alten Frau eingenommen, von denen Clarisse, nachdem man die üblichen Höflichkeiten ausgetauscht hatte, in Ruhe gelassen wurde.

In den folgenden Tagen richtete Samuel kein einziges Wort an sie. Am Mittwoch war es im Restaurant ungewohnt still. Der Tisch seiner Familie blieb unbesetzt. Er hatte sich nicht einmal von ihr verabschiedet. Ohne ihn schien alles öde und leer.

Sie schlief schlecht. Am nächsten Tag hatte sie am Strand keine Lust, zu schwimmen oder zu lesen. Als sie auf dem Rückweg zu ihrem Bungalow an der Tischtennisplatte die Stimmen hörte, jubelte sie innerlich. Während des Abendessens kam er und sagte, sie hätten am Vortag einen Ausflug nach Monaco gemacht und seien spät zurückgekommen. Als ob er ihr etwas schuldig wäre.

Als an diesem Abend die ersten Takte des Sommerhits *Je l'aime à mourir* erklangen und Samuel lächelnd auf sie zukam, stand sie auf. Leute, die bei Chansons mitsangen, konnte sie eigentlich nicht leiden, aber als ihr Samuel die romantische Poesie von Francis Cabrel ins Ohr hauchte, überkam sie ein angenehmer Schauer. Und so tanzte sie in seinen Armen, ohne an ihren tollpatschigen Körper überhaupt noch zu denken, nur die Sorge, ihm auf die Füße zu treten, verschwand nicht ganz. Nach Cabrel legte der DJ ein rockigeres Stück auf: *Heart of Glass*. Samuel hielt ihr die Hand hin, aber sie tanzte lieber alleine. Ihr Körper folgte dem Rhythmus und entspannte sich immer mehr, vor allem als nach Blondie auch noch Bob Marley kam.

Als um Mitternacht die Musik abbrach, war sie genauso enttäuscht wie er. Sie bettelten den DJ an, noch einen Song zu spielen, nur einen einzigen, noch einen Blues, aber er bestand darauf, sich an die Regeln zu halten. Samuels Cousins waren schlafen gegangen. Sie spazierte mit ihm zum Strand. Dort setzten sie sich in den Sand, und dann sagte er, sie solle zwölf Sterne zählen und sich dabei still etwas wünschen. Ihr einziger Wunsch war, von ihm geküsst zu werden, doch sie entschied sich aus Aberglauben für den weniger egoistischen Wunsch, dass ihre Mutter mit dem Trinken aufhören möge. Er bot ihr eine Zigarette an, die sie ablehnte. Als er sie an seiner ziehen ließ, musste sie husten. Er lachte. Er wohnte in Versailles, war neunzehn und hatte gerade erfolgreich das erste Jahr seines Medizinstudiums hinter sich gebracht. Sie sagte ihm, dass ihre Mutter in Paris arbeitete und ihre Eltern geschieden seien.

»Du Arme, da bist du ja ganz allein! Ach, könnten wir doch mal für einen Tag tauschen! Dann würde ich dir meine große Familie ausleihen und hätte mal meine Ruhe!«

Leise begann er, den Text von *Je l'aime à mourir* zu singen, zu dem sie ihren ersten Blues getanzt hatten, und sah ihr dabei fest in die Augen, während sein Gesicht langsam auf sie zukam. Was sie kaum zu hoffen gewagt hatte, geschah. Sie sanken in den Sand. Seine Hände schoben sich unter ihr Kleid, wanderten überall hin. Clarisse bebte vor Verlangen. Sie öffnete den Reißverschluss von Samuels Jeans und zog sein Glied aus dem Slip, um ihm zu demonstrieren, dass sie nicht in allen Bereichen unbedarft war. Ihre Entschlossenheit schien ihn zu überraschen. Sie musste nicht lange streicheln, bis eine lauwarme, klebrige Flüssigkeit über ihre Hand lief. Er setzte sich auf und schaute auf die Uhr.

»Schon zwei! Ich muss gehen. Wir machen morgen eine Regatta, und meine Cousins verlassen sich auf mich.«

Sie spülte ihre Hände im Meer, dann begleitete er sie zu ihrem Bungalow. Eine halbe Stunde lang küssten sie sich noch.

»Bis morgen«, sagte er.

Es würde der letzte Abend sein. Am Samstag reiste er ab.

Mit offenen Augen lag sie im Bett und knetete Réglisse. Von Schlafen keine Rede. Schließlich machte sie das Licht wieder an und schrieb den gesamten Abend Minute für Minute in ihrem Tagebuch nieder. Was ihr heute passiert war, hatte nicht das Geringste mit ihrer Liebe zu dem Jungen aus dem Abschlussjahrgang zu tun, den sie als ihren Freund bezeichnet hatte, bis sie ihn im Juni eng umschlungen mit ihrer besten Freundin (die inzwischen nicht mehr ihre beste Freundin war) aus dem Schulgebäude kommen sah. Samuels sanfter Spott hatte sie aus ihrem Schneckenhaus gelockt, und als sie an *Je l'aime à mourir* dachte und an seine leise singende Stimme, wurde ihr wieder ganz heiß. Er fand es gut, dass sie Jüdin war – sonst hätte er sie ja nicht geküsst. Ob sie ihn in Paris wiedersehen würde? Er war neunzehn, studierte Medizin. Ob er sich noch für eine sechzehnjährige Gymnasiastin interessieren würde, wenn er wieder Studentinnen mit langen, glatten Haaren um sich hätte? Das erste Dämmerlicht sickerte schon in die Dunkelheit, als sie endlich in den Schlaf fand.

»Wie schön du bist!«, sagte Paulette am Morgen zu ihr. »Strahlend und braungebrannt. Kein Vergleich zu dem blassen Mäuschen von vor zwei Wochen!«

»Ist ein ziemlich hübscher Kerl, oder?«, fügte Jacques zwinkernd hinzu.

Sie wurde rot.

»Jacques! Lass sie in Ruhe! Hör einfach nicht hin, Süße.«

Sie verbrachte den Tag am Strand, schwamm, las, döste und

träumte vor sich hin. In der Ferne zeichneten sich kleine weiße Segel ab, und sie fragte sich, auf welchem Boot Samuel wohl war. Bestimmt war er müde. Sollte er verlieren, würde er sich hoffentlich nicht ärgern.

Am Abend wählte sie ihre Kleidung mit Bedacht. Sie entschied sich für die Jeans, dazu das rückenfreie Seidentop, das sie sich ungefragt von ihrer Mutter geliehen hatte: Im Nacken geknotet, trug man es ohne Büstenhalter. Ihr Haar drehte sie zu einem Knoten. Das elegante Oberteil und die Frisur machten sie ein bisschen älter.

Die Cousins und er waren auf Platz drei gelandet. Die Blicke der beiden Jugendlichen verrieten, dass er sich mit seiner Eroberung gebrüstet hatte.

»Ich habe später eine Überraschung für dich«, flüsterte er, als sie sich am Büffet begegneten.

Ein Geschenk? Sie war es nicht gewohnt, beschenkt zu werden.

Gegen Ende des Abendessens brachte ein Kellner einen Kuchen, und Samuels Familie sang *Happy Birthday*. Die anderen Gäste fielen mit ein. Neugierig beobachtete Clarisse die Tischgesellschaft. Der dicke Cousin feierte seinen achtzehnten Geburtstag. Er pustete seine Kerzen aus, die man für die kleine Prinzessin gleich noch einmal anzündete. Der Fotograf schoss Bilder von ihnen, vor allem von dem Mädchen, das ein rosafarbenes Kleid mit Pailletten und Volants trug; die Kategorie von Kleid, die Clarisse' Mutter als ordinär eingestuft hätte.

Um nicht zu sehr Jacques' und Paulettes Aufmerksamkeit zu erregen, tanzte sie nicht die ganze Zeit mit Samuel. Als dann aber wieder *Je l'aime à mourir* kam, suchte Samuel ihren Blick: Das war ihr Lied. Eng umschlungen tanzten sie diesen Blues. Zu *YMCA*, dem nächsten Sommerhit, riss Clarisse wie die anderen die Arme hoch und schrie sich die Kehle aus dem Hals. Sie sagte nicht Nein, als Jacques ihr einen Mojito brachte, nur ein leichter, meinte er. Der Alkohol brannte im Hals, aber dann ging eine angenehme Wärme durch ihren Körper.

An Freitagen hörte die Party später auf. Als sich die letzten Tänzer verabschiedeten, war es fast eins. Sie rechnete damit, dass Samuel wie in der letzten Nacht wieder mit ihr zum Strand gehen würde. Die Idee, ihn in ihren Bungalow einzuladen, hatte sie verworfen. Eine der Putzfrauen könnte die Flecken auf dem Laken sehen, sich einen Reim auf ihre nächtlichen Aktivitäten machen und es Jacques und Paulette sagen.

Sie folgte Samuel und seinen Cousins zum Platz vor dem Hauptgebäude. An der Bank, auf der vor einer Woche der kleine Junge gesessen hatte, blieben sie stehen.

»So, da wären wir.«

Er gab ihr kein Geschenk, sondern deutete auf zwei Mopeds.

»Wir gehen in die Disco. Kommst du mit?«

Sie zögerte nicht. Noch nie hatte sie auf einem Moped gesessen.

Sechzehn Jahre jung sein und auf einer verlassenen Straße durch die stille Nacht rasen, die Schultern von der lauen Luft gestreichelt, während man die Taille des Jungen umschlingt, der einen gestern zum ersten Mal geküsst hat, und dabei die Wange an seinen Rücken drückt: Das konnte nur die Definition von Glück sein.

Die Jungen fuhren in vollem Tempo und überholten sich abwechselnd mit knatternden Motoren. Manchmal geriet Samuels Moped in gefährliche Schräglage, und jedes Mal entfuhr Clarisse ein kurzer Schrei, obwohl sie eigentlich gar keine Angst hatte. Samuel schien das Ding unter Kontrolle zu haben.

Ein Auto, das sie laut hupend überholte, zwang sie, hintereinander zu fahren.

Die Stadt war ein paar Kilometer entfernt. Als sie um halb zwei die Diskothek betraten, fing der Abend dort gerade erst an. Der Eintritt war kostenlos, und niemand kontrollierte ihre Personalausweise. Im verrauchten Flackerlicht der Spots wurde wie besessen getanzt. Kinder gab es hier nicht. Dies war das echte Leben, nicht so wie im Ferienclub. Clarisse hatte bisher nicht gewusst, wie sehr sie die Nacht liebte. Bis zur Schließung um vier Uhr tanzten sie fast ohne Unterbrechung. Die Leute schwangen die Hüften, wedelten mit den Armen, drehten sich um die eigene Achse, schüttelten wie wild ihre Haare, fielen auf die Knie und ließen die Oberkörper nach hinten kippen. Clarisse löste ihren Haarknoten und schämte sich nicht für ihre Lockenmähne. Die Jungen tranken mehrere Gin Tonics. Sie selbst lehnte den einen, den man ihr anbot, nicht ab. Sie trank sonst nie Alkohol und fühlte sich herrlich berauscht.

Auf der Rückfahrt hielten sie an, um den dicken Cousin am Straßenrand kotzen zu lassen. Als ihnen mit blendenden Scheinwerfern ein Lieferwagen entgegenkam, machte Samuel abrupt einen Schlenker. Clarisse drückte sich noch fester an ihn. Ein kräftiger Wind hatte eingesetzt, ein beginnender Mistral, und sie fror in ihrem rückenfreien Oberteil, so fest sie sich auch an ihn schmiegte.

Es war zwanzig nach vier, als sie am Eingang zum Club die Motoren ausmachten. Sie schoben die Mopeds zur Rezeption. Die Cousins schienen ziemlich am Ende zu sein, besonders der, dem schlecht geworden war, auch wenn die frische Luft sie ein bisschen wiederbelebt hatte. Sie verschwanden in Richtung ihres Bungalows. Samuel und sie waren allein. Sie zitterte.

»Ist dir kalt? Hier, nimm.«

Er zog sein T-Shirt aus und hielt es ihr hin. Beim Tanzen hatte er geschwitzt, und der Stoff war von seinem Geruch getränkt, roch nach Mann und Schweiß, nach Salz, Alkohol und Waschmittel. Er legte ihr das T-Shirt um die Schultern. Sie gingen in die andere Richtung als die Cousins. Nach ein paar Minuten schlug er vor, in sein Zimmer zu gehen. Dort wären sie vor dem Wind geschützt.

»Teilst du dir den Bungalow nicht mit deinen Brüdern?«

»Die schlafen im Vorraum, die wachen nicht auf, nie. Und wir schließen die Tür ab.«

Sie schätzte sein Feingefühl: Er hatte nicht verlangt, zu ihr zu gehen.

Samuel wohnte in dem Bungalow-Dorf, das am weitesten entfernt war: Seit mindestens zehn Minuten folgten sie einem sandigen Weg, der sich zwischen den Bäumen hindurchschlängelte und zu dieser späten Stunde nur von dem bisschen Mondlicht erhellt wurde, das durch die Äste drang. Sie hatte nicht gewusst, dass der Park so groß war.

»Bringst du mich danach auch noch zu mir?«

»Natürlich! Ich bin doch kein Schwein!«

Das Wort fand sie seltsam. Wie hätte man den schönen Samuel denn als Schwein bezeichnen können?

In der Dunkelheit sah sie das Meer nicht, aber sie hörte und roch, dass es sehr nah war. Endlich erreichten sie seine Bungalowgruppe, wo über jeder Tür ein Nachtlicht brannte. Er steckte seinen Schlüssel ins Schloss, drehte sich zu ihr um und legte den Zeigefinger an seine Lippen. Der Bungalow war genauso geschnitten wie ihrer: Sie kannte den Weg auch im Dunkeln. In den Etagenbetten schnarchten leise die beiden Kinder.

Er zog lautlos die Tür des Schlafzimmers hinter sich zu und drehte den Schlüssel im Schloss um. Die Rollläden waren heruntergelassen, es war stockdunkel. Er legte eine Hand auf ihre Hüften, während die andere leicht ihre Lippen berührte. Eine dritte Hand drängte sie aufs Bett. Drei Hände. Zu viele für einen Mann.

Sofort bastelte sich ihr Gehirn eine unschuldige Erklärung: Samuels kleine Brüder hatten sie aus Spaß in diesen Hinterhalt gelockt. Aber die Hände, das merkte sie sofort, waren keine Kinderhände. Und die Hand auf ihrem Mund, die auch ihre Nasenlöcher bedeckte, machte ihr das Atmen schwer. Als sie versuchte, sie wegzuschieben, hinderte man sie daran. Eine andere Hand packte ihr rechtes Handgelenk und legte ihre Finger auf etwas, das weich war, warm und behaart. Sie erstarrte. Sie schienen zu dritt zu sein. Natürlich waren die beiden anderen seine Cousins. Und die Überraschung, das war sie, Clarisse: das Geburtstagsgeschenk für den, der achtzehn geworden war.

Hände lösten die Schleife in ihrem Nacken und zogen ihr so ruckartig das Oberteil aus, dass sie die Seide reißen hörte. Dann riss man ihr die Sandalen von den Füßen, ohne die Schnallen zu öffnen. Die Jeans ließ sich nicht so leicht ausziehen: Sie zerrten zu zweit daran. Der Slip folgte. Sie war nackt. Einer der Jungen, der dicke, setzte sich rittlings auf sie. Er erdrückte sie fast und klemmte ihr einen Arm mit dem Knie fest. Man kniff ihr die Nase zu, und als sie den Mund aufmachen musste, um Luft zu holen, drängte sich ein Glied hinein. Ein anderes rieb sich an ihrer Hand. Niemand hätte sie gehört, wenn sie geschrien hätte, nicht einmal die Kinder, die hinter dem Bad im Vorzimmer schliefen. Sie hatte diesen Raum aus freien Stücken betreten, hatte sich selbst kopfüber in diese Fallgrube gestürzt. Wie ein von Wilderern gefangenes Tier hatte sie nun keine andere Wahl mehr, als es über sich ergehen zu lassen und schnellstmöglich hinter sich zu bringen.

Sie nahm aus der Ferne am Geschehen teil wie an einem Film, der sie nicht betraf. Worte erreichten sie: »Rutsch mal«, »Jetzt ich«, »Los«. Sie wurde gedreht und gewendet wie ein Pfannkuchen. Einer von ihnen, vielleicht der jüngste, ejakulierte sofort, und seine Cousins lachten ihn aus. Dann brachten auch sie es grunzend und schreiend zu Ende. Sie hielten sie nicht mehr fest.

Sie kroch zwischen den ausgestreckten Körpern hervor, stand auf, nahm am Fußende des Bettes ihre Jeans und ihr Oberteil an sich, sammelte die eine, dann die andere Sandale ein, schloss die Tür auf, ging durch den Flur und stand draußen. Die Nacht war nicht ganz so dunkel wie das Zimmer. Splitterfasernackt rannte sie über die Pflastersteine. Fünf Türen weiter blieb sie stehen, um ihr zerrissenes Top und die Jeans anzuziehen. Ihren Slip hatte sie nicht. Sie hockte sich nieder, um in ihre Sandalen zu schlüpfen, und rannte weiter. Weil sie rechts das Meer hörte, wandte sie sich nach links und lief immer weiter durch die Dunkelheit. Der Mistral zerrte an den Palmenblättern. Schließlich tauchte das Hauptgebäude auf, in dem Licht brannte. Ein Angestellter kam heraus, er zog zwei große Mülleimer hinter sich her. Sie versteckte sich hinter einem Baum. Langsam erhellte das erste Licht der Morgendämmerung die Nacht. Sie erreichte ihren Bungalow. Lange stand sie unter der heißen Dusche und schrubbte alle Teile ihres Körpers mit Seife ab.

Sie lag stundenlang auf dem Bett, mit offenen Augen, ohne

Réglisse an sich zu drücken, als könnte sie ihn mit ihrer Berührung besudeln. Trotz der Dusche fühlte sie sich schmutzig. Sie wartete bis zum frühen Nachmittag, ehe sie aufstand und sich zum Restaurant aufmachte. Es war eine lange Fahrt bis nach Versailles, bestimmt waren sie schon abgereist. Doch als sie der Terrasse näherkam, hörte sie ihre Stimmen. Sie blieb hinter einem Pfeiler stehen. Die Familie saß noch beim Mittagessen zusammen. Samuel und seine Cousins lachten wie gewohnt. Er schaute in ihre Richtung und lächelte. Sie war sich sicher, dass er sie gesehen hatte. Obwohl sie hungrig war, hatte sie nicht den Mut, zum Büffet zu gehen. Sie trank drinnen einen Kaffee und kehrte zu ihrem Bungalow zurück. Sie zitterte am ganzen Leib. Den Nachmittag verbrachte sie im Bett mit der Lektüre von *Das Paradies der Damen*. Es lenkte sie ein wenig ab, wie Denise und ihre Brüder in Paris ankamen: Dafür war sie Zola dankbar. Als sie gegen sieben völlig ausgehungert wieder zum Restaurant ging, waren sie abgereist.

Weil nun Ende August war, kamen weniger neue Gäste. Paulette merkte, dass es Clarisse nicht gut ging. Clarisse behauptete, sie hätte ihre Tage. Ihre Patentante brachte ihr einen heißen Tee mit Zitrone. Sie hatte etwas Mütterliches und war rührend zu ihr, aber Clarisse konnte ihr unmöglich erzählen, was passiert war. Sie schämte sich zu sehr. Im Alter von immerhin sechzehn Jahren brauchte es schon eine verflucht große Portion Dummheit, mit einem Fremden aufs Zimmer zu gehen im Glauben, er sei verliebt. Genauso wie ihr Pariser Freund hatte Samuel gemerkt, dass sie verfügbar war. Und aus Großzügigkeit hatte er sie gleich mit seinen Cousins geteilt, oder vielleicht auch, weil er es lustig fand. Sie wusste, was die Leute sagen würden, allen voran ihre Mutter: »Nun ja, meine

Liebe, du hast es auch drauf angelegt.« Niemand durfte es erfahren, nie. Die Erinnerung daran, wie man sie benutzt hatte, löste Abscheu in ihr aus. Nicht nur gegenüber den Jungen, ihren Trieben und ihren Schwänzen, sondern auch gegenüber sich selbst. Sie war nicht nur passiv gewesen. Sie hatte kooperiert – um es schnell hinter sich zu bringen, aber nicht nur. Auch um zu gefallen, um nicht zu enttäuschen. Weil sie ja nett war.

Es gab weder ein Fenster, aus dem sie sich hätte stürzen, noch Tablettenvorräte, die sie hätte schlucken können. Und sie hatte auch Angst vor Schmerzen.

In ihr Tagebuch schrieb sie nichts davon. Ein Tagebuch konnte ihrer Mutter in die Hände fallen.

Am Samstagabend ging sie zur Rezeption. Die am Freitag geschossenen Fotos hingen noch an einer Wand. Von Samuel und dem sommersprossigen Cousin gab es keine mehr, aber das von dem dicken Cousin kaufte sie für fünf Francs. Ihr eigenes Foto, auf dem sie im Seidentop ihrer Mutter lächelte, kaufte sie nicht.

Das Oberteil war komplett zerrissen, und sie warf es in den Müll.

Die letzte Woche wurde anders als die beiden ersten. Sie verbrachte ihre Tage weiterhin am Strand, zeichnete aber nicht mehr, sprach mit niemandem, blieb für sich. Paulette und Jacques schoben es auf Samuels Abreise. Einmal spielte Paulette kurz darauf an.

»Du bist ein ruhiger Mensch, Clarisse, aber du hast auch Tiefe und Intensität. Wie deine Mutter. Ein stilles Wasser, unter dessen Oberfläche es brodelt. Leidenschaft macht den

Jungs oft Angst. Du wirst den Richtigen kennenlernen. Du bist sehr hübsch, mein Schatz.«

Am 25. August wurde Clarisse von ihrer Mutter auf dem Bahnsteig der Gare de Lyon erwartet. Sie stank nicht nach Alkohol. Sie hatte abgenommen. Die Sonnenbrille ins frisch gewaschene kastanienbraune Haar geschoben, sah sie fast hübsch aus. Das Alleinsein hatte ihr gutgetan. Clarisse hätte am liebsten in ihren Armen geweint, aber das tat sie nicht, sondern drückte sie nur fest. So ganz vertraute sie ihr nicht.

Ihr Freund hatte das Abitur bestanden. Sie sah ihn nicht wieder. Er rief sie nicht an. In diesem Jahr hatte sie ständig Hunger, vor allem auf Süßigkeiten und Schokolade, die sie im Supermarkt klaute. Sie nahm fünfzehn Kilo zu. Keiner sah sie mehr an. Sie ging auf ein paar Feste, doch sie fühlte sich anders als diese jungen Leute, die tanzten, lachten und glücklich schienen. Was Einsamkeit bedeutete, hatte sie auch schon vorher erlebt, aber noch nie so heftig.

Im darauffolgenden Sommer arbeitete sie zwei Monate lang als Kassiererin in einem Supermarkt. Nach Hyères kehrte sie nicht zurück.

KAPITEL 2

Die gelbe Tagesdecke

Februar 1982

Porte de Saint-Cloud, bitte aussteigen, ertönte die Stimme des Fahrers. In Richtung Boulogne fuhr keine Métro mehr, und die Fahrgäste strebten unwillig und resigniert dem Ausgang zu. Für Ève wäre es bis nach Hause nur noch eine Station gewesen, zu Fuß also höchstens zwanzig Minuten. Sie nahm die Brücke über den Périphérique. Die Renault-Werkstatt erhellte die Nacht. An der Route de la Reine blieb sie stehen, um sich eine Zigarette anzuzünden und sich unauffällig zu vergewissern, dass niemand ihr folgte. Das Selbstverteidigungs-Teil, das sie von ihrer Großmutter bekommen hatte, hielt sie in der Hand. Wenn man draufdrückte, gab es einen schrillen, ohrenbetäubenden Pfeifton von sich.

Plötzlich überkam sie eine bleierne Müdigkeit. Wie gern hätte sie sich jetzt direkt in ihr Bett zaubern lassen. Die Büchertasche hing schwer an ihrer Schulter. Lautlos bewegten sich die Kreppsohlen ihrer Mokassins über den Bürgersteig. Ihre gefütterte Jacke schützte sie nur mäßig vor der feuchten Kälte des zu Ende gehenden Februars. Sie wurde rot, als sie an das lächerliche Geschenk dachte, das sie Stéphane zu seinem neunzehnten Geburtstag überreicht hatte, eine Dose Quality-Street-Konfekt, auf den letzten Drücker in einem kleinen Supermarkt gekauft, zusammen mit Lise. Aber wie schön, dass sie jetzt mal gesehen hatte, wo er wohnte! Die vielen Bücherstapel auf dem Boden. Die großen Fenster. Das Zimmer, in dem es keinen einzigen rechten Winkel gab. Und die charmante kleine Straße im Osten von Paris, der so anders war als die betuchte Banlieue im Westen mit ihren hässlichen modernen Gebäuden.

Hätten ihre Eltern doch nicht Nein gesagt! Hätte, hätte … Die Erinnerung an die Auseinandersetzung vor fünf Monaten ließ die Wut wieder in ihr hochkochen. Ève hatte ihre Argumente sehr genau durchdacht. Sie verlangte keinen Pfennig von ihnen; sie würde das Geld nehmen, das sie als Au-pair-Mädchen verdient hatte, den Rest würde ihre Großmutter mütterlicherseits dazutun. Und weil ihre Eltern immer nur ans Lernen dachten, hatte sie genau damit argumentiert: Der Lärm, den ihre drei kleinen Brüder machten, hinderte sie daran, sich auf ihre Seminararbeiten zu konzentrieren. Außerdem würde sie Zeit sparen, weil sie pro Tag mindestens eine Stunde weniger in der Métro sitzen würde, sie hätte also pro Woche sieben Stunden mehr Zeit fürs Lernen. Und darüber hinaus könnte sie anstelle von halb sieben um viertel nach sieben aufstehen, wäre in den Seminaren wacher und könnte abends länger lernen.

Nein, hatten sie gesagt. Ein Nein, so unerschütterlich und massiv wie eine Betonmauer. Um erfolgreich zu sein, brauche sie jeden Abend eine warme, ausgewogene Mahlzeit. *Mens sana in corpore sano*. Sie könne ja nicht kochen und würde auch gar keine Zeit dafür haben. Über diesen Aspekt hatte sie noch nie nachgedacht, aber Charlotte, Stéphane und Lise, die alle ein Zimmer in Paris hatten, siechten ja auch nicht dahin, so kompliziert konnte es also nicht sein. Und im Übrigen, hatten ihre

Eltern hinzugefügt, wollten sie nicht, dass sie allein lebte, weil sie psychisch nicht belastbar sei.

Psychisch nicht belastbar? Das war unfair und hatte sie zutiefst empört. Die Eltern bezogen sich damit auf Èves Schock, als sie vor einem Jahr das Geheimnis entdeckt hatte, das *elterliche* Geheimnis. Wenn man per Zufall hinten in einer Schublade einen Packen alter Briefe findet und dann in einem Nachsatz die Worte seines Vaters oder jedenfalls des Mannes liest, den man bis dahin für seinen Vater gehalten hat – *Ein Küsschen auch an meine kleine Ève, die ich wie meine eigene Tochter liebe* –, dann kann einen das ja wohl mal aus dem Gleichgewicht bringen, oder?

»Mit welchem Recht hinderst du mich daran?«, hatte sie Christian angeschrien, ohne das, was ihr auch noch auf der Zunge lag, auszusprechen: Du bist doch gar nicht mein Vater! Aber ihre Mutter hatte die beiden gehört und angefangen zu weinen. Ève hatte ihren Eltern gesagt, dass sie sie hasste und dass sie ihretwegen niemals normal sein würde. Worauf Françoise sich in ihr Zimmer am anderen Ende der Wohnung zurückgezogen hatte und Christian ihr kurz darauf gefolgt war.

Vor Ohnmacht und Wut hatte Ève die ganze Nacht geweint. Sie war achtzehn, sie wohnte bei ihrer Maman und ihrem Papa, sie würde ihr Leben lang Jungfrau bleiben. Niemals würde sie die coole, sympathische junge Frau sein, die die sechs Stockwerke zu ihrem Dachzimmer hochstieg, wann immer sie wollte, und bei Partys nicht um Mitternacht gehen musste, um die letzte Métro zu erwischen.

Am nächsten Tag hatte ihr Vater angekündigt, dass sie ihr, sobald sie zwanzig wäre, unabhängig von ihren Prüfungsergebnissen dabei helfen würden, eine Studentenwohnung zu mieten. Sie hatten sich miteinander versöhnt und diese schreckliche Nacht abgehakt.

Sie war fast zu Hause, endlich. Sie bog rechts in die Passage ein, die zum Eingang des Gebäudes führte. Dieses letzte Stück abseits des Boulevards machte ihr immer am meisten Angst. Den Schrillalarm fest in der Hand, drehte sie sich um. Da war niemand.

Ève wollte gerade die Glastür aufstoßen, da erstarrte sie. In dem kleinen, schwach beleuchteten Vorraum war jemand. Auf der Holztruhe unter dem Spiegel lag eine zusammengekauerte Gestalt. Ein Mann. Der zu schlafen schien. Ohne den regungslosen Körper aus den Augen zu lassen, wich sie zurück und ließ die Tür, die sie noch festgehalten hatte, wieder zuschwingen. Sie rannte zurück Richtung Boulevard und versteckte sich in der Ecke des Eingangs zum Juwelier.

Das Herz schlug ihr bis zum Hals. Die Hand, in der sie den Schrillalarm hielt, war schweißnass und zitterte. Sie hatte nur den einen Wunsch, unter ihre Bettdecke zu schlüpfen und zu schlafen, und jetzt versperrte ihr ein Clochard den Weg. Darauf zu warten, dass ein Nachbar kam, war sinnlos. In diesem Wohnkomplex fuhren alle Bewohner abends in die private Tiefgarage, von wo die verschiedenen Gebäude über Aufzüge zu erreichen waren. Und der Nachtwächter, der mit seinem Wolfshund die drei Etagen der Tiefgarage kontrollierte, kam nie ins Erdgeschoss hoch. Ève saß also in der Falle.

Nachtwächter, Wolfshund, Falle: Sie fing ja schon an, genauso zu denken wie die! Sie stellte sich Stéphanes Lächeln vor, dieses Lächeln, das ihren ganzen Körper elektrisiert hatte, als sie vor einem Jahr den Seminarraum betrat und er es ihr schenkte. Wie wollte sie denn allein leben, wenn sie ihre Angst nicht in den Griff bekam? Man lief ja nicht nur in Boulogne Gefahr, angegriffen oder überfallen zu werden. Einer Kommilitonin war es passiert, als sie ihren Freund besucht hatte, Boulevard Barbès, unten im Hausflur des Gebäudes. Sie wollte gerade den Lichtschalter drücken, da hatte sie in der Dunkelheit etwas wahrgenommen und »Ist da jemand?« gerufen, und schon hielt ihr eine Hand den Mund zu, und ein Arm legte sich eng um ihren Hals. Sie war groß und hatte sich heftig gewehrt. Hatte geschrien. Im ersten Stock war eine Tür aufgegangen, jemand machte Licht, und der Angreifer war geflüchtet. Vorher hatte er ihr noch einen Ohrring aus dem blutenden Ohr gerissen. Diese Schilderung hatte alle beeindruckt – ganz besonders Stéphane.

Hier bei ihnen in diesem modernen Gebäude hätte Schreien nichts genützt. Brandschutztüren versperrten den Zugang zum Treppenhaus. Aus dem Erdgeschoss drang kein Geräusch in den ersten Stock.

Wer sagte eigentlich, dass der Mann im Vorraum ein Vergewaltiger und Mörder war? Er war doch gar nicht im Begriff, einer jungen Frau nachzuschleichen, die aus der Métro kam, im Gegenteil: Er schlief. So oder so hatte sie keine Wahl. Sie musste ins Gebäude.

Diese ganze Angst schürten natürlich ihre Eltern, was dazu führen würde, dass sie für immer eine zaghafte, eingeschüchterte Jungfrau bleiben würde. Wenn sie aber keine Angst hätte, würde ihr auch nichts passieren. Die Angst zog das Böse an, weil sie es in den anderen hineinprojizierte.

Sie ging durch die Passage zurück zum Gebäudeeingang. Die Gestalt auf der Holztruhe hatte sich nicht bewegt. Ève hatte einen Plan. Auf leisen Sohlen schlich sie in den Vorraum, der so klein war, dass sie den Mann mit ausgestrecktem Arm hätte berühren können. Sie hörte ihn atmen, konnte seinen Atem fast spüren. Sie steckte den Schlüssel ins Schloss der zweiten Glastür, die den Vorraum von den Aufzügen trennte. Das Klicken, mit dem sie wieder einrasten würde, könnte ihn wecken, aber dann wäre Ève ja schon auf der anderen Seite. Und sollte er sich vorher auf sie stürzen, würde sie alle Knöpfe der Gegensprechanlage drücken, den Schrillalarm auslösen, ihm den Schlüssel ins Auge rammen und mit dem Knie in die Weichteile treten.

Sie hörte, dass sich hinter ihr etwas bewegte. Ihr Herz raste.

»Haben Sie keine Angst.«

Sie erstarrte.

»Bitte entschuldigen Sie, wenn ich Ihnen Angst eingejagt habe, Mademoiselle.«

Die Stimme klang sehr respektvoll, die Ausdrucksweise war gepflegt, mit Akzent. Es wäre ungehobelt gewesen, wortlos die Tür hinter sich zu schließen. Sie drehte sich um.

Auf einen Ellbogen gestützt, hatte er sich aufgerichtet. Kurzes, welliges Haar, dunkler Teint, volle Lippen, um die dreißig. Er trug eine fleckige graue Jogginghose und einen Polyester-Pullover mit grauen und roten Motiven.

»Entschuldigung, ich habe Sie geweckt.«

»Kein Problem, ich schlafe wieder ein. Wohnen Sie hier?«

»Ja.«

»Ich habe bei meinem Bruder in Issy gewohnt, aber im Moment ist es mit seiner Frau ein bisschen kompliziert. In den Unterkünften wird man beklaut. Ich bin lieber hier. Hier ist es trocken und nicht kalt. Ich bin morgen früh vor sechs Uhr wieder weg.«

Sie nickte.

»Darf ich Sie um etwas bitten?«

»Worum?«

Bestimmt wollte er Geld oder eine Zigarette. Da hatte er einen schlechten Moment erwischt. Monatsende, sie war blank.

»Darf ich ein Foto von Ihnen machen?«

»Ein Foto?«

»Sie sind schön. Das ist meine Leidenschaft. Fotografieren. Ich will Fotograf werden.«

Er zog einen schäbigen, schmutzigen Rucksack hinter sich hervor, öffnete ihn und nahm einen Fotoapparat heraus, kein billiges Ding, keine Wegwerfkamera, nein, eine echte Kamera, die so ähnlich aussah wie die von Èves Vater.

Ihr Schweigen deutete er wohl als Zustimmung, denn er schraubte schon den Deckel vom Objektiv und fing an, es einzustellen. Sie ließ die Tür wieder ins Schloss fallen.

Es war zwanzig vor zwei. Selbst wenn sie den Lateinkurs bei Madame Trépied morgen früh ausfallen ließ, müsste sie spätestens um halb acht aufstehen. Sie musste wirklich dringend ins Bett. Aber wie skurril, sich von einem Araber fotografieren zu lassen, der im Eingang ihres Wohnhauses schlief: Endlich passierte in Boulogne-Billancourt mal was.

»Wie heißen Sie?«

»Ève. Und Sie?«

»Mohammed.«

Er sprach das h aus, als wäre es ein sehr rau klingender Konsonant. Während er sie fotografierte, stellte er ihr Fragen. Sie sagte ihm, dass sie achtzehn sei, dass sie studiere, dass sie drei kleine Brüder habe, dass ihre Mutter Geschichtslehrerin und ihr Vater Ingenieur sei. Und erfuhr von ihm, dass er vor Kurzem aus Oran gekommen war – Algerien, fügte er hinzu, als er die Unsicherheit in ihrem Blick sah. Das Licht gefiel ihm nicht, er hätte sie gern drinnen fotografiert, in dem geräumigeren Raum vor den Aufzügen. Seine Höflichkeit flößte ihr Vertrauen ein, und sie fand, dass Vertrauen nobler war als Angst. Sie ließ ihn ins Gebäude. Das Neonlicht war zu grell, zu hart. Nach fünf Minuten wollte er lieber ganz raus ins Freie. Wieder folgte sie ihm. Die Kamera klickte. Er fragte, von wem sie ihre blauen Augen habe: von ihrer bretonischen Mutter, sagte sie. Und während er sie geduldig umkreiste wie ein Tiger seine Beute, Abstand nahm, den Auslöser drückte, dachte sie an den wilden Strand am äußersten Ende des Cap Finistère, wo das Baden wegen der Strömungen verboten war. Jedes Mal, wenn sie aus diesem wilden Meer herauskam, dessen Wellen sie umgepflügt und herumgewirbelt hatten, fühlte sie sich schön und befreit von der Angst zu scheitern, fühlte sich »begabt zum Glück«, wie ihre Simone de Beauvoir lesende Mutter gesagt hätte. War das jetzt die waghalsige Ève? Eine Ève, die sich um zwei Uhr nachts vor ihrem Wohnhaus von einem obdachlosen Araber fotografieren ließ? Die Kälte kroch ihr feucht in den Kragen. Und auch eine bleierne Müdigkeit überkam sie jetzt. Die Nacht würde kurz sein.

»Ich bin müde.«

»Ich bin fertig.«

Sofort schraubte er den Deckel auf das Objektiv. Er hielt ihr die Glastür auf. Bevor sie durch die zweite Tür ging, drehte sie sich noch einmal um und reichte ihm die Hand. Die Dankbarkeit in seinem Gesicht berührte Ève.

In der Wohnung schliefen alle: an einem Ende die Eltern in ihrem geräumigen Schlafzimmer und am anderen, in den beiden Räumen links und rechts von Èves Zimmer, die drei Brüder. Das große Wohnzimmer lag im Dunklen. Im Flur dämpfte der Teppichboden ihre Schritte. Jetzt musste sie sich nur noch im Badezimmer der Kinder die Zähne putzen, ihr Nachthemd anziehen und ins Bett schlüpfen, dessen Baumwollbezüge die Putzfrau alle zwei Wochen wechselte. Ihr One-Night-Fotograf hatte auf der Truhe sicher schon längst seine Embryonalhaltung eingenommen und fror wahrscheinlich in seinem Polyester-Pullover.

Ève ging in den Ankleideraum, in dem die Sachen ihres Vaters hingen. Die Lammfelljacke hätte den Algerier gewärmt, aber für ihr Verschwinden ließ sich unmöglich eine Erklärung finden. Es gab auch noch einen Lodenmantel, einen Parka, einen Lederblouson, mehrere Anzüge und Wollblazer. Sie hatte keine Ahnung, welche davon Christian nicht mehr trug. Sie wühlte in den großen Plastiktüten mit Kleiderspenden, die auf dem Boden standen: Anziehsachen der Jungs, ein paar Kostüme ihrer Mutter, alte Hemden und Krawatten. Als sie die mit Kartons und Wäschestapeln gefüllten Regale inspizierte, fiel ihr Blick auf eine wollene Tagesdecke. Sie stieg auf den Hocker und nahm sie herunter. Es war eine alte gelbe Decke mit einem großen Tintenfleck. Die gleiche in Blau und ohne Fleck lag auf dem Bett ihrer Eltern. Die hier wurde also nicht mehr gebraucht. Mit der Wolldecke unter dem Arm nahm sie noch einmal den Aufzug. Als sie die Glastür öffnete, richtete sich Mohammed, der zusammengekauert auf der Mahagonitruhe lag, sofort auf. Sie hielt ihm die Decke hin.

»Dann ist Ihnen nicht so kalt.«

»Danke, Ève, aber das ist doch nicht nötig!«

Er nahm die Decke trotzdem an. Sie hätte ihm auch ein

Kissen mitbringen sollen. Sein Kopf lag hart. Als er sie nach ihrem Nachnamen fragte, zögerte sie nicht, ihn zu sagen.

Am nächsten Morgen um acht deutete so wenig auf Mohammeds Aufenthalt im Vorraum hin, als hätte die nächtliche Szene nur in Èves Träumen stattgefunden. Auf dem Weg zur Métro dachte sie schon nicht mehr daran, sondern ging im Kopf die bevorstehende Prüfung in Geschichte durch. Sie dachte an Stéphane und Charlotte, die das wahrscheinlich gemeinsam taten – oder gar nichts durchgingen und auf die Prüfung pfiffen.

»Ich habe das Gefühl, dass Rosa auf unsere Kosten ihren Haushalt aufrüstet«, sagte ihr Vater ein paar Tage später aus heiterem Himmel beim Abendessen.

Ève erstarrte. Ihr Vater war ein sehr präziser Mensch.

»Warum sagst du das? Rosa ist grundehrlich«, antwortete ihre Mutter.

»Die gelbe Tagesdecke ist unauffindbar. Sie lag im Ankleideraum. Auf der Merinodecke in der Plastikhülle.«

»Du wirst sie schon finden.«

»Ich habe überall gesucht.«

»Liegt bei euch nicht schon eine Tagesdecke auf dem Bett?«, fragte Ève.

»Ja, und stell dir vor, die muss auch mal gewaschen werden.«

»Können wir über etwas anderes reden?«, sagte Françoise ungeduldig.

Nach dem Essen ging Ève in den Ankleideraum, wo sich ihr Vater gerade die Strümpfe auszog.

»Papa, die gelbe Tagesdecke, die habe ich genommen.«

»Warum hast du das eben nicht gesagt? Wenn dir kalt ist, nimm doch lieber die Daunendecke.«

»Ich habe sie verschenkt.«

Sie hatte gezögert, ihm die Wahrheit zu sagen, aber so war es am einfachsten. Christian war großzügig, er würde verstehen, dass sie einem Obdachlosen eine Wolldecke gegeben hatte. Sie erzählte ihm, wie sie vor ein paar Tagen spät von ihrer Party nach Hause gekommen war. Er runzelte die Stirn.

»Du hast dich von diesem Mann fotografieren lassen? Du bist verrückt.«

»Sind doch nur Fotos. Mir ist nichts passiert.«

»Hast du schon mal was vom Handel mit weißen Frauen gehört?«

Ihren Eltern konnte man aber auch nichts erzählen, ohne dass sie sofort vom Schlimmsten ausgingen. Frauenhandel, mitten in Paris! Christian sah ihre Skepsis und nannte ihr präzise Statistiken über Frauen, die in Frankreich verschwunden waren. Als weiße Achtzehnjährige gehörte sie zur idealen Zielgruppe. Hatte sie sich denn gar nicht darüber gewundert, dass ein Obdachloser eine professionelle Kamera besaß? Von wem hatte er die denn ihrer Meinung nach, und warum? Sie sollte sich mal die Suchmeldungen ansehen, die von der Polizei und den verzweifelten Eltern verbreitet wurden. Hatte sie überhaupt eine Vorstellung davon, was es bedeutete, entführt zu werden und von einem Tag auf den anderen eine Sexsklavin zu sein, vergewaltigt und unter Drogen gesetzt?

Mit seiner Frage nach der Herkunft der Kamera hatte er natürlich nicht ganz unrecht. Und als ihr Vater »Sexsklavin« sagte, schien dieses Wort ihren nackten Körper so zu exponieren, dass sie rot wurde. Doch aus seiner Stimme war beim besten Willen nichts Perverses herauszuhören. Er wollte ihr nur eine erschreckende Realität bewusst machen. Sie stellte sich ihre Fotos vor, die vielleicht jetzt schon in einem fernen arabischen Land in Umlauf waren. Das alles kam ihr zwar lächerlich vor, aber was machte Mohammed eigentlich in diesem Wohnviertel? Und warum hatte er sie nach ihrem Nachnamen gefragt? Waren seine Worte nur als Köder gedacht, um sie bei ihrer Eitelkeit zu packen, dem vielleicht verbreitetsten aller weiblichen Gefühle?

In den darauffolgenden Tagen sah sie sich morgens um sieben, wenn es auf dem Weg zur Métro noch dunkel war, und auch auf dem Rückweg am späten Nachmittag ständig um. In der Passage war gegen 18 Uhr nichts zu befürchten, die Läden hatten noch auf, und viele Kinder waren mit ihren Müttern oder Kinderfrauen auf dem Heimweg. Bis zehn Uhr abends blieb sie jetzt aber nicht mehr in der Bibliothek. Und als sie am Freitag babysittete, bat sie den Vater, der sie um ein Uhr morgens nach Hause fuhr, auf dem Boulevard noch zu warten, bis sie im Gebäude war. Am Samstag ging sie mit Lise ins Kino und schlief bei ihr, um nicht die letzte Métro nehmen zu müssen.

Die zweite Woche verging, dann die dritte: Irgendwann hörte sie auf, sich ständig umzudrehen. Sie ging abends wieder aus und hielt den Schrillalarm fest in der Hand, wenn sie spät zurückkam. Niemand schlief mehr im Eingang des Gebäudes. Und seit ihr Vater beim Verwalter der Eigentümergemeinschaft angerufen hatte, drehte der Nachtwächter auch dort eine Runde.

Etwa einen Monat später gab Christian ihr einen großen Umschlag, der mit der Post gekommen war. Ève hoffte, dass Stéphane ihr den neuen und vielbesprochenen philosophischen Essai seines Vaters geschickt hatte, auch wenn die Schrift auf dem Umschlag keinerlei Ähnlichkeit mit Stéphanes Gekritzel hatte: Sie war sehr gleichmäßig und leicht nach rechts geneigt, fast so wie in den Schulbüchern. Als sie den Umschlag aufriss, blickte sie in ihr eigenes Gesicht. Ihr eigenes Gesicht in Schwarz-weiß: ihre Lippen, die Textur ihrer Haut, die Haarsträhnchen in der Stirn, das Leuchten ihrer hellen Augen, der Webpelzkragen ihrer Jacke.

Sie hatte noch nie so schöne Fotos von sich gesehen. Es waren genau sechs. Sie lächelte auf keinem. Auf den meisten deuteten ihre halb geöffneten Lippen darauf hin, dass sie etwas sagte. Es war ihm gelungen, einen Moment einzufangen, in dem sich echtes Leben ausdrückte. Auf einem der Fotos hatte er ihre Augen blau koloriert. Sie stachen auf dem Schwarzweiß-Abzug wie die Glasaugen einer Puppe hervor. Es war das einzige Bild, das sie nicht mochte. Der Blaue-Augen-Effekt gefiel ihr nicht, aber sie war froh, dass die paranoide Weltsicht ihres Vaters sich als haltlos erwies. Mohammed hatte auch ein paar Zeilen geschrieben, in denen er sich für ihr Vertrauen und für die Decke bedankte. Nicht ein einziger Rechtschreibfehler. Hatte er jemanden drüberlesen lassen? Wer hätte es für möglich gehalten, dass ein Araber in verdreckter Jogginghose, der im Eingang eines Wohngebäudes übernachtete, so ein begabter Fotograf war und dazu ein Gentleman mit tadelloser Rechtschreibung?

Den Umschlag mit der Absenderadresse in Issy verwahrte Ève, weil sie ihm zurückschreiben und sich bedanken wollte, aber sie kam nicht dazu: Die Aufnahmeprüfungen rückten näher, sie konnte sich vor Arbeit kaum noch retten. An Stéphane, der sie mochte und in eine andere verliebt war, dachte sie Tag und Nacht. Sie hatte ihm von ihrer Begegnung mit

Mohammed erzählt (ohne die lächerlichen Befürchtungen ihres Vaters zu erwähnen), weil sie ihm beweisen wollte, wie offen sie war, und auf eine Gelegenheit hoffte, ihm die schönen Bilder zu zeigen. Er hatte ihr zugehört, aber seine Neugier war nicht so groß gewesen, dass er die Fotos sehen wollte. Sie ließ sie im hintersten Teil ihres Schranks verschwinden und vergaß sie.

KAPITEL 3

Der Mann von Koh Samui

1983–1985

Er saß mit kerzengeradem Rücken im Lotussitz und las einen Brief, ohne die Menge um sich herum wahrzunehmen. Sein langgestreckter Oberkörper, seine muskulösen, sehr fein und sehr hell behaarten Beine, sein von blondem, gewelltem Haar umrahmtes Gesicht und die hohen Wangenknochen, das alles war von wunderbarer Eleganz und Harmonie. Seine Augen hatten das gleiche Graublau wie sein T-Shirt, und seine Hände waren langgliedrig. Was er las, entlockte ihm ein Lächeln, das seine gleichmäßigen, strahlend weißen Zähne entblößte – das Gebiss eines Kaliforniers. Er war der schönste Mann, den Clarisse je gesehen hatte. Im Schutz ihres Bambushuts zeichnete sie ihn in ihr Skizzenbuch.

Irgendwann blickte er in ihre Richtung. Sie senkte nicht den Kopf. Sie plauderten miteinander. Er war kein Amerikaner, sondern Belgier – aus Antwerpen. Er sprach lieber Flämisch oder Englisch als Französisch. Sie war beeindruckt, dass er schon seit sechs Monaten durch Südostasien reiste, nicht erst seit acht Tagen wie sie. Er würde auf der Insel seine Freundin wiedersehen, eine Schwedin, die den Brief geschrieben hatte. Klar, ein so schöner Mann war schon vergeben. Er war zweiundzwanzig, etwas älter als sie, und wollte Auslandskorrespondent werden. Er kannte Koh Samui und empfahl ihr den

Strand von Lamai. Als sie das Schiff verließen, verabschiedeten sie sich. Sie nahm einen Bus nach Lamai.

Alles war von Anfang an so gelaufen, so unkompliziert. Unter Rucksackreisenden gab es einen Code, demzufolge man überall jeden ansprechen konnte. Hier war sie einfach nur eine muntere Französin ohne Vergangenheit oder Zukunft, in deren Rucksack sich alles befand, was sie brauchte. Das Leben kostete so gut wie nichts. Sie kam gerade von einem einwöchigen Trekking in Nordthailand. Noch nie hatte sie einen Zustand so frei von Einsamkeit erlebt, und das obwohl sie allein reiste. Als sie vor acht Tagen auf dem Flughafen von Bangkok gelandet war, hatte sie es sofort gespürt: Es war richtig gewesen, dass sie sich für dieses wenig vertraute Ziel mit seiner völlig fremden Sprache entschieden hatte und nicht für Lateinamerika.

Lamai war ein weißer, großer, menschenleerer Sandstrand, an dem sie für fünf Francs eine Hütte mit Bett und Moskitonetz fand. Der Strand und das türkisblaue Meer erinnerten sie an Hyères, nur dass der Sand hier noch weißer, das Wasser noch klarer und die Palmen noch grüner waren. In diesem weißen Sand lag sie mit einem Gefühl seliger Zufriedenheit, als sich ein Schatten vor die Sonne schob. Sie öffnete die Augen. Vor ihr stand der Junge vom Schiff, strahlend und unsäglich schön. Ein Gedanke schoss ihr durch den Kopf: Das ist der Mann meines Lebens.

»Weißt du, was mir passiert ist? Meine Freundin wartet gar nicht auf Koh Samui auf mich, sondern auf Koh Samet, das ist westlich von Bangkok!«

Sie setzte sich auf.

»Nein! Und was machst du jetzt?«

»Davon geht die Welt ja nicht unter, sie wird auf mich warten. Aber ich muss über Nacht hierbleiben. Hast du was dagegen, wenn ich mir die Hütte mit dir teile?«

Sie hatte nichts dagegen.

Treue gehörte nicht zum Code der Rucksackreisenden. Er war sehr groß, mindestens einen Meter neunzig, und das Gewicht seines Körpers überraschte sie. Das erste Mal ging zu schnell, als dass sie sich hätte entspannen können, aber sie machten ja weiter. Weil am nächsten Tag kein Schiff fuhr, blieb er noch eine Nacht. Auch am dritten Tag ließ er nicht die Absicht erkennen, wieder abzureisen.

Sie verbrachten die Woche damit, im Meer zu baden und sich unterm Moskitonetz zu lieben. Abends spielten sie Karten oder Backgammon. Sobald irgendwo jemand eine Gitarre hatte, bildete sich ein Kreis. Seine Stimme war noch so ein Wunder. So voll und so tief, dass sie Clarisse unter die Haut ging. Die Vorstellung, dass sie in zwei Tagen nach Hause fahren würde, schien unwirklich. Paris befand sich auf einem anderen Planeten.

»Warum buchst du nicht einfach um?«

Ein Anruf von Hendrik bei ihrer Fluggesellschaft, und die Sache war geregelt.

Seite an Seite lagen sie im Sand und blickten in die Sterne.

»Woran denkst du?«, fragte sie und streichelte sanft über seine geöffnete Hand, fest davon überzeugt, dass er genauso wie sie über diesen einen Punkt in Raum und Zeit nachdachte, an dem sich ihre Körper und Seelen wie durch ein Wunder begegnet waren.

»An mein Auto, das ich in Antwerpen gelassen habe.«

Sie lachte und bohrte ihm ihren Zeigefinger in den Solarplexus.

»Was denn? Die Karre ist richtig gut. 350 000 Kilometer auf dem Tacho, und der Motor tiptop. Sie fehlt mir.«

Das liebte sie an ihm: wie er einfach er selbst war und darauf pfiff, was andere über ihn dachten.

Am letzten Abend schenkte er ihr eine dieser Muscheln, in denen man das Meer rauschen hört.

»Damit du deinen Traum, dich wieder aufzumachen, nicht vergisst.«

Dieses preisgünstige Geschenk schien ihr wertvoller als ein Diamant.

Er kehrte mit ihr nach Bangkok zurück und begleitete sie zum Flughafen. Unter den gerührten Blicken der Sicherheitsleute küssten sie sich wie zwei Turteltäubchen vor der herzzerreißenden Trennung, dabei würde Hendrik, sobald er gegangen wäre, seine Freundin wiedersehen und machte auch kein Geheimnis daraus. Es war unwahrscheinlich, dass sich ihre Wege noch einmal kreuzen würden, aber diese beiden Wochen, die sie miteinander verbracht hatten, waren so idyllisch gewesen, dass es einfach unmöglich war, traurig zu sein. Während des gesamten Rückflugs dachte sie mit einem Lächeln auf den Lippen an ihn.

In Paris war es kalt und grau. Das Flughafengebäude aus Beton kam ihr trostlos vor. Sie fröstelte in ihrem Pullover und ihrer Regenjacke. Der Bambushut und ihre gebräunte Haut hatten plötzlich etwas Absurdes. Niemand wartete auf sie. Aus einer Telefonzelle rief sie ihre Mutter an. Sie hätte sie gern sofort besucht und ihr alles über dieses einzigartige Land erzählt, von dem Irina gar nicht wusste, dass es ihr Reiseziel gewesen war;

sie glaubte, ihre Tochter sei in der Bretagne bei ihrer Freundin Florence. Sie nahm hustend ab.

»Maman?«

Eine Sekunde lang verblüfftes Schweigen.

»Du lebst?«

Aus ihrer heiseren Stimme klang Wut. Irina legte auf.

Florence bestätigte, was Clarisse geahnt hatte: Sie war Irina in der Samaritaine über den Weg gelaufen. »Ah, Florence! Dann seid ihr also zurück! War's denn schön in der Bretagne?« – »Bretagne?« Florence, die von Clarisse nicht gewarnt worden war, hatte ihren Fauxpas zu spät bemerkt, um ihn wiedergutmachen zu können.

Clarisse nahm den RER und stieg an der Gare du Nord aus. Sie ging zu Fuß bis zur Rue Marx-Dormoy und erklomm die sieben Stockwerke. Das Mansardenzimmer war noch genauso sauber, wie sie es verlassen hatte, und der alte Réglisse, der den Brand in der Avenue de Saint-Mandé überlebt hatte, lag noch genauso auf dem Kopfkissen. Sie nahm den indigoblauen Batikstoff aus ihrem Rucksack, faltete ihn auseinander und breitete ihn über das Bett. Er war wunderschön und rief sofort das Bild des Dorfs in ihr wach, wo sie ihn gekauft hatte. Dann wickelte sie die Muschel aus dem T-Shirt und hielt sie sich ans Ohr.

Sie nieste dreimal und schlüpfte mit Réglisse unter ihre Decke. Auf dem Schreibtisch lagen die Bücher, die sie in der Bibliothek der Sorbonne für ein Seminar über Moravia ausgeliehen hatte. Außer dem Batikstoff, der Muschel, dem Bambushut und dem bunten Sarong, der nach Kokosöl roch, gehörte alles in diesem Zimmer einer Clarisse, die nicht mehr existierte. Sie stieg wieder aus dem Bett, um im Treppenhaus auf die Toilette zu gehen. In der Kloschüssel schwamm ein weißlicher Schaum, als hätte ein Nachbar masturbiert. Sie zog an der Schnur, um abzuspülen. Das Pinkeln tat weh.

Ihr Telefon klingelte. Sie rannte hin. Ihre Mutter war noch zu wütend, um jetzt schon anzurufen. Bestimmt war es Mehdi. Freudig nahm sie den Hörer ab.

»Hallo!«

»Clarisse!«

Sie erkannte die Stimme, die sie selten gehört hatte.

»Papa?«

»Du bist erwachsen, insofern machst du, was du willst, aber du kannst nicht einfach verschwinden, ohne Bescheid zu sagen. Deine Mutter hat bei der Polizei und in allen Krankenhäusern angerufen, weil sie dachte, du wärst tot. Sie hat mich kontaktiert, ich habe mit deiner Bank gesprochen und herausgefunden, dass du ein Flugticket nach Bangkok gekauft hattest. Beruhigt hat uns das nicht.«

»Aber ich …«

»Deine Launen interessieren mich nicht. Du schreibst deiner Mutter einen Brief, um dich zu entschuldigen. Und zwar sofort, sonst zahle ich dir die Miete nicht mehr.«

Kurz nach dem Brand hatte sie – so weit wie möglich von der Avenue de Saint-Mandé entfernt – dieses Zimmer gefunden, dessen Miete ihr Vater bereit war, für die Dauer ihres Studiums zu zahlen. Es war das erste Mal, dass er etwas für sie tat. Sie konnte es nicht fassen, dass sich ihre Mutter ausgerechnet bei dem Mann, der einfach aus ihrem Leben verschwunden war, über sie beschwert hatte! In nicht einmal zwei Stunden hatten die Stimmen dieser beiden Menschen, ihrer Eltern, die ganze Wirkung der Reise verpuffen lassen. Sie wusste, dass sie sich, sobald sie es sich leisten könnte, wieder aufmachen würde.

Ihrer Mutter schrieb sie einen kühlen Entschuldigungsbrief. Der Hausarzt verordnete ihr ein Antibiotikum gegen die Blasenentzündung. Sie waren ihr lieb und teuer, diese schmerzhaften Spuren ihrer beiden Liebeswochen auf Koh Samui, die in der Erinnerung so schnell verblassten. Mehdi hatte am Tag ihrer Heimkehr wirklich noch angerufen.

»Clarisse! Wo warst du?«

Er war gekränkt, als er erfuhr, dass sie nach Thailand gereist war, ohne es ihm zu sagen.

»Du hattest auch nicht gerade viel Zeit, Mehdi, nachdem du Josh kennengelernt hattest.«

Josh war inzwischen nach Kalifornien zurückgekehrt und fehlte ihm fürchterlich. Als Mehdi sie besuchte, zeigte sie ihm sofort Fotos von Hendrik.

»Der ist ja schön wie ein Gott! Warum hast du ihn nicht mitgebracht? Wir hätten ihn uns teilen können!«

Es war ein Vergnügen, wieder mit ihm herumzualbern.

Sie fand Arbeit in einer Benetton-Boutique auf dem Boulevard Saint-Michel und setzte, so eindringlich Mehdi ihr auch in Erinnerung rief, dass ein Universitätsabschluss durchaus nützlich sein konnte, keinen Fuß mehr in die Uni. Mit klarem Ziel vor Augen aß sie nur noch Reis und sparte jeden Cent.

Mitte März, etwas mehr als einen Monat nach ihrer Rückkehr, traf eine Postkarte von Hendrik ein. In breiter, bauchiger Schrift, jeder i-Punkt ein kleiner Kreis (Mehdi hatte einmal gesagt, das sei ein Zeichen von Unreife), teilte er ihr mit, dass seine Freundin nach Schweden zurückgefahren sei, Clarisse solle ihn kontaktieren und ihm postlagernd nach Bangkok schreiben, falls sie wieder nach Thailand komme.

So sachlich und kurz die Nachricht auch war, löste sie bei

Clarisse dennoch Glücksgefühle aus. Das Wesentliche stand ja drin: Hendrik war Single und wollte sie wiedersehen. Sie erinnerte sich an den Moment, als sie gedacht hatte: Das ist der Mann meines Lebens.

»Schatz, du bist ja verliebt!«, jubelte Mehdi.

Wenn sie nur die Augen schloss, konnte sie Hendriks Haut und die Umrisse seiner Muskeln spüren. Beim bloßen Gedanken, dass sie ihn in einem oder zwei Monaten an sich drücken würde, ging ein lustvoller, freudiger Schauer durch ihren Körper. Ihr wurde klar, dass ihre sehnsüchtigen Gedanken an die beiden Wochen mit ihm frei von Traurigkeit waren, weil sie sich sicher war, ihn wiederzusehen. Sie schrieb zurück und kündigte ihm an, dass sie im Mai kommen würde.

Im April lag ein Umschlag im Briefkasten, auf dem sich wieder die breite, bauchige Schrift befand, der kleine Kreis über dem *i* von Clarisse und eine Briefmarke, die alle Klänge, Gerüche und Farben des exotischen Landes transportierte. Leicht wie ein Heliumballon schwebte sie die Stufen der sieben Stockwerke hoch.

Der Umschlag enthielt eine Karte mit einer unerwarteten Neuigkeit: »Ich habe die Nase voll von Asien. Ich gehe wieder nach Antwerpen.« Sie stand mitten in ihrem Zimmer und schluchzte.

Wenigstens war jetzt alles klar. Hendrik war nicht verliebt. Mehdi fand Clarisse hübsch, weil sie ein dunkler, semitischer Typ war und seinen Schwestern ähnelte – vor zwei Jahren, am Tag ihrer ersten Begegnung an der Sorbonne hatte er sie sogar für eine Algerierin gehalten –, aber sie machte sich nichts vor: Um sie zu begehren, musste man ihr schon auf einer fernen Insel begegnen.

Mehdi war fast so enttäuscht wie sie.

»Ach, du armer Schatz! Was machst du denn jetzt?«

Sie dachte nach.

»Er ist nicht mein Ziel. Sonst würde ich den Zug nach Antwerpen nehmen.«

Bei ihrer Ankunft am Flughafen von Bangkok schien es, als würde durch die Geräusche und Gerüche ein Knopf gedrückt, und plötzlich war sie wieder die andere Clarisse, die sie im Februar entdeckt hatte. Erleichtert stellte sie fest, dass der Zauber des Reisens, zu dem jetzt auch noch ein angenehmes Gefühl von Vertrautheit hinzukam, von Hendrik unabhängig war. Sie fuhr die Halbinsel hinunter bis nach Phuket. Es war sehr heiß, regnete mehrmals am Tag, und im Vergleich zu Januar waren viel weniger Rucksackreisende unterwegs. Wenn sie morgens aufwachte, wusste sie nicht, wo sie abends schlafen würde: Sie improvisierte, folgte einfach ihren Launen. Ein Däne, den sie bei der Vorführung eines chinesischen Schattentheaters getroffen hatte, empfahl ihr, nach Pulau Tioman in Malaysia zu fahren – das Time Magazine habe die Insel wegen ihres Ökosystems gerade zu einer der schönsten der Erde erklärt. Am Ende der dritten Woche überquerte sie die Grenze nach Malaysia. Für sie ein neues Land in Südostasien. Und ein neues Visum in ihrem Pass. In Mersing im Bundesstaat Johor nahm sie die Fähre.

Der Däne hatte nicht gelogen: Pulau Tioman war ein Paradies und in dieser Jahreszeit fast menschenleer. Im Restaurant traf sie am Abend nur noch einen anderen Rucksackreisenden, einen Australier, dreiundzwanzig, der gerade eine einjährige Rundreise durch Europa und Asien beendete. Sie setzten sich zusammen an einen Tisch, und es schien ganz natürlich, gemeinsam mit ihm in die Pfahlhütte zurückzukehren, die sie im Dschungel nicht weit vom Strand gemietet hatte.

Dieser große Kerl, der doppelt so breit war wie sie, strahlte etwas Sanftes, Beschützendes aus, das sie an Jacques erinnerte, Paulettes Mann. Seine Treuherzigkeit reizte sie dazu, sich allerlei Dummheiten auszudenken. So erzählte sie ihm, dass sie in einem Hollywood-Film mit Harrison Ford mitgespielt habe oder dass Schlangenbeschwören eins ihrer Hobbys sei. Er machte große Augen, und sie brach in schallendes Gelächter aus. In der Nacht, als Clarisse eine riesige, behaarte Spinne aus ihrem Rucksack krabbeln sah und laut aufschrie, packte er das Monster behutsam an den Beinen und setzte es draußen wieder ab. Er war zwar kein sonderlich einfallsreicher Liebhaber, aber immer darauf bedacht, Lust zu schenken.

Am sechsten Tag trennten sie sich. Er brach nach Indonesien auf, seine letzte Etappe vor der Rückkehr nach Australien, wo bereits eine Stelle als Computertechniker auf ihn wartete. Indonesien, noch ein Land, das nur aus Inseln bestand; auf ihrer nächsten Reise würde sie es erkunden. Es gab immer wieder neue Länder, neue Grenzen, die man überqueren konnte, es würde nie aufhören.

Auf dem Weg nach Bangkok machte sie in Lamai halt. Die fünf Tage mit dem Australier hatten die Erinnerung an die beiden Wochen mit Hendrik beflügelt, zwei Wochen, die sie immer noch in sich trug wie einen funkelnden Diamanten. Hendriks Schönheit gab sicher den Ausschlag, aber hinzu kam, dass er bei ihrer ersten Begegnung gerade den Brief einer anderen Frau gelesen und sie sich bereits mit seiner Unerreichbarkeit abgefunden hatte. Und dann stand er plötzlich wie der

Geist aus Aladins Wunderlampe am Strand von Lamai vor ihr. Eine seltsame Sehnsucht erfasste sie. Die Strandhütten wurden gerade gereinigt und wieder hergerichtet. Der Besitzer, der sich an ihren Aufenthalt im Februar erinnerte, überließ ihr eine kostenlos. Weil es keinen Strom gab und sie ihre Taschenlampe verloren hatte, legte sie sich bei Einbruch der Nacht schlafen, um dann mit der Sonne aufzustehen. Mitten in der Nacht wurde sie wach, weil ihr ein grauenhafter Schmerz durch den Körper fuhr und sich rasant in ihrem rechten Arm und ihrer rechten Schulter ausbreitete. Ihre Hand brannte. Sie dachte sofort, dass sie von einer Kobra oder einem Krait gebissen worden war. Bei der Vorstellung, dass dieses Reptil vielleicht noch unter ihrem Moskitonetz herumkroch, erstarrte sie, und sie traute sich kaum noch zu atmen.

Sie hatte gehört, dass das Gift dieser Schlangen innerhalb von weniger als drei Stunden zum Tod führte. Es war stockfinster, kein Mensch weit und breit. Sie würde sterben. Sie spürte schon erste Anflüge von Atemnot, aber gleichzeitig überkam sie ein seltsamer innerer Frieden. Zwei Mal, einmal mit fünfzehn und einmal mit sechzehn, hatte sie bereits versucht, sich umzubringen. Doch schon damals war für sie ein anderer Tod vorherbestimmt, hier, an diesem Ort, wo sie ein Glück erfahren hatte, das für die meisten Menschen unerreichbar blieb. Nur ihre Mutter hätte sie gern ein letztes Mal geküsst. Die Schmerzen waren so heftig, dass sie das Bewusstsein verlor.

Als sie aufwachte, war Tag. Ihr rechter Arm war von der Hand bis zur Schulter angeschwollen wie ein Kürbis.

Am übernächsten Tag, als die Schwellung schon etwas zurückgegangen war, untersuchte am Strand ein neuseeländischer

Medizinstudent ihre Hand, auf der noch zwei Bisse zu erkennen waren.

»Keine Schlange – ein Skorpion.«

Skorpionstiche waren selten tödlich. Die Schmerzen und das Fieber deuteten darauf hin, dass dieser es hätte sein können. Diese Kraft in ihr, dachte Clarisse, war nicht nur die Kraft der Jugend, sondern auch eine Lust am Leben, die stärker war als Skorpionstiche und enttäuschte Liebe.

ꕥ

Als sie in Roissy landete, wusste sie schon, dass sie wieder aufbrechen würde. Nicht nur für ein paar Wochen. Für ein Jahr wie der Australier. Mehdi wechselte die Farbe, als sie ihm von dem Skorpion erzählte. Nach dieser Begegnung mit dem Tod war eine weitere Reise nach Südostasien in seinen Augen Wahnsinn.

»Mehdi, in meinen Augen ist es Wahnsinn, seine Jugend an der Uni, in einem Büro oder einer Fabrik zu verbringen, anstatt die Welt zu bereisen.«

Ende August flog Mehdi nach Kalifornien. Er hatte für ein Jahr einen Lehrauftrag an der UCLA bekommen, der Universität, an der Josh studierte. In einem begeisterten Brief erzählte er ihr von den Schwulenbars in Venice, Malibu und Santa Monica, den *queer studies* an der Uni und den Poolpartys an den Hängen von Hollywood.

Jedes seiner Worte bestätigte Clarisse darin, dass dieser Kontinent sie nicht interessierte. Der Osten war die Richtung, in die ihr Herz schlug. Auf ihrem CD-Player hörte sie Ravi Shankar. Sie las Tagore. Ging mit Florence ins Kino in der Rue Christine, um die Filme von Satyajit Ray zu sehen, und war begeistert von der Apu-Trilogie. Sie liebte indische Musik, indische Poesie, indische Filme, Curry. Indien war ihr Land.

Sie arbeitete ganztags in einem großen Geschäft an der Rue de Passy, wo sie der Bourgeoisie des 16. Arrondissements Pelzmäntel verkaufte. Die Chefin ihrer Abteilung behandelte sie wie ein Dienstmädchen, und Clarisse war mehrmals kurz davor zu gehen, aber das Gehalt war besser als bei Benetton. Einmal pro Woche aß sie mittags bei ihrer Mutter, mit der sie sich versöhnt hatte und die ihren Wagemut bewunderte.

An Weihnachten bekam sie eine Karte vom Australier. Als dann auch ein Umschlag mit der breiten, kindlichen Schrift kam, schlug ihr Herz schneller. Hendrik schickte ihr eine konventionelle, unfassbar nüchterne Karte – »Frohes und gesundes neues Jahr« –, ohne irgendetwas über sich zu schreiben. Auf beiden Karten stand über der Unterschrift das Wort *love*, aber sie wusste, dass es nur eine Höflichkeitsfloskel war. Sie antwortete nicht.

Sie sparte jeden Centime. Ohne Mehdi war ihr Leben noch asketischer. Eines Abends im Januar klingelte das Telefon.

»Hey, Clarisse! Ich bin morgen Abend in Paris, kann ich bei dir schlafen?«

Dass es Hendrik war, erkannte sie eigentlich nur daran, dass er Englisch sprach. Sie hatten sich seit einem Jahr nicht gesehen. Suchte er ein Bett für die Nacht?

Weil sie bis sieben arbeitete, sagte sie ihm, er solle um acht kommen, und geriet in Panik, als sie aufgelegt hatte. Im Winter rasierte sie sich weder die Beine noch unter den Armen. Dies musste sofort geschehen, und sie musste sich auch die struppigen Haare waschen. Nicht ganz einfach in einer Dachkammer, in der man sich mit dem Waschlappen an einem Becken wusch, in das nur ein dünner Strahl warmes Wasser lief. Und abnehmen musste sie bis zum nächsten Abend auch noch. Sie hätte ihm sagen sollen, sie sei nicht da. Zu spät. Es gab keine Möglichkeit, ihn zurückzurufen.

Am darauffolgenden Tag war sie im Geschäft so zerstreut, dass die Chefin sie als Idiotin beschimpfte, doch die Beleidigung glitt an ihr ab. Sie konnte nicht glauben, dass Hendrik noch an diesem Abend in ihrem Zimmer sein würde, dass die beiden entgegengesetzten Welten, in denen sie lebte, aufeinandertreffen würden. Die der Pariser Clarisse und die der Clarisse aus Asien. Wäre Mehdi doch dagewesen, um gemeinsam mit ihr das Gefühlschaos zu analysieren, das die Ankündigung dieses Besuchs ausgelöst hatte!

Um zwanzig vor acht kam sie nach Hause, wusch sich unter den Armen, schlüpfte in eine Jeans und einen schwarzen Pullover, band sich die Haare zusammen, machte sie wieder auf, band sie wieder zusammen, stellte zwei Teller und einen Kerzenhalter auf ihren Schreibtisch, auf dem schon eine Tischdecke lag, und legte eine Kassette von Ravi Shankar ein. Sie war innerlich vorbereitet. Um acht würde das Telefon klingeln, und er würde sagen, dass er im Zug unterwegs nach Antwerpen sei. Oder er würde nicht mal anrufen. Sie hatte ins Kinoprogramm geschaut und würde sich um neun einen Film ansehen.

Auf die Minute genau um acht klopfte es an der Tür. Flämische Pünktlichkeit. Ihr Gesicht leuchtete auf. Sie öffnete die Tür. Da stand er, Hendrik, hier auf ihrem Treppenabsatz.

Sehr groß, aber anders. Die Haut blass und etwas pickelig. Die Haare farb- und glanzlos und fast so kurz rasiert wie für den Militärdienst, was seine spitzen Ohren betonte. Unter einem scheußlichen grünlichen Parka trug er einen hässlichen braunen Pullover. Sie erkannte den Mann aus Koh Samui kaum wieder. Er hatte eine Packung Bierdosen dabei – für ihn, denn Clarisse trank kein Bier.

Als er ins Zimmer trat, stieß er sich an der Dachschräge gleich den Kopf. Sie lachte und entschuldigte sich. Er nahm sie in den Arm.

Er war zur Porte de la Chapelle gekommen, war die sieben Stockwerke zu ihr hochgestiegen, sie durfte ihn jetzt nicht enttäuschen. Sie hatte das Gefühl, eine Rolle spielen zu müssen, die coole Französin, sexy und frei.

Hendriks Bein drückte so fest gegen ihren Knöchel, dass es wehtat. Sie traute sich nicht, etwas zu sagen. Sie simulierte. Er merkte es nicht. Die durch das schmale Bett erzwungene Intimität brachte sie einander näher. Nach dem Aufwachen lief es langsamer, zärtlicher. Es gelang ihr, sich zu entspannen. Beim Tee unterhielten sie sich. Er arbeitete seit sechs Monaten in der Werkstatt seines Vaters und kam gerade aus Manchester, wo er einen Cousin besucht hatte.

»Wolltest du nicht Auslandskorrespondent werden?«

»Studieren ist nicht mein Ding. Ich gehe nach Vancouver und ziehe da zusammen mit einem Freund ein Business auf, ein Fitnessstudio.«

Sie erzählte ihm von ihrem Plan, ein Jahr lang durch Indien zu reisen.

»Cool.«

Sie waren in verschiedenen Richtungen unterwegs.

Nachdem er seinen und die Hälfte von ihrem Éclair heruntergeschlungen hatte, ging er. Um die zwei Bissen, die sie abbekam, hatte sie fast kämpfen müssen. Als er sein Bier trank, hatte er laut gerülpst.

»Keine Ursache.«

Er grinste.

»Was denn? Nicht in Gegenwart einer Dame, oder was? So wie du hier wohnst, brauchst du gar nicht so vornehm zu tun!«

Dass er ein nüchterner Mensch war, wusste sie; dass er unausstehlich sein konnte, entdeckte sie jetzt.

Immerhin führte sein Besuch dazu, dass der Hendrik mit den schönen Händen (jetzt schwielig, mit abgebissenen Nägeln), den Clarisse in der Erinnerung verherrlicht hatte, durch die Realität abgelöst wurde. Sie schrieb Mehdi, dass er recht gehabt habe, als er – obwohl er doch in Josh verliebt war – seine Besuche in den Diskotheken der Rue Sainte-Anne damit rechtfertigte, dass die fleischliche Lust von der Liebe zu unterscheiden sei. Das Glück von Koh Samui war auf die Umstände zurückzuführen, auf ihre jungen Körper und deren Begierden. Auch Frauen konnten Orgasmen haben, ohne zu lieben.

Sie arbeitete den ganzen Sommer durch. Sie brauchte genug Geld für ein Jahr. Das Leben war dort nicht teuer, aber die Flüge mussten bezahlt werden. Von Indien aus, wo man nicht länger als drei Monate hintereinander bleiben durfte, würde sie nach Nepal und Australien reisen, um ihr Visum zu erneuern. Sie beabsichtigte auch, nach Laos, Indonesien und Sri Lanka zu fahren.

Die Karte, die sie im Juli von Hendrik erhielt, kam nicht aus Kanada, sondern aus Indonesien. Vancouver hatte nicht funktioniert, er war wieder nach Asien gereist. Die Neuigkeit ließ ihr Herz nicht schneller schlagen, und Clarisse gab ihrer Beziehung endlich einen Namen: Kameradschaft. Sie antwortete ihm, dass sie Anfang September nach Bombay fliegen würde.

Im Vieux Campeur kaufte sie einen etwas größeren Rucksack und einen Gürtel mit Reißverschluss, der nur ein bisschen voluminöser war als normale Gürtel, in dem sie aber ihre fest zusammengerollten Geldscheine verstauen konnte. Sie überlegte, ihr Dachzimmer unterzuvermieten, doch dann beschloss sie, einen Schlussstrich unter ihre Vergangenheit und die Drohungen ihres Vaters zu ziehen. Sie kündigte den Mietvertrag und packte ihre wenigen Sachen in zwei Kisten, die sie im Keller von Florence' Eltern unterstellte.

In Bombay fand sie mitten im Zentrum eine kleine billige Pension und erkundete zu Fuß die Stadt, deren Chaos, deren Wahnsinn und deren Gigantismus Clarisse vom ersten Moment an gefiel.

Drei Tage später hielt sie eine postlagernde Karte von Hendrik in der Hand. »Salut, Clarisse, gut angekommen? Ich bin in Nepal. Komm zu mir nach Katmandu.«

Sie wollte erst Gujarat und Rajasthan bereisen und schrieb ihm, dass sie nach dem Monsun, also im Oktober nach Nepal fahren würde.

Die fünf Wochen, die sie im Norden Indiens verbrachte, waren die außergewöhnlichste Zeit ihres Lebens. Mit Überlandbussen unterwegs, stieg sie aufs Geratewohl aus, um Dörfer zu entdecken, deren Bewohner noch nie eine allein reisende weiße Frau mit Rucksack gesehen hatten. Diese Menschen, die nichts besaßen, teilten das Essen mit ihr. Der Einzige, der sie einmal ausnutzen wollte, war ein reicher Geschäftsmann aus Udaipur, der sie in einer düsteren Straße belästigte, nachdem er sie zum Abendessen eingeladen hatte und sie nun zu ihrer Pension zurückbegleitete. Er war betrunken und nicht sehr stark, sie konnte die Flucht ergreifen und verließ Udaipur am nächsten Tag. In den Dörfern, in denen man sie empfing, fühlte sie sich nie bedroht. Kein Tag verging ohne eine Geste, deren Schönheit sie berührte. Als sie einmal morgens unter einem Baum saß, um zu schreiben, setzte sich ein kleines, zerlumptes Mädchen neben sie. Das Kind nahm sie an der Hand und führte sie mehrere Kilometer weit zu ihrem Zuhause, einem fensterlosen Bau aus Kuhfladen, den man nur gebückt betreten konnte. Clarisse verbrachte mit den vier Geschwistern und den Eltern der Kleinen Tee trinkend den Nachmittag, und sie verstand nun die Herkunft des Ausdrucks »willkommen sein«: Wo man will, dass wir kommen, da sind wir willkommen.

Weil Clarisse grundsätzlich hielt, was sie versprochen hatte, flog sie im Oktober nach Katmandu, wo ein zwei Wochen alter Brief postlagernd auf sie wartete. »Ich hatte die Nase voll, auf dich zu warten. Bin los zu einem Trekking am Annapurna. Komm zu mir nach Jomsom.«

Der Ton des Briefs gefiel ihr nicht und auch nicht das Gefühl, ihm hinterherzulaufen. Hendrik verwendete den Imperativ, als könnte er über sie bestimmen. Sie beschloss, in Katmandu zu bleiben, und hinterließ ihm eine Nachricht mit dem Namen der Pension, in der sie wohnte.

Als sie eine Woche später wieder von einem herrlichen Tag zurückkehrte, an dem sie sich wie so oft einfach nur hatte treiben lassen, saß auf einmal ein Westeuropäer auf einem Schemel vor ihrer Pension.

»Hendrik?«

Seine Haut war fahl, die Wangen eingefallen, die Augen fiebrig. Als er aufstand, schwankte er. Er war so schwach und so gar nicht er selbst, dass sie sofort Mitleid hatte. Sie stützte ihn auf dem Weg in ihr Zimmer, half ihm, sich hinzulegen, zog ihm die Wanderschuhe und schmutzigen Socken aus. Das Fieber war so hoch, dass sie es sofort spürte, und er hatte so viel Gewicht verloren, dass seine Rippen hervortraten. Eine Woche lang tat er nichts als schlafen und sich entleeren. Alle fünfzehn Minuten fütterte sie ihn Löffel für Löffel mit dem Sud von gekochtem Reis und flößte ihm so langsam, wie es seinem armen Magen zuträglich war, Flüssigkeit ein. Sie legte ihm nasse Handtücher auf die Stirn, befeuchtete seine trockenen Lippen, wusch seine durchgeschwitzten T-Shirts und schmutzigen Slips und wechselte die Laken, die sie im kleinen Hof der Pension trocknen ließ. Der Durchfall dauerte an: Hendrik konnte nichts bei sich behalten. Als der fünfte Tag zu Ende ging, fragte sie sich, ob sie ihn ins Krankenhaus bringen sollte. Nach einer weiteren Fieberspitze, die er in Schweiß gebadet überstand, wachte er auf, hatte Appetit und verschlang nun von morgens bis abends tellerweise Reis, Linsen und Kartoffeln, die sie ihm brachte.

Gemeinsam flogen sie wieder nach Indien. Von Bombay fuhren sie mit dem Zug weiter Richtung Süden. Innerhalb von zwei Wochen waren sie ein Paar geworden, ohne dass ein Wort der Liebe gefallen war. Er hatte sich für ihre Pflege bedankt, zeigte aber wenig Zärtlichkeit und im Allgemeinen keine Gefühle. Mit dem Pragmatismus dieses Mannes, der an seine Karre gedacht hatte, als sie in spirituelle Harmonie zu treten glaubte, fühlte sich Clarisse allerdings wohl. Er erlaubte ihr, sie selbst zu sein, anstatt eine Rolle zu spielen wie in Paris, wo der Druck, dem romantischen Anlass gewachsen zu sein, ihre Lust ausgeschaltet und Hendriks Überraschungsbesuch zu einem kompletten Reinfall gemacht hatte. Der Flame hatte wieder volle Wangen, die sonnengebleichten Strähnchen kaschierten seine Ohren, und seine Haut hatte ihren goldbraunen Schimmer zurück. Clarisse begehrte ihn wieder.

Es gab einen Charakterzug an ihm, den sie nicht mochte, und das war sein Geiz. Natürlich hatte er nicht viel Geld und musste – genauso wie sie – auf seine Ausgaben achten. Trotzdem leistete er sich Bier und Marihuana in solchen Mengen, dass sie sich manchmal fragte, ob er eigentlich nur durch Indien reiste, um anstelle zu arbeiten Spaß zu haben, in der Sonne zu sitzen, zu kiffen und zu trinken. Sie selbst hatte sich von Drogen und Alkohol total verabschiedet, weil sie fand, dass Westler sich vorbildlich verhalten sollten in Ländern, in denen sich die Armen um fünf Uhr morgens am Dorfbrunnen wuschen, um sich mit der Sauberkeit auch ihre Würde zu bewahren. Jedes Mal, wenn sie das Restaurant oder Hotel bezahlte, fragte Hendrik: »Was schulde ich dir?«, obwohl er genau wusste, dass ihre Antwort »Ist okay« lauten würde. Er insistierte nie. Und anstatt bei der nächsten Gelegenheit von sich aus das Zimmer oder das Essen zu bezahlen, teilte er die Summe dann auf den Pfennig genau durch zwei. Clarisse' Mutter hatte nichts, nur ihre Großzügigkeit. Und ihr Vater war ein Angeber und Verschwender. Auch unter ihren Freunden gab es niemanden, der geizig war, schon gar nicht Mehdi. Hendriks Knauserei, als er von Clarisse einmal für einen Tee ein paar läppische Roupies zurückverlangte, hätte ihn erschüttert. Sie hatte selbst erst gedacht, es wäre ein Scherz.

»Warum sollte ich deinen Tee bezahlen? Das mache ich, aber nur wenn ich Lust dazu habe.«

Sie schleuderte ihm die Münzen ins Gesicht. Er steckte sie lachend ein.

Auch was die Art zu reisen betraf, unterschieden sie sich sehr. Hendrik stellte ein Programm zusammen, an das er sich dann genauestens hielt. Um von A nach B zu gelangen, nahm er grundsätzlich den kürzesten Weg und aß mittags wie abends zu festen Zeiten. Clarisse liebte die Improvisation und ließ sich gern überraschen. Sie verschwand in einer Gasse oder einem Basar, um zwei Stunden später mit einem wunderschönen Gegenstand wieder aufzutauchen, den sie gekauft hatte, während er vor Sorge und Ärger außer sich war. Damit er ihr verzieh, umschmeichelte sie ihn. Und machte es beim nächsten Mal wieder genauso. Je eiliger er es hatte, desto mehr Umwege fand sie. Sie waren wirklich nicht kompatibel.

Aber dann kam der Abend. Ein Inder holte seine Gitarre heraus, Hendrik fing an zu singen, die Beatles oder Neil Young; und Clarisse spürte, wie ihre Vorbehalte schwanden. Nachts streckte er mit katzenhafter Anmut seine Glieder aus.

Ende November erreichten sie Goa. Vom Busbahnhof gingen sie zu Fuß Richtung Meer. Clarisse wollte am Strand eine Ferienhütte finden, um wie auf Koh Samui den Sonnenuntergang zu sehen.

»Goa ist unheimlich touristisch, Clarisse. Eine Ferienhütte am Strand, das wird zu teuer.«

»Hör doch wenigstens ein Mal auf, so geizig zu sein! Es macht überhaupt keinen Sinn, herzukommen und sich dann am falschen Ort einzuquartieren.«

Sie wusste sofort, dass sie ihn verletzt hatte. Schweigend schritten sie in der Menschenmenge voran. Als er schließlich den Mund aufmachte, war die Härte in seiner Stimme neu.

»Ich erkenne dich nicht wieder. Du bist eine reisende Spießerin geworden.«

Sie hatten seit dem Morgen nichts gegessen. Bestimmt war ihm der Hunger auf die Stimmung geschlagen. Es war besser, den Sturm vorüberziehen zu lassen. Hendrik schaute sie an, und seine Augen wurden schmal.

»Ich hab die Nase voll davon, mit dir zu reisen. Du bist weder witzig noch schön. Ganz zu schweigen von deinen Talenten im Bett. Die größte Niete, die ich je erlebt habe!«

Inmitten der Menge drehte sich Clarisse abrupt um und marschierte wortlos davon. Er lief ihr nicht nach. Er hasste diese kindische Impulsivität.

Er war gemein, aber ein heller Kopf und ehrlich. Sie war nicht witzig, sie war nicht schön, sie war eine Niete im Bett, und inzwischen war sie nicht einmal mehr frei. Sie hatte das Alleinsein verlernt.

Am Strand mietete sie ein Zimmer in einem Fischerhaus, das neben einem Schweinestall stand. Sie weinte ohne Unterbrechung.

Wie konnte ihr so das Herz bluten wegen eines Mannes, von dem sie sich schon zwei Mal – in Paris und in Katmandu – sicher gewesen war, dass sie ihn nicht liebte? Wo war die Clarisse, die beschlossen hatte, im September nach Rajasthan zu reisen und nicht zu ihm nach Nepal?

Am dritten Tag saß sie lesend unter einer Kokospalme am Strand, da tauchte er auf.

»Wusste ich doch, dass ich dich wiederfinde. Hast du zu Ende geschmollt?«

Lächelnd zeigte er seine Grübchen und seine strahlend weißen Zähne. Seine Stimme klang so entspannt, als wäre nichts geschehen. Seine Augen waren noch blauer. Er stellte den Rucksack ab und streckte ihr die Hand entgegen. Sie küssten sich leidenschaftlich.

Die ganze Nacht liebten sie sich so wie am Anfang ihrer Liaison auf Koh Samui. Als sie am Morgen eng umschlungen unter dem Moskitonetz lagen, gab er zu, dass das Band zwischen ihnen stärker war als alle Beleidigungen.

»Am Ende werden wir noch heiraten«, sagte er in scherzhaftem Ton.

Es war kein Heiratsantrag, sondern eine simple Feststellung.

»Tja, dumm gelaufen«, fuhr er im selben Ton fort und zwickte sie dabei sachte in die Brustwarzen. »Ich hänge bei dir fest. Wetten, in ein paar Jahren bist du fett? Deine Oberschenkel sind breit, deine Waden dick, deine Finger kurz. Und dann dieser riesige Zinken! Von deinen Rastazotteln mal ganz zu schweigen.«

Er wiederholte nur das, was Clarisse an sich selbst kritisierte, und seine Worte hätten fast zärtlich klingen können, wäre da nicht dieser bissige, provozierende Unterton gewesen. Er testete seine Grenzen aus.

»Jetzt guck mich nicht so an, mit deinen großen traurigen Augen! Weißt du, woran du mich erinnerst? An diese Plastikhündchen, die sich Fernfahrer an die Windschutzscheibe hängen, diese Püppchen, die die ganze Zeit mit dem Kopf nicken.« Er imitierte das Nicken eines Hundepüppchens und machte dabei ein extradummes Gesicht. »Du sagst, du wärst frei, dabei bist du so abhängig wie ein kleiner Wauwau.«

Er ließ die Zunge aus seinem Mund hängen und jaulte. Es war so, als hätte er ihre Gedanken gelesen.

»Genau. Und du bist der Inbegriff von Freiheit.«

Er lachte schallend.

»Jetzt ist sie beleidigt! Komm schon, ich mache doch nur Spaß!«

Er kitzelte sie, und sie wehrte sich, aber er war stärker. Er drang in sie ein.

Wie konnte ein und derselbe Mann so zärtlich und dann wieder so gemein sein? Worte ihrer betrunkenen Mutter stiegen aus der Erinnerung hoch, Worte von früher, die Clarisse als Teenager gehört hatte, als sie einmal spät in der Nacht nach Hause kam: »Du bist hässlich und du bist blöd. Lässt dich wie eine Nutte von jedem vögeln, du armes Ding! Dich wird nie jemand lieben!«

Sie hatte einen Traum. Eine blaue Schlange kroch langsam auf sie zu. Mit hypnotisierendem Blick starrte sie Clarisse aus ihren kleinen glänzenden Augen an. Sie würde sie beißen. Die Schlange hatte den gleichen Blick wie Hendrik, wenn er sich über sie lustig machte. Kurz bevor die Schlange sie tötete, wachte Clarisse auf.

Neben ihr unter dem Moskitonetz lag Hendrik und schlief wie ein Engel. Er schnarchte leise, mit halb geöffnetem Mund. Die blonden Strähnen fielen ihm in die Stirn, das Kinn und die Wangen bedeckte ein Anflug von Bart. Ob im Schlaf oder wach, er war immer schön. Schön wie ein Gott, hätte Mehdi gesagt. Ohne ihn zu wecken, streichelte sie über seinen muskulösen Schenkel, und sein Glied schwoll an und deutete in ihre Richtung, ohne dass Hendrik die Augen aufschlug. Sie war traurig. Vielleicht lag es an den Hormonen.

An diesem Nachmittag trafen sie am Strand einen stämmigen, dunkelhaarigen Jungen aus Grönland, der sein vorzügliches Marihuana mit Hendrik teilte und gar nicht aufhören konnte, ihn anzuschauen, so beeindruckt war er von Hendriks Schönheit. Auch mit Männern hatte Hendrik ein paar Erfahrungen gesammelt, ohne wirklich bisexuell zu sein. Die Aufmerksamkeit des jungen Mannes schien ihm zu gefallen. Clarisse ahnte, was kommen würde. Die beiden würden sie auffordern, sie allein zu lassen. Und sie würde sich bis zum bitteren Ende demütigen lassen. Die Aussicht machte ihr solche Angst, dass sie den beiden nicht von der Seite wich. Die Nacht brach herein. Hendrik wurde der Sache als Erster überdrüssig.

»Ich gehe schlafen.«

Er schlug ihr nicht vor mitzukommen, sondern ging einfach. Sie blieb neben dem Grönländer im Sand liegen, dessen Finger sachte ihren Unterarm berührten. Damit hatte sie nicht gerechnet. Anziehend fand sie ihn nicht, wies ihn aber nicht ab. Sanft, fast ohne sich zu bewegen, drang er in sie ein und ließ die Lust kommen wie eine langsam heranrollende Welle. Anschließend bedankte er sich und sagte, dass sie einen schönen Körper habe. Er begleitete sie durch die Dunkelheit bis zum Fischerhaus und küsste sie leicht auf die Lippen, ehe er ging. Hendrik schlief. Sie schlüpfte unter das Moskitonetz.

Wie jeden Morgen hatte Hendrik Sex mit ihr, um sich seiner Erektion zu entledigen. Er brachte die Sache in fünf Minuten hinter sich. Sie fühlte sich wie ein benutzter, nach Gebrauch weggeworfener Gegenstand.

»Nicht jeder findet, dass ich eine Niete bin.«

»Ach, ja? Wer denn?«

»Der Grönländer.«

»Hast du mit dem geschlafen? Wo?«

»Am Strand.«

»Am Strand?«

Im vergangenen Jahr hatte es einen Vorfall gegeben, der immer noch in aller Munde war: Ein junges deutsches Pärchen hatte sich am Strand geküsst und war von einer indischen Gang angegriffen worden, die den Jungen zusammengeschlagen und halb tot liegen gelassen und das Mädchen mehrfach vergewaltigt hatte.

Hendrik kroch aus dem Moskitonetz.

»Diesmal ist es aus.«

»Was ist aus?«

»Mit uns.«

Es verschlug ihr die Sprache. Brach er mit ihr, weil sie eine leichtsinnige Dummheit begangen oder weil sie ihn betrogen hatte? Ihr Geständnis war eigentlich weniger ein Geständnis als Angeberei gewesen. Oder war Treue in Hendriks Augen jetzt doch kein spießiger Begriff? In Nepal hatte er selbst mit diversen Rucksacktouristinnen geschlafen und kein Geheimnis daraus gemacht.

»Das mit dem Typen war doch nichts. Ich bin in *dich* verliebt.«

»Aber ich nicht mehr in dich, Clarisse. Tut mir leid.«

Er sprach mit ruhiger, fester Stimme, ohne sie bewusst zu provozieren. Er fing an, seine Sachen zusammenzupacken. Zu ihrer eigenen Überraschung war sie am Boden zerstört.

»Ich reise heute Abend ab. Um sechs geht ein Bus.«

Sie folgte ihm in das Café, wo sie immer gefrühstückt hatten. Sie bekam keinen Bissen herunter. Als er später dösend neben ihr im Sand lag, betrachtete sie seinen flachen Bauch, seine muskulöse Brust und die blond behaarten Unterarme.

Don't touch, schienen sie ihr zu sagen. Er würde Clarisse durch eine andere Frau austauschen, so wie er die Schwedin durch Clarisse ausgetauscht hatte. Vielleicht wartete ja in Nepal schon eine Frau auf ihn.

Sie berührte ihn sachte an der Schulter.

Er schlug die Augen auf. »Wie viel Uhr ist es?«

»Zehn nach vier. Kommst du mit ins Zimmer?«

»Ich habe noch Zeit, der Bus fährt erst um sechs.«

»Würdest du ein letztes Mal mit mir schlafen? Bitte …«

»Wenn's so brennt, geh doch zu deinem Freund aus Grönland. Der ist hier irgendwo.« Er stand auf. »Ich gehe schwimmen.«

Sie sah ihm nach, wie er zum Meer spazierte. In zwei Stunden würde er fort sein.

Als er aus dem Wasser kam, schüttelte er sein nasses Haar über ihrem Körper aus. Er genoss seine Macht. Natürlich war es genau das, was Clarisse zu ihm hinzog: Sein Sadismus weckte wie ein Furunkel, das man blutig kratzt, die alte panische Angst vor Ablehnung und den Wunsch zu sterben in ihr.

»Ich hab Lust auf eine Mango. Hast du Geld? Hab meins im Zimmer gelassen.«

Sie gab ihm ihre Tasche. Er nahm sich einen Geldschein und steuerte auf die Händlerinnen in ihren Saris zu.

Clarisse ging zum Meer, watete hinein und schwamm sofort los, ohne noch einmal anzuhalten, mal Brust, mal Kraul, so lange, dass sie den fernen Strand kaum noch ausmachen konnte, als sie sich schließlich umdrehte. Sie sah, wie die Farben des Himmels von hellem Blau in flammendes Orange umschlugen, in Rosa, Zartblau, Dunkelblau. Es war Nacht. Hendrik saß wahrscheinlich in seinem Überlandbus. Sie war nicht im Begriff zu ertrinken und war bisher auch von keiner Wasserschlange und keinem anderen Seeungeheuer gebissen worden. Doch da, wo sie war, so weit draußen, konnte sie nie mehr zum Ufer zurückkehren.

Clarisse starb nicht. Ein Tourist hatte sie ins Wasser gehen sehen, und als ihm auffiel, dass sie nicht zurückkam, hatte er Hendrik alarmiert. Die Fischer brachten nach ihrem Zwölf-Stunden-Tag auf dem Meer noch eine weitere Stunde damit zu, Clarisse zu suchen. Sie opferten eine Stunde ihrer abendlichen Ruhepause, um eine dumme Westlerin zu retten. Mit der Hand auf dem Herzen und einem sanftmütigen Lächeln auf den Lippen lehnten sie die Geldscheine ab, die Clarisse aus ihrem Gürtel zog, den sie wohlbehalten am Strand wiedergefunden hatte.

Hendrik hatte den Überlandbus verpasst. Er musste bleiben. Es wurde ihre intensivste Nacht.

»Wolltest du wirklich für mich sterben?«, fragte er, als sie gegen Mittag aufwachten.

Der Gedanke schien ihm zu schmeicheln. Clarisse sagte nicht, dass er auf einem Missverständnis beruhte: Sie hatte nicht für ihn sterben wollen, sondern aus Hass gegen sich selbst.

»Und wenn wir heiraten, Clarisse?«

Diesmal war es ein echter Antrag. Sie war so fassungslos, dass sie weinte.

Gemeinsam reisten sie von Goa nach Bombay, eine Fahrt, die dreißig Stunden dauerte, und begaben sich zum französischen Konsulat. Sie glaubten, einfach hineingehen und heiraten zu können. Doch sie kamen aus unterschiedlichen Ländern, das Aufgebot musste bestellt werden. Dies würde mindestens einen Monat dauern, erklärte ihnen der Konsulatsmitarbeiter. Sie selbst hatte schon ihr Flugticket nach Australien, wo sie ihr Visum erneuern musste. Zum ersten Mal fassten sie einen Plan.

»Ich fliege nach Singapur und buche dort mein Ticket um«, sagte Hendrik. »Am 31. Dezember treffen wir uns um achtzehn Uhr vor der Oper von Sydney. Wir heiraten in Sydney.«

Ihre Hochzeitsunterlagen schickten sie mit der Post ans dortige Generalkonsulat und sagten sich am Flughafen Lebewohl.

Während des Flugs nach Australien dachte sie an sein Lächeln, seine langgliedrigen Hände und seinen Geiz, den sie rührend fand. Sie würde ihn schon erziehen. Sie würden großzügige Kinder haben, die ihre Spielsachen und Bonbons verschenkten – Kinder so wie sie, als sie klein war, jedenfalls nach den Aussagen ihrer Mutter. In einem Monat würde der Mann von Koh Samui in Sydney vor der Oper auf sie warten und ihr einen Ring schenken – wahrscheinlich einen billigen Silberring, den er sich in Indien besorgt hätte. Sie dachte wieder an ihre Eingebung von vor zwei Jahren in Lamai, als sie die Augen aufschlug und Hendrik vor ihr stand: Er war der Mann ihres Lebens.

Sie stellte sich das Telegramm vor, das sie ihrer Mutter nach Paris und ihrem Vater nach Rom schicken würde: »Habe in Sydney einen Belgier aus Antwerpen geheiratet. Kuss. Clarisse.« Es war zu schön, sich die Verblüffung angesichts dieser elliptischen Nachricht vorzustellen und die Angst, ihre bekloppte Tochter könnte am anderen Ende der Welt einen bekifften Hippie geehelicht haben.

Und sie hörte Mehdis Stimme, die sagte: »Der Typ kommt nach Paris, um dich zu besuchen, und du bist nicht verliebt, dann weist er dich zurück, und du willst für ihn sterben? Siehst du denn nicht den Zusammenhang? Das ist keine Liebe, Clarisse, das ist deine Neurose. Du bist ihm nur dankbar dafür, dass er dich will.«

»Das stimmt. Er hat mich kennengelernt, auch von meiner schlimmsten Seite, und heiratet mich trotzdem. Ja, ich weiß, dass er kleinlich und gemein sein kann, und trotzdem begehre ich ihn. Ist das nicht Liebe, Mehdi, dieses Verlangen, das *trotz allem* bleibt? Dieses Gefühl, das man hat, obwohl es objektiv keinen Grund dafür gibt?«

»Wenn du meinst. Aber mit zweiundzwanzig heiraten? Ganz ehrlich, bis ans Ende der Welt reisen, bloß um da zu landen, wo die adretten Sorbonne-Schnösel, über die du immer gelästert hast, längst sind? Was ist mit deiner Freiheit?«

»Mit Hendrik werde ich frei sein. Er ist so wie ich, wir sind Nomaden und wildern in den Revieren der Zeit. Wir werden uns nach der Hochzeit nicht niederlassen, wir werden reisen und zwischendurch arbeiten. Wie es sich ergibt.«

Der imaginäre Mehdi verzog skeptisch den Mund.

»Glaubst du wirklich, dass er am 31. Dezember um achtzehn Uhr vor der Oper von Sydney steht?«

»Ja. Hendrik ist ein Nordlicht, er ist sehr direkt und sehr zuverlässig, wenn er sich einmal für etwas entschieden hat. Ich will einen Mann, der verlässlich ist, Mehdi. Ich will keinen, der mir durch die Finger rutscht, so wie mein Vater meiner Mutter durch die Finger gerutscht ist.«

KAPITEL 4

Houston

23. März 1998

Ève stand vor ihrer Arbeitsfläche aus Resopal und verquirlte die Minze mit den Erbsen. Noch fünf Tage. Ein neues, noch unsichtbares Lebewesen war da; seit neun Monaten lebte es schon in Symbiose mit ihr, und am Ende der Woche würde diese einmalige Mischung aus ihrem und Pauls Blut auch in dieser Welt existieren, in der ihr eigenen Gestalt. Noam, wenn es ein Junge war. Bei einem Mädchen schwankten sie noch zwischen Shilat, Emma und Agnes, was man hier wie *Ägnes* aussprechen würde. Ève hatte das Gefühl, dass das Kind ein Draufgänger sein würde, ein Feger, ein richtiger Widder. Seit Ende des vierten Monats trat es schon wie wild um sich.

Sie schmeckte die Suppe ab und füllte sie in zwei Tupperware-Dosen. Im Wohnzimmer klingelte das Telefon.

»Hallo, meine kleine Ève, störe ich dich nicht?«

»Maman? Alles in Ordnung?«

Françoise rief sonst nie an. Zwischen ihrer Mutter wie auch ihrer Freundin Francesca und ihr gingen lange, handgeschriebene Briefe hin und her, in denen sie sich eigentlich alles sagten. Tage, an denen ein Brief kam, wurden in Èves Kopfkalender als Freudentage rot markiert.

»Ich höre gerade im Radio, dass es in New York einen Schneesturm gegeben hat!«

»Es hat die ganze Nacht geschneit. Alles ist weiß.«

»Mitten im März! Die Welt steht Kopf. Was machst du gerade?«

»Ich habe gekocht. Wenn das Baby da ist, habe ich ja keine Sekunde mehr für mich.«

»Du hättest mehr Zeit, wenn du nicht stillen würdest.«

»Es ist gut für das Baby, Maman.«

»Das ist eine Modeerscheinung, ganz ehrlich. Ich habe von euch vieren keinen gestillt, und ihr seid alle gesund und munter.«

Ève antwortete nicht. Das Stillen und auch die Entbindung waren ein heikles Thema zwischen ihrer Mutter und ihr. Nach Hannahs Geburt hatte sie unter einer postnatalen Depression gelitten und zum ersten Mal in ihrem Leben mit einer Psychologin über die Umstände ihrer eigenen Geburt gesprochen. Ève war damals kein mit Freude erwartetes Baby gewesen. Ihre Mutter war gerade erst zweiundzwanzig und Opfer eines skrupellosen Verführers ohne jede Moral geworden. Françoise hatte das Neugeborene einen Tag nach der Entbindung ihrer eigenen Mutter anvertraut und sich weiter auf die *Agrégation* in Geschichte vorbereitet, die Staatsprüfung für Gymnasiallehrer. Manchmal fragte sich Ève, ob sie so süchtig nach Zucker war, weil sie damit das Fehlen mütterlicher Wärme und Zärtlichkeit in ihrer frühesten Kindheit kompensierte. »Du stellst dir zu viele Fragen. Beherrsch dich einfach!«, hätte ihre Mutter gesagt.

»Hast du die Ferien denn genutzt und dich wieder an deine Doktorarbeit gesetzt?«

Womit sich der wahre Grund ihres Anrufs offenbarte.

»War nicht so einfach, mit Hannah zwischen den Füßen.«

»Hast du sie denn nicht zu Rivka gegeben? Du bist so kurz vorm Ziel, Ève. Deine Doktorarbeit wird ausgezeichnet, da bin ich mir sicher.«

»Ich werde in New York so oder so niemals eine Stelle an der Uni kriegen.«

»Und ob! Hör auf mit der Schwarzmalerei. Deine Leistungen waren immer hervorragend.«

Als sie wieder aufgelegt hatte, war es mit der guten Laune vorbei. Es belastete sie, ihre Mutter zu enttäuschen, aber sie hatte nicht mehr die geringste Lust auf diese Doktorarbeit über die Figur der verlassenen Frau in den Mythen von Medea und Ariadne, die sie seit zehn Jahren mit sich herumschleppte. Selbst in Warschau, wo sie noch kinderlos war und keine Kurse vorzubereiten hatte, war sie keinen Millimeter vorangekommen. Sie hatte dort für ein französisches Café Kuchen gebacken, die außerordentlich gut ankamen, wie der Inhaber ständig betonte.

Ihre hyperaktive feministische Mutter, die vier Kinder bekommen hatte, ohne ihre Karriere zu unterbrechen, und nun in den anspruchsvollen Vorbereitungsklassen für die Elitehochschulen unterrichtete, würde niemals verstehen, dass ihre Tochter lieber vor einem Backofen stand, als am Schreibtisch zu sitzen.

Ein Ziehen ging durch ihren Bauch, und sie holte tief Luft. Als sie die Tupperware-Dosen mit der Suppe im Tiefkühlschrank verstaute, klingelte wieder das Telefon. Sie ging ins Wohnzimmer, um abzunehmen, und freute sich, ihren Mann zu hören.

»Alles okay, Eva-Love?«

»Ja, und bei dir?«

»Ich langweile mich zu Tode! Und das ist noch vorsichtig ausgedrückt!«

»Mein armer Liebling!«

Weil Ève's Gehalt nicht reichte, hatte Paul über seine Mutter in einer Organisation, die sich um die Restaurierung einer Synagoge kümmerte, eine vorübergehende Beschäftigung gefunden. Die Arbeit bestand darin, alte Damen zu umgarnen, damit sie Schecks ausstellten – genau das, was Paul hasste, er war kein weltgewandter Mann.

»Ève, sei vorsichtig, wenn du Hannah abholst: Der Schnee ist stellenweise vereist.«

»Ich ziehe die Schneestiefel an. Du hast übrigens heute Morgen wieder vergessen, die Mülltonnen rauszustellen. Jetzt musste ich's machen, mit meinem Bauch, das war nicht gerade einfach.«

»Oh, das tut mir leid. Habe ich total vergessen. Die Seminare, die Arbeit …«

»Ich habe auch die Klassenarbeiten, die Einkäufe, den Haushalt und ich vergesse trotzdem nicht, Hannah abzuholen. Wie soll das denn gehen mit zwei Kindern, wenn du Sachen vergisst?«

»Willst du, dass Mum vorbeikommt und dir hilft?«

»Ich will nicht, dass deine Mutter vorbeikommt und mir hilft, Paul. Ich rede mit *dir*.«

»Schrei mich bitte nicht an.«

»Ich schreie dich nicht an.«

Ein kurzes Hin und Her, und schon hatte sich der Ton verschärft. Ève hasste es, wenn sie sich stritten, aber noch mehr hasste sie es, sich vorhalten zu lassen, dass sie ihn anschrie, wenn sie gar nicht schrie, sondern ihm nur einen berechtigten

Vorwurf machte. Warum lastete die ganze Haushaltslogistik immer auf den Schultern der Frauen? Mit einer ungeduldigen Handbewegung legte sie auf.

In Pauls Ohr machte es klick. Ève hatte wohl auf die falsche Taste gedrückt. Aber sie rief nicht zurück. Normalerweise hätte er jetzt auf eine Entschuldigung gewartet. Ève war ein aufbrausender Mensch, typisch *soupe au lait*, Milchsuppe. Diesen französischen Ausdruck hatte er zum ersten Mal bei seinen drei Schwagern gehört, als sie sich auf der Hochzeit dafür bedankten, dass sie nun endlich den Drachen namens Schwester (die sie vergötterten) an ihn loswurden. Sie sagten, das habe Ève von ihrem Vater, der auch bei jeder Kleinigkeit explodiere und sich genauso schnell wieder beruhige – ihrem Vater, der gar nicht Èves leiblicher Vater war, was Paul im Gegensatz zu seinen Schwagern wusste. »Milchsuppe« hieß es deshalb, weil die Milch in der Suppe schnell überkochte, wenn man nicht danebenstand und aufpasste. Und Ève kochte wirklich schnell über. Ein Streit, und schon hieß es Scheidung; ein vergessener Schal, und schon drohten Lungenentzündung und Weltuntergang. Paul, der von ihnen beiden der wirklich Ängstliche war, musste sie unentwegt beruhigen.

Die Schwangerschaft wirkte besänftigend auf Ève, sie war seit Langem nicht mehr wütend geworden. Dass sie ihm einfach den Hörer hinknallte, konnte wirklich nur am Einfluss der Hormone liegen. Immerhin stand sie kurz vor der Entbindung. Er wählte die Nummer seiner Mutter.

»Mum? Ich habe gerade mit Ève telefoniert, sie scheint nervös zu sein. Könntest du mal vorbeischauen?«

»Das trifft sich gut, ich habe *pierogi* gemacht und euch ein Brathähnchen gekauft. Ich sage Ève, dass ich ihr alles vorbeibringe.«

»*Pierogi*! Das ist wirklich nett von dir, Mum.«

Sie verstanden sich ohne Worte. Seine Mutter hatte sich schon gedacht, dass sie einen Vorwand brauchte, um unangemeldet bei ihrer Schwiegertochter aufzutauchen.

Der Stapel Klassenarbeiten der 8b war korrigiert; morgen früh würde sie alles in der Schule abgeben. Ève zog ihren Mantel und ihre Schneeschuhe an und holte den Buggy aus dem Abstellraum am Eingang. Diesen Raum – eigentlich das Schaufenster eines Lebensmittelladens, der zu einer Wohnung umfunktioniert worden war und sonst keine Fenster hatte – war mit so viel Krempel zugestellt, dass kaum noch Tageslicht hereinkam. Sie lebten mit künstlichem Licht.

Vorsichtig stieg sie die verschneiten Stufen der Außentreppe hinunter. Der Schnee, der die Bürgersteige und parkenden Autos bedeckte, glitzerte in der Wintersonne. Für ihren Geschmack war dieser Winter viel zu mild gewesen; bis auf letzte Nacht nicht ein einziger Schneesturm.

Als sie Chinatown durchquerte, kamen ihr chinesische Großmütter in dicken Daunenjacken entgegen, die mit kleinen, eiligen Schritten unterwegs waren und rotwangige Kinder an der Hand hielten. Schneepflüge hatten die Fahrbahn geräumt und längs der Bürgersteige Wände aus Schnee aufgetürmt, die von den Auspuffgasen schon grau geworden waren. Ein Chinese radelte an ihr vorbei, durchgefroren, die Hände nicht am Lenker, sondern in den Taschen seiner dünnen Windjacke. Wie im tiefsten Winter blähte sich weißer Atem vor Èves Mund. Der marineblaue Kaschmirmantel, ein Weihnachts- und Geburtstagsgeschenk ihrer Mutter, ging über dem dicken Bauch längst nicht mehr zu. Ein Mann kam ihr entgegen und sagte augenzwinkernd, mit spanischem Akzent:

»Der ist aber bald fällig! Ein Junge, oder? Das sieht man.«

Hannah saß allein in einer Ecke auf einem Stühlchen und rief freudig »*Mommy*!«, als sie ihre Mutter kommen sah. Sie schwenkte ein Tütchen M&Ms, es hatte also eine Geburtstagsfeier gegeben. Warum malte und spielte sie nicht mit den anderen Kindern? Sie war ein verträumtes, grüblerisches Kind – zaghaft, fürchtete Ève. Sie lehnte sich an die Wand und spürte wieder ein starkes Ziehen, das durch ihren ganzen Bauch ging, während die Erzieherin ihr mitteilte, dass ihre Tochter Husten und vielleicht auch etwas Fieber habe – wie drei Viertel der Kinder hier, dachte Ève.

Mit ihrem kleinen Mädchen an der Hand ging sie wieder los und musste schimpfen, als Hannah darauf bestand, ihren Mantel offen zu lassen, so wie die Mama. Das Schmollen verflog, als sie die kleine Grünanlage in der Thompson Street erreichten. Verzückt bewunderte das Kind einen Schneemann mit einer Möhre als Nase und zwei Eichenblättern als Augen. Ève wischte den Schnee von einer Bank, und Hannah setzte sich dicht neben sie, um ihre M&Ms zu essen, die sie großzügig mit ihrer Mutter teilte, denn sie wollte ohnehin nur die blauen. Entspannt, mit leicht gespreizten Beinen spürte Ève die nächste Kontraktion; als würde das Baby anklopfen, weil es auch seinen Teil abbekommen wollte.

Kaum waren sie zu Hause, klingelte das Telefon. Paul.

»Ich komme gerade mit Hannah zurück. Es tut mir leid wegen vorhin, Schatz.«

»Kein Problem. Hat sie immer noch Husten? Hast du mal Fieber gemessen?«

»Es geht schon. Wir haben an der Grünanlage an der Thompson Street Halt gemacht und M&Ms gegessen.«

»Mm! Ach, übrigens, meine Mutter hat *pierogi* gemacht. Sie bringt sie euch vorbei.«

»Ich hatte doch Nein gesagt!«

Impulsiv legte sie auf. Diesmal kam die Kontraktion so überraschend, dass sie unwillkürlich stöhnte. Sie zog ihren Mantel aus. Im Wohnzimmer hatte Hannah ihre Jacke auf den Boden fallen lassen. Ève bückte sich, um sie aufzuheben, und musste sich auf einen Stuhl setzen: wieder eine Kontraktion. Zwischen den beiden waren keine fünf Minuten vergangen. Sie rief Becky an.

»Ich habe das Gefühl, dass es heute Abend oder morgen losgeht.«

»Ach so! Ich hatte mich auf dieses Wochenende eingestellt.«

»Wenn es schwierig für dich wird, kann meine Schwiegermutter Hannah nehmen.«

»Da wäre bei Alice die Enttäuschung aber groß. Ich kriege das hin.«

Es klopfte an der Eingangstür, und Ève erkannte die ausladende Silhouette hinter der Scheibe. Seufzend ging sie hin. Als sie ihre Schwiegermutter umarmte, stieß sie sich an ihrer riesigen Brille mit dem eckigen Gestell und nahm den Zigarettengeruch wahr. Rivka war Kettenraucherin, genauso wie Paul. Das Pfefferminzbonbon, das sie gerade noch gelutscht hatte, war nicht besonders wirkungsvoll.

»Was für eine Kälte! Brrr … Und das an einem 23. März! Ich bringe euch eine Kleinigkeit zum Abendessen …«

»*Granny*!«

Rivka bückte sich, und ihre Enkelin warf sich in ihre ausgebreiteten Arme. Dem Kind stand grenzenlose Freude ins Gesicht geschrieben, was Ève nur selten zu sehen bekam; für sie schien sich ihre Tochter die Launen und das Schmollen aufzuheben.

Rivka fand, dass sich die Kleine ziemlich heiß anfühlte. Ève war dafür wie immer. Ihr Angsthase von einem Sohn hatte sich unnötig Sorgen gemacht. Sie hängte ihren Mantel an die Garderobe und folgte ihrer Enkelin in das winzige Zimmer, wo Hannah von ihr verlangte, den Teddys Küsschen zu geben, und ganz begeistert war, als sich ihre Oma bei jedem höflich nach seinem Befinden erkundigte. Dann setzten sie sich im Wohnzimmer mit einem Buch auf das Sofa, das Paul und Ève am Ende der Fifth Avenue gefunden und mit Unterstützung eines Freundes nach Hause transportiert hatten. Es war unglaublich, was reiche Leute alles wegwarfen. Dieses Sofa mit seinen Polstern aus echten Gänsedaunen war sehr bequem, auch wenn der Velourstoff an den Armlehnen abgewetzt und noch dazu von Hannahs Patschhändchen verschmiert war. Ève ließ sie ja auch überall essen.

Auf dem Boden lagen Zeitungen, Kleidung und Spielzeug herum. Der Tisch war bedeckt mit schwarz angelaufenen Bananenschalen und Büchern von Paul, der ja keinen eigenen Schreibtisch hatte. Rivka stand auf, um die Bagels zu befühlen, die in der Salatschüssel lagen: hart wie Stein. Und keiner hatte hier mal den Tisch abgewischt. Wie sollten diese beiden Intellektuellen mit zwei kleinen Kindern zurechtkommen? Und was wäre, wenn die alte Ungarin sterben würde, die ihnen diesen Lebensmittelladen zu einem unschlagbaren Preis vermietete? Sie wären gezwungen, nach Queens zu ziehen, das wäre noch weiter weg von ihrer Wohnung in der Upper West Side.

Rivka stellte die Frühstücksschalen ineinander. Sie respektierte die Charakterstärke ihrer Schwiegertochter. Aber eine Frau hatte einen Haushalt zu führen, ob man nun für die traditionelle Rollenverteilung war oder nicht. Oder war sie selbst im Grunde dafür, ausgerechnet sie, die progressive Rabbinerin, die für sich in Anspruch nahm, Feministin zu sein? Ja, es störte sie, was Ève alles von Paul verlangte – und eigentlich störte es sie auch, dass Ève, die gerade eine Doktorarbeit beendete, mehr Diplome hatte als er. Es war ein Ungleichgewicht, das sie für ungesund hielt. Er hatte ein zweites Studium aufgenommen, als er nach der Rückkehr aus Warschau feststellen musste, wie schwierig es war, in New York als Journalist eine Anstellung zu finden. Aber warum machte er ausgerechnet einen MBA? Wollte ihr Sohn, dieser Träumer, wirklich Geschäftsmann werden oder wollte er es nur seiner Frau recht machen, der Pariserin, die in New York bleiben wollte, wo das Leben so teuer war?

Vielleicht war das, was sie an Ève irritierte, auch etwas anderes. Ihr fehlte es ein bisschen an Wärme. Rivka fand sie hart im Umgang mit Hannah, und auch der autoritäre Ton, in dem sie mit Paul umging, gefiel ihr nicht. Sie fürchtete, dass ihr Sohn schwach war. Der Plan, den Paul ihr dargelegt hatte, war im Übrigen ganz eindeutig eine Idee seiner Frau.

»Wir bleiben bis zu den Presswehen zu Hause, Mum. Bei Hannahs Geburt war Ève dreißig Stunden lang an ein Krankenhausbett gefesselt.«

»Gefesselt?«

»Durch die Infusionsschläuche konnte sie sich nicht mehr vom Fleck rühren. Wir wollen bei der Geburt unseres zweiten Kindes die Kontrolle haben.«

»Will Ève eine Hausgeburt?«

»Nein. Wir fahren kurz vorher ins Krankenhaus. Bei Hannah hat die Geburt sechsunddreißig Stunden gedauert. Davon hätten wir höchstens zehn im Krankenhaus verbringen müssen.«

»Das zweite Kind kommt immer schneller als das erste. Und Hannahs Herztöne waren abgefallen, ihr hattet damals große Angst. Es kann passieren, dass man einen Arzt braucht.«

Ève kam mit dem Teetablett aus der Küche. Rivka nahm die Aluschalen aus ihrer Tasche.

»Das Hähnchen ist von Fairway, es ist noch warm. Und ich habe *pierogi* gemacht.«

»Das ist wirklich sehr nett, Rivka. Den Tee mit oder ohne Milch?«

Als Ève die Tasse herüberreichte, verzerrte sich ihr Gesicht, Tee tropfte auf den Teppich. Zum Glück spielte Hannah nicht direkt neben ihnen. Vielleicht hatte Paul mit seiner Sorge doch recht gehabt. Um die wahren Gründe für ihren Besuch weiter vor ihrer Schwiegertochter zu verbergen, gab sich Rivka unbekümmert.

»Eine Braxton-Hicks-Kontraktion, oder?«

Diese Übungswehen kamen ja manchmal im letzten Schwangerschaftsmonat, kündigten aber noch nicht die Geburt an. Ève lächelte.

»Oh, nein. Das war eine echte Wehe.«

Ihre Schwiegermutter schwieg, als hätte sie die Antwort nicht gehört. Ève fiel es schwer, ihre Gereiztheit vor Rivka zu verbergen. Was für eine Idee, der französischen Schwiegertochter, die so gern kochte, im Supermarkt ein Brathähnchen zu kaufen! Es würde in Öl schwimmen und trotzdem trocken sein. Und *pierogi*, nun ja, mit Kartoffelpüree gefüllte Ravioli, nicht die feinste aller Speisen und auch nicht gerade Schonkost. Okay, Paul mochte das.

Ève wusste, dass es nur ein Wort gab, um Rivka zu beschreiben: Sie war großartig. Von allen Freunden, die Kinder hatten, hörte sie ständig, was für ein unerhörtes Glück sie hätten: eine Oma, die immer, auch in letzter Sekunde, bereit war, auf Hannah aufzupassen, und das in New York, wo es so selten überhaupt Eltern in Reichweite gab! Und dann auch noch eine Oma, die so unaufdringlich war.

Tatsächlich bewunderte Ève diese starke Frau mit ihrer außergewöhnlichen Lebensgeschichte. Als Baby hatte sie die Shoah überlebt, war dann als Waisenkind in Krakau von einem katholischen Ehepaar großgezogen worden, durch das sie später auf Anraten eines Priesters (ein gewisser Karol Wojtyla, der derzeitige Papst Johannes Paul II.) über ihre jüdische Abstammung aufgeklärt wurde und mit zwanzig aus Polen in die USA floh, wo sie Pauls Vater kennenlernte. Nach der Scheidung hatte sie im Alter von vierzig Jahren noch einmal studiert und war Rabbinerin geworden. Sie hatte eine unglaublich positive Ausstrahlung. Ihre beiden Kinder liebten sie über alles.

Ève, die nach ihrer *Agrégation* in klassischer Philologie für ein Jahr in die USA gegangen war, um an der Tufts University in der Nähe von Boston Französisch zu unterrichten, fand ihre eigene Geschichte sehr viel banaler. Sie fühlte sich klein neben ihrer Schwiegermutter. Vielleicht war sie auch eifersüchtig, weil ihre eigene Mutter in diesem wichtigen Moment nicht an ihrer Seite war.

»Der Tee schmeckt sehr gut.«

»Den bringe ich immer aus Paris mit. Er ist von Mariage Frères.«

Rivka nickte. Der Name sagte ihr wahrscheinlich nichts. Sie war erst ein Mal in Paris gewesen, zur Verlobung ihres Sohns. Damals hatte Ève befürchtet, dass die dicke Rivka unangenehm auffallen würde in ihrem sackartigen Kleid, mit ihrer zurechtgeschnibbelten Frisur, dem Zigarettengeruch und dem fehlenden Backenzahn, dessen Lücke sichtbar wurde, sobald sie lachte. Ihr Vater und ihre Brüder sprachen ganz ordentlich Englisch, aber ihnen würde schlichtweg kein Gesprächsstoff einfallen. Und Èves Mutter hatte einen so starken Akzent, dass sie kaum zu verstehen war. Rivka selbst hatte ihren polnischen Akzent beibehalten. Aber sie sorgte dafür, dass alle sich wohlfühlten und es ein Abend mit viel Gelächter wurde. Ihre Mutter hatte zusammenfassend ein Wort verwendet, das Ève als Beschreibung ihrer Schwiegermutter, diesem Inbegriff von Lebenskraft, eher unpassend fand: »Sie ist reizend.«

Während Ève merkte, dass sich die nächste Kontraktion ankündigte, dachte sie darüber nach, dass es schon eine gewisse Ironie hatte, so kurz vor der Entbindung Tee zu servieren.

Der Gedanke traf sie mit der Wucht eines Bumerangs. Die Wehen hatten begonnen, und niemand außer ihr wusste es.

Während Paul die Stufen zum Eingang hochstieg, suchte er in seiner Tasche nach dem Schlüssel. Seine Finger, die steif vor

Kälte waren, gehorchten ihm nur bedingt. Er schloss rasch die Tür hinter sich, damit die eisige Luft nicht ins Haus kam.

Ein Blick, und er war erleichtert. Seine Mutter und seine Ehefrau boten im heimeligen Licht der Stehlampe den kultivierten Anblick zweier Damen, die gemeinsam Tee tranken. Sie wandten ihm lächelnd ihre Gesichter zu. Ève schien nicht verärgert zu sein. Er fasste Hannah an den Handgelenken, und sie lachte hell, als er sie hochhob. Dann küsste er Rivka und legte Ève seine Hand auf den Bauch.

»Was sagt das Würmchen?«

»Es möchte den Schnee sehen. Ich habe regelmäßige Wehen.«

»Nein! Hast du das gehört, Mum?«

»Ève hat mir nichts davon gesagt!«

»Sollen wir mal die Wehenabstände messen, Schatz?«

Sie gingen in den abgetrennten Teil des Raums, der ihr Schlafzimmer war. Ève signalisierte ihm den Beginn jeder Wehe. Nach zwanzig Minuten nickte er.

»Alle fünf Minuten. Manchmal alle vier. Hast du keine Schmerzen?«

»Noch nicht.«

Nach Hannahs langer, schwieriger Geburt hatte Ève, die ja durchaus zimperlich war, Paul erklärt, dass sie das äußerst unangenehme Gefühl, das jede Wehe in ihr auslöste, nicht als Schmerz wahrgenommen habe, weil sie sich dabei immerzu die Bewegung des großen Muskels namens Uterus vorstellte, wie er langsam den Muttermund öffnete und damit dem Körper half, seine Aufgabe zu erfüllen. Sie erlebte diesen Vorgang als etwas Heftiges, Intensives, aber nicht als Schmerz. Ihr Körper war eine Wundermaschine, die im Inneren ihres Bauchs kräftigen Zug ausübte, um das Baby in die Außenwelt zu befördern. Eine solche Beschreibung der Geburt hatte er bis dahin noch aus keinem Mund gehört.

Er betrachtete das schöne Gesicht seiner Frau, ihre helle, von Sommersprossen übersäte Haut und das lange, hellbraune Haar, das ausgebreitet auf dem Kopfkissen lag. Sie lächelte ihn an. Wie ein Berg wölbte sich zwischen ihnen der Bauch, in dem sich die geheimnisvolle Mischung aus ihrem und seinem Blut befand.

Ève die Zaudernde, Ève die Überschäumende – sie besaß eine innere Kraft, die ihr selbst gar nicht bewusst war, die sie aber in die Lage versetzte, alles, was sie anpackte, zu einem guten Ende zu bringen. Es war so etwas wie ein Grundton, den sie, ohne es zu merken, permanent aussendete, und genau dieser Ton war das, was ihn fasziniert und aufgewühlt hatte, als er sie kennenlernte; es war wegen dieser Eigenschaft, dass er sich in sie verliebt hatte. Sie war in ihrer Beziehung der Motor. Ohne sie hätte er nicht wieder angefangen zu studieren. Ohne sie hätte er die Stelle in Warschau nicht angenommen, hätte die Verbindung zu seiner familiären Vergangenheit nicht wiederhergestellt. Ohne sie wäre er nicht nach Auschwitz-Birkenau gefahren, wo sich seine Großeltern mütterlicherseits in Rauch aufgelöst hatten, und hätte auch nicht erfahren, dass dieser verfluchte Name zunächst der Name eines Dorfs gewesen war, Oświęcim, dessen Einwohner im Jahr 1940 wahrscheinlich gar nicht so anders waren als die von heute. In Birkenau waren sie nebeneinander durch die Baracken gegangen, ohne ein Wort zu sagen, ohne sich an den Händen zu fassen und ohne eine Träne zu vergießen. Sie war da. Von Zärtlichkeit erfasst, legte er seine Hand an ihre Wange.

»Soll ich im Krankenhaus anrufen, Eva-Love?«

»Jetzt noch nicht. Ich möchte noch ein Bad nehmen.«

Seine Mutter räusperte sich. Sie stand in der Tür zum Schlafzimmer.

»Ich denke, ihr solltet lieber ins Krankenhaus fahren.«

»Ich nehme ein Bad«, antwortete Ève und stand auf.

Paul wäre es lieber gewesen, seine Mutter hätte sich nicht eingemischt. Rivka hatte keine Ahnung von modernen Geburtsmethoden. Viele Gebärende nahmen im Krankenhaus ein warmes Bad. Das Klopfen an der Haustür kam wie gerufen, um die Situation zu entspannen. Er öffnete Becky die Tür. Für Ève war Becky, die Krankenpflegerin, mit der sie vor zwölf Jahren in Boston zusammengewohnt hatte, so etwas wie ihre amerikanische Schwester.

»Wo ist Alice?«, fragte Hannah.

»Sie wartet zu Hause auf dich. Sie wollte mitkommen, aber es ist so kalt, ich habe sie bei ihrem Papa gelassen.«

Man umarmte sich, tauschte Neuigkeiten aus, Rivka zeigte die Tasche, die sie für Hannah gepackt hatte: Windeln, Fläschchen, Kuscheltiere, Schlafanzug. Ève zog ihrer Tochter diesen rosafarbenen Schlafanzug aus Polyester, den Rivka im Disney-Laden gekauft hatte, gar nicht an, sondern immer den himmelblauen Baumwollpyjama mit dem kleinen, runden Kragen und den feinen weißen Streifen, den ihre Mutter aus Paris geschickt hatte.

»Er liegt unterm Kopfkissen.«

Paul holte ihn.

»Ich will aber Winnie Puuh und Ferkel!«, protestierte Hannah.

Ève verzichtete darauf, sich mit ihrer Tochter zu streiten,

und legte den Polyester-Schlafanzug wieder in die Tasche. Jetzt erst sah Paul die Teller auf dem Esstisch stehen.

»Danke, Mum.«

»Iss, solange es noch warm ist!«

Ève knuddelte Hannah und erklärte ihr, noch ein oder zweimal Heia, dann wäre das Baby da. Becky stand auf.

»Fahren wir, Süße?«

Hannah rutschte ihrer Mutter vom Schoß. Paul zog ihr die Winterjacke an und begleitete die beiden bis vor die Tür. Becky sah ihn an:

»Paul, du musst Ève sofort ins Krankenhaus bringen: Das Baby kommt. Jetzt.«

Hinter ihm hörte es auch seine Mutter.

Die Tür schloss sich hinter ihrem kleinen blonden Töchterchen; wenn Hannah das nächste Mal durch diese Tür treten würde, hätte sich ihr ganzes Leben komplett verändert. Im Bad öffnete Ève die beiden Wasserhähne der alten Badewanne. Als sie sich wieder aufrichtete, sah sie durch die geöffnete Tür, dass Rivka und Paul verschwörerisch tuschelten. Sie wurde immer gereizter.

»Kommst du, Paul?«

Er kam zu ihr und schloss die Tür hinter sich.

»Ève, bist du dir sicher, dass du jetzt baden willst …«

»Ja, bin ich.«

»Becky meint, du solltest ins Krankenhaus fahren.«

Verstand er denn nicht, dass sie sich in den Stunden vor der Entbindung mit ihm zurückziehen wollte? Der einzige Ort, wo das jetzt noch ging, war das Badezimmer, weil er ja auf die tolle Idee gekommen war, seine Mutter einzuladen. Anstelle einer

Antwort zog sie ihr Jerseykleid und die schwarze Strumpfhose aus, deren Taillengummi sie durchgeschnitten hatte. Eine Wehe zwang sie, sich auf den Wannenrand zu setzen. Paul legte ihr die Arme ums Kreuz. Sie drehte sich zu ihm hin. Ihre Lippen berührten sich. Im Wasserdampf, der aus der Wanne hochstieg, drängte sich Pauls Zunge ungestüm zwischen ihre Lippen. Fast wären sie beide rückwärts ins Wasser gekippt und lachten. Sie nahm eine Spange, steckte sich die Haare hoch und stieg mit seiner Hilfe in die Wanne. Die Wärme nahm den Wehen ihre Intensität. Sie maßen noch einmal die Abstände. Alle vier Minuten, manchmal drei.

»Rufen wir im Krankenhaus an, Ève, ja?«

Er wählte die Nummer, bat darum, mit der Hebamme zu sprechen, und gab das Telefon an Ève weiter, die es vorsichtig nahm, ihm dann zurückgab.

»Sie hat gesagt, ich soll in ein paar Stunden wieder anrufen.«

Ein Hauch von Triumph schwang in ihrer Stimme mit. Sie war froh, immerhin schon eine Tochter zu haben. Söhne schafften es entweder nie, sich vom Rockzipfel ihrer Mütter zu lösen, oder sie gingen ihnen später voller Undank aus dem Weg. Töchter dagegen wurden zu Freundinnen, wenn die Konflikte der Jugendjahre vorbei waren.

Sie hörte Pauls Aufschrei und öffnete die Augen. Leuchtend rotes Blut verfärbte zwischen ihren Schenkeln das Wasser und löste sich rasch darin auf. Von der anderen Seite der Tür fragte Rivka mit ängstlicher Stimme:

»Was ist los?«

»Alles in Ordnung, Rivka!«, sagte Ève laut und dann etwas leiser zu Paul: »Was soll das? Das ist der Schleimpfropf.«

Bei Hannah waren sie sofort panisch ins Krankenhaus gefahren, wo man sie nach einer kurzen Untersuchung wieder nach Hause schickte. Die Geburt hatte erst fünf Tage später begonnen. Paul half seiner Frau aus dem Wasser. Sie wickelte sich in ein Badetuch und schnitt eine Grimasse.

»Ich lege mich hin.«

Mit langsamen Schritten durchquerte sie das Wohnzimmer, bog ins Schlafzimmer ab, ohne ihre Schwiegermutter, die sie anstarrte, zu beachten, und sank auf allen Vieren aufs Bett. Ihr Stöhnen war so laut, dass es Paul wohl erschreckt hatte, denn er kniete schon in einer Haltung hinter ihr, als rechnete er jeden Moment damit, dass der Kopf des Babys auftauchte.

»Uff! Die hatte es aber in sich.«

»Pawelek, ihr müsst jetzt ins Krankenhaus«, sagte Rivka flehend. Sie stand in der Tür zum Schlafzimmer.

Ève kam ihr nicht in die Quere. Paul wählte die Nummer seines Vaters, der sie fahren sollte. Als er wieder auflegte, weil am anderen Ende niemand abhob, brüllte Ève: »Ruf im Krankenhaus an!«

Hektisch tippte er die Nummer der Entbindungsstation, lauschte auf eine Bandansage, fluchte, drückte auf die Taste, die ihn zu einer Schwester durchstellen sollte. Ein Mensch meldete sich. Paul verlangte nach Miss Meredith. Mehr musste er nicht sagen, denn die Hebamme hörte Ève bereits stöhnen.

»Bringen Sie sie sofort her.«

»Mum!«, schrie Paul. »Hol ein Taxi!«

Ève richtete sich auf. Mit dem abebbenden Schmerz kam die Befürchtung, dass ihre Sturheit eine große Dummheit gewesen war.

»Paul, ich habe Angst …«

Er sah ihr in die Augen.

»Alles wird gut.«

Endlich etwas tun. Rivka hatte nur einen Wunsch: sich nützlich zu machen. Die Kälte war beißend. Bestimmt minus zehn Grad. Inzwischen war die Nacht hereingebrochen. Sie blieb kurz stehen, um sich eine Zigarette anzuzünden. Seit zwei Stunden merkte sie schon, dass hier etwas schieflief. Sie hätte eingreifen sollen, als sie Beckys Meinung gehört hatte. Aber sie hatte ihren Sohn, der sich so herumkommandieren ließ, nicht brüskieren wollen.

Und jetzt lief das Baby Gefahr, ohne medizinische Hilfe in einem Taxi auf die Welt zu kommen. Wenn sie in diesem Stadtteil überhaupt eins finden würde! Da! Sie erstarrte wie eine Katze, die eine Beute gesichtet hatte. Am Ende der Straße, links von ihr, kam ein Mann aus einem Fast-Food-Lokal und steuerte auf ein gelbes Auto zu, das an der Ecke stand; in der Dunkelheit hatte sie es nicht bemerkt. Sie warf ihre Zigarette weg, rannte über den rutschigen Bürgersteig und bekam zwei Schultern zu packen. Der Mann zuckte zusammen und drehte sich um: ein winziger Chinese, hohle Wangen, um die fünfzig.

»Meine Schwiegertochter kriegt ein Kind! Fahren Sie uns ins Krankenhaus!«

Erschrocken rollte der Mann mit den Augen, denn er begriff nicht ganz, was die alte Frau, die einen Kopf größer war als er und in dieser Kälte mit offenem Mantel herumlief, von ihm wollte. Er versuchte, sich aus ihrem Griff zu befreien, doch sie ließ ihn nicht los.

»Wie, welches Krankenhaus?«, stammelte er.

»Irgendeins!«

Sie hatte einmal gehört, Taxifahrer würden grundsätzlich die Flucht ergreifen, wenn sie von einer hochschwangeren Frau herbeigewinkt wurden. Den hier würde sie nicht entwischen lassen. Sie setzte sich auf den Beifahrersitz und wies ihm den Weg zu dem fünfzig Meter entfernten Haus. In perfektem Zusammenspiel öffnete sich die Tür und gab den Blick auf Paul und Ève frei. Der Taxifahrer sah eine Frau mit voluminösem Bauch die Stufen zur Straße herunterkommen und stieg aus, um ihr die Wagentür zu öffnen. Er kooperierte.

Einen Arm um Pauls Schultern gelegt, während er sie an der Taille hielt, stützte sich Ève mit ihrem ganzen Gewicht auf ihren Mann. Sie war blass, jeder Schritt schien sie enorme Kraft zu kosten. Sie setzte so behutsam einen Fuß vor den anderen, dass Rivka trotz ihres Umfangs einen sehr zarten, sehr schwachen Körper vor sich sah. Sie musste an ein Eigelb ohne Schale denken, das sich jederzeit über den Boden ergießen konnte. Sie sah die Panik in Pauls Blick.

»Aaahh!«

Èves Schrei zerriss die Stille. Ihr Gesicht verzerrte sich. Rivka glaubte schon, das Baby würde aus ihr herausfallen. Ausgerechnet sie, die so robust war und als Rabbinerin anderen immer ein Stütze, brach in Tränen aus.

»Oh, mein Gott, oh, mein Gott!«

Trotz der Hilfe ihres Mannes fiel Ève das Einsteigen schwer. Der Taxifahrer ließ den Motor an.

»Nehmen Sie die Allen Street«, sagte Rivka. Fast hätte sie hinzugefügt: »Und halten Sie nicht an den roten Ampeln!«

Endlich saß seine Frau. Sie schloss die Augen und lehnte den Kopf zurück.

»Ève, mein Schatz, geht es?«

Sie nickte und lächelte. Ein Lächeln, das nicht dazu diente, ihn zu beruhigen, nein, ein strahlendes, entrücktes Lächeln, das den wunderbaren Visionen eines Drogenrauschs zu entspringen schien und keinerlei Beziehung zu dem animalischen Gebrüll hatte, das gerade aus ihr herausgebrochen war. Das Lächeln einer Madonna, dachte Paul. Er holte Luft. Es war gemütlich in diesem kleinen, warmen Raum, dessen Decke so niedrig war wie die eines Kellers. Der Wagen fuhr die Allen Street hoch. Èves Lächeln, die Langsamkeit des Taxis und die Lichter der Straßen verliehen der Nacht etwas Magisches.

Wie ein Blitz durchfuhr ihn eine Erinnerung: Er war siebzehn und kam von der Schule, die sich in der Bronx befand. Er hatte früher Schluss gehabt als seine Freunde und war in der Subway allein in einen Zug gestiegen. Als sich die Türen schlossen, hatte sich ein großgewachsener Typ mit Verbrechervisage von seinem Platz erhoben. In dem menschenleeren Wagen hatte er sich so dicht neben Paul gesetzt, dass er fast an ihm klebte. Paul hatte sich nicht gerührt, weil der andere bei der leisesten Bewegung bestimmt ein Rasiermesser gezückt und ihm die Kehle durchgeschnitten hätte. Als der Typ anfing, ihm übers Haar zu streicheln, und dabei sagte: »Na, mein Kleiner, jetzt hast du Schiss, oder? Bist ja ein ganz Süßer …«, hätte Paul sich wirklich fast in die Hosen gemacht, doch er schaffte es sogar, alle Gesichtsmuskeln anzuspannen und nicht zusammenzuzucken. An der nächsten Station waren Leute eingestiegen, und der Mann hatte sich von ihm entfernt. So eine Angsterfahrung hatte Paul nie wieder gehabt.

Jetzt in diesem Taxi, das Richtung Krankenhaus fuhr, war der metallische Geschmack der Angst wieder da. Mit der ganzen Kraft seiner Gedanken half er dem Wagen, sich auf sein Ziel zuzubewegen. Sie hatten gerade den Billardsalon auf der Houston Street hinter sich gelassen, da schrie Ève auf.

»Was ist?«

Die Feuchtigkeit, die er an seiner Hose spürte, war Antwort genug.

»Was ist los?«, fragte Rivka von vorne.

»Ève verliert Fruchtwasser. Alles in Ordnung, Mum.«

»Siehst du ...«, sagte Ève.

Das Platzen der Fruchtblase signalisierte den Beginn der Wehentätigkeit. Hannah war erst fünfunddreißig Stunden später auf die Welt gekommen. Kein Grund also, in Panik zu geraten.

»Aaah, ich muss groß!«

»Mach ruhig. Mach dir keine Gedanken.«

Im Krankenhaus würde man sie sauber machen. Das kam bei Entbindungen manchmal vor.

Ève riss die Augen auf.

»Paul! Es ist das Baby!«

Ihn überlief ein Schauder, und in seinem Kopf koppelte sich etwas ab. Distanziert und innerlich unbeteiligt machte er sich daran, wie eine Problemlösungsmaschine zu funktionieren. Im Schritttempo nahmen seine Gedanken Gestalt an. Die Strumpfhose. Sie versperrte dem Baby den Ausgang. Sie musste weg. Er kniete sich in den engen Fußraum, packte mit beiden Händen den Saum mit dem durchgeschnittenen Taillengummi, rollte den Stoff ein, hob Èves Körper an und schaffte es mühsam, die Strumpfhose herunterzuziehen, bis sie sich auf halber Höhe der Oberschenkel so verdreht hatte, dass es nicht weiterging. Wie kam man als Frau aus diesen Dingern raus? Ein Geistesblitz durchzuckte ihn: auf ein Bein konzentrieren. Er schaffte es schließlich, Ève rechten Fuß herauszuziehen und ihren Schritt frei zu bekommen.

Erinnerungen an die Geburtsvorbereitung und die Worte der Hebamme stiegen auf. Ève hatte sie gefragt, was zu tun sei, wenn man es nicht mehr rechtzeitig ins Krankenhaus schaffte: »Sie wählen den Notruf.« – »Ja, aber für den Fall, dass es zu schnell geht.« – »Zwei Dinge muss man wissen: Ein Baby, das nicht bis zur Ankunft im Krankenhaus wartet, ist in der Regel ausgereift und gesund. Aber man muss daran denken, es aufzufangen und gut festzuhalten. Denn das Baby kommt sehr schnell heraus, und es ist sehr glitschig. Bei Geburten in einem nicht-medizinischen Umfeld passieren die häufigsten Unfälle, weil Babys, wenn sie rauskommen, auf den Boden fallen.«

Unfälle. Auffangen. Baby kommt schnell raus. Glitschig. Wie ein Baseballspieler, der einen Ball fangen will, hielt Paul die gespreizten Hände zwischen Èves Beine. Etwas, das Ähnlichkeit mit einer grauen Plastiktüte hatte, fiel hinein. Aha, dachte er, wir haben kein Baby gemacht, sondern einen Müllbeutel. Es war eine völlig emotionslose Feststellung. Eine Sekunde später tauchte am unteren Ende des Beutels ein Köpfchen auf, das sich in einer Schraubbewegung aus ihm herausdrehte. Seit dem Entfernen der Strumpfhose waren allenfalls zehn Sekunden vergangen, und nicht mehr als zwei Minuten, seit Ève »Es ist das Baby!« gesagt hatte. Dieses Baby wäre in den Fußraum gefallen, wenn er nicht die Hände darunter gehalten hätte. Die Hände, in denen es nun lag. Es war grau. Seine Augen waren geschlossen. Es schrie nicht, rührte sich nicht, atmete nicht. Es war ein Mädchen. Eine Totgeburt, dachte Paul, und der Gedanke erschütterte ihn nicht mehr als alle vorherigen.

Auf dem Beifahrersitz drehte sich Rivka um. Sie hatte ihre Schwiegertochter »Es ist das Baby!« rufen hören. Durch die Plexiglasscheibe, die den Fahrersitz vom Passagierraum trennte, konnte sie nicht viel erkennen.

»Halten Sie an!«, befahl sie.

Der Taxifahrer fuhr in unverändert langsamem Tempo weiter. Sie schrie ihn an, als ob er schwerhörig wäre:

»Sie sollen stehen bleiben! Sofort!«

Er hielt in zweiter Reihe an. Sie wählte den Notruf.

»Meine Schwiegertochter bringt gerade in einem Taxi ihr Kind auf die Welt!«

»Nennen Sie uns Ihren genauen Standort, Madam.«

»Wir sind auf der Houston Street, auf der Höhe von …« Durch die beschlagene Scheibe konnte sie den Namen der Straße, die sie gerade hinter sich gelassen hatten, nicht erkennen. »Eine Sekunde …«

Sie stieg aus und schlug die Tür hinter sich zu, damit keine Kälte in den Wagen drang.

»Mulberry. Wir haben gerade die Mulberry Street hinter uns gelassen. Wir sind kurz dahinter, auf der nördlichen Straßenseite.«

»East Houston oder West Houston?«, fragte die Frau in leierndem Ton.

»Wie bitte?«

»East Houston oder West Houston, Ma'am?«, wiederholte sie wie jemand, der Anweisungen von einem Blatt abliest.

»Ich habe keine Ahnung! Ich habe Ihnen doch gerade die Straßennamen gesagt!«

»Regen Sie sich nicht auf, Ma'am. Ich muss das wissen.«

»So eine dumme Nuss!«

Die sonst immer geduldige Rivka legte auf und hätte fast das Handy in den Rinnstein geschleudert.

Er wusste, dass er etwas tun musste, aber was? Sein Gehirn war lahmgelegt. Das Baby schütteln? In seinem leeren Kopf regte sich die vage Erinnerung an einen Erste-Hilfe-Kurs. Er beugte sich über den kleinen Körper, bedeckte mit seinen Lippen den winzigen Mund und blies Luft hinein. Ob das so ging, Mund-zu-Mund-Beatmung bei einem Neugeborenen? Machte man das bei einem Neugeborenen überhaupt? Er fing an, machte weiter, und es kam ihm wie eine Ewigkeit vor, dabei waren es nur ein paar Sekunden. Er richtete sich wieder auf. Plötzlich hörte er ein Atmen. Das Kind schrie nicht, doch es bewegte sich, und das Grau seines Körpers ging in ein Rosa über. Es lebte. Er legte es Ève auf die Brust. Wischte sich an seiner Jacke die Hände ab.

»Träume ich?«, fragte Ève.

»Du träumst nicht. Das Baby lebt.«

»Wo sind wir?«

»Auf der Houston Street.«

Weil das Taxi angehalten hatte und Rivka ausgestiegen war, schien irgendjemand zu glauben, es sei frei, und wollte die Tür öffnen. Durchs geschlossene Fenster winkte Paul energisch ab.

Vermutlich erlaubte die beschlagene Scheibe keinen Blick ins Innere. Seine Mutter stieg wieder ein und wies den Taxifahrer an, weiterzufahren und die Sixth Avenue zu nehmen.

»Und fahren Sie um Gottes willen schneller!« Ohne sich umzudrehen, fragte sie ihren Sohn: »Paul, glaubst du, Ève läuft Gefahr, dass das Baby im Auto zur Welt kommt?«

»Das Baby ist schon da, Mum.«

Sie hatte gespürt, wie das Baby sanft aus ihr herausglitt. War sie wirklich mit Paul in einem Taxi und gerade dabei, ihr zweites Kind zur Welt zu bringen? Mit geschlossenen Augen spürte sie ein kleines, weiches Etwas an ihrer Haut, das feucht war und warm. Paul hatte einen seltsamen Satz von sich gegeben: »Das Baby lebt.« Ja, was denn sonst?

»Ist es ein Junge oder ein Mädchen?«

»Ein Mädchen, Schatz … Du bist doch nicht enttäuscht?«

»Enttäuscht?« Sie lachte leise. »Bist du enttäuscht?«

»Oh, nein!«

Sie öffnete die Augen, lächelte ihn an und nahm seine Hand.

»Danke, mein Liebling. Danke.«

Er wusste, dass sie ihm nicht dafür dankte, sich über eine zweite Tochter zu freuen – was war das überhaupt für eine seltsame Idee von ihm, Ève könnte enttäuscht sein! Nein, sie dankte ihm dafür, dass er ihr gefolgt war. Und sich darauf eingelassen hatte, dass die Geburt dieses Babys ihnen gehörte. Sie dankte ihm dafür, der zu sein, auf den sie zählen konnte.

Ève dachte an ihre Mutter, die mit zweiundzwanzig allein im Krankenhaus entbunden hatte, die Èves Geburt mit niemandem teilen konnte und noch dazu der Verachtung ins Auge blicken musste, die damals allein schon der Ausdruck mit sich brachte: ledige Mutter.

Genau darum war es ihr natürlich gegangen, genau das hatte sie mit Paul wiedergutmachen wollen. Sie hatten nicht nur ein Baby gemacht, sondern ihre gemeinsame Geschichte geschrieben, die sonst nirgendwo für sie geschrieben stand. Genauso wie der Funken ihrer ersten Begegnung und genauso wie Èves erste Schwangerschaft in Warschau, bei der sie von einem alten polnischen Arzt betreut worden war, der ihr empfahl, sich bei Stress einen kleinen Wodka zu genehmigen, würde die Geburt ihres zweiten Kindes an einem eiskalten Tag in einem New Yorker Taxi für immer Teil des Mythos sein, von dem jede Liebesgeschichte lebt. Die Witzeleien ihrer Brüder klangen ihr jetzt schon in den Ohren: »Schade, dass du sie nicht in einem Flugzeug bekommen hast, dann hätte sie ihr Leben lang gratis fliegen können!«

Sie spürte die Kraft, die sie beide aus ihrer Liebe und dem gegenseitigen Vertrauen zogen. Sie würde sich von der Angst ihrer Mutter nicht einholen lassen. Sie waren frei. Sie würden aus ihren Leben machen, was sie wollten. Und sie würden diese Freiheit an ihre Kinder weitergeben.

Sie blickte auf das Baby und sein zerknittertes Gesicht, so klitzeklein, nachdem Hannah so ein großes Baby gewesen war. »Hübsch ist sie nicht!«, dachte Ève, und trotz heftiger Schuldgefühle, dass ihre zweite Tochter nicht so hübsch wie Hannah geworden war, empfand sie eine geradezu närrische Liebe.

Die panische Stimme ihrer Schwiegermutter hallte durch den Wagen.

»Das Baby ist schon da? Seit wann? Geht es ihm gut? Und Ève?«

»Es geht ihm sehr gut, Rivka, und mir auch. Es ist ein Mädchen.«

Sogar ihre Schwiegermutter weckte zärtliche Gefühle in ihr.

Rivka verrenkte sich den Hals, um Ève und das Baby durch die Plexiglasscheibe zu sehen. Den Kopf an die Rückenlehne gelegt, lächelte ihre Schwiegertochter. Ihr Lächeln strahlte eine Glückseligkeit aus, die auf Rivka übersprang. Der ganze Ärger über das absurde Gespräch mit der Frau vom Notruf verflog. Sie durfte gerade live und aus nächster Nähe bei einem außergewöhnlichen Schauspiel dabei sein, durfte miterleben, wie eine Frau Leben schenkte. Nicht im Krankenhaus, nicht in einem Ritus, der die Geburt zu einem gerätemedizinischen Vorgang machte, sondern in einem Taxi mitten in New York, als Zeugin eines göttlichen Mysteriums, das größer war als alles Elend dieser Welt.

Ein seltsam verschüttetes Gefühl, das von irgendwoher jenseits ihres Bewusstseins kam, erfasste sie: das Gefühl eines Körpers, von dem sie mit drei Jahren für immer getrennt worden war, und einer Liebe, die so groß war, dass man sie Fremden anvertraut hatte, um sie zu retten.

Sie war ihrer Schwiegertochter dankbar, dass sie ihr das Privileg gewährt hatte, dieses Wunder gemeinsam mit ihnen zu erleben. Sie bewunderte Ève dafür, wie sie ihren Wunsch gegen die Meinung ihrer nächsten Umgebung durchgesetzt hatte. Und sie wusste, dass sie sich von nun an nicht mehr über ihre Unnachgiebigkeit und ihre Überspanntheiten ärgern, sondern ihr ohne jeden Vorbehalt ein Gefühl mütterlicher Liebe entgegenbringen würde.

Als sie an der Notaufnahme des St. Vincent's Hospital vorfuhren, sprang Paul aus dem Taxi, ohne die beißende Kälte in seinem Gesicht zu spüren. Pflegehelfer eilten mit einem Rollstuhl herbei.

Eine Krankenschwester durchtrennte die Nabelschnur und trug das Neugeborene in eine Decke gewickelt davon. Man half Ève aus dem Taxi. Als Paul ihr folgen wollte, hielt ihn seine Mutter zurück.

»Paul, ich habe nur sechzig Dollar. In dem Zustand, in dem wir das Taxi zurücklassen, ist das nicht viel. Hast du ein bisschen Geld?«

Zum Glück hatte sie sich ihre Geistesgegenwart bewahrt. Er suchte in der Innentasche seiner Jacke, fand vier Zwanzig-Dollar-Scheine und gab sie Rivka, dann lief er weiter, um bei Ève zu sein. Sie wurde inzwischen von einer jungen Ärztin untersucht, die sich noch in der Ausbildung befand.

»Sie hat einen Dammriss. Der muss genäht werden.«

Das madonnenhafte Lächeln war aus Èves Gesicht gewichen. Sie war bleich, sah mitgenommen und erschöpft aus. Paul dachte an die gigantische Arbeit, die ihr Körper geleistet hatte.

»Ist es normal, dass sie so stark blutet?«

»Man könnte meinen, sie wäre nicht gerade professionell entbunden worden«, sagte die Ärztin lächelnd.

Wie konnte sie so einen Scherz machen? Nachdem er solche Ängste ausgestanden hatte, Ängste wie noch nie in seinem Leben?

»Ich mache ihr eine hübsche Naht«, fügte sie kokett hinzu.

Er fand diese Frau obszön. Eine schwarze Oberärztin betrat den Raum.

»Ist das die Wöchnerin aus dem Taxi? Alles in Ordnung?«

»Ich nähe sie wieder zu«, sagte die Assistenzärztin in respektvollem Ton.

»Sie blutet wirklich stark«, traute sich Paul noch einmal zu sagen.

Die Oberärztin stellte sich zwischen Èves Schenkel und runzelte die Stirn.

»Ich habe den Eindruck, dass sich ein Blutgerinnsel gebildet hat. Drücken Sie da mal.«

Die junge Ärztin gehorchte. Ein blutgetränkter Knubbel quoll heraus und fiel in den Eimer.

»Das hätte eine Sepsis werden können«, sagte die Oberärztin.

Das Wort traf Paul mit voller Wucht. Ève hätte sterben können. Als die Vorgesetzte der jungen Ärztin gegangen war, schwieg er, um die Frau nicht noch mehr zu demütigen.

Um zweiundzwanzig Uhr lag Ève endlich in einem Bett. Rivka hatte sich vergewissert, dass alles in Ordnung war, ehe sie die beiden allein ließ. Paul hielt das Neugeborene im Arm, das in weiße Windeln gewickelt war und ein Häubchen trug. Sauber und rosig, mit geschlossenen Augen und gerunzelter Stirn atmete die Kleine so friedlich vor sich hin, dass von dem Drama, das ihre Geburt begleitet hatte, nichts mehr zu spüren war. Eine Krankenschwester kam und fragte nach dem Namen des Kindes. Sie sahen einander an. Keiner der Vornamen, über die sie gesprochen hatten, schien passend für das kleine Mädchen, das sie so in Aufregung versetzt hatte.

»Ich kann auch erst mal nur ›Mädchen‹ schreiben. Sie haben noch ein paar Tage Zeit.«

»Houston«, sagte Ève.

Paul nickte.

»Houston«, wiederholte er lächelnd. »Wie die Straße.«

Eine vertraute Stimme tönte durch den Raum.

»Paul! Ève! Da seid ihr ja endlich!«

Nachdem sein Vater vor ihrer verschlossenen Haustür gestanden hatte, war er losgefahren und hatte drei Stunden lang alle Krankenhäuser der Stadt abgeklappert, angefangen beim St. Vincent's, wo Ève zu diesem Zeitpunkt noch nicht als Patientin registriert war.

»Das ist deine Enkelin, Dad. Sie heißt Houston. Du kannst Ève gratulieren. Sie hat das alles ganz allein gemacht – mit Unterstützung meiner Wenigkeit.«

Als Paul das sagte und dabei das erschöpfte, in sich ruhende Gesicht seiner Frau betrachtete, löste sich etwas in ihm. Zum ersten Mal seit diesem Morgen empfand er Glücksgefühle.

KAPITEL 5

Eine Minute vor zwölf

31. Dezember 1998

Clarisse schwankte zwischen dem Schwarzen und dem Olivgrünen und nahm schließlich das Grüne, weil es mit seinem asymmetrischen Dekolleté, das eine Schulter frei ließ, origineller war. Sie schlüpfte in hohe Schuhe, die bequem genug waren, um darin zu tanzen, legte die silbernen Ohrringe an, die sie aus Indien mitgebracht hatte, und dazu die passende Kette. Im Bad schüttelte sie ihre Haare aus, bürsten ging nicht, das hätte die Locken ruiniert. Diese Haarmasse, die sie als Jugendliche mühsam gebändigt und eingepfercht hatte, durfte sich inzwischen frei entfalten und ihr Gesicht wie eine Löwenmähne einrahmen.

Im Wohnzimmer saßen Martin und Lucas auf dem Sofa, beide im Schneidersitz und beide in den gleichen gestreiften Schlafanzügen, zwischen ihnen ihr kleiner Bruder, der wie Maggie Simpson an seinem Schnuller nuckelte. Zu dritt schauten sie Catherine Deneuve und Françoise Dorléac unter ihren großen pastellfarbenen Sonnenhüten beim Singen zu, Zack wie hypnotisiert, während Lucas leise mitsummte und Martin lächelnd den Bildschirm fixierte. Sie hatte die richtige Wahl getroffen. Einen Film für drei Jungen zu finden, die zwölf, acht und zweieinhalb Jahre alt waren und deren ältester fand, dass er für Zeichentrickfilme zu alt war, während der Kleinste nichts sehen wollte, was Angst machte, war keine leichte Aufgabe.

Neben ihnen fläzte Hendrik, die Beine auf die Armlehnen des alten Ledersessels gelegt, und blätterte mit einem Bier in der Hand in *L'Équipe*. Der Vater und seine Söhne. Ein echtes Familienidyll. Sie lächelte und ging zu ihrem Mann, der aufschaute.

»Du hast dir ein Kleid gekauft?«

»Das habe ich schon lange. Ich hatte nur keinen passenden BH dazu. Gefällt's dir?«

»Nicht schlecht.«

»Machst du dich fertig, Liebling? Es ist halb neun.«

»Bei mir ist eine Erkältung im Anmarsch, ich bleib hier.«

»Ach, nein! Doch nicht heute Abend, wo ich solche Mühe hatte, eine Babysitterin zu finden! Das erste Mal seit Ewigkeiten, dass wir ausgehen!«

»War ja nicht meine Idee, heute krank zu werden«, sagte er trocken. »Ist aber trotzdem gut, dass die Babysitterin kommt, kann nämlich sein, dass ich früher einschlafe als die Kinder.«

»Als du heute Nachmittag mit Hugo unterwegs warst, da war noch alles gut, oder?«

»Die Kopfschmerzen habe ich, seit ich zurück bin.«

»Hast du eine Ibu genommen?«

Er schüttelte den Kopf. Sie holte die Packung aus dem Bad und ein Glas Wasser aus der Küche. Er schluckte die Tablette.

»Bitte, Hendrik, lass mich nicht allein hingehen.«

»Und deine Freundin?«

Ob er eifersüchtig auf Bérengère war, die er hinter ihrem Rücken »die Lesbe« nannte? Seit einem Jahr verbrachte Clarisse viel Zeit mit ihrer neuen Freundin – sie war es auch, die Clarisse und Hendrik heute Abend zu dieser Silvesterparty mitnehmen würde.

»Das ist doch nicht dasselbe! Ich möchte heute Abend mit *dir* zusammen sein.«

Sie suchte unter Hochdruck nach überzeugenden Argumenten.

»Wir bleiben auch nicht lange. Du warst doch auch neugierig auf diese Location. Bérangère hat gesagt, dass es da unglaublich gute Weine und halb gegarte Foie Gras gibt.«

»Okay. Aber geh mir nicht auf den Geist, wenn ich nach einer Stunde nach Hause will.«

»Versprochen!«

Er stand auf, um ins Bad zu gehen. Es kam so selten vor, dass er nachgab. Dieses kleine Wunder war ein gutes Omen für 1999.

Das Jahr, das jetzt zu Ende ging, war das schlimmste, das sie je erlebt hatte. Zuerst im April Mehdis Tod, ein Jahr nachdem sein Lebensgefährte gestorben war. Wieder wurde ein junger Mann zu Grabe getragen, der nicht mal fünfunddreißig geworden war. Sie machte sich Vorwürfe, dass sie in seinem letzten Lebensjahr so wenig Zeit für ihn gehabt hatte, aber wie hätte sie es denn machen sollen mit einem Fulltimejob und drei Kindern? Die Besuche bei Mehdi waren deprimierend gewesen: mit seinem ausgemergelten Körper und seinem eingefallenen Gesicht sah er aus wie ein alter Mann. Aber sie hatten bis zum Ende zusammen gelacht. Und dank Irina war er nicht allein gestorben. Clarisse mochte ihrer Mutter einiges ankreiden, aber dafür würde sie ihr bis in alle Ewigkeit dankbar sein. Als sie eingewilligt hatte, Mehdi ihrer Mutter vorzustellen, hatten sich die beiden vom ersten Moment an bestens verstanden. Irina hatte ihm Gesangsunterricht gegeben, sie hatten gemeinsam in einem Chor gesungen, und am Ende hatte sie ihm die

Eltern ersetzt, die in der Krankheit ihres Sohns eine Strafe Gottes sahen.

Drei Wochen nach Mehdis Tod war Clarisse wegen Fehlverhaltens gekündigt worden. In den letzten Wochen vor dem Tod ihres Freundes war sie morgens manchmal später gekommen oder hatte ihre Mittagspause verlängert, um Mehdi zu besuchen, denn abends musste sie sofort nach Hause und sich ums Essen kümmern. Die drei anderen Mitarbeiterinnen, deren Chefin sie vor Kurzem geworden war, wussten, dass ihr bester Freund mit Aids im Sterben lag. Am Tag der Beerdigung hatte sie sich freigenommen, aber der Einfachheit halber keinen offiziellen Antrag gestellt. Ausgerechnet die junge Frau, die von Clarisse persönlich eingestellt worden war, hatte sie beim obersten Chef verraten, mit dem sie wahrscheinlich auch ins Bett ging und dessen Annäherungsversuche Clarisse zurückgewiesen hatte. An dem Tag, an dem Clarisse gehen musste, wurde diese Frau wie erwartet zur Interimschefin ernannt.

Hendrik war empört und hatte Clarisse den Rücken gestärkt, sie ermutigt, sich Zeit zu nehmen und nicht sofort nach einer neuen Stelle zu suchen. Was eine gute Idee war, denn Lucas konnte mit seinen siebeneinhalb Jahren noch nicht flüssig lesen und brauchte Hilfe. Mit dem Arbeitslosengeld plus dem Kindergeld würden sie ein paar Monate zurechtkommen. Fast zeitgleich war in ihrem Badezimmer die Decke eingestürzt – Gott sei Dank nicht über den Kindern –, und anstatt sich auszuruhen, hatte Clarisse zwei Monate lang ständig am Telefon gehangen und telefoniert – mit dem drogensüchtigen Mieter von oben, dem die Badewanne übergelaufen war, dem Eigentümer, dem Hausverwalter, der Versicherung, dem bevollmächtigten Gutachter, dem Klempner, dem Maurer.

Währenddessen schaute sich Hendrik vom Sofa aus mit seinen Söhnen oder seinen Freunden die Spiele der Fußball-Weltmeisterschaft an und schäumte vor Wut, als Belgien ausschied. Sie war froh, dass er eine Leidenschaft mit seinen Söhnen teilte und sonntags mit ihnen Fußballspielen ging, aber wie man sich dermaßen über einen Ball aufregen konnte, der in einem Netz landete, war und blieb ihr ein Rätsel. Im Juli 1998 war Clarisse vermutlich die einzige Französin, die sich nicht um den Sieg ihres Landes scherte. Überall verhungerten Menschen oder starben an Aids, wie sollte man sich da freuen? Sie kümmerte sich lieber um die Erzählungen, die Mehdi geschrieben hatte. Am Sterbebett hatte sie ihm versprochen, ein Buch daraus zu machen. Sie hatte einige Absagen bekommen, dann aber über Bérangère, die viele Leute kannte, endlich einen kleinen, feinen Verlag gefunden.

Im Oktober kam dann die Krönung des Ganzen. Seit August hatte sie es für sich behalten, weil sie wusste, was sie sich von Hendrik, ihrer Mutter und sogar Bérangère würde anhören müssen: Wie sollte das gehen mit noch einem Kind, wo sie doch beide arbeitslos waren und die Wohnung sowieso schon zu klein? Aber war es nicht ein Geschenk des Himmels, dieses neue Leben, das ihr gleich nach Mehdis Tod trotz Diaphragma in den Schoß gefallen war? Würde sich Zack denn nicht über einen Spielkameraden freuen? Und wenn es nach drei Jungen ein Mädchen wäre? Im dritten Monat hatte sie es Hendrik schließlich gesagt, und er hatte gut reagiert. Er liebte ihre gemeinsamen Kinder genauso wie sie. Und in Frankreich bekam man, je größer die Familie war, umso mehr Kindergeld.

Zwei Tage später hatte sie eine Fehlgeburt. Die Kinder waren in der Schule und der Kita, Hendrik war auch nicht da. Mit dem Blutschwall war auch die Wut über Mehdis Tod aus ihr herausgekommen. Sie hatte gespürt, wie der bereits geformte Fötus aus ihr herausglitt, hatte den Plumps gehört, als er in das Toilettenbecken fiel. Ihren Kummer hatte sie mit niemandem teilen können, weder mit ihrer Mutter, die fand, dass drei Kinder doch reichten, noch mit Bérangère, die nie schwanger gewesen war, und auch nicht mit Hendrik, der zwar enttäuscht, aber pragmatisch wie immer davon überzeugt war, dass die Natur schon wisse, was sie tue: Der Embryo sei bestimmt missgebildet gewesen.

»Maman! Bleiben!«

Mit dem Schnuller in der Hand stand Zachary in der Zimmertür. In seinem hellblauen Nickistrampler mit dem aufgestickten Bärenkopf sah er selbst wie ein Bärchen aus. Voller Zärtlichkeit nahm sie den inzwischen gar nicht mehr so leichten Jungen auf den Arm und trug ihn in das Zimmer, das er sich mit seinen Brüdern teilte und dessen Boden mit Playmobil und Lego bedeckt war. Zachary schlief noch in seinem Gitterbettchen, obwohl es ihm zu klein geworden war: Für ein anderes Bett war kein Platz. Sie legte ihn auf die untere Koje des Etagenbettes, zog sich inklusive Büstenhalter wieder aus und legte sich neben ihn.

»Fünf Minuten, okay? Hatten wir ja schon, das ist ein Nachschlag.«

Seine goldenen Locken waren wie aus Seide. Er war zweieinhalb, aber um ihm beim Einschlafen zu helfen, stillte sie ihn noch. Sie hätte, wenn das möglich gewesen wäre, ihr Leben lang ein Kind gestillt. Der kleine Mund, der an ihrer Brustwarze saugte, löste ein herrliches Kribbeln in ihrem Bauch aus. Vor zwölf Jahren waren ihre Brustwarzen eingerissen, und es hatte sich sogar ein Abszess gebildet, aber sie hatte nicht aufgegeben. Es war so praktisch, sein Kind immer und überall füttern zu können. Die Natur hatte alles bestens eingerichtet und sogar zwei Fliegen mit einer Klappe geschlagen, indem sie dieser erogenen Zone des weiblichen Körpers eine Gebrauchsfunktion zuordnete. Wenn es das Stillen nicht schon gäbe, hätte sich kein Mensch so etwas ausdenken können, ohne als obszön zu gelten. Kinder, die an den Brüsten ihrer Mutter saugten? Warum nicht am Penis ihres Vaters? Bei dem Gedanken musste sie lachen, und ihre Brustwarze wackelte, was Zachary offenbar störte, denn er hielt sie mit seinen speckigen kleinen Händen fest.

Es klingelte an der Wohnungstür. Sanft löste sie die Patschhändchen von ihrer Brust.

»Papa ist unter der Dusche, *amorino*, ich muss die Tür aufmachen. Wenn du den Film nicht sehen willst, liest dir Stéphanie gleich ein Buch vor, in Ordnung?«

Sie schlüpfte rasch wieder in ihre Sachen und lief zur Tür.

Es war Bérangère, nicht die Babysitterin. Völlig außer Atem, nachdem sie die fünf Stockwerke hochgestürmt war.

»Bin ich nicht zu spät?«

»Überhaupt nicht. Hendrik ist noch gar nicht fertig, und die Babysitterin ist auch noch nicht da.«

Weil sie barfuß war und Bérengère High Heels trug, war der Größenunterschied zwischen ihnen noch extremer. Die junge Frau hatte ihr rotes Haar zu einem Knoten gedreht und mit einer Spange aus Ebenholz festgesteckt. Niemand außer ihr hätte sich getraut, in Jeans zu einer schicken Silvesterparty zu gehen. Sie öffnete ihren Mantel und präsentierte das goldene Glitzeroberteil, das ihre Schultern unbedeckt ließ.

»19 Francs bei H&M.«

An ihr sah es nicht billig aus. Sie war schön. Clarisse hatte sie letzten Januar im Geschäft kennengelernt, während des Schlussverkaufs. Dank der intensiven Freundschaft, die sehr schnell zwischen ihnen entstanden war, hatte Clarisse dieses grauenvolle Jahr überlebt.

Bérangère hatte den Jungs Lutscher mitgebracht, wofür sie sich höflich bedankten. Sie konnten so brav sein, ihre Jungs; und schreckliche Streithähne, die wie die Berserker aufeinander losgingen.

»Wo ist mein kleiner Zack?«

»Ich war gerade dabei, ihn einzulullen, damit er schläft.«

Zachary lag nicht mehr auf dem Bett, sondern saß zwischen den verbotenen Legos seiner Brüder und hatte begonnen, ein Flugzeug, das Lucas mit Martins Hilfe in stundenlanger Arbeit zusammengebaut hatte, gewissenhaft auseinanderzunehmen.

»Zachary!«

Er blickte auf und lächelte wie ein Engel. Bérengère hockte sich neben ihn, und er vergrub das Gesicht in ihrem Schoß. Sie kitzelte ihn.

»Dieses Baby! Ich fress' dich auf!«

Er gluckste vor Lachen. Clarisse lächelte, während sie die Flügel wieder am Flugzeug befestigte.

»Er hat dich schrecklich gern.«

»Ich habe ihn auch schrecklich gern.«

Bérangère begann, die verstreuten Playmobil-Teile einzusammeln.

»Lass ruhig, die Babysitterin räumt das gleich mit den Jungs auf. Wir haben sowieso nicht mehr genug Platz. In die Schränke passt nichts mehr rein. Wir müssen umziehen. Hendrik meint, wir sollten in die Banlieue ziehen, raus aus der Stadt.«

»Oh, nein! Da wärst du viel zu weit weg!«

Bérangère wohnte nur zwanzig Gehminuten entfernt, und abends, wenn die Kinder schliefen und Hendrik fernsah, trafen sie sich häufig auf einen Tee.

»Um in Paris bleiben zu können, müssten wir irgendein vergammeltes Loch auftun und dem Eigentümer anbieten, alles kostenlos zu renovieren! Mit anderen Worten: nochmal jahrelang Tapeten abreißen, Wände und Fußböden abschleifen, anstreichen, Bäder kacheln und so weiter. Hier haben wir dafür drei Jahre gebraucht und uns krummgeschuftet, allein die Materialien und Farbtöpfe, die wir in den fünften Stock geschleppt haben. Und das alles, um sechs Monate umsonst zu wohnen. Ich habe nicht die Kraft, nochmal damit anzufangen.«

»Ich bewundere dich.«

»Du bewunderst mich? Mich?«

»Du hast drei Kinder, Clarisse, um die du dich super gut kümmerst, du arbeitest – im Moment zwar gerade nicht, aber du wirst sehr schnell wieder einen Job finden –, du kannst Bäder kacheln, du organisierst alles, mit einem Mann, der unter uns gesagt keinen Finger krumm macht. Du bist einfach unglaublich.«

»Findest du wirklich?«

Ihre Augen wurden feucht. Von ihren drei Kindern mal abgesehen, hatte Clarisse das Gefühl, dass sie ihre Träume aufgegeben hatte. Aber immerhin, diese Familie, die sie gegründet hatte, und die Cleverness, mit der sie sich immer zu helfen wusste, trotz Geldmangels und obwohl sich ihr Mann kein Bein ausriss, auch mal welches zu verdienen, das war schon etwas wert.

Sie tat so, als brächte sie mit einem Glas in der Hand einen Toast aus:

»Möge das neue Jahr 1999 ein Jahr der Veränderung werden. Du findest langfristig einen Mann und ich einen Job, der geistreicher ist, als Klamotten zu verkaufen. Und wir ziehen um.«

»Ich bräuchte auch endlich mal einen festen Vertrag. Ich bin's satt, als Freie zu arbeiten.«

Worauf sie mit ihren unsichtbaren Gläsern anstießen und sie an die Lippen setzten. Zachary sah ihnen neugierig zu: Erwachsene, die spielten, interessant. Es klingelte an der Wohnungstür.

Clarisse zeigte der Babysitterin, wo Zacks Fläschchen stand. Als sie aus der Küche kam, unterhielten sich Bérengère und die Jungs über den Goldenen Ball, mit dem Zidane ausgezeichnet worden war. Sie schien genauso viel darüber zu wissen wie ihre Söhne. Hendrik hatte sich rasiert und trug das Hemd mit dem Blümchenmuster, das Clarisse ihm kurz vor ihrer Entlassung im Geschäft gekauft hatte. Es hatte einen modischen, spitzen Kragen und war so perfekt geschnitten, dass Hendriks muskulöse Schultern und seine hochgewachsene Statur gut zur Geltung kamen. Sein Haar war dunkler geworden, aber er war noch genauso schön und schlank wie am Tag ihrer Hochzeit, trotz des vielen Biers. Der Glückliche, er hatte einen hervorragenden Stoffwechsel. Ihre verheirateten Freundinnen mit Kindern klagten alle darüber, dass bei ihnen kein Sexualleben mehr stattfand. Fünfzehn Jahre nachdem sie sich kennengelernt hatten, begehrte Hendrik sie noch genauso wie früher; er war ein sehr guter Vater und hatte geschickte Hände. Wog das seinen Egoismus und seine Faulheit nicht auf? Den perfekten Mann gab es nicht. Auch Bérangère, die streng mit Hendrik war, würde das irgendwann begreifen. Clarisse ging zu ihm und küsste ihn auf den Hals.

»Du riechst gut. Sind deine Kopfschmerzen weg?«

»Sind besser.«

»Geht's dir nicht gut?«, fragte Bérangère.

»Hab mich wohl erkältet. Ich würde mich lieber ins Bett legen.«

»Im Moment sind alle erkältet. Ich fühle mich seit heute Morgen auch nicht besonders. Aber wir gehen doch sicher nicht so spät nach Hause, oder?«

»Ich bestimmt nicht.«

Berufsbedingt, aber auch charakterlich war Bérangère eine vollendete Diplomatin. In diesem Jahr hatte sie zwischen Hendrik und Clarisse mehrmals als Puffer gedient.

Sie verabschiedeten sich mit Küsschen von den Kindern.

»Bis nächstes Jahr dann!«, rief Hendrik.

Martin erklärte dem beunruhigten Lucas den Witz seines Vaters. An der Tür durfte Zack noch einmal in Hendriks Arme fliegen und lachte so ausgelassen, dass er den Kummer über den Aufbruch seiner Eltern vergaß.

Auf dem Weg nach Issy-les-Moulineaux erzählte Bérangère von einem amerikanischen Autor, den sie in der vorherigen Woche betreut hatte.

»Wir landen also in einem Club in Pigalle, genau das, was er sich unter Paris vorstellt. Für mich war's das erste Mal, muss ich sagen. Plötzlich baut sich eine Stripperin, die gerade ihren

Auftritt hatte, vor unserem Tisch auf. Sie schiebt sich die Finger ins Höschen, holt sie feucht wieder raus und wischt dem Schriftsteller damit übers Gesicht. Über die Lippen. Ich wusste wirklich nicht mehr wohin mit mir.«

»Nein!«, lachte Clarisse. »Ich fasse es nicht!«

»Du kümmerst dich sogar nachts um die Autoren?«, fragte Hendrik.

»Wenn sie von weit kommen, bin ich Tag und Nacht ihre Babysitterin. Das führt manchmal schon zu heiklen Situationen.«

»Wie im Oktober mit diesem Politiker aus Bordeaux«, sagte Clarisse.

»Ach, ja, genau! Manche sind schwerhörig und schauen anscheinend auch nie in den Spiegel. So ein fünfundfünfzigjähriger Kerl, geht's noch? Ich bin neunundzwanzig, ich suche doch keinen Vater!«

Weil der Verkehr auf dem Périphérique einigermaßen flüssig lief, waren sie in einer knappen halben Stunde in Issy. Sie fanden problemlos einen Parkplatz – ein Vorteil der Banlieue. Als sie an der ehemaligen Lagerhalle mit ihren großen, leuchtenden Fenstern eintrafen, herrschte dort schon einiges Gedränge. Sie mussten sich anstellen, um ihre Mäntel abzugeben. Clarisse, deren Kleid keine Taschen hatte, die aber ihre Handtasche nicht behalten wollte, gab Hendrik ihr Garderoben-Ticket.

Der große Innenraum hatte mindestens 400 Quadratmeter Fläche und war zu einem amerikanischen Loft umgebaut – riesig, weiß, sehr hohe Decken, Stützpfeiler, polierter Betonboden, moderne Möbel mit klaren Linien. An den Wänden hingen Werke zeitgenössischer Künstler, deren Namen Bérengère ihnen nannte. Die Gäste trugen Smoking oder Designer-

Roben. Kellner schwirrten mit Tabletts herum. Der in Kristallflöten servierte Champagner floss in Strömen.

Hendrik und Bérangère griffen zum Champagner, Clarisse nahm ein Glas stilles Wasser. Sie steuerten auf das Büffet zu, wo es diverse Arten Räucherfisch gab, zu Pyramiden aufgetürmte Austern, Gläschen mit geschichtetem Gemüse, raffinierte Käsesorten und die berühmte halb gegarte Foie Gras, die ihr Gastgeber, ein Filmproduzent, aus dem Périgord mitgebracht hatte, wo er ein Schloss besaß. Nicht weit davon stand der Tisch, auf dem die Weine warteten, alles große Weine aus bester Lage, und auch Hochprozentiges, darunter ein Sortiment von schottischen Whiskys, die Hendrik mit Interesse zur Kenntnis nahm. Sie bedienten sich. Die fleischigen Austern kamen direkt aus Cancale und rochen nach Jod.

Clarisse war noch nie auf einem derart luxuriösen Fest gewesen. Mit reichen und berühmten Leuten zu verkehren, war zwar per se nicht ihr Ziel, aber es tat ihr nicht leid um die fünfhundert Francs, die sie der Babysitterin gegeben hatte. Es war wirklich eine ganz andere Welt. Sogar Bérangère, die über einen ihrer Kunden an die Einladung gekommen war, zeigte sich beeindruckt. Hendrik schnappte sich die nächste Champagnerflöte.

»Sollen wir tanzen?«, fragte Clarisse.

»Ich hasse Techno.« Er deutete mit dem Kinn zum Büffet. »Ich esse noch was, probiere die Whiskys und dann gehe ich.«

»Okay. Vergiss nicht, dass du mein Garderobenticket hast.«

Sie wusste, dass er imstande war, sich einfach zu verdrücken.

»Hendrik!«

Ein Mann kam auf sie zu: Filip, ein holländischer Unternehmer, bei dem Hendrik mehrere Fußballspiele gesehen hatte.

Er grüßte Clarisse und Bérengère und zog Hendrik zum Whisky-Tisch. Clarisse freute sich. Jetzt würde ihr Mann es nicht mehr so eilig haben zu gehen. Bérengère und sie nahmen Kurs auf die Tanzfläche.

Der Techno-Rhythmus war mitreißend. Es war das erste Mal, dass sie miteinander tanzten, und ihre Körper bewegten sich im Einklang. Sie waren ein schönes Paar, die große Rothaarige in ihrem glitzernden Oberteil und den Jeans, die ihre langen Beine betonten, das Haar mit einer Ebenholzspange hochgesteckt, und die Brünette mit dem dunklen Teint und den weiblichen Formen in ihrem olivgrünen, figurbetonten Kleid mit dem asymmetrischen Dekolleté, in dem sie zart wie eine Elfe aussah, auch wenn sie sich selbst für dick hielt. Bérangères nackte, wohlgeformte Schultern luden dazu ein, sie zu streicheln. Sie war der Inbegriff der Eleganz. Clarisse versuchte, das rhythmische Kreisen ihrer Hüften und Handgelenke nachzuahmen, das sie an Bollywood-Tänzerinnen erinnerte.

Sie tanzten lange und streiften sich dabei auf eine provozierende, sinnliche Weise, bis ein Mann in Smokinghose und weißem Hemd auftauchte und sich zwischen sie schob, die Augen auf Clarisse gerichtet. Er war kleiner als Bérangère, rundes Gesicht, Bauch und beginnende Glatze, das Hemd schweißdurchtränkt. Er sah nicht gut aus, aber die Geschmeidigkeit seiner Bewegungen machte ihn sexy. Hin und wieder schloss er die Augen und schüttelte in die Musik versenkt den Kopf, und wenn er die Augen dann wieder öffnete und Clarisse ansah, empfand sie seinen Blick wie ein Streicheln. Bérangère hatte inzwischen auch einen Partner, ein hübscher junger Typ, groß und schlank. Sie signalisierte Clarisse, dass sie etwas trinken würden. Clarisse spürte keinen Durst. Sie schüttelte ihre üppigen Locken, ging mit ihrem Partner in die Hocke, sprang mit ihm hoch, sie war wie in Trance.

Seit Jahren hatte sie nicht mehr so getanzt und dachte an Mehdi, der fast bis zuletzt regelmäßig in Diskotheken gegangen war. Sie erinnerte sich an die Schwulenclubs der Rue Saint-Anne, in die sie ihn begleitet hatte, als sie zwanzig waren. Die Erinnerung trieb ihr keine Tränen in die Augen. Man durfte nicht in Melancholie versinken, man musste hüpfen und springen und die Hände ergreifen, die sich einem entgegenstreckten, wie jetzt die Hände dieses Mannes. Er zog sie an sich, und sie spürte ihn hart in ihrem Schritt. Für den Fall, dass Hendrik sie suchte, weil er aufbrechen wollte, ging sie auf Abstand. Wobei es ihrem Mann nach ein paar Gläsern Whisky und einem mit Filip geteilten Joint wahrscheinlich besser ging und er das Fest auch genießen konnte.

Eine Minute vor Mitternacht setzte die Musik aus, und etwa hundert Gäste begannen, im Chor den Countdown zu zählen: »Neunundfünfzig, achtundfünfzig …« Clarisse verließ ihren Tanzpartner und suchte Hendrik. Sie entdeckte ihn in der Nähe der Bar neben Bérangère, der das Haar offen über Schultern und Rücken fiel. Ihre Wangen waren gerötet, und sie lachte aus vollem Hals. Als sie dabei den Kopf in den Nacken warf, streiften ein paar ihrer roten Haarsträhnen Hendriks Unterarm, dessen Ärmel hochgekrempelt war. Clarisse erschauerte, als hätte sie das Kitzeln auf ihrer Haut gespürt. Sie ging zu ihnen. Man war inzwischen bei der achtzehn angelangt.

»Geht's dir besser, Liebling?«

»Ja. War gut, dass du drauf gedrängt hast.«

»Null!« Champagnerkorken schossen zur Decke, Neujahrswünsche ertönten, Wangen und Lippen berührten sich. Clarisse schlüpfte zwischen ihre Freundin und ihren Mann, stellte sich auf die Zehenspitzen und hielt ihm mit geschlossenen Augen ihre Lippen entgegen. Sie hoffte, dass seine Zunge in ihren Mund gleiten und er sie richtig küssen würde, doch er entfernte sich von ihr. Als sie die Augen wieder aufschlug, befanden sich Hendriks Lippen auf Bérengères Mund – was per se nicht befremdlich war, weil im Moment alle dasselbe taten. Bérengère errötete, als der Blick ihrer Freundin sie traf. Auch die beiden küssten sich auf den Mund und wünschten sich in einem Ton, dessen Zurückhaltung so gar nicht zu ihnen passte, ein frohes neues Jahr.

Die Melodie eines Stehblues hallte durch den riesigen Raum. *Je l'aime à mourir*. In Clarisse stieg aus weiter Ferne das Bild einer anderen Tanzfläche auf, im Freien, unter Pinien. Ihre Beine gaben nach; sie hielt sich am Tresen fest und sah sich nach ihrem Mann um. Der hatte Bérangère am Ellbogen gefasst und führte sie auf die Tanzfläche, auf der sich bereits Paare bewegten. Seine Hand lag auf dem Rücken der jungen Frau, ganz unten in der Lendenwölbung, die andere auf ihrer nackten Schulter, unter dem langen roten Haar. Sie war fast so groß wie er. Ihre Körper waren nicht aneinandergeschmiegt; sie bewegten sich langsam und sahen sich dabei an.

Clarisse dachte nicht mehr an die Tanzfläche unter den Pinien; eine andere Szene tauchte vor ihrem inneren Auge auf.

Es war im Sommer vor acht Jahren. Sie waren mit Martin zum Zelten in die südliche Bretagne gefahren. Clarisse war im siebten Monat schwanger. Mit ihrem dicken Bauch auf dem

Boden zu schlafen, war nicht leicht, aber ganz witzig. Es hatte ein Unwetter gegeben, und nach zwei Tagen im Matsch hatten sie beschlossen, in ein Hotel überzusiedeln. Hendrik hatte sich plötzlich an eine Französin erinnert, die er in Indonesien kennengelernt hatte und die in Vannes lebte. Im Telefonbuch hatte er ihren Namen gefunden; sie lud die drei zu sich ein. Die Frau – eine Ex von ihm – war begeistert, Hendrik nach sechs Jahren wiederzusehen und seine Frau und seinen Sohn kennenzulernen. Sie hatte ihnen Nudeln gekocht. Als Clarisse ihrer Gastgeberin und Hendrik vorschlug, zu zweit noch etwas trinken zu gehen – sie würde mit dem Kleinen zu Hause bleiben, denn sie sei müde und die beiden hätten sich doch sicherlich viel zu erzählen –, hatten sie sich bei ihr bedankt.

Nach einer erholsamen Nacht in einem richtigen Bett war sie im ersten Licht der Morgendämmerung aufgewacht und hochgefahren, als sie feststellte, dass Hendrik nicht neben ihr lag. Weil sie einen Unfall befürchtete, bei dem Alkohol im Spiel war, sprang sie aus dem Bett, schaute aus dem Fenster und sah ihren parkenden Wagen auf der Straße stehen. Im Flur hörte sie dann das Stöhnen, das aus dem anderen Schlafzimmer kam. Auf Zehenspitzen war sie zurückgewichen, als liefe sie Gefahr, beim Herumspionieren ertappt zu werden. Martin schlummerte selig auf seiner kleinen Matratze, die auf dem Boden lag. Sie sah sich in einem Spiegel, der an der Wand lehnte. Dick. Unförmig. Monströs. Wehrlos gegen die Reize der anderen. In diesem Moment hatte sie das Baby in ihrem Bauch (die künftige Ella oder den künftigen Lucas) nicht mehr haben wollen. Und war schluchzend und von Schuldgefühlen gepeinigt auf dem Bett in sich zusammengesackt.

Sie hatten das Haus am selben Morgen verlassen. Die Frau war nicht aus dem Schlafzimmer gekommen.

Es gab Wut, Tränen und eine Versöhnung. Nie wieder, hatte Hendrik versprochen.

Oder wenigstens – das verstand sich von selbst – niemals wieder in ihrer Gegenwart.

Niemals mit einer ihrer Freundinnen.

Ihrer besten Freundin.

Clarisse war immer noch wie erstarrt. Der Mann, mit dem sie länger als eine Stunde getanzt hatte, tauchte mit breitem Lächeln vor ihr auf und hielt ihr die Hand entgegen. Sie schüttelte den Kopf, konnte nichts sagen, sich nicht bewegen, als würden bei der leisesten Verschiebung ihres Körpers Dämme brechen, Tränen ihr Gesicht überfluten und es mit den vulgären Streifen von zerlaufenem Mascara markieren.

Noch hatte nichts stattgefunden, und doch war schon alles geschehen, all das, was für sie immer Gegenstand panischer Angst gewesen war. Sie hatte den Brief noch nicht gelesen, den ihr die aufrichtige, anständige, loyale Bérengère einen Monat später schicken würde, den Brief, in dem sie ihr gestehen würde, dass sie sich ungewollt bis über beide Ohren in Hendrik verliebt habe, verbunden mit der Ankündigung, dass sie aus ihrem Leben verschwinden werde, damit Clarisse ihren Mann zurückerobern könne. Doch es war natürlich zu spät. Auf dieser Tanzfläche, in dieser ersten Minute des letzten Jahres des zwanzigsten Jahrhunderts hatten sich zwei Menschen gefunden. Es war die banalste Sache der Welt, das älteste aller Klischees. Und sie selbst, Clarisse, war diejenige, die sich an einem Januartag des Jahres 1998 in diese hochgewachsene Frau mit den roten Haaren, die in ihren Laden gekommen war, verguckt hatte, sie war diejenige, die Bérengères Einladung zu der Silvesterparty angenommen und darauf gedrängt hatte, dass Hendrik mitkam. Wie in einer griechischen Tragödie hatte sie selbst das Unglück ins Rollen gebracht, Stein für Stein.

KAPITEL 6

Die Frau von vierzig Jahren

2002–2003

Ève war um halb sechs mit Paul aufgestanden, um die Stunde Ruhe zu genießen, bevor sie ihre Mädchen wecken würde. Sie viertelte die Äpfel und knetete den Teig für sechs schöne kleine Tartes, bevor sie zwei Frühstücksschalen mit ihrem hausgemachten Knuspermüsli füllte – im Ofen gebacken und mit Ahornsirup karamellisiert –, das die Mädchen immer ohne Murren aßen. Es war sieben. Um diese Uhrzeit war der Tag eigentlich angebrochen, aber in der fensterlosen Wohnung war es immer noch genauso dunkel. Sie ging ins Kinderzimmer und knipste das Licht an. Oben im Etagenbett lag Hannah mit offenem Mund im Tiefschlaf, das feine blonde Haar auf dem Kopfkissen ausgebreitet, den Nickihasen an sich gedrückt, während sich unten die rotgelockte Houston von ihrer Decke freigestrampelt hatte, die Beine in einer Yogi-artigen Position gekreuzt, was eine Eigenart von ihr war. Ève weckte die beiden mit einem Küsschen.

Eine halbe Stunde später konnte Houston ihren zweiten Schuh nicht finden, während Hannah panisch ihr Aufgabenheft suchte: Sie würde eine Sechs kriegen, wenn sie es nicht dabei hätte. Ein mütterlicher Blick unters Etagenbett, dann einmal kurz zwischen den Sofakissen getastet, und die vermissten Dinge waren wieder da. Sie zerrte den Buggy aus dem Abstellraum.

»Kinder, zieht eure Jacken an! Beeilt euch! Wir kommen zu spät!«

Endlich brachen sie auf. Houston war mit ihren viereinhalb Jahren für den Buggy schon ein bisschen groß, aber der Weg bis zur Schule war weit, und ihre Mutter schritt zügig voran. Auf dem Rückweg war der leere Buggy im Übrigen praktisch, um die Einkäufe aus Chinatown nach Hause zu transportieren – besonders wenn sie wie heute ein Cocktaildinner für vierzig Personen vorzubereiten hatte.

Manhattan war längst erwacht. Das Hupen der Autos, das metallische Rumpeln der Subway-Züge auf der Manhattan Bridge und die schrillen Sirenen der Polizei- und Krankenwagen brachen über sie herein. Es war ein sonniger, noch kalter Oktobertag, der im Laufe der nächsten Stunden wärmer werden würde. Sie gingen an Häuserblocks mit Sozialwohnungen vorbei, dann unter der Williamsburg Bridge hindurch, wo die Bürgersteige trostlos und voller Abfall waren. Am Hamilton Fish Park angelangt, hatten sie nur noch einen langen Block vor sich.

NEST+M war eine Schule für weiße Kinder am äußersten Rand des Stadtteils Alphabet City, mitten in einem schwarzen Ghetto, nicht weit vom East River entfernt. Die Schule war vor einem Jahr mit dem ambitionierten Ziel gegründet worden, in einer öffentlichen, also kostenlosen Einrichtung die Ausbildung einer Privatschule anzubieten, wofür man normalerweise um die dreißigtausend Dollar im Jahr bezahlte. Aus den Sozialwohnungen der nahegelegenen Blocks war nicht ein einziges Kind angenommen worden, denn das Auswahlverfahren begünstigte die zwei-, wenn nicht gar dreisprachigen Sprösslinge europäischer, russischer oder asiatischer Familien, in denen

Mütter oder Kinderfrauen täglich bei den dreistündigen Hausaufgaben helfen konnten. Die Betongebäude sahen nicht gerade einladend aus, aber die Klassenräume mit den großen Fenstern waren lichtdurchflutet. Begeistert von den Räumlichkeiten, der Kostenfreiheit und dem Schulprogramm hatten Paul und Ève vor einem Jahr entschieden, Hannah auf diese Schule zu schicken. Ève fragte sich, ob sie gut daran getan hatten. Denn die Schule, deren Name NEST+M trügerischerweise ein Nest plus M wie Mama suggerierte, eigentlich aber ein Kürzel für »Neue Erkundungen in Wissenschaft, Technologie und Mathematik« war, legte großen Wert auf Disziplin. Die sensible, zerstreute Hannah lebte in ständiger Angst vor Ermahnungen und Strafen. Paul hielt es in einer immer härteren, leistungsorientierteren Welt für richtig, die Kinder so früh wie möglich an das echte Leben zu gewöhnen.

Ohne sich von ihrer Mutter und ihrer Schwester zu verabschieden, rannte Hannah zur Betonrampe, um die Eingangstür zu erreichen, bevor sie zufiel. Plötzlich sah Ève die Schultasche, die noch am Griff des Buggys hing. »Oh, nein!«

»Was ist, Maman?«

»Hannah hat ihre Schultasche vergessen! Rühr dich nicht vom Fleck!«

Hastig ging sie durch den Hof und rief: »Hannah! Deine Schultasche!«

Ihre Tochter blieb abrupt stehen, warf einen Blick über die Schulter, drehte sich um und rannte die Rampe wieder hinunter zu Ève, die ihr die Leinentasche entgegenhielt. Sie rannte sofort wieder hoch, aber inzwischen war die Eingangstür zugegangen, und Hannah musste klingeln. Sie würde eine Verwarnung bekommen. Unterdessen hastete Ève besorgt in die andere Richtung, zurück zu Houston, die sie in diesem dubiosen Viertel allein auf dem Bürgersteig zurückgelassen hatte. Der Buggy war noch da. Jemand hockte davor und sprach mit ihrer Tochter. Céline.

»Salut, Ève! Stress heute Morgen?«

»Paul findet ja, dass ich die Kinder eine Viertelstunde früher wecken sollte, aber die schlafen immer so tief und fest!«

»Diese Schule fängt einfach zu früh an.«

Während Ève den Buggy weiterschob und Céline neben ihr das Fahrrad, unterhielten sie sich über den Französischkurs ihrer Kinder.

Bald trennten sich ihre Wege. Ève marschierte die Houston Street hoch und kam wie jeden Tag an dem Häuserblock vorbei, wo vor viereinhalb Jahren ihre Tochter in einem Taxi das Licht der Welt erblickt hatte. Jedes Mal fühlte sie sich dort wie auf eigenem Terrain, als ob dieses Stück Bürgersteig ihr persönlich gehörte. Houston, die wieder mal darauf bestand, jeden Hund zu streicheln, der ihnen entgegenkam, würde eine der Letzten sein. In der Vorschule – einer privaten Einrichtung, öffentliche gab es hier nicht – konnte man die Kleinen bis neun abgeben.

Ein junger Mann, der gerade aus dem Gebäude kam, hielt ihr die Tür auf. Sein wohlwollendes Lächeln, in Manhattan ein seltenes Geschenk, wirkte auf Ève so, als hätte er die Aneinanderreihung kleiner Alltagspflichten, die sie an diesem Morgen im Laufschritt hinter sich brachte, irgendwie erraten. Sie hatte ihn noch nie gesehen. Er war schlecht rasiert und kam ihr mit seinen halblangen Haaren für einen Vater etwas jung vor. Wahrscheinlich ein Musikpädagoge oder ein babysittender Student.

Als sie eine Woche später auf den Kindergarten zuging, um

Houston abzuholen, erkannte sie ihn wieder. Er trug dieselbe verschlissene Lederjacke und spazierte mit einem sehr kleinen Jungen an der Hand in Richtung Washington Square, die Schritte an das Tempo des Kindes angepasst, den Kopf zu ihm hingeneigt. Wahrscheinlich war er der Vater.

Beim Schulfest, das zu Halloween mit den Eltern gefeiert wurde, sah Ève ihn wieder. Er lehnte an einer Wand und schaute seinem Sohn beim Spielen zu. Sie unterhielt sich gerade mit einer Mutter, die für das Beschneidungsfest ihres Neugeborenen Èves Dienste in Anspruch genommen hatte. Dank dieser Frau, die in der jüdischen Gemeinde des Village gut vernetzt war, hatte Ève mehrere Bar Mizwas ausgerichtet, darunter eine mit mehr als hundert Personen, womit sie zweitausend Dollar verdient hatte – an einem einzigen Abend das, wofür sie früher einen Monat lang hätte unterrichten müssen. Elysa, deren Mann Unternehmer war, empfahl ihr gerade den Aufbau einer Homepage, um ihre Geschäfte weiter voranzutreiben, da hörte sie im Stimmengewirr des Hofs einen französischen Satz: »Lucien, willst du Kuchen?«

Ève entschuldigte sich bei Elysa und ging zu ihm.

»Sie sind Franzose?«

»Ja, Sie auch?«

Er lächelte. Es war ein sehr nettes Lächeln, bei dem seine Augen zu schmalen Schlitzen wurden, die fast etwas Asiatisches hatten. Sie rief Houston zu sich, die als Hexe verkleidet war, mit Tutu und schwarzer Strumpfhose, sodass sie sich frei bewegen konnte, und stellte ihr den kleinen Jungen im Spiderman-Kostüm vor.

»Lucien ist Franzose, genauso wie du!«

Worauf Houston zum Hangelgerüst rannte.

Kinder haben Instinkt. Sobald sie merken, dass die Eltern plaudern möchten, fordern sie ihre Aufmerksamkeit. Beeindruckt von dem Mädchen, das sich flink wie ein Äffchen von einer Stange zur nächsten schwang, wollte Lucien es ihr nachtun. Sein Vater hob ihn hoch. Als er ihn losließ, verlor der Junge nach drei Sekunden den Halt, aber sein Vater konnte ihn auffangen. Er begann zu weinen, während Houston stolz und scheinbar mühelos weiter vor ihm herumturnte. Ève musste bald aufbrechen, um Hannah abzuholen, sodass sie kaum noch ein Wort mit dem jungen Mann wechseln konnte. Sie wusste immer noch nicht, ob er Doktorand an der New York University war oder Hausmann und Ehepartner einer Diplomatin der Vereinten Nationen.

»So eine Heulsuse«, befand Houston, die neben dem Buggy herlief.

»Er heißt Lucien. Du hättest ruhig netter sein können!«

»Ich kann Spiderman nicht leiden.«

Houston war ein zäher Knochen. Ève erkannte sich eher in ihrer älteren Tochter wieder, aber Paul fand, dass Hannah ihm ähnelte (er war ein schüchternes, ängstliches Kind gewesen), während Ève auf ihre Weise genauso stark und zäh sei wie Houston.

Der Ort, an dem sie ihn das nächste Mal sah, war nicht der Kindergarten.

Als sie am Halloweenabend von der Parade zurückkamen, hatte Paul, während die Kinder müde und überdreht die Süßigkeiten in ihren Plastikkürbissen zählten, die Post aus dem Briefkasten geholt und Ève drei Umschläge gegeben: einen dicken, in dem sich ein langer Brief von Francesca befand, der großes Lesevergnügen in Aussicht stellte, die reizende Dankeschön-Karte einer Kundin samt Scheck und schließlich das Programm der Maison Française an der New York University. Eigentlich hatte sie ja keine Zeit mehr, an kulturellen Veranstaltungen teilzunehmen, warf aber trotzdem einen Blick hinein, anstatt es gleich wegzuwerfen.

»Kannst du am Montag um halb sieben zu Hause sein?«

»Musst du abends arbeiten?«

»Nein. Da hält ein französischer Schriftsteller einen Vortrag. Jean Echenoz.«

»Eschnohs. Komischer Name!«

Sie lachte.

»Der ist bekannt. Ein guter Schriftsteller.«

»Natürlich, geh hin.«

Weil Paul dann am Montag wegen einer Redaktionskonferenz doch verhindert war, hatte Rivka den Bus genommen und Manhattan durchquert, damit ihre Schwiegertochter an dem Abend teilnehmen konnte. Zum ersten Mal seit Langem war Ève irgendwohin unterwegs, ohne in Gedanken To-do-Listen durchzugehen und ohne einen Buggy oder einen mit Tupperware-Dosen beladenen Einkaufswagen vor sich her zu schieben. In den Straßen von Greenwich Village pulsierte das Leben. Als sie an der Maison Française eintraf, war der Saal voll, aber sie fand noch einen Platz. Sie sah ein paar bekannte Gesichter. Und mit einem Mal merkte Ève, deren Alltag sich jetzt – aus freien Stücken – zwischen ihrer Küche und den Kindern abspielte, dass ihr das akademische Leben und die französische Kultur gefehlt hatten. Sie freute sich, dass sie gekommen war.

Der Schriftsteller betrat den Saal und mit ihm sein Gefolge – die Leiterin des Hauses, der Kulturbeauftragte der Botschaft und einige andere VIPs, die auf den reservierten blauen Sitzen in der ersten Reihe Platz nahmen. Und er. Der große, schlanke, junge Mann mit den halblangen Haaren und den Schlitzaugen, der Mann aus der Vorschule, jetzt frisch rasiert und nicht mehr in seiner abgetragenen Lederjacke, sondern in schwarzem Anzug und weißem Hemd.

Der Kulturbeauftragte ergriff das Wort und brachte in einer kurzen Rede seine Freude und die Ehre zum Ausdruck, hier einen so großen Schriftsteller begrüßen zu dürfen: Eine Freude, die umso größer sei, als Jean Echenoz für solche Unternehmungen nur selten zur Verfügung stehe. Er habe nur deshalb zugesagt, weil einer seiner Freunde das Gespräch mit ihm führen werde, der junge, großartige Schriftsteller Sébastien Bélair, der in diesem Semester Creative Writing an der New York University unterrichtete.

Luciens Vater steuerte auf das Rednerpult zu. Sébastien Bélair. Dieser junge Mann, den sie fast für einen Gigolo gehalten hatte, war also ein Autor, der schon veröffentlicht hatte und an der NYU unterrichtete! Seinen Namen hatte sie noch nie gehört, aber in ihrem amerikanischen Exil verfolgte sie die französische Literaturszene kaum noch und schon gar nicht mehr, seit sie Kinder hatte. Er war größer als der Kulturbeauftragte und verstellte das Mikrofon in der Höhe. Sein Blick wanderte über das Publikum und hielt bei ihr inne. Er lächelte ihr zu. Ihre Sitznachbarn musterten sie.

Sébastien Bélair war ein respektvoller, feinsinniger Moderator. Er stellte dem Romancier Fragen zur Praxis seines Schreibens und zum Verhältnis zu seinem Verleger, der vor einer Weile gestorben war. Es wirkte wie ein privates Gespräch. Am Ende gab es begeisterten Applaus. Während man sich in die Schlange einreihte, um ein Buchexemplar signieren zu lassen, ging Ève Richtung Ausgang. Jemand überholte sie und hielt ihr die schwere schmiedeeiserne Tür auf. Sébastien Bélair, der sich gerade noch im Saal mit dem Kulturbeauftragten unterhalten hatte.

»Sie ergreifen die Flucht?«

Sie lächelte.

»Das war großartig, bravo. Dann unterrichten Sie also an der New York University und sind Schriftsteller?«

Er zündete sich eine Zigarette an und hielt ihr die Packung hin. Sie schüttelte den Kopf.

»Ich unterrichte hier nur für zwei Monate. Ich bin in letzter Minute für eine Freundin eingesprungen, die in Frankreich bleiben musste, um einen Roman zu promoten.«

Die Tür öffnete sich, und der Kulturbeauftragte tauchte auf.

»Er raucht, war ja klar! Sébastien, die warten auf dich.«

»Ich komme.«

Er warf seine Zigarette auf den Boden.

»Ich hätte Sie gern eingeladen, aber es sind zu viele Leute und nicht genug Stühle. Sollen wir morgen einen Kaffee trinken, wenn wir die Kinder abgeliefert haben?«

Auf dem Heimweg spürte sie noch stärker den Puls der Stadt. Sie ließ das elegante Greenwich Village hinter sich und tauchte in die angesagten Straßen des East Village ein, dann in die durchmischteren Viertel von Chinatown und der Lower East Side, wo ein chinesisches Altenheim neben einer italienischen Kirche oder einer Jeschiwa stehen konnte, einem spanischen Supermarkt, einem vietnamesischen Restaurant, einer Moschee. Sie spürte einen Schwall frischer Energie. Als sie heimkam, war Paul in seinen Computer vertieft, neben sich ein verschmierter Teller.

»Du arbeitest noch?«

»Ich lese die neuesten Nachrichten. Dieser Putin verspricht nichts Gutes.«

Ève zog ihren Mantel aus und ließ sich aufs Sofa fallen. Sie war in Gedanken woanders.

»Die Mädchen sind über deinen *flan aux champignons* hergefallen. War die Veranstaltung gut?«

»War toll. Moderiert von einem Romancier, dessen Sohn mit Houston in die Schule geht.«

»Die Welt ist klein.«

Sie trat zu ihm, umschlang ihn von hinten und atmete den eleganten Duft seines Aftershaves ein. Er hob den Kopf.

»Du bist sehr hübsch heute Abend.«

»Nur heute Abend?«

»Heute Abend besonders.«

Sie wusste, dass sie eine Energie ausstrahlte, und ein Feuer in ihren Augen war, das sie begehrenswert machte. Sie tauschten einen heftigen Kuss, und Ève wollte ihn zum Bett ziehen.

»Sei mir nicht böse, Schatz, aber ich stehe morgen um fünf auf. Aufgeschoben ist nicht aufgehoben.«

Er küsste sie noch einmal, fuhr mit der Hand in ihre Bluse und streifte ihre Brust. Gestern waren sie ins Kino gegangen, anstatt sich zu lieben, und wenn Rivka die Kinder nächsten Sonntag wieder nehmen würde, wären die fruchtbaren Tage vorbei. Ihren Mann jetzt darauf hinzuweisen, war unnötig, denn Paul wollte ja eigentlich kein drittes Kind. Sollte sich jedoch überraschend ein Baby einstellen, würde er es hinnehmen, das wusste sie, und grundsätzlich würde sich an ihrem Leben ja auch nichts ändern.

Ob sie am Sonntag überhaupt ein erotisches Rendezvous

haben würden, war nicht mal sicher. Seit Paul nach dreijähriger Langeweile in einer Geschäftsbank zu seiner alten Leidenschaft zurückgekehrt war und für halb so viel Geld einen unverhofften Job bei der New York Times angenommen hatte (erst als Reporter für den Lokalteil, seit Neuestem ins Team der investigativen Journalisten berufen), drängte sich Ève der Eindruck auf, dass er eigentlich nur noch ein Verlangen hatte: einen dermaßen durchschlagenden Artikel über ein dermaßen interessantes Thema zu schreiben, dass er es damit auf die Titelseite schaffen würde. Manchmal hatte Ève den Eindruck, dass der Geschlechtsakt für Paul kein Moment der Entspannung war, sondern Druck, der noch obendrauf kam. Er war ein besorgter Mensch, der immer erst an das Wohl der Partnerin dachte: kein Genießer. Becky, mit der sie darüber gesprochen hatte, empfahl ihr, vorher einfach mal gemeinsam ein bisschen zu kiffen. Schwierig, denn Paul rauchte zwar wie ein Schlot und trank auch Whisky, aber vor Drogen war er auf der Hut.

Am nächsten Morgen saß Sébastien im Eingangsbereich der Vorschule auf einer Bank und wartete auf sie. Er schlug das Caffe Reggio in der MacDougal Street vor. Dort legte sie den zusammengefalteten Buggy neben sich auf den Boden. Sie bestellten Cappuccino mit einem Glas Wasser. Die Beleuchtung in dem Café war gedämpft, die Musik leise, das Stimmengewirr verhalten. Sie erzählte im Schnelldurchgang von Pauls und ihrer Begegnung in Boston, den Jahren in Warschau, ihrer Rückkehr und Hannahs Geburt, dann ihrer Stelle als Lehrerin am Packer Collegiate Institute in Brooklyn, während Paul sein zweites Studium aufnahm. Als sie für eine vom Elternverein organisierte Versteigerung die Zubereitung eines französischen

Menüs für zehn Personen angeboten hatte, Startpreis dreihundert Dollar, und dieses dann für tausend Dollar ersteigert wurde, war ihr klar geworden, dass selbst eine einfache Variante der französischen Küche in New York ihren Wert hatte. Sobald Paul eine Anstellung gefunden hatte, kündigte sie und wagte ihr Glück. Die Mundpropaganda funktionierte, inzwischen verdiente sie besser als an der Schule. Ein richtiger Profi war sie nicht: Sie machte alles bei sich zu Hause, damit sie abends kochen konnte, wenn ihre Kinder und ihr Mann schliefen. Nur einen großen Ofen und einen riesigen Kühlschrank hatte sie sich anschaffen müssen.

»Hast du dir damit einen Kindheitstraum verwirklicht?«, fragte Sébastien.

»Nein. Als ich klein war, hat Kochen mich nicht interessiert. Das ist erst später gekommen. Kochen beruhigt mich. Kochen ist wahnsinnig sinnlich. Nicht nur der Geschmack, auch der Duft, die Farbe, die Konsistenz, der Klang …«

»Der Klang?«

»Das Prasseln, wenn man Fleisch in der Pfanne ablöscht, das Brutzeln von Zwiebeln in heißem Öl oder von Balsamico in geschmolzener Butter, das Knirschen und Knacken einer Brotkruste …«

»Wie du übers Kochen sprichst, klingt es wie Poesie. Da war dir dein Literaturstudium bestimmt nützlich«, sagte er mit einem charmanten Grinsen.

»Wenn du wüsstest, wie recht du hast. Vor allem das Übersetzen.«

»Das Übersetzen?«

Jetzt grinste Ève.

»In den Vorbereitungskursen auf die Prüfungen in klassischer Philologie hatte ich bei den Übersetzungen ins Griechische immer das Gefühl, ein Meisterwerk zu Papier zu bringen, und wenn dann die Klausur zurückkam, war fast alles rot angestrichen, und entsprechend sah auch die Note aus. Ich habe gelernt, meiner eigenen Begeisterung zu misstrauen und meine Texte gegenzulesen und dabei jedes Wort noch einmal zu überprüfen. Beim Kochen ist es dasselbe. Intuition und Geschick reichen nicht. Man muss präzise und wachsam sein und sich haargenau ans Rezept halten. Das entspricht eigentlich nicht meiner Natur.«

Er nickte.

»Schreiben ist auch die Kunst der Präzision. Beim Kombinieren der Zutaten folgt man einer Idee, aber das Wichtigste ist am Ende, die richtige Dosierung zu finden. Man muss immer wieder von vorn anfangen. Vielleicht ist Kochen ja Literatur in Reinform.«

Es schmeichelte Ève, dass er ihren Beruf ernst nahm und das Kochen mit dem Schreiben verglich. Er war jung, damit hatte sie richtig gelegen: achtundzwanzig. Er hatte schon drei Romane veröffentlicht. Und er war verheiratet, mit einer französischen Schauspielerin, die gerade in Budapest einen Film drehte.

»Fehlt deiner Frau euer Sohn nicht sehr?«

»Es ist hart.«

Ève stellte sich das glamouröse Leben der jungen Schauspielerin vor.

»Heute Morgen«, erzählte sie Paul am selben Abend, »ist mir der Autor über den Weg gelaufen, von dem ich dir gestern erzählt habe. »Wir haben einen Kaffee zusammen getrunken. Er ist nett. Seine Frau ist Schauspielerin.«

Um nichts vor ihrem Mann zu verbergen, war es ihr wichtig gewesen, den gemeinsamen Kaffee zu erwähnen – dabei log sie ihn schon allein damit an, dass sie eine zufällige Begegnung suggeriert und verschwiegen hatte, dass Sébastiens Frau derzeit in Europa war.

An den nächsten beiden Tagen sah sie Sébastien nicht. Der gemeinsame Kaffee hatte ihm gereicht, er hatte gemerkt, wie durchschnittlich sie war. Am Freitag sah sie ihn das Gebäude verlassen und rief seinen Namen. Als er sich umdrehte, war sein Lächeln nicht aufgesetzt.

»Ich bin spät dran. Trinken wir Dienstag einen Kaffee?«

Am Dienstag wartete er wie versprochen im Eingangsbereich, und sie gingen zusammen ins Reggio. Sie erfuhr, dass er montags, mittwochs und freitags seine Kurse gab. Er wollte genau von ihr wissen, was sie am 11. September vor einem Jahr gemacht hatte, und sie schilderte ihm die Panik, in der sie die Kinder aus der Schule geholt hatte, die endlose Schlange im Supermarkt, das von Soldaten okkupierte Stadtzentrum, die Plakate mit den Fotos der Tausenden von Vermissten. Er dachte darüber nach, die Stadt New York an genau diesem Tag zum Schauplatz seines nächsten Romans zu machen.

»Du schreibst einen neuen Roman?«

»Noch nicht. Mit Lucien und dann auch noch den Seminaren geht das nicht. Ich kann nur schreiben, wenn ich nicht unterbrochen werde.«

Als sie auseinandergingen, sagte er: »Bis Donnerstag.«

In der darauffolgenden Woche war es sonnig und es wehte ein frischer Wind. Sie schlug einen Spaziergang vor. Sie gingen durchs West Village über gepflasterte, baumbestandene Straßen bis zum Hudson River. Der Wind zerzauste ihr das Haar, und der Geruch nach Jod erinnerte an die Nähe des Meeres, auch wenn sie neben einer lauten Schnellstraße hergingen. Es berührte sie, als er ihr erzählte, dass er zu einem Viertel Bretone sei. Eine Großmutter aus Pont-l'Abbé hatte ihm seine Schlitzaugen vererbt, die ein charakteristisches Merkmal der Menschen im Pays Bigouden waren.

Am Donnerstag gingen sie trotz des tristen Wetters wieder zum Hudson River. Die Ellbogen aufs Geländer gestützt, blickten sie auf die wogende Strömung des Flusses. Als ihr Sébastien eine Haarsträhne hinters Ohr schob, die ihr der Wind in die Augen geweht hatte, wurde Ève ganz heiß. Es war eine intime Geste, der wie von selbst die nächste folgte: Er nahm ihr Gesicht in beide Hände, beugte sich zu ihr hin und küsste sie. Sein Mund schmeckte nach Kaffee und Tabak. Über seine Schulter hinweg ließ sie den Blick in alle Richtungen wandern. Bei diesem grauen Wetter war die Promenade so gut wie leer. Das Büro der *New York Times* lag weit weg in der 34th Street, aber Paul arbeitete gerade an einem Artikel über Architekturbüros im Wettstreit um den Wiederaufbau des World Trade Center, es war also nicht auszuschließen, dass er hierherkam, um sich den nahe gelegenen Ground Zero anzuschauen.

Auf dem Weg zur Schule konnte sie an nichts anderes denken als daran, wie Sébastien sie geküsst hatte, ausgerechnet sie, eine Ehefrau und Mutter von fast neununddreißig Jahren, die durch nichts hervorstach. Dieser Kuss hatte sie komplett überrascht – obwohl er ja eigentlich die logische Konsequenz dessen war, dass sie sich seit zwei Wochen jeden Dienstag und Donnerstag schuldbewusst, aber freudig mit ihm getroffen hatte. Er hatte ihr gesagt, dass er sie küssen wollte, seit sie in der Maison Française die Flucht ergriffen habe. Worauf sie zugab, dass es für sie das erste Mal seit ihrer Hochzeit war. Er hatte gelächelt.

»Spazieren gehen, reden, sich küssen ... siehst du da einen Unterschied?«

»Du nicht?«

»Bei näherer Betrachtung sind Tabus etwas sehr Willkürliches.«

Im weiteren Verlauf des Tages gelang es ihr, den Kuss in einer kleinen Schublade ihres Gehirns abzulegen und die normale Ève zu sein, die Hannahs Rechenaufgaben und Geigenspiel überwachte, die Mädchen baden ließ, Houstons lustige Fragen beantwortete und schließlich Essen machte und sich nach Pauls Tag erkundigte. Nach dem Abendessen musste sie den Zeitverlust vom Vormittag wettmachen, musste Kundenmails beantworten, Einkaufslisten schreiben, Pfannen und Schmortöpfe spülen und für das Fest am Samstag Gemüse schälen und klein schneiden. Erst als sie sich um halb eins neben den längst schlafenden Paul legte, ließ sie ihrer Erinnerung freien Lauf. Diese erste Begegnung mit einem anderen Körper seit zwölf Ehejahren hatte etwas in ihr aufgewühlt.

Am folgenden Dienstag sollte es keinen Spaziergang geben, denn seine Frau war am Wochenende gekommen und würde eine Woche bleiben. Als Ève um dreizehn Uhr zur Vorschule kam, um Houston abzuholen, sah sie Sébastien im Eingangsbereich stehen. Er wich ihrem Blick aus. Eine Frau mit langen schwarzen Haaren hockte vor Lucien. Als sie aufstand, musterte Ève sie verstohlen. Sie war groß und schien älter als er, mindestens fünfunddreißig. Mit ihrem langen Gesicht und dem vorspringenden Kinn war sie keineswegs die hinreißende Schauspielerin, die Ève sich vorgestellt hatte. Die beiden schienen ein ungleiches Paar zu sein – doch nun war diese Frau für Ève keine abstrakte Größe mehr. Als sie kurz darauf die Treppe zu Houstons Klasse hinaufstieg, durchfuhr sie ein so stechender Schmerz, dass ihr für einen Moment die Luft wegblieb.

Zu Hause war sie an diesem Abend übelst gelaunt. Die Macarons kamen ohne den erwünschten Glanz aus dem Ofen, obwohl sich Ève Schritt für Schritt an das Rezept von Pierre Hermé gehalten hatte. Und Hannah war angesichts der schulfreien Tage, die vor ihr lagen, vollkommen aufgedreht und hatte sich mit Houston im Bad eingeschlossen. Erst der Geruch des Lösungsmittels, mit dem sie den auf den Boden geschwappten Nagellack zu entfernen versuchte, hatte Ève alarmiert, und als Paul aus dem Büro nach Hause kam, schrie sie gerade ihre Töchter zusammen. Die siebenjährige Kosmetikerin und ihre vierjährige Kundin verkrochen sich in ihr winziges Zimmer.

»Komm, so schlimm ist das doch nicht«, sagte Paul.

Sie warf ihm einen vernichtenden Blick zu.

»Was hast du, Ève?«

»Nichts. Ich bin frustriert. Ich habe die Macarons vermurkst.«

»Ich bin mir sicher, dass sie köstlich sind.«

»Nein! Sie sind stumpf, anstatt zu glänzen. Sie sind vermurkst! Einfach vermurkst!«

Sie hätte selbst nicht in Worte fassen können, warum sie so missgestimmt war. War es Ärger, weil sie in die Falle getappt war und begonnen hatte, von einer neuen Liebesgeschichte zu träumen, wo sie doch einen Mann hatte, den sie liebte, zwei goldige Töchter und einen Beruf, der sie begeisterte? Welche Rolle spielte Sébastien in dem, was da gerade passierte?

Wie jedes Jahr feierten sie Thanksgiving bei Rivka. Das Chanukka-Fest folgte in diesem Jahr direkt auf Thanksgiving, und Ève hatte zwei Essen vorzubereiten, eins für dreißig, das andere für fünfzig Personen. Sie arbeitete nonstop. Paul kümmerte sich um die Mädchen. Für beide Anlässe bereitete sie das gleiche Menü zu: Lamm-Tajine mit Oliven und eigenhändig marinierten Zitronen, Seeteufel mit zartem Gemüse und drei Salate, einen aus Fenchel und Clementinen, einen aus roter Bete mit Ziegenkäse, Minze und Granatapfel und schließlich einen Grüne-Linsen-Salat mit Äpfeln und Zwiebeln. Als Dessert machte sie ihre Tarte Tatin und ihren Fondant au Chocolat, zwei Klassiker, die auf jeden Fall gelingen würden. Wie immer hatte sie die gesamte Logistik perfekt im Griff.

Als sie Houston nach den Ferien zur Vorschule brachte, hatte sie wieder Vernunft angenommen. Sébastien hatte sie geküsst, weil die Aussicht auf den Besuch seiner Frau erotische Gefühle in ihm geweckt hatte. Und in Èves durchorganisiertem Leben, das aus vielen sich wiederholenden Pflichten bestand, hatte dieser Kuss zu einer elektrischen Entladung geführt. Noch schwelte er wie eine Glut in ihrer Erinnerung. Nach und nach würde sie erlöschen.

Am Dienstagmorgen stieg ihre Herzfrequenz, als sie ihn lesend mit übereinandergeschlagenen Beinen im Eingangsbereich auf einer Bank sitzen sah. Er wartete auf sie. Seine Frau war abgereist. Ève hatte nicht die Kraft, Nein zu sagen. Sie nahmen die Straße zum Caffe Reggio.

»Amanda hat mir glasierte Maronen mitgebracht«, sagte er plötzlich. »Hast du nicht gesagt, dass du die besonders gern magst? Lass uns zu mir gehen, ich wohne ganz in der Nähe.«

Spielte er mit ihr? Wahrscheinlich war es lächerlich, ihm

Hintergedanken zu unterstellen. Er wusste, dass sie glasierte Maronen gern mochte und dass man sie in New York nirgendwo bekam. Sie folgte ihm in ein Gebäude an der Nordseite des Washington Square Parks.

Das Wohnzimmer, das in eine offene Küche mit Kochinsel überging, war mit Ausstellungsplakaten des MET und des MoMA dekoriert (Gauguin, Bacon, Kandinsky) und ziemlich unpersönlich, aber lichtdurchflutet dank der senkrechten Schiebefenster, durch die man in den Park mit seinen bunt belaubten Bäumen blickte wie in das stimmungsvolle Gemälde eines holländischen Meisters. Spielzeugautos lagen auf dem Holzboden herum. Sie zogen ihre Mäntel aus. Er nahm eine goldglänzende Schachtel aus dem Kühlschrank und fing an, Kaffee zu machen.

»Bedien dich.«

Die glasierten Maronen waren von La Maison du Chocolat. Die besten. Sie setzte sich auf einen hohen Hocker, öffnete die Schachtel und betrachtete die in Goldpapier gehüllten, unterschiedlich geformten Maronen zögernd.

»Zucker? Milch?«

»Beides.«

Sie kam nicht dazu, ihren Kaffee zu trinken. Er stand vor ihr, küsste sie und zog sie von ihrem Hocker in Richtung des Schlafzimmers.

»Sébastien, ich … ich möchte nicht mit dir schlafen.«

»Okay.«

Das Schlafzimmer war genauso unpersönlich wie das Wohnzimmer. Sie fragte sich, ob er nach der Abreise seiner Frau die Bettwäsche gewechselt hatte. Er zog ihr den Pullover aus, das T-Shirt, den Büstenhalter und schob ihre Hose nach unten, doch als er sie ihr ganz ausziehen wollte, hinderte sie ihn daran. Im Winter rasierte sie sich nicht.

Sie sah zu, wie er sich auszog. Er hatte den langgestreckten, unbehaarten Torso eines griechischen Epheben und auf einer Schulter das Tattoo eines Surfbretts. Er fing an, ihre Brüste und ihren Oberkörper zu streicheln und zu küssen. Das Bewusstsein ihres Körpers, der nicht schlank genug, und ihrer Achseln, die unrasiert waren, blieb die ganze Zeit wach. Dann schob er seinen Kopf in die Raute aus ihren gespreizten Schenkeln und den in der Hose gefangenen Knöcheln und fing an, sie zu lecken und ihre Lust so zu steigern, dass sie sich endlich gehen ließ. Ihr Körper verkrampfte sich, ihre Hände umfassten Sébastiens Kopf und griffen in sein feines braunes Haar, ein Stöhnen, ein langes Zucken, und alles an ihr entspannte sich. Als er sich neben sie legte, nahm sie sein langes, schmales Glied, das sich sehr von Pauls unterschied, doch er schob ihre Hand weg. Er wollte nicht, nachdem sie schon gekommen war. Was er gewollt hatte, war genau das: ihren Orgasmus sehen. In der Logik eines Bill Clinton sagte sie sich, dass sie keinen Ehebruch beging, solange es zu keiner Penetration kam.

Während er frischen Kaffee machte, zog sie sich wieder an, kniete sich vor das Bett, um sich die Bücher anzusehen, die auf dem Boden herumlagen, und widerstand der Versuchung, ein wahrscheinlich persönliches Notizbuch aufzuschlagen.

»Was machst du da?«

Er stand in der Zimmertür. Sie wurde rot. Er nahm das Notizbuch und legte es in eine Schublade.

»Hast du die alle gelesen, Sébastien? Auch die englischen Bücher?«

»Die Abende sind lang. Und ich lese Englisch besser, als ich's spreche.«

Als sie ihren Kaffee getrunken und eine Marone probiert hatte, ging sie. Sie hatte in Soho ein Treffen mit einer Kundin und würde sich bereits verspäten.

Im Park spielten unweit des Springbrunnens ein paar Musiker mit Weihnachtsmann-Mützen Jazz-Klassiker. Der Rhythmus ihrer Musik war so ansteckend, dass Ève an der Gruppe vorbeitanzte und fünf Dollar in den dafür vorgesehenen Hut legte. Der Klarinettist bedankte sich mit einem Nicken. Es fing an zu nieseln, doch sie scherte sich nicht darum und spazierte mit einem Lächeln auf den Lippen ohne Kopfbedeckung weiter durch den feinen Nieselregen. Die ganze Glückseligkeit verpuffte, als sie um fünfzehn Uhr mit Houston vor Hannahs Schule eintraf, um sie abzuholen. Ihre ältere Tochter stand traurig in einer Ecke des Schulhofs.

»Was hast du?«

Hannah brach in Schluchzen aus. Sie nahm ihre Mutter an der Hand und zog sie zum Tor. Neugierige Kinder, die der öffentlich gewordene Kummer angelockt hatte, kamen näher, und Hannah vergoss immer mehr Tränen. Ève ließ Houston bei ihr und marschierte zur Lehrerin, die an einem Pfeiler stand und gerade eine Mutter zu den guten Ergebnissen ihres Sohnes beglückwünschte. Endlich ging die Mutter.

»Entschuldigen Sie, Jennifer, Hannah hört gar nicht mehr auf zu weinen, und ich weiß nicht warum.«

Die Lehrerin runzelte die Stirn.

»Hannah hält uns hier alle zum Narren. Sie hat das Dividieren perfekt verstanden. Und plötzlich fängt sie an, nur noch irgendwelchen Quatsch zu machen!«

Ève war entsetzt über den Ton der jungen Frau und ihren strengen Blick. Sie schaute zu Hannah und zu Houston, die versuchte, ihre Schwester zu trösten, und ging wieder zu ihnen.

»Kommt, ihr Süßen. Lasst uns etwas Leckeres kaufen. Ich hab dich lieb, mein Schatz.«

Unterwegs erzählte ihr Hannah, dass sie im Unterricht mit dem Dividieren angefangen hatten. Zuerst hatte sie alles verstanden, aber dann klappte es plötzlich nicht mehr, und die Lehrerin hatte sie angeschrien, dass sie sich konzentrieren solle. Sie hatte Hannah ein Baby genannt, und da musste Hannah weinen. Ève wurde ganz schlecht davon; sie war außer sich vor Wut auf diese Lehrerin.

Als die Mädchen abends schliefen, erzählte sie Paul von dem Vorfall.

»Sie muss die Schule wechseln. Diese Jennifer ist gestresst und gemein. Das Problem ist die Schule, weil sie die Lehrerinnen nach den Leistungen ihrer Schüler beurteilen.«

Paul sah sie besorgt an.

»Wenn wir Hannah die Schule wechseln lassen, bringen wir ihr das Weglaufen als Lösung bei. Außerdem ist es überall so. Ich denke, sie macht auch zu viel nebenher. Es wäre gut, ihre Aktivitäten nach der Schule etwas einzuschränken.«

»Aber das sind doch gerade die Sachen, die ihr Spaß machen! Das Tanzen, das Schwimmen … Und ich will auch, dass sie Französisch schreiben lernt, das ist mir wichtig.«

»Dann die Geige. Mum findet auch, dass es zu viel ist. Sie kann doch später noch Geige spielen.«

Die Vorstellung, dass sich Paul und seine Mutter hinter ihrem Rücken über die Erziehung ihrer Töchter unterhielten, ärgerte Ève.

»Ihr die Musik wegnehmen, damit sie mehr Mathe macht? Oh, nein!«

Er wechselte das Thema. Im Moment arbeitete er an einem Artikel über die Gefährdung bürgerlicher Freiheitsrechte durch den Homeland Security Act, den Bush gerade unterzeichnet hatte, und musste für ein paar Tage nach Washington fahren, um Interviews zu machen.

»Kommst du allein mit den Mädchen zurecht? Willst du, dass meine Mutter kommt und dir hilft?«

»Das geht schon. Am Dienstag habe ich einen Cocktail, aber da bestelle ich die Babysitterin.«

»Danke, Schatz. Ich weiß, dass du mehr machst als ich, das tut mir auch leid.«

Pauls Fürsorge in einem Moment, wo seine Abwesenheit Ève dermaßen gelegen kam, machte ihr ein schlechtes Gewissen. Eine Stunde später kam er ins Bad, wo sie sich gerade mit verkniffenem Gesicht rasierte. Sie hasste diesen Epilierer.

»Du Arme! Ich dachte, du würdest dein kleines Fell den ganzen Winter über behalten?«

Sie lachte und sah ihn an, beruhigt, dass sie ihn schön und witzig fand. Er hatte breite Wangenknochen, große, tief liegende Augen und einen stabilen Körper, den Houston von ihm geerbt hatte. Ève war immer mit eher kräftigen, dunkelhaarigen Männern zusammen gewesen. Sébastien hatte relativ helle Haare und Augen, und sein unbehaarter Oberkörper war wie der eines Jugendlichen – eine Fantasie, so ging es ihr durch den Kopf, die sie nie ausgelebt hatte.

Am Donnerstag wartete Sébastien im Eingangsbereich des Kindergartens auf sie. Sie gingen sofort zu ihm. Er hatte Kondome gekauft. Dass er sanft und behutsam war, flößte ihr Vertrauen ein. Er passte sich ihrem Rhythmus an und kam gleichzeitig mit ihr.

Obwohl sie noch im Bett lagen, zündete er sich eine Zigarette an. Bei Paul hätte sie das gehasst. Sie nahm auch einen tiefen Zug.

»Du hast so ein Glück, in New York zu leben«, sagte er.

Er habe es nicht eilig, wieder in Paris zu sein, wo immer nur gejammert werde. Das Erstarken des Front National deprimiere ihn. Frankreich sei ein archaisches Land. Das zeige sich am deutlichsten im Schulsystem: Für Lucien werde die Rückkehr in seine Pariser Vorschule ein Schock sein.

»Alles ist so viel besser hier!«

»So idyllisch, wie du denkst, ist es nicht.«

Sie erzählte ihm von dem Vorfall mit Hannah, dem Stress, dem die Kinder ab einem Alter von fünf Jahren ausgesetzt waren. Er fand wie sie, dass Hannah keinesfalls zugunsten der Mathematik auf ihre Geige verzichten sollte.

Nie hätte sie geglaubt, dass ein derart schizophrenes Leben so einfach war. Zwei Wochen in Folge stieg sie jeden Dienstag und jeden Donnerstag aus Sébastiens Bett, um die Mädchen abzuholen und zum Tanzen zu begleiten, zum Töpfern, zum Geigenunterricht, zum Fußball. Wenn sie Hannah tröstete, die eine schlechte Mathenote bekommen hatte, oder Houston aufmunterte, die mit einer Freundin aneinandergeraten war, dachte sie an ihn. Alles glitt an ihr ab. Es war eine Phase, in der es gut bei ihr lief. Die Aufträge wurden immer mehr. Als der Kontoauszug kam, zog Paul beeindruckt die Augenbrauen hoch.

»Schatz, es wird Zeit, dass du eine Firma gründest und dein Einkommen versteuerst, sonst steigt uns noch das Finanzamt aufs Dach.«

Es wurde wirklich Zeit, einen Raum zu mieten und eine Hilfe einzustellen, kurzum, einen Gang höher zu schalten. Ihre Energien hatten sich verzehnfacht. Die Zeit, die sie mit Sébastien verlor, machte sie abends wett, schlief allenfalls fünf Stunden und war trotzdem nicht müde. Lange hätte sie diesen Rhythmus nicht mehr durchgehalten. In einer Woche würde er nach Paris zurückkehren.

Hatte Paul Abenteuer gehabt? Einmal war Ève auf den Fotos vom Wirtschaftssymposium in Brasilien, zu dem er im vergangenen Winter geflogen war, eine schöne brünette Frau aufgefallen. »Wer ist das?« – »Mary? Die arbeitet fürs Wall Street Journal.« – »Eine schöne Frau!« – »Findest du?« – »Die ist doch dein Typ, oder?« – »Ah!«, hatte Paul erwidert und dabei geheimnisvoll gelächelt.

Vor zehn Jahren in Warschau hatte Ève ihn einmal spontan gefragt, ob Untreue für ihn ein Trennungsgrund sei. Er hatte lange nachgedacht und dann geantwortet: »Nein. Aber wenn es passiert, will ich es nicht wissen.« – »Das sehe ich auch so. Wenn ich erfahre, dass du mich betrügst, schneide ich dir die Eier ab.« Damals war es unvorstellbar, dass sie jemals einen anderen Mann anziehend finden würde, aber Pauls Antwort hatte sie erleichtert, weil sie fürchtete, dass ein radikales Verbot vielleicht die Lust auf Regelüberschreitungen bei ihr wecken könnte.

Sie hatte nichts zu befürchten. Ihr Unterbewusstes folgte ganz offensichtlich einem eingebauten Sicherheitsmechanismus: Sie hatte sich in einen verheirateten Mann verguckt, der New York in einer Woche verlassen und auch nicht zurückkommen würde. Sébastien liebte seine Frau. Es hätte Ève nicht gestört, wenn er sie vor ihr schlechtgemacht hätte, aber er bekundete seine Liebe zu Amanda laut und deutlich. Sie hatte ihn zum Surfen gedrängt, um gegen sein Übergewicht anzugehen (dank Amanda hatte er zwanzig Kilo abgenommen), und vor allem hatte sie ihn zum Schreiben ermutigt und an ihn geglaubt: Er verdankte ihr alles. Ève machte sich keine Illusionen. Ein sexuelles Verhältnis hatte in Sébastiens Augen wenig Bedeutung, es hatte höchstens einen Gebrauchswert für sein Schreiben, dessen Treibstoff die erotische Energie war. Mit seiner Abreise würde ihre Liaison eines natürlichen Todes sterben. Es war nur ein Zwischenspiel, auch für sie, eine kleine Kompensation für das dritte Baby, das Paul nicht wollte.

Es blieben noch ein Donnerstag und ein Dienstag. Die Gewissheit des baldigen Endes intensivierte die Lust. Am Donnerstag liebten sie sich auf der Kücheninsel, im Bett und in der Dusche.

»Ich habe eine Bitte an dich.«

»Sag.«

»In deinem Roman über den 11. September schreibst du bitte nicht über mich.«

Er lächelte schweigend.

»Das musst du mir versprechen, Sébastien.«

»Ich verspreche dir, dass ich dich verfremde, solltest du auf die Idee kommen, dich in den Roman einzuladen. Bankerin mit kurzen, lockigen Haaren, drei Söhne, verheiratet mit einem Chinesen. Ist das okay für dich?«

Sie seufzte. Es gab so viele Berufe auf dieser Welt, ausgerechnet ein Schriftsteller musste ihr über den Weg laufen. Zum Glück las Paul kein Französisch.

Am Samstagmorgen machten sie mit den Mädchen wie jedes Jahr einen Ausflug ins Metropolitan, um sich den Weihnachtsbaum anzuschauen. Kaum hatten sie den Saal betreten, erkannte Ève die große, schmale Silhouette. Zu spät, um noch umzukehren. Sébastien hatte sie bereits gesehen.

»Ève!«

In seinem Ton lag eine allzu unbekümmerte Vertrautheit. Mit eingefrorenem Lächeln ging sie auf ihn zu und hörte sich mit lauter Stimme sagen:

»Ach, hallo! Hier, das ist Paul, mein Mann. Paul, das ist Sébastien mit seinem Sohn Lucien, der in dieselbe Vorschule geht wie Houston.«

»Freut mich«, sagten die beiden Männer im Chor.

Alle schwiegen, während Ève verzweifelt überlegte, was sie noch sagen könnte. Dabei hatte sie nur ein Bild vor Augen: Pauls graumelierte Schläfen. In einer enormen Kraftanstrengung brachte sie einen Satz heraus:

»Der Weihnachtsbaum ist wirklich schön, oder? Ja, also dann … Salut! Euch noch einen schönen Tag!«

Wie ein Automat nahm sie Kurs auf ihre Töchter, die gerade eine engelförmige Weihnachtsdekoration begutachteten. Paul folgte ihr. Sébastien und Lucien verließen den Saal.

»Ist das der französische Schriftsteller, von dem du mir erzählt hast?«

Sie errötete bis über beide Ohren.

»Ja.«

»Seht ihr euch oft?«

»Wir waren zwei oder drei Mal einen Kaffee trinken.«

Er kannte sie zu gut, um ihr Unbehagen nicht zu spüren. Der Spaß am gemeinsamen Familienausflug war ihnen gründlich verdorben. Sie gingen durch den Park, schweigend und mit so viel Abstand, als hätte sich ein Ozean zwischen ihnen aufgetan. Als Houston hinter ihrer Schwester herlief, stolperte sie und schürfte sich das Knie auf; eine Ablenkung, die ihnen gelegen kam.

Es wurde Zeit, dass Sébastian abreiste.

Nur noch ein Vormittag. Die vollgepackten Koffer standen offen in der Wohnung herum. Sie schaute aus dem Fenster auf die Bäume im Park, die bald nackt sein würden. Sie hatte ihm ein Päckchen Macarons mitgebracht, deren Zubereitung ihr schließlich gelungen war. Sie sprachen über ihre Begegnung im Met.

»Ich habe mich vielleicht unwohl gefühlt!«

»Das hat man gemerkt.«

»Ich bin nicht cool genug, um zu lügen.«

»Dir fehlt die Übung.«

Auf dem Boden im Wohnzimmer stapelten sich die französischen und englischen Bücher, die er in New York gelesen hatte. Er nahm nur das von Chantal Thomas wieder mit, einer Freundin, die eine Widmung hineingeschrieben hatte, und gab Ève eine Leinentasche aus dem Strand Bookstore, damit sie alle mitnehmen konnte, auf die sie Lust hatte. Bevor sie die Wohnung verließ, küsste er sie zärtlich auf die Augenlider und den Mund.

»Danke, Ève. *It was fun.*«

Als sie am Donnerstagmorgen Houstons Vorschule verließ, tat sich Leere vor ihr auf. Sébastien war an diesem Morgen in Paris gelandet.

Sie dachte immerzu an ihn – wenn sie von der Schule heimging, wenn sie zu Hause war, wenn sie kochte, sich um die Mädchen kümmerte, mit Paul zu Abend aß und wenn sie die Bücher las, die er ihr geschenkt hatte, Bücher, die eine Verbindung aufrechterhielten. Sie benutzte keine andere Tasche mehr als die Stofftüte aus dem Strand Bookstore. Immer wenn sie aufwachte, endete ein Traum, in dem sie sich liebten. Sie sah sein lächelndes Gesicht mit den Schlitzaugen, das sich über sie beugte, und sie hörte seine Stimme. Nach den zwei ruhigen Wochen, die auf Thanksgiving und Chanukka folgten, ging zum Glück das Geschäft wieder los. In einer einzigen Woche waren drei Weihnachtsfeste zu organisieren. Die Arbeit wurde ihr Rettungsanker. Das Kneten von Teig beruhigte sie. Und der Duft von Zwiebeln, Basilikum, Koriander, Kreuzkümmel, Zimt und Ingwer weckte ihre Lebensgeister. Am 22. Dezember nahm Rivka die Kinder. Drei Tage vor Weihnachten war an einen gemeinsamen Sonntag im Bett nicht zu denken: Sie hatten noch kein einziges Geschenk gekauft. Ève war erleichtert. Sie musste erst Sébastien von ihrer Haut ablösen, um wieder zu Paul zu finden, den sie noch häufiger anlog, seit der Schriftsteller fort war.

Die Weihnachtsfeiertage brachte Ève wie ein Zombie hinter sich; sie schaffte es, alle bestellten Mahlzeiten zuzubereiten, ohne dass ihr ein Fehler unterlief – außer bei dem Gewürzbrot, das sich als ungenießbar erwies, weil sie es nicht grammgenau nach Rezept hergestellt hatte. Am 25. Dezember wurden im Central Park die neuen Kickboards eingeweiht. Der Spaziergang war ihr alljährliches Routineprogramm, doch Ève war so abwesend, dass ihr trotz der Kälte nicht auffiel, dass Hannah keine Mütze trug. Paul merkte ihr die Traurigkeit an.

»Du arbeitest zu viel, Ève. Du musst auch lernen, mal nein zu sagen.«

Er vermutete, dass ihre Stimmung, die man durchaus als Depression bezeichnen konnte, mit dem Lichtmangel in der

Wohnung zusammenhing. Im Winter war es immer am Schlimmsten. Ein Kollege von ihm hatte gerade in Brooklyn zu einem erschwinglichen Preis ein Haus mit Garten gekauft. Und so verbrachte Paul seine Abende damit, Immobilienkredite und Zinssätze durchzurechnen. Sie hatte nicht die Energie, sich dafür zu interessieren oder gar Hausbesichtigungen ins Auge zu fassen oder sich nach einer Küche umzuschauen. Elysa schickte ihr die Nummer eines Anwalts, damit sie die Firmengründung angehen konnte; sie schaffte es nicht, ihn zu kontaktieren.

Sie erinnerte sich an eine Erfahrung von vor fünfzehn Jahren: Ein taiwanesischer Student von der Tufts University hatte sie dazu gebracht, ein starkes Marihuana zu probieren. Sie hatte gespürt, wie sich die Droge ihrer bemächtigte, die Kontrolle über ihren Körper und ihren Geist übernahm, sie vor Lachen fast ersticken und dann vor Angst schreien ließ; es war ihr nichts anderes übriggeblieben, als auf das Abklingen der Vergiftung zu warten. Eine Liaison war eine Sucht: Der Entzug brauchte Zeit.

Die Mädchen gingen wieder in die Schule. Nach der Hektik des Jahreswechsels hatte Ève keine Aufträge mehr. Vormittags las sie die Bücher, die Sébastien ihr überlassen hatte. Mehrmals klingelte das Telefon; jedes Mal stürzte sie hin und spürte mit Entsetzen die eigene Enttäuschung, wenn sie Pauls Stimme erkannte. Am 10. Januar kaufte Paul zu ihrem neununddreißigsten Geburtstag einen Strauß weißer Rosen.

Am nächsten Tag lag ein dicker Umschlag im Briefkasten. Getrieben von der Hoffnung, dass sich Sébastien an ihren Geburtstag erinnert und ihr einen seiner Romane geschickt hatte, riss sie ihn auf, doch es waren nur Schwarz-weiß-Fotos von

Wohnhäusern in Paris. Immobilienwerbung! Die französischen Agenturen scheuten wirklich keine Kosten, um auch Kunden jenseits des Atlantiks anzulocken. Als sie die Bilder bitter enttäuscht in den Papierkorb warf, sah sie ein doppelt gefaltetes Blatt Papier, das auf den Boden gefallen war. Ein handgeschriebener Brief. Sein Absender war nicht Sébastien, sondern ein gewisser Mohammed, der etwas von einer Wolldecke schrieb, die sie ihm vor langer Zeit geschenkt habe. Die Erinnerung an den obdachlosen Fotografen im Eingang ihres Wohnhauses kam aus weiter Ferne. Er hatte bei ihren Eltern angerufen, um sich zwanzig Jahre später noch einmal bei ihr zu bedanken. Èves Vater hatte ihm mitgeteilt, dass sie nicht mehr in Frankreich lebte, und ihm ihre New Yorker Adresse gegeben. In Erinnerung an sie hatte er die Straßen ihres Stadtteils fotografiert. Seine Verzweiflung sei in jener Nacht so groß gewesen, schrieb er, dass er vorhatte, sich am nächsten Morgen in die Seine zu stürzen. Èves Freundlichkeit habe eine Tür geöffnet. Kurz darauf habe er Arbeit und eine Unterkunft gefunden. Inzwischen sei er verheiratet, Vater von zwei Kindern, Franzose, und er habe seinen Traum wahr gemacht: Er sei Fotograf.

Sie fischte die Fotos wieder aus dem Papierkorb. Die Bilder mit ihren kräftigen geometrischen Schatten waren schön. Sie erinnerte sich daran, wie sie vor zwanzig Jahren gehofft hatte, der Umschlag von Mohammed käme von Stéphane, in den sie damals verliebt war – genau so, wie sie heute auf einen Brief von Sébastien gehofft hatte. Sie hatte sich kein bisschen verändert. Sie war narzisstisch und undankbar. Hatte sie sich jemals Jahre später bei jemandem dafür bedankt – einem Freund oder einem Lehrer –, dass er ihr in einem entscheidenden Moment geholfen hatte? Sie nahm ja nicht mal die Schönheit der weißen Rosen wahr, die Paul ihr geschenkt hatte. Sie hasste sich.

»Wo ist der Papa von Lucien?«, wollte Houston wissen, als sie das Schulgebäude verließen.

Ève zuckte zusammen.

»Er ist jetzt wieder in Frankreich, warum?«

»Bist du deshalb traurig?«

Vor Kindern muss man sich in Acht nehmen. Kinder wissen Bescheid.

Ève liebte Paul – nicht nur als den Vater ihrer Töchter, als Anker, als den Mann, mit dem sie auch finanziell ihr Leben teilte. Sie liebte ihn einfach. Für ihn hatte sie erst ihren französischen Verlobten und dann Frankreich verlassen. Er war der Mann ihres Lebens. Oder konnte es sein, dass vierzehn Jahre später alles wieder von vorn losging? Dass die Liebe nur ein Zyklus war? Und sie, Ève, ein flatterhafter, oberflächlicher Mensch? Vielleicht hatte sie von ihrem leiblichen Vater den verdorbenen Charakter geerbt? Mit zwanzig hatte sie Rom fluchtartig verlassen und Alberto Moretti aus ihrem Leben und ihrer Erinnerung gestrichen. Ein Satz aus den Episteln von Horaz fiel ihr ein: *Naturam expellas furca, tamen usque recurret.* »Treib die Natur mit der Mistgabel aus, sie wird sich doch immer durchsetzen.«

Am Morgen des 15. Januar um zehn Uhr, sie hatte gerade die Mädchen zur Schule gebracht, klingelte das Telefon.

»Ève.«

Sie begann zu weinen.

»Geht's dir nicht gut?«

»Doch! Ich freue mich so, dich zu hören. Bis du gut angekommen?«, fragte sie mit aufgewühlter Stimme und unterdrückte ihre Tränen.

»Ja. Ich habe angefangen zu schreiben, es geht gut voran. Du fehlst mir.«

Sie schluckte.

»Du mir auch.«

»Im Februar ist meine Frau für drei Wochen bei einem Dreh in Indien. Willst du nicht nach Paris kommen?«

Als sie auflegte, hatte sie ihre erste Fassungslosigkeit überwunden. Sébastien wollte sie sehen. Sie würde einen Weg finden. Nur dieses eine Mal, danach wäre Schluss. Sie wusste, dass sie damit auf einen Schlag alle Anstrengungen, die sie seit seiner Abreise unternommen hatte, zunichtemachen würde. Doch nun, da es diese Möglichkeit gab, hatte sie nicht die Kraft, Verzicht zu üben.

Man durfte die Sache auch nicht dramatisieren. Wenn man im Jahr 2003 auf die vierzig zuging, war ein kleiner Seitensprung die normalste Sache der Welt. Im neunzehnten Jahrhundert war es, wenn man Balzac glauben durfte, die Frau von dreißig Jahren, der so etwas passierte. Und in diesem Jahrhundert, das gerade erst angefangen hatte, würde es wahrscheinlich die Frau von fünfzig Jahren sein. Zwischen Sébastien und ihr lagen die Weiten eines Ozeans, außerdem waren sie beide verheiratet, jeder hatte sein eigenes Leben, und die Zeit würde ihren Teil dazu beitragen. Jedenfalls hatte Ève dieses Abenteuer einfach noch nicht zu Ende gelebt. Paul würde nichts erfahren. Sie würde ihm damit keinen Schaden zufügen.

Sie würde sagen, dass sie zum Geburtstag ihrer Mutter nach Frankreich fliegen wolle.

»Prima Idee, Schatz. Du brauchst einen Tapetenwechsel.«

Rivka war bereit, ein paar Tage für Ève einzuspringen. Sie kaufte ein Flugticket für den 16. Februar.

In der zweiten Februarwoche wurde – wie sollte es anders sein – Hannah krank, acht Tage vor der Abreise ihrer Mutter. Weil sie Fieber hatte, ging Ève mit ihr zum Kinderarzt. Es war nur eine Erkältung. Aus Furcht, sich anzustecken und mit roter Nase kein bisschen sexy in Paris anzukommen, stopfte sie sich mit Zink und Vitaminen voll. Sie schickte Hannah nicht in die Schule und verbrachte die Tage mit ihr. Nur morgens ließ sie sie kurz allein, um Houston mit dem Fahrrad zur Schule zu bringen, hin und zurück eine Viertelstunde, während Hannah noch schlief. Am frühen Nachmittag wurde Houston von der Babysitterin, von Rivka oder von Paul abgeholt.

Der Tag der Abreise rückte näher. Hannah hatte immer noch Fieber, der Arzt verordnete ihr ein Antibiotikum.

Am 13. Februar holte Rivka ihre Enkelin ab. Um den vollgestopften Terminkalender der Mädchen durchzusehen, ging sie mit Ève ins Kinderzimmer, wo Hannah schlief. Ein säuerlicher Geruch hing in der Luft. Rivka bückte sich und legte dem Kind die Hand auf die Stirn.

»Sie glüht.«

»Hannah neigt zu hohem Fieber. Sie hat gestern Abend mit dem Antibiotikum angefangen, morgen wird es ihr besser gehen.«

Rivka runzelte die Stirn.

»Bist du dir sicher, dass es richtig ist, am Sonntag zu fliegen?«

»Der Arzt ist nicht beunruhigt, Rivka. Wenn sie noch nicht in die Schule gehen kann, richtet Paul es so ein, dass er am Montag zu Hause arbeitet. Könntest du am Dienstag und

Mittwoch kommen? Die Babysitterin kann Donnerstag und Freitag.«

»Hör mal, ich glaube wirklich, du solltest die Reise verschieben. Deine Mutter hat sicher Verständnis dafür. Und wenn du dein Flugticket nicht umtauschen kannst, helfe ich dir, ein neues zu kaufen.«

Èves Gereiztheit nahm zu.

»Danke, Rivka. Wir schauen morgen.«

Seit sechs Tagen hatte sie – abgesehen von ihrer morgendlichen Viertelstunde auf dem Rad und einer kurzen abendlichen Tour zu einem Musikproduzenten, der Speisen bestellt hatte – diese Höhle namens Wohnung nicht mehr verlassen. Am Freitagmorgen, zwei Tage vor ihrem Flug, machte sie dann auf dem Rückweg von Houstons Vorschule Bekanntschaft mit zwei Polizisten, nachdem sie bei eisiger Kälte an einer menschenleeren Kreuzung über eine rote Ampel gefahren war. Sie verfolgten sie und kesselten sie wie eine Kriminelle von zwei Seiten ein. Das Bußgeld von fünfundsiebzig Dollar musste sie sofort bezahlen, andernfalls hätte sie ihnen auf die Polizeiwache folgen müssen, denn sie hatte ihren Personalausweis nicht dabei. Hatten diese Leute nichts Besseres zu tun, als eine Mutter zu demütigen, die gerade ihr Kind zur Schule gebracht hatte, woran der auf dem Gepäckträger montierte Kindersitz ja wohl keinen Zweifel ließ? Um ein Haar hätte sie ihnen gesagt, dass zu Hause ein kleines krankes Mädchen auf sie wartete, konnte sich aber gerade noch beherrschen. Ein Kind allein zu lassen, war ein Verbrechen. Die Sozialdienste hätten eine Untersuchung eingeleitet, womöglich hätte man ihnen die Mädchen weggenommen. Ach, wie gern hätte sie diese Bullen beschimpft, doch sie begnügte sich damit, ihnen verächtlich die

Scheine hinzuhalten, und fuhr wutentbrannt weiter, nun aber nicht mehr über rote Ampeln.

An der Haustür klebte ein Zettel: »Kleine Medchen in meine Laden an Ecke«. Mit klopfendem Herzen schloss Ève die Tür auf.

»Hannah?«

Sie stürzte ins Kinderzimmer: Das Etagenbett war leer. Hannah war weder in der Küche noch auf der Toilette noch im Bett ihrer Eltern. Ève rannte zum koreanischen Lebensmittelladen an der Ecke, und da war sie, saß mit Hausschuhen an den Füßen in ihrem hellblauen Schlafanzug auf einem Plastikstuhl, bleich und matt, die Wangen viel zu rot, die Augen glänzend und das feine blonde Haar fettig vom Fieber. Der Lebensmittelhändler sagte ihr, er habe sie auf der Straße Mama rufen gehört und sie ins Geschäft mitgenommen. Er habe ein Kind im selben Alter. Ève dankte ihm überschwänglich, nahm Hannah an der Hand und zerrte sie einigermaßen barsch nach Hause.

»Was ist denn in dich gefahren, Hannah?«

»Ich bin aufgewacht und du warst nicht da, ich hab Angst gekriegt.«

»Aber du weißt doch, dass ich Houston morgens zur Schule bringe! Du musst zu Hause auf mich warten! Ich muss mich auf dich verlassen können! Rennst bei der Kälte im Schlafanzug auf die Straße! Als hättest du's extra gemacht! Willst du noch kränker werden? Willst du verhindern, dass ich nach Paris zu Franny fahre, ist es das?«

Ève war außer sich vor Wut, als hätte ihr die eigene Tochter einen Strick um den Hals gelegt und angefangen, sie zu würgen.

»Es tut mir leid, Maman, es tut mir leid!«

Sie beschloss, Paul nichts von dem Vorfall zu erzählen.

Am Abend kam er zum Valentinstag mit einem Strauß roter Rosen nach Hause. Hannahs Fieber war so hoch, dass man die Hitze, die ihr Bett ausstrahlte, schon an der Tür spüren konnte. Das Thermometer zeigte 41,8 Grad an. Das vom Arzt verschriebene Antibiotikum wirkte ganz offensichtlich nicht. Es war zu spät, um ihn noch zu erreichen. Sollten sie ins Krankenhaus fahren oder bis zum Morgen warten? In der Notaufnahme wimmelte es von Menschen, die alle möglichen ansteckenden Krankheiten hatten. Aber das Fieber war wirklich sehr hoch, und Hannah reagierte nicht mehr auf Ansprache. Sie riefen Becky an.

»Fahrt ins Krankenhaus.«

Sie wickelten das Kind in eine Decke. Paul ging los, um ein Taxi anzuhalten.

Ève versuchte, einen Roman zu lesen, doch sie konnte sich nicht konzentrieren. Stunden vergingen. Die Wartezeit war in der Notaufnahme immer lang. Es war ein Uhr morgens, als endlich das Telefon klingelte.

»Der Arzt ist bei Hannah, Schatz. Könntest du ins Krankenhaus kommen?«

»Jetzt? Warum? Ich kann Houston doch nicht allein lassen!«

»Meine Mutter ist schon unterwegs. Sie hat ein Taxi genommen, in fünf Minuten ist sie bei dir.«

Er hatte Rivka also vor einer halben Stunde angerufen, um ihr genügend Zeit zu lassen, Manhattan zu durchqueren. Pauls neutraler Ton und seine ruhige Stimme verrieten keinerlei Panik, aber sie wusste, dass er in wirklich dramatischen Momenten in der Lage war, seine Gefühle unter Kontrolle zu halten. Ève beschlich eine furchtbare Ahnung, und sie schrie in den Hörer:

»Paul, was ist los?«

»Als wir in der Notaufnahme angekommen sind, hatte Hannah Krampfanfälle. Sie ist auf der Intensivstation. Wenn sie aufwacht, wird sie sich freuen, dich zu sehen.«

Intensivstation? Krampfanfälle? Hinter diesen Worten tat sich ein Abgrund auf. Ein kaltes Schaudern erfasste Ève.

»Liegt sie im Koma?«

»Sie wird überwacht. Alles wird gut. Komm. Ich warte auf dich.«

Ève stand am Rand eines Abgrunds, der sich noch dazu ihren Blicken entzog. Was verheimlichte ihr Paul? Als sie aufgelegt hatte, begann ihr Körper unkontrolliert zu zucken wie eine Marionette, deren Fäden in alle Richtungen gezogen werden. Ihre Zähne klapperten, und sie zitterte. Ève hatte die Kontrolle über ihren Körper verloren. Es klopfte an der Tür. Sie schaffte es kaum bis dorthin. Rivka kam herein und drückte ihre zuckende Schwiegertochter an ihren großen Busen.

»Hannah schafft das, Ève. Sie ist in guten Händen.«

Rivka hatte den Taxifahrer gebeten, auf ihre Schwiegertochter zu warten, die jetzt ihre Daunenjacke anzog und immer noch heftig zitternd hinausging. Sie konnte nicht einmal weinen.

In der Notaufnahme des St. Vincent's Hospital fand sie Paul, der sie in den Arm nahm. Die Heftigkeit, mit der er Ève an sich drückte, ließ sie das Ausmaß seiner Angst ermessen. Er weinte. Aber Hannah lebte. Endlich hörte das krampfhafte Zucken auf. Sie setzten sich nebeneinander, und so verbrachten sie Hand in Hand stille Stunden, in denen sie zu welchem

Gott auch immer beteten, denn beide waren nicht gläubig. Und doch beteten sie. Mit allen Gedanken auf das Kind konzentriert, begleiteten und unterstützten sie ihre Tochter in ihrem Kampf. Am frühen Morgen erfuhren sie, dass Hannah überleben würde. Wenn sie zu Hause geblieben wären, anstatt ins Krankenhaus zu fahren, so der Arzt, wäre sie gestorben. Es handelte sich um eine Meningokokken-Meningitis vom Typ B, eine bakterielle Infektion der Hirn- und Rückenmarkshäute.

Sie verbrachten zwei Wochen im Krankenhaus. Sie kamen morgens um acht und blieben bis abends um acht. Hannah behielten sie zehn Tage auf der Intensivstation. Ihr kleiner, magerer Körper war an unzählige Schläuche angeschlossen und wurde intravenös mit Antibiotika versorgt. Sie hatte so viel Gewicht verloren, dass man ihre Rippen sah, als wäre die Haut darüber durchsichtig. Nach zehn Tagen wurde sie auf die Kinderstation verlegt. Eine Reihe von Untersuchungen schloss sich an, um eventuelle Hirnschädigungen zu evaluieren. Als sie erfuhren, dass Hannah außer einem partiellen Gehörverlust auf der linken Seite keine Langzeitfolgen davontragen würde, stimmten Ève, Paul und Rivka jeder für sich in seinem Herzen ein Halleluja an. Hannahs Genesung brauchte Zeit; erst nach zwei Monaten durfte sie wieder die Schule besuchen, jene Schule für begabte Kinder, die sich im April tatsächlich weigerte, sie wieder aufzunehmen, denn sie habe zu lange gefehlt und könne den Leistungsrückstand nicht mehr aufholen. Man strafte Hannah dafür, dass sie beinahe gestorben wäre! Sie konnten es nicht fassen, weder Paul noch Ève noch Rivka noch ihre Freunde. Pauls Vater finanzierte ihnen einen Anwalt. Sie verklagten die Schule, gewannen den Prozess und ließen Hannah zu einer anderen Einrichtung wechseln, die das Kind mit Freuden aufnahm.

Pauls Haar war derweil ergraut.

Die Tage nach dem Sonntag, an dem Ève nach Paris geflogen wäre, jene Woche also, die sie dort verbracht hätte, waren vorübergegangen, ohne dass sie ein einziges Mal daran gedacht hatte. Bevor sie am Sonntagmorgen wieder zu Hannah ins Krankenhaus fuhren, hatte sie, als Paul unter der Dusche stand, bei Sébastien angerufen. Sie hatte ihm eine Nachricht hinterlassen, in der sie ihn wissen ließ, dass ihre Tochter schwer erkrankt sei. Es war nicht ihre Art, wortlos von der Bildfläche zu verschwinden. Aber die Angst, die ihren Körper erfasst hatte, als Paul in der Nacht zu Samstag aus dem Krankenhaus anrief, war wie ein Elektroschock, der zu einer sofortigen Entzauberung geführt hatte. Sébastien war nichts. Was zählte, waren allein ihre Töchter und ihr Mann.

KAPITEL 7

Ein guter Vater

1999–2010

»Entschuldige, Isabelle! Die Babysitterin ist zu spät gekommen, dann wollte Zack mich nicht gehen lassen, und dann ist auch noch die Métro im Tunnel stecken geblieben!«

»Jetzt bist du ja da. Komm rein.«

Clarisse ging ins Wohnzimmer, wo schon seit über einer Stunde die Gäste plauderten und tranken. Isabelle stellte ihr zwei Männer vor, die sie nicht kannte. Zwei Singles.

»Emmanuel ist frisch geschieden und hat drei Kinder, genau wie du.«

Antoines Banker-Kollege lächelte so verkrampft, dass Clarisse auf eine witzige Bemerkung verzichtete. Der andere Mann, dessen großer, schlabbriger Pullover in Isabelles bourgeoisem Wohnzimmer einigermaßen aus dem Rahmen fiel, hielt einen mit Tarama bestrichenen Blini zwischen Daumen und Zeigefinger, den er sich gerade in den Mund schieben wollte. Aus reiner Blödelei sperrte Clarisse spontan den Mund auf, und prompt legte er ihr den Blini auf die Zunge.

»Im Namen des Vaters, des Sohnes und des Heiligen Geistes«, sagte er und machte dabei das Kreuzzeichen.

Der Banker wirkte konsterniert. Sie lachten.

»François ist Maler«, sagte Isabelle. »Clarisse arbeitet in der Galerie Lelong.«

»Haben Sie Kunstgeschichte studiert?«

»Nein. Ich nehme die Anrufe entgegen. Die Stelle habe ich bekommen, weil ich einigermaßen Englisch und Italienisch spreche und mir einen Tag vor dem Vorstellungsgespräch noch drei Sätze Deutsch und Chinesisch beigebracht habe.«

»Sie meinen sicher Mandarin«, verbesserte sie der Banker.

Der Künstler tauschte einen vielsagenden Blick mit Clarisse. Am Tisch saß sie dann zwischen den beiden Single-Männern, unterhielt sich aber nur mit ihm. Seine Grübchen, wenn er lächelte, und seine flachen, fast eingefallenen Wangen erinnerten sie an einen amerikanischen Schauspieler, dessen Name ihr nicht einfiel.

»Willem Dafoe?«

Offenbar war sie nicht die Erste, die auf diese Idee kam. Wie alle Künstler, die sie kannte, befragte er sie zur Galerie.

»Haben Sie Louise Bourgeois kennengelernt?«

»Nein. Ich bin erst seit fünf Monaten da.«

»Na ja, sie ist alt, vielleicht verlässt sie New York gar nicht mehr. Haben Sie ihr Gedicht *Ode an meine Mutter* gelesen?«

»Nein.«

»Es erklärt, warum sie ihre riesige Bronzespinne *Maman* genannt hat. Hat natürlich mit dem Weben zu tun. Ihre Eltern haben Wandteppiche restauriert, ihre Mutter war Weberin. Und Spinnen sind intelligente Tiere, geduldig, nützlich, ruhig, sauber, schnell, gelassen, aufmerksam, vorsichtig – ebenso wie ihre Mutter.«

Sie hätte nie gedacht, dass sich zur Beschreibung dieser schrecklichen Viecher so viele positive Adjektive aufzählen ließen. Während des ganzen Abendessens erzählte er ihr – ohne sie damit zu langweilen – von unterschiedlichen Spinnenarten, von ihren Tricks, Beute anzulocken oder sich vor Feinden zu schützen und wie die Männchen es anstellten, sich mit Weibchen zu paaren, die größer waren als sie selbst und sie anschließend aufzufressen drohten. Als Clarisse ging, fragte er sie nach ihrer Nummer. An der Tür sagte Isabelle zufrieden:

»Wusste ich doch, dass ihr euch verstehen würdet.«

Eine Woche verging, dann noch eine.

Im Badezimmerspiegel betrachtete Clarisse ihren Körper. In Paris gab es Unmengen jüngerer Frauen, die noch keine drei Kinder zur Welt gebracht hatten.

Bei laufendem Radio bereitete sie das Abendessen zu. Plötzlich hörte sie in unmittelbarer Nähe einen explosionsartigen Knall.

»Martin? Lucas?«

Sie stürzte ins Wohnzimmer, und da standen ihre drei Söhne, wohlbehalten, aber wie vor den Kopf geschlagen. Sie folgte ihren Blicken: Die Lampe aus blauem Murano-Glas, die Mehdi ihr zur Hochzeit geschenkt hatte, war in tausend Stücke zersprungen. Auf dem Boden zwischen Sofa und Couchtisch lag der Fußball. Sie wandte sich zu Martin.

»Bist du dumm oder was? Mit deinen dreizehn Jahren spielst du im Wohnzimmer Fußball?«

»Ich war das nicht, Maman, Lucas hat …«

»Es interessiert mich nicht, wer es war! Du bist der Älteste! Hol den Besen und den Staubsauger!«

Sie kniete sich auf den Boden, um ein paar Glasstücke einzusammeln. Ihr jüngerer Sohn wollte helfen.

»Nicht anfassen, Lucas, du schneidest dich.«

Sie kehrte, hob die größten Scherben mit den Händen auf,

und gerade als Martin den Staubsauger eingeschaltet hatte, klingelte das Telefon. Zack rannte los, um es zu holen.

»Hier, Maman.«

Sie hielt sich den Hörer ans Ohr. »Wer?«, fragte sie und ließ ihn wieder sinken. »Martin, mach den Staubsauger aus, ich verstehe kein Wort!«

»François Dolbecq.«

Weder der Name noch die Stimme riefen irgendetwas in ihr wach.

»Der Spinnenfreund. Wir haben uns bei Isabelle kennengelernt.«

»Ach, ja. Entschuldigen Sie, aber Ihr Anruf kommt gerade etwas ungelegen.« Fast hätte sie ihm den Vorfall geschildert, doch sie hielt sich zurück. Sie hätte nie wieder von ihm gehört. »Können Sie in einer halben Stunde noch mal anrufen?«

Sie hatte beschlossen, zu ihrem ersten Rendezvous seit neun Monaten – eigentlich sogar seit vierzehn Jahren – in ihrer Bürokleidung zu erscheinen, schlichte Bluse und Jeans, zumal sie von der Galerie aus sofort zum Restaurant in der Gegend um Les Halles gehen würde. Als sie aber in der Nähe der Kirche Saint-Eustache an einer Boutique vorbeikam, sprang ihr im Schaufenster ein Wickelkleid aus grauem Jersey ins Auge. Sie ging hinein, um es anzuprobieren. Das Kleid war perfekt geschnitten und brachte ihr Dekolleté zur Geltung. Da sie nun schon mal dabei war, kaufte sie auch noch einen Mantel und behielt alles gleich an. In einem Geschäft für Damenunterwäsche erwarb sie eine hochwertige Garnitur aus Spitze, deren Bügel-BH ihre Brüste sehr schön stützte. Ganz in der

Nähe befand sich ein Markenschuhladen: Sie kaufte sich die Riemchenpumps, die sie schon so lange haben wollte. In zwanzig Minuten hatte sie ein ganzes Monatsgehalt ausgegeben.

Verglichen mit François, der wieder denselben ausgeleierten Pullover trug, war sie eindeutig die elegantere. Er stellte ihr Fragen zu ihrem Leben; sie vergaß, Leichtigkeit und gute Laune zu zeigen. Er hörte so aufmerksam zu, dass man Lust hatte, ihm alles zu erzählen, so wie sie Mehdi immer alles erzählt hatte. Also erzählte sie – von ihrem Mann, der sich in ihre beste Freundin verliebt hatte, von ihrem Vater, der ihre Mutter verlassen hatte, als sie zwei war, von ihrer alkoholabhängigen Maman, die sie beide, da war Clarisse achtzehn, fast umgebracht hätte, von der schwelenden Zigarettenkippe im Mülleimer in der Küche, dem Geruch, der sie geweckt hatte, den Flammen, die bis unter die Decke schlugen.

»Als Jugendliche dachte ich immer, mein Vater hätte vor dem Wahnsinn meiner Mutter die Flucht ergriffen, aber später habe ich begriffen, dass er schuld war. Er hat meine Mutter mit einem Baby im Stich gelassen. Vor zwei Jahren hat sie dann etwas getan, wodurch wir uns sehr viel näher gekommen sind. Als mein bester Freund an Aids erkrankt ist, hat sie sich um ihn gekümmert, ausgerechnet meine Mutter, die ich ihm erst gar nicht vorstellen wollte, weil ich mich für sie geschämt habe. Als er starb, hat sie seine Hand gehalten …«

Ihre Stimme versagte. François hörte ihr ernst zu. Auch er hatte vermutlich Freunde, die an Aids gestorben waren.

»Du lässt mich hier reden und reden … Was ist mit dir?«

»Wie, mit mir?«

»Hast du keine Kinder?«

»Nein. Ich will nicht für einen anderen Menschen verantwortlich sein.«

»Dass dir deine Grenzen bewusst sind, finde ich bewundernswert.«

Sie hatten fünf Stunden miteinander verbracht, und das Gespräch hätte immer weitergehen können. Aber die Jungen hatten am Samstagmorgen Schule, und Clarisse musste arbeiten.

Sie hatte gespürt, dass François die Geduld einer Spinne besaß, doch als nach drei Wochen immer noch kein Zeichen von ihm kam, schloss sie daraus, dass ihm dieses rasche Ausbreiten ihrer Intimsphäre wohl doch Angst gemacht hatte. Egal. Sie hatte genug davon, immer auf der Hut zu sein. Für sie hatte der Abend jedenfalls etwas Positives bewirkt: Ihr Wunsch zu schreiben war wieder da.

Am Morgen danach war sie mit dem Bild der in Flammen stehenden Küche aufgewacht, der im Koma liegenden Mutter auf dem Wohnzimmersofa, dem Sprint im Nachthemd zur Feuerwache, die zwei Straßen weiter lag. Sie stand auf, machte sich Notizen und dann erst das Frühstück für die Jungs. Zwei Wochen lang stellte sie sich den Wecker, um zwischen sechs und sieben zu schreiben. Mit ihrem Füllfederhalter schrieb sie fast fünfzig Seiten voll, tauchte ausgehend von dem Brand immer tiefer in ihre Vergangenheit ein. Als sie bei den Ereignissen des Sommers, in dem sie sechzehn war, anlangte und an die Reaktion ihrer Eltern dachte, denen sie erst vor ein paar Monaten davon erzählt hatte, erstarrte sie, den Füller in der Luft. Am nächsten Tag schaltete sie den Wecker aus; sie war zu müde, um aufzustehen.

Lucas hatte das Zeugnis fürs erste Quartal bekommen. In keinem einzigen Fach waren seine Leistungen ausreichend. Clarisse hatte in seinem Mittteilungsheft fast täglich eine Beschwerde unterschreiben müssen, weil er eine Hausaufgabe nicht gemacht oder ein Buch zu Hause vergessen hatte. Jeden Morgen hatte er Bauchschmerzen. Sie war mit ihm zum Kinderarzt gegangen: Körperlich fehlte ihm nichts.

Clarisse hatte mit der Lehrerin über ihre private Situation gesprochen, doch diese Person, die es im Übrigen gar nicht böse meinte, hatte zweiunddreißig Schüler, und Lucas war nicht der einzige, dessen Eltern sich getrennt hatten. Welchen Platz hatte ein Kind, das die Schule hasste, in dieser Welt? Es gab nur eine Sache, die er liebte: das Singen. Diese Begabung hatte ihm Hendrik – oder Irina? – in die Wiege gelegt. Er hatte eine wunderbar klare Stimme und ein perfektes musikalisches Gehör. Derselbe Junge, der es in der Schule nicht schaffte, ein Gedicht auswendig zu lernen, konnte sich jede Melodie und sämtliche Liedtexte merken. Clarisse hatte ihn in der Musikschule angemeldet, doch er hatte die Notenlehre, die zu abstrakt für ihn war, nicht wie erwünscht hinter sich gebracht. Er durfte nicht weitermachen. Seine Großmutter gab ihm jetzt Gesangsstunden.

Martin wiederum, der in der Grundschule nie Schwierigkeiten gehabt hatte, war von einem Tag auf den anderen ein rebellischer Gymnasiast geworden, der pampige Antworten gab und in ohrenbetäubender Lautstärke in seinem Zimmer Hardrock hörte. Clarisse hatte ihm das frühere Elternschlafzimmer überlassen, weil er es nicht mehr ertrug, sich mit seinen Brüdern sieben Quadratmeter zu teilen, und weil Zack außerdem dringend aus dem Kinderbettchen raus musste. Ehe Martin, wenn überhaupt, die Musik leiser drehte, musste erst ein Nachbar an der Tür klingeln. Sie hatte keine Kontrolle mehr über ihn. Und ihr Baby, das ja eigentlich kein Baby mehr war? Mit seinen dreieinhalb Jahren machte Zachary seinem ältesten Bruder, den er vergötterte, alles nach. Als er eines Tages »Du bist so was von bescheuert« zu ihr sagte, war der Kontrast zwischen dieser unglaublichen Beleidigung und dem goldigen Gesichtchen ihres Letztgeborenen so krass, dass sie lachen musste. Und Zachary, dem die Grenzüberschreitung durchaus bewusst war, fing auch an zu lachen. Sie nahm ihn in den Arm, kitzelte und küsste ihn, obwohl sie längst wusste, dass sie aufpassen musste: Da drohte etwas schiefzugehen.

Jedenfalls war es für eine alleinerziehende Mutter – denn das war sie ganz eindeutig, seit Hendrik in Bordeaux lebte, wo Bérangère in der Buchhandlung Mollat eine Stelle gefunden hatte und er mit ihr gegangen war – schon schwer genug, Arbeit, Finanzen und die Bedürfnisse der Kinder unter einen Hut zu bringen. Für einen Mann war da kein Platz. Und selbst wenn alles gut laufen sollte, kam es extrem selten vor, dass der eine die Kinder des anderen ertrug. Drei Jungs machten viel Lärm und nahmen viel Platz ein. Für Clarisse kam es nicht infrage, ihre Kinder schlechter Behandlung auszusetzen, erst recht nicht den fragilen Lucas. Sie würde niemals einen Fremden mit nach Hause bringen, der Gefahr lief, nicht liebevoll mit ihnen umzugehen.

Sie saß an ihrem Arbeitsplatz, als die Galerietür aufschwang und François mit breitem Lächeln auf sie zusteuerte. Seine Anwesenheit elektrisierte die Luft und radierte in einer Sekunde die Enttäuschung aus, die sein Schweigen erzeugt hatte. Auf die Empfangstheke gestützt, erklärte er ihr, er sei gerade von einer längeren Reise zurückgekommen. Er hatte erst in Berlin an einer Gruppenausstellung teilgenommen und dann in Lissabon eine Einzelausstellung gehabt.

»Bis wann arbeitest du heute?«

Der Galerist kam aus seinem Büro. Clarisse tat so, als suchte sie nach einem Blatt. Er musterte den Maler, trat näher und reichte ihm die Hand:

»François Dolbecq? Freut mich sehr, Sie kennenzulernen. Ich habe Ihre Arbeiten auf der FIAC gesehen.«

Clarisse begriff, dass François anders als die meisten ihrer Künstlerfreunde nicht ganz unbekannt war. Der Galerist führte ihn durch die Francis-Bacon-Ausstellung und gestattete Clarisse, früher zu gehen. Sie tranken unweit der Métrostation Miromesnil noch einen Kaffee, dann musste sie los, sich um die Kinder kümmern.

Ein paar Tage später lud er sie in ein kleines Restaurant in seinem Viertel ein und schenkte ihr eine gebundene, mit fünfzehn alten Radierungen bestückte Ausgabe von Ovids *Metamorphosen* aus dem Jahr 1674.

»Lies den Arachne-Mythos. Arachne, Namensgeberin der Spinne. Müsste dir gefallen.«

Sie redeten und redeten, besser gesagt: Clarisse redete, und er nahm ihre Worte auf, seine Augen, deren Blau in Richtung Grau tendierte, die ganze Zeit auf sie gerichtet. Gegen ein Uhr morgens half er ihr, auf einem Boulevard ein Taxi zu finden, und ließ sie heimfahren, ohne sie zum Abschied zu umarmen.

Er erkundigte sich nicht, wo sie den Abend verbringen würde – jenen Abend, auf den man seit Monaten auf Schritt und Tritt angesprochen wurde und der – weil es eine Jahrtausendwende war – natürlich unvergesslich zu sein hatte. Clarisse hatte die Kinder nach Bordeaux geschickt; die drei Zugtickets gingen auf ihre Kosten. Sie war zu mehreren Festen eingeladen, blieb aber mit ihrer Ovid-Ausgabe zu Hause. Sie lachte, als sie las, was Arachne, die junge Weberin und Tochter eines Schäfers, der Göttin Athene entgegnete, die sich als Greisin verkleidet hatte: »Du dumme alte Schachtel! Erzähl das deiner Tochter oder deiner Schwiegertochter! Wenn Athene mir etwas zu sagen hat, soll sie selbst kommen! Oder hat sie Angst vor einem Wettkampf mit mir?« Eine echte Rebellin, die sich erdreistete, die Götter herauszufordern. Athene ließ prompt ihre Verkleidung fallen und zeigte sich in ihrem göttlichen Glanz, doch auch damit konnte sie die junge Frau nicht beeindrucken. Clarisse fand Spinnen von Mal zu Mal liebenswerter. Am 1. Januar um dreizehn Uhr rief François an und lud sie zu sich ein. Er wohnte in einem Atelier in der Rue du Poteau, wo er wie ein Student lebte, mit einer großen Matratze, die auf dem Boden lag.

»Ich hatte ganz vergessen, wie schön das ist«, sagte sie, während sie seine warme Haut streichelte.

»Ist es so lange her?«

»Seit der Trennung war nichts, außer einmal im April mit einem Ex. An Gelegenheiten hat es nicht gefehlt …«

»Das glaube ich gern.«

»… aber ich hatte das Bedürfnis, für mich zu sein.«

Ganze drei Tage verbrachten sie im Bett, hörten Miles Davis, Billie Holiday, João Gilberto, Helen Merrill und Nina Simone und tauten ab und zu eine Pizza auf, was ein geschmackloses und doch lukullisches Vergnügen war.

Selbst wenn es nicht von Dauer sein würde, immerhin litt Clarisse dank dieser Affäre weniger darunter, wie ihre Söhne nach dem Bordeaux-Aufenthalt über Bérangère sprachen, als hätten sie vergessen, dass sie ihnen den Vater weggenommen hatte.

Doch es war von Dauer. Ein oder zwei Mal pro Woche nahm sie sich eine Babysitterin und ging zu François. »Dein Liebster«, sagten ihre Söhne. Er hatte es eilig, sie kennenzulernen. Sie schob den Moment hinaus. Sie fürchtete, dass die Kinder ihn nicht mögen würden und er vor ihrer Anzahl zurückschrecken könnte. François war mit den Zwängen des Familienlebens nicht vertraut. Er arbeitete nachts und wachte selten vor zwölf Uhr mittags auf. Wahrscheinlich war er genauso egoistisch wie der alte Mann aus ihrem Mietshaus, der ihr früher, als sie noch mit dem Kinderwagen unterwegs war, nie die Tür aufgehalten hatte und sich jetzt darüber beschwerte, dass sie Zacharys Dreirad unter der Treppe stehen ließ, anstatt es bis in den fünften Stock zu tragen.

An einem Sonntag Mitte Februar kam François, ausgerüstet mit Haribo-Erdbeeren und fünf Schokoladen-Éclairs, zum Mittagessen in die Rue des Pyrénées. Er unterhielt sich mit Martin über Rockmusik, sah sich aufmerksam Lucas' Pokémon-Sammlung an und baute zusammen mit Zachary einen Turm aus Holzbausteinen, der höher wurde als das Kind. Als er wieder weg war, sagte Martin, er sei »okay«. Was aus seinem Mund ein gewaltiges Kompliment war.

Für den nächsten Sonntag war François wieder eingeladen, und es wurde ein Ritual. An einem Samstag Ende März kam er dann zum ersten Mal zum Abendessen. Sie schauten sich gemeinsam einen Charlie-Chaplin-Film an und schütteten sich aus vor Lachen. Um vier Uhr morgens hatte sie nicht das Herz, ihn rauszuwerfen. Er stellte den Wecker auf neun, zog sich an, bevor die Kinder aufstanden, und ging hinunter, Croissants kaufen.

Er schlief nun mehrmals pro Woche bei ihr. Sie hatten kein Zimmer für sich, schliefen auf der Bettcouch. Clarisse fiel es schwer, sich zu entspannen, weil sie fürchtete, Zachary oder Lucas könnten nach einem Alptraum im Wohnzimmer auftauchen. Montags war die Galerie geschlossen. Dann trafen sie sich in der Rue du Poteau oder in der Rue des Pyrénées und blieben im Bett, bis Clarisse die Kinder abholen musste.

Zu fünft war eine 46-Quadratmeter-Wohnung wirklich klein. Clarisse hatte sich zu einem Zeitpunkt von Hendrik getrennt, als sie gerade überlegten, nach einer größeren zu suchen. François schlug ihr vor zusammenzuziehen und bot an, die halbe Miete zu übernehmen, obwohl er allein war und sie zu viert.

Als sie es den Kindern erzählte, war der Jubel groß.

℘

Die Vier-Zimmer-Wohnung im dritten Stock eines hässlichen Hochhauses an der Place des Fêtes hatte keinerlei Charme, erfüllte aber alle Kriterien: ein heller Wohnraum, drei Zimmer – darunter ein großes, das Zack und Lucas sich teilen würden, weil eine Wohnung mit vier Zimmern zu teuer gewesen wäre – und zwei Badezimmer, was Luxus war. Vor allem aber war man in zehn Minuten nicht nur an Lucas' und Zacharys Schule (Clarisse wollte ihnen einen Schulwechsel ersparen), sondern auch am Lycée Georges-Brassens, wo Martin in die Oberstufe kam. Bis zum Park Les Buttes-Chaumont waren es fünf Minuten. Und für Clarisse würde der Weg zur Galerie mit der Métro einmal quer durch die Stadt von Tür zu Tür immer noch vierzig Minuten dauern. Nur François, der es gewohnt war, zu Fuß zu seinem Atelier in der Nähe des Rathauses von Saint-Ouen zu gehen, machte einen schlechten Tausch. Im Vertrag standen ihre beiden Namen. Bis zum letzten Moment fiel es ihr schwer zu glauben, dass dieser Mann, den sie erst vor neun Monaten kennengelernt hatte, mit ihr und drei Kindern, die nicht seine waren, zusammenziehen würde.

Ende Juli fuhr sie mit François nach Kroatien, während die Kinder mit ihrem Vater – ohne Bérengère, die arbeiten musste – in der Dordogne zelteten. Sie bereisten die Inseln Hvar und Mljet, mieteten sich ein Motorrad und übernachteten in kleinen Pensionen. Es war ihre erste Reise. Sie stritten sich nicht ein einziges Mal.

Am ersten August fand der Umzug statt. Sie mieteten einen Van, um zu Ikea zu fahren, und François bestand darauf, sämtliche Anschaffungen zu bezahlen, sogar das Etagenbett mit Rutsche, von dem Zack und Lucas träumten. Seine Großzügigkeit war das genaue Gegenteil von Hendriks Knauserei. Martin schenkte er für sein Zimmer ein Poster mit Autogramm von Lamb of God, auf dem die fünf Band-Mitglieder in schwarzen T-Shirts vor Ruinen standen.

Jeden Nachmittag holte François die Jungen um halb fünf von der Schule ab, anstatt sie in der Hausaufgabenbetreuung zu lassen; zu Hause ließ er sich von Lucas mehrere Seiten vorlesen und korrigierte ihn geduldig, wenn er über ein Wort stolperte. Er riet Clarisse dazu, ihn testen zu lassen.

»Er war doch vor zwei Jahren in der Schuluntersuchung. Er ist kein Legastheniker.«

»Es gibt noch etliche andere Probleme als Legasthenie. Lass eine komplette neuropsychologische Testung mit ihm machen. So eine Diagnostik dauert einen ganzen Tag.«

»Glaubst du, er ist nicht normal?«

»Was soll das heißen, ›normal‹? Wir sind alle verschieden. Lucas funktioniert anders. Ihn zu bestrafen, ist kontra-produktiv. Er zeigt so viel guten Willen.«

Im Oktober wurde Lucas getestet. Zwischen seiner Leistung und seiner Intelligenz zeigte sich eine erhebliche Diskrepanz. Seine sogenannte Unachtsamkeit war eine Lernschwäche, die behandelt werden musste. Einer von François' Sammlern, dessen Sohn ähnliche Schwierigkeiten hatte, empfahl ihm einen Logopäden, der auf derartige Probleme spezialisiert war.

Schon nach einigen Wochen war eine Veränderung zu spüren. Lucas hatte verstanden, dass er nicht dumm war, sondern nur etwas an sich korrigieren musste, so wie man eine Kurzsichtigkeit korrigiert. François sagte ihm immer wieder, dass er intelligenter sei als die anderen, denn er habe ja größere Schwierigkeiten zu überwinden.

Bei Tisch spornte er zu Albereien an. Von Zacharys Seite hagelte es »Aa-Würstchen«, ohne dass er einen Rüffel bekam. Clarisse verdrehte die Augen, doch am Ende musste sie auch lachen, wenn François und ihre beiden Ältesten darum wetteiferten, wer am schnellsten sprechen und dabei alle Vokale durch »i« ersetzen konnte. »Di Pimmis wirn hiti vill git.« Manchmal verschärfte François die Regeln und verlangte, dass wie bei Georges Perec, dessen Fan er war, der Vokal »e« nicht verwendet werden durfte. Dann wurde der Wettkampf nur noch zwischen Martin und ihm ausgetragen. Einmal war Lucas sehr stolz, als er die ganze Tischgesellschaft mit einem fehlerfrei aufgesagten Zungenbrecher überraschte, den er in einem Kaubonbon-Papierchen gefunden hatte: »Qualle Quaula quatscht gern mit Kaulquappe Quarko im Aquarium. Im Aquarium quatscht Qualle Quaula gern mit Kaulquappe Quarko.« Sie konnten sich kaum halten vor Lachen, als sie den Spruch reihum in Höchstgeschwindigkeit wiederholten.

Wenn Clarisse an manchen Abenden erschöpft vom Gedränge in der überfüllten Métro um sieben nach Hause kam und drei zankende Jungen vorfand, fragte sie sich, wie François diese Hölle ertrug. Weihnachten nahte, sie wohnten seit fünf Monaten zusammen, noch nie hatte Clarisse eine solche Harmonie erlebt.

»Du hast so ein Glück«, sagte Florence. »Patchwork-Familien scheitern in aller Regel an den Kindern. Da lernst du einen Kerl kennen, der selbst keine hat und deine toll findet … Bist du dir sicher, dass er nicht pädophil ist?«

Der blonde Lucas war so hübsch, so zerbrechlich, so anlehnungsbedürftig. Ganz beiläufig fragte sie ihn danach aus, was er denn so mit François mache, wenn sie allein seien. Nicht aus mangelndem Vertrauen, sondern aus Wachsamkeit. Die Kinder standen für sie immer an erster Stelle. Nicht ein einziger Verdachtsmoment tauchte auf.

Wenn François mit Lucas geübt und mit der Familie zu Abend gegessen hatte, verließ er an fünf Abenden pro Woche die Wohnung. Gegen sechs Uhr morgens kam er zurück, schlüpfte ins gemeinsame Bett und schlief mit ihr. Dann frühstückte er mit den Kindern und legte sich anschließend wieder schlafen.

Clarisse akzeptierte diesen biologischen Rhythmus, der so anders war als ihrer. Immerhin hatte François von heute auf morgen eine kinderreiche Familie geerbt. Die fünf Nächte im Atelier waren seine Pufferzone.

Eine Sache überraschte sie: Warum besuchte François, der ein Einzelkind war, eigentlich nie seine Eltern, warum telefonierte er nicht mit ihnen, warum schlug er Clarisse nicht vor, mit ihr nach Cholet zu fahren? Er zuckte die Achseln.

»Schau dir einfach die Vögel an. Sie füttern ihre Kleinen, und kaum sind die Vögelchen flügge, fliegen sie auch schon davon. So will es die Natur.«

»Bei mir nicht. Ich würde es nicht ertragen, meine Söhne nicht mehr zu sehen.«

»Aber du siehst deinen Vater doch auch nicht mehr.«

Dass ihr Vater für Hendrik Partei ergriffen hatte, war ein so großer Affront gewesen, dass Clarisse ihm François nicht vorgestellt hatte. Noch verletzter war sie, als sie durch einen unschuldigen Versprecher von Lucas erfuhr, dass Hendrik Silvester mit den Jungs nicht in Anvers verbringen würde, sondern in Rom, bei Clarisse' Vater, der die vier Zugtickets bezahlt hatte.

Um sie zu trösten, lud François sie nach Fès in einen marokkanischen Riad ein. Als sie am ersten Januar 2001, genau ein Jahr nach ihrem ersten Kuss, in einem Zelt in der Wüste saßen und die Sonne aufgehen sahen, deren flammenden Untergang sie am Vortag bewundert hatten, äußerte er seinen Wunsch, dass Clarisse sich scheiden ließ. Er wollte sie heiraten.

∽

Hendrik hatte gegen eine Scheidung nichts einzuwenden, war aber nicht in der Lage, irgendwelche administrativen Schritte zu unternehmen. Clarisse war in diesen Dingen auch nicht besser als er, fand jedoch einen Anwalt und schaffte es, Hendrik die von ihrer Seite bereits ausgefüllten Formulare zu schicken. Es dauerte. Sie teilten sich das Sorgerecht, aber er stimmte zu, dass die Kinder bei ihr leben würden.

An einem Abend Mitte Mai, als sie von der Arbeit nach Hause kam, lag ein Schreiben ihres Anwalts unten im Briefkasten: Die Scheidung war in beiderseitigem Einvernehmen beschlossen und rechtskräftig. Als sie dann die Wohnungstür öffnete und ihr der Duft köchelnder Zwiebeln entgegenschlug, während sie Lucas mit seiner klaren Stimme *L'Aigle Noir* singen und Zachary in der Küche mit François lachen hörte, durchflutete sie ein Gefühl vollkommenen Glücks.

»Ich bin da!«

François kam aus der Küche und küsste sie hastig.

»Ich habe euch ein Hühnchen gemacht. Ich esse nicht mit. Ich gehe ins Atelier.«

»Jetzt sofort?«

»Ich muss was fertigmachen.«

Es war nicht der geeignete Moment, aber sie konnte nicht anders und wedelte mit dem Brief.

»Ich bin frei und kann wieder heiraten!«

»Bravo«, antwortete er zerstreut.

Nachdem eine Feuerwehrsirene Clarisse aus dem Schlaf gerissen hatte, konnte sie nicht mehr einschlafen. Im Morgengrauen hörte sie die Wohnungstür. François kam ins Zimmer. Anstatt sich auszuziehen und unter die Decke zu legen, setzte er sich auf die Bettkante. Sie knipste das Licht an und sah sein Gesicht, blass, die Augen blutunterlaufen, als hätte er getrunken.

»Was hast du?«

»Ich muss gehen.«

»Du verlässt mich, ist es das? Meine Scheidung ist durch, und du verlässt mich?«

Sie brach in Tränen aus. Er stand auf und lehnte sich mit verschränkten Armen an die Wand.

»Nein, nein! Bitte, Clarisse. Es hat nichts mit dir zu tun.«

»Womit dann?«

»Mit meiner Arbeit.«

Sie hatte sich sein Atelier in Saint-Ouen angesehen, stellte ihm aber selten Fragen zu seiner Malerei, über die er nicht gern sprach. Die Malerei war der wichtigste Teil seines Lebens. Er sagte ihr, dass er seit seiner letzten Einzelausstellung nichts Neues gemacht habe. Seit zwei Jahren. Und vor einem Monat habe ihm eine Galerie aus Chelsea geschrieben und ihm für September eine Ausstellung in New York angeboten.

Clarisse machte große Augen. Jeder Künstler träumte davon, in einer bekannten New Yorker Galerie auszustellen. Diese Neuigkeit war wichtiger als ihre Scheidung.

»Das ist großartig! Warum hast du mir nichts davon gesagt?«

»Tue ich ja jetzt. Das ist für mich eine einmalige Chance, die ich nicht verpassen darf. Und um neue und bessere Arbeiten machen zu können, muss ich allein sein. Ich weiß nicht wie lange.«

»Natürlich!«

Sie liebten sich rasch. Es war zwanzig nach sieben, die Kinder mussten in die Schule. Er lief los, Croissants kaufen, und beim Frühstück sprach er mit ihnen. Er müsse für seine Arbeit weggehen und wisse noch nicht, für wie lange. Er gab jedem ein Skizzenbuch und sagte ihnen, sie sollten ein Tagebuch zeichnen. Als Clarisse am Abend aus der Galerie heimkam, waren seine Zahnbürste, sein Rasiermesser und sein Rasierschaum aus dem Badezimmer verschwunden.

Sie grübelte, was sie hätte besser machen können. François war so leichtfüßig in die Rolle des perfekten Vaters und Ehemanns geschlüpft. Dabei hatte er sie ja gewarnt, dass er so eine Verantwortung nicht übernehmen könne. Sie würde nicht mehr zulassen, dass er einkaufen, kochen und sich jeden Abend um Lucas kümmern würde.

Auf einen Anruf bei ihrer Mutter verzichtete sie; Irina mochte François sehr und würde sie mit ihrer Angst nur anstecken. Im Mai, im Juni und auch im Juli trafen Überweisungen auf ihrem Konto ein. Er zahlte seinen Anteil an der Miete und den Rechnungen. Sie hätte gern eine Deadline gehabt. Die Ungewissheit war das Schlimmste.

Die Kinder waren geduldiger als sie, nur Zack fragte unentwegt, wann François wiederkommen würde. Lucas fehlte er sehr, aber François hatte sich zu seiner Unterstützung ein System ausgedacht, mit dem es dem Jungen gelang, sich allein über Wasser zu halten. Gewissenhaft führten die drei ihre Tagebücher. Zack malte das Skizzenbuch mit seinen dicken Buntstiften aus, Lucas seines mit Filzstiften. Martin zeichnete außerordentlich detailreiche Comics; François hatte den Künstler in ihm geweckt. Eines Abends sah er seine Mutter in der Küche weinen.

»François muss jetzt allein sein, Maman. Im September hat er seine Ausstellung in New York. Lass ihm Zeit, hab Vertrauen. Er wird zurückkommen.«

Martin war fünfzehn und mit seiner Größe von einem

Meter achtzig schon ein junger Mann, mit seinen blauen Augen, dem schwarzen Haar und dem sinnlichen Mund ein sehr hübscher junger Mann, dessen Gesicht sich noch nicht zwischen Kind- und Erwachsensein entschieden hatte. Und diesen klugen Jungen, der Hendriks ganze Schönheit geerbt hatte, aber keine seiner Schwächen, hatte sie, Clarisse, zur Welt gebracht.

Hendrik rief an, um ihr mitzuteilen, dass er nach Neuseeland ziehen würde, Bérangère hatte dort eine Stelle als Kulturattachée bekommen. Ob Bordeaux oder Auckland, es würde nicht viel ändern. Sie konnte ja ohnehin kaum auf ihn zählen. Er versprach, jeden Sommer zurückzukommen, um die Jungs zu sehen. Außerdem ließ er sie wissen, dass Bérengère schwanger war. Vor zwei Jahren hatte er geschworen, dass es kein weiteres Kind geben würde.

Im Juli fuhren die Jungen mit ihrem Vater nach Belgien. Einen einsamen Monat lang versuchte Clarisse, sich Martins Worte wie ein Mantra immer wieder vorzubeten: »Lass ihm Zeit.« Sie ging jeden Abend ins Kino, um die Rückkehr in ihre leere Wohnung hinauszuzögern. Am Ende des Monats klingelte um zwei Uhr morgens das Telefon; aus dem Schlaf geschreckt, stürzte sie hin, voller Angst, dass einem ihrer Söhne etwas zugestoßen war.

»Ich bin's.«

»François! Wo bist du?«

»In Mexiko. Ich hab's geschafft, Clarisse. Ich bin fast fertig.«

»Wirklich! Das freut mich.«

»Wie geht es den Jungs?«

»Sie sind mit ihrem Vater unterwegs, in drei Tagen kommen sie zurück. Wir fahren zu Isabelle und Antoine ans Cap Ferret.«

»Ich hatte ganz vergessen, dass sie im August bei dir sind. Ich habe dir ein Flugticket gekauft. Eigentlich für morgen.«

»Für morgen?« Ihr Herz ging auf. »Das kriege ich hin.«

Am frühen Morgen rief sie Isabelle an, die zwei Kinder hatte, die etwas jünger als Lucas waren, und dazu einen großen Garten. Isabelle war damit einverstanden, sich bis zu Clarisse' Rückkehr um ihre Söhne zu kümmern.

Am Schalter von Aeroméxico stellte sie fest, dass François ein Ticket erster Klasse gebucht hatte: Wahnsinn. So luxuriös war sie noch nie gereist.

Als sie nach acht Stunden Flug, auf dem man sie wie eine VIP-Passagierin behandelte, die Gepäckzone des Flughafens von Mexico City verließ, sah sie ihn sofort, seine flachen, sonnengebräunten Wangen und seine grauen Augen, die vor Wiedersehensfreude leuchteten. Sie küssten sich leidenschaftlich. Er wohnte in Coyoacán, einem der grünsten und ungefährlichsten Stadtteile von Mexico City. Aufmerksam sah sie sich die Gemälde an, die in seinem Atelier an den Wänden hingen. In Anlehnung an seine bisherigen Arbeiten, die eine Verbindung zwischen der Gegenwart und den Werken alter Meister herstellten, hatte er die Motive einiger sehr bekannter Gemälde aufgegriffen und beispielsweise im *Angelusläuten* von Millet den Bauern durch einen Mann im Anzug ersetzt, der auf sein iPhone schaut, oder in Vermeers *Der Astronom* den Globus durch einen Apple-Computer mit Google Maps auf dem Bildschirm. Seine Werke waren plastisch gearbeitet und hoben die Figuren hervor. Die ganze Idee gefiel Clarisse sehr, noch mehr beeindruckte sie aber die Schönheit seiner Arbeiten. Noch nie hatte seine Malerei ein solches Maß an Harmonie erreicht.

Sie nahmen einen Zug nach Oaxaca und dann einen Bus,

der sie über die Berge zum Pazifik brachte. In einem Dorf mit bunt angestrichenen Häusern fanden sie ein kleines Hotel. An einem der Abende teilten sie sich einen Joint. Bei Clarisse war die Wirkung des reinen Marihuanas heftig: Auf dem Rückweg zur Pension musste François sie fast tragen. Dann lag sie auf dem Bauch, konnte ihre Glieder nicht bewegen und träumte, dass die Tentakeln einer Krake sie umfingen und in sie eindrangen. Eine Entladung nach der anderen ging durch ihren Körper, sie hatte fast fünfzehn Orgasmen in Folge, als wäre sie nur noch erotisches Fleisch. So einen Zustand totaler Loslösung und buchstäblicher Hingabe an den anderen hatte sie noch nie erlebt. Sie hatte eine Vision, in der sich François' Spermien wie Kaulquappen in eine türkisblaue Meereshöhle hineinschlängelten, wo ihre Eizellen lagerten, und sich darin einnisteten.

»Kaulquappe Quarko!«

»Was?«

Lachtränen liefen ihr übers Gesicht. Er lachte auch.

Auf dem Rückflug nach Frankreich war sie sich sicher: Er würde zurückkommen.

Am Dienstag nach ihrer Rückkehr in die Galerie kam plötzlich der Inhaber mit fassungsloser Miene aus seinem Büro. Er forderte seine drei Angestellten auf, mitzukommen und sich etwas anzusehen: Sein Fernsehbildschirm zeigte New York, ein Flugzeug, das vor azurblauem Himmel in ein Gebäude aus Glas und Stahl hineinflog, Rauchsäulen, die an den Zwillingstürmen hochstiegen, Menschen, die aus den obersten Stockwerken sprangen, um dem Feuer zu entgehen, und schließlich die Wolkenkratzer, die so schnell wie ein vom Wind erfasstes

Kartenhaus in sich zusammenfielen. Wie alle Menschen in allen Ländern auf allen Kontinenten brachte sie die nächsten Tage damit zu, sich in Dauerschleife immer wieder dieselben Bilder anzuschauen. War dies der Beginn eines dritten Weltkriegs?

Wen auf dieser Welt interessierte jetzt noch die Kunst? Man konnte nicht mehr nach New York fliegen. Die Galerie in Chelsea sagte ihre Ausstellung ab. Anstatt mit dem Lastwagen nach New York zu fahren, kehrte François nach Paris zurück.

Das Leben mit seinen Ritualen ging weiter, den Filmen am Samstagabend, dem Fußballspielen in den Buttes-Chaumont, den Croissants und Schokoladen-Éclairs und dem sonntäglichen Mittagessen mit Irina, die glücklich über François' Rückkehr war. Er sah sich aufmerksam die Tagebücher der Jungen an, verteilte zielgenaues Lob und war so beeindruckt von Martins Werk, dass der Junge vor Freude errötete. Fünf Nächte pro Woche verbrachte François wieder in seinem Atelier. Inspiriert von Holbeins Gemälde *Die Gesandten* brachte er dort ein neues Kunstwerk auf die Leinwand.

Seit Mexiko hatte Clarisse nicht mehr ihre Tage gehabt. Das positive Ergebnis des Tests überraschte sie nicht.

Nach der belastenden Fehlgeburt von vor drei Jahren wartete sie lieber noch ein bisschen ab. Mitte Oktober ging sie zu ihrer Gynäkologin. Sie hörte die Herzschläge. Das Baby war zweieinhalb Monate alt. In ihre Begeisterung schlich sich Angst, als sie das winzige Wesen auf dem Bildschirm betrachtete, in dem sich ihr Blut mit dem von François vermischt hatte. Wie sollte sie ihn davon überzeugen, dass dieses Wesen – Fleisch von seinem Fleisch – seine Kreativität nicht töten, sondern ihm neue Energie bringen würde?

»Ich bin schwanger«, sagte sie am nächsten Morgen, nachdem sie sich geliebt hatten.

»Ich dachte, du nimmst die Pille?«

»So was passiert schon mal. Ich bin sehr fruchtbar. Es war in Mexiko.«

»Und was machst du jetzt?«

Es schien ihn nicht zu betreffen. Das »du« war ein Schlag in die Magengrube. Sie versuchte mit aller Kraft, das Zittern in ihrer Stimme zu unterdrücken.

»Was willst du damit sagen?«

»Kannst du mit drei Kindern plus einem Neugeborenen fertig werden? Du weißt, dass du auf mich nicht zählen kannst.«

Sie antwortete nicht. Auch er schwieg, dann sagte er:

»Meine Arbeit ist nicht der einzige Grund, Clarisse. Ich bin manisch-depressiv. Ich habe eine Erbkrankheit, die ich keinesfalls weitergeben will. Meine Großmutter väterlicherseits hat Selbstmord begangen, als mein Vater jung war. In meinen manischen Phasen strotze ich monatelang vor Energie, manchmal sogar jahrelang. Aber irgendwann verschwindet die Energie, und ich bin völlig ausgebrannt und leer. Du hast mich noch nie so gesehen, aber es wird wieder kommen. Es ist unerträglich für mich und für die anderen. Ich kann kein Vater sein.«

»Du bist nicht der einzige manisch-depressive Mensch auf der Welt. So etwas lässt sich behandeln.«

»Ich war bei Psychiatern, ich war sogar im Krankenhaus. In den manischen Phasen fühlt es sich so an, als wäre unter meiner Schädeldecke Tag und Nacht eine Lampe eingeschaltet, ich platze vor Ideen, bin nie müde, brauche eigentlich gar keinen Schlaf. In Mexiko war das dreieinhalb Monate so. Das ist besser als jede Droge, und es ist einfach in mir drin, kostenlos verfügbar und ganz legal. Ohne das wäre ich kein Künstler. Und ich bin bereit, den Preis dafür zu zahlen. Die Medikamente zerstören außerdem nicht nur meine kreative Energie, ich würde auch keinen mehr hochkriegen – was übrigens das Gleiche ist. Wenn ich Medikamente nehmen würde, könnte ich dich nicht mehr lieben.«

Anfang November tötete sie einen drei Monate alten, ganz und gar gesunden Fötus. Wenn sie das Kind behalten hätte, hätte sie François verloren. Er begleitete sie nicht ins Krankenhaus.

Er hatte sich ihr geöffnet. Nun kannte sie das Geheimnis, das sich hinter der perfekten Fassade verbarg, und sie begriff, warum dieser außergewöhnliche Mann mit seinen zweiundvierzig Jahren noch unverheiratet war. Sie liebte ihn dafür umso mehr. Jetzt verstand sie auch, warum er Lucas helfen wollte, sich an die Gesellschaft anzupassen. Er hatte unter seinem eigenen Anderssein gelitten und erfahren, was Ausgrenzung bedeutete.

Ein paar Tage nach der Abtreibung brachte er eine Katze mit nach Hause. Clarisse hatte dem Wunsch ihrer Kinder nach einem Haustier nie nachgegeben, aber dieser kleine rotbraune Kater war so süß, dass sie François nicht länger als fünf Minuten böse sein konnte. Sie tauften ihn Pepper. Um den Wollfaden, den man vor ihm in der Luft tanzen ließ, wurde tagtäglich gekämpft. Und wenn Clarisse abends nach Hause kam, freute sie sich genauso auf den kleinen Kater wie auf ihre Kinder und François.

Im Dezember meldete sich die New Yorker Galerie wieder bei ihm und schlug eine Ausstellung vor. Die Situation war nicht ideal, man redete nur noch über den bevorstehenden Irakkrieg, aber François fürchtete, eine Gelegenheit zu verpassen, die sich nicht noch einmal bieten würde. An einem Sonntag gegen Ende November legte er beim Frühstück einen Umschlag auf den Tisch. Zack öffnete ihn und zog Unterlagen heraus, die Lucas entzifferte.

»Du nimmst uns mit nach New York!«, rief Martin.

Weil das Attentat den Tourismus ins Stocken gebracht hatte, waren Flüge und Hotels spottbillig geworden. Die Kinder machten Freudensprünge. Weder sie noch Clarisse hatten jemals einen Fuß in dieses Land gesetzt. Ihre Freunde konnten es nicht fassen, dass sie jetzt einfach mal so in die USA reisten.

Wenn man sich nicht in dem von Soldaten überwachten Umkreis der Zwillingstürme aufhielt, deren Metallgerippe das Bild des Feuers lebendig hielt, hätte man in New York gar nicht gemerkt, dass sich hier eine Katastrophe ereignet hatte. Wo die Stadt noch stand, strotzte sie vor Energie. Eine Woche lang wanderten sie umher, von Brooklyn bis nach Harlem. Sie vertilgten riesige Hamburger, kauften Levi's Jeans und Chucks, überquerten die Brooklyn Bridge bei Sonnenuntergang, besuchten das Naturkundemuseum, das Zack und Lucas faszinierte, und erkundeten die Spielplätze im Central Park. Zur Vernissage kamen viele Leute. Den Arm um ihre Taille gelegt, präsentierte er sie den Kritikern – »*My wife*« – und wies darauf hin, dass sie bei Lelong arbeitete. Ihr vom französischen Akzent angehauchtes Englisch und ihre Pariser Eleganz befeuerten das Interesse, das die Arbeiten von François wachriefen.

Die Rückkehr war hart. Die Kinder hatten eine Woche Schule verpasst, brauchten zehn Tage, um sich vom Jetlag zu erholen, und brachten schlechte Noten nach Hause.

»Die Schule des Lebens ist das Wichtigste«, sagte François. Über die Silvestertage ließ Clarisse ihre Mutter auf die Kinder aufpassen. François, der in New York viele Arbeiten verkauft hatte, reservierte drei Nächte im Hotel Punta Tragara in Capri. Das Wetter war herrlich, und obwohl das Meer kalt war, stiegen sie den steilen Weg hinunter, um in der Nähe der Faraglioni-Felsen zu baden und Eis zu schlecken wie im Hochsommer. Clarisse war so gierig, gleich drei Kugeln zu nehmen – Cassis, Lakritz, Nuss –, worüber François lachen musste. Der strahlend blaue Himmel, der weite Horizont des Meers, die von der Sonne vergoldeten Felsen und in der Ferne die rosafarbene Villa Malaparte boten die dramatische Kulisse für einen Heiratsantrag mit Ring, Kniefall und *tutti quanti*. Wozu es nicht kam.

Ende Januar kündigten erste Zeichen die Abwärtsentwicklung an. Wenn die Kinder François von ihrem Tag erzählten, hörte er mit abwesendem Blick zu. Er übte mit Lucas, kümmerte sich ums Abendessen, aß mit ihnen. Doch anstatt danach ins Atelier zu gehen, schlug er vor, einen Film zu sehen. Morgens kam er schlecht aus dem Bett. Er verließ das Haus nur noch, um im Supermarkt einzukaufen.

Seine Tage verbrachte er nun im Schlafanzug auf dem Sofa, von dem er sich nur noch erhob, um am gekippten Fenster einen Joint zu rauchen. Er kochte nicht mehr. Die Klobrille wackelte. Er zog die Schrauben nicht an. Kümmerte sich nicht um die kaputte Birne in der Küche, die so hoch hing, dass Clarisse nicht drankam. Zachary spielte neben ihm, und Lucas las ihm seine Seiten vor, ohne dass er ihn verbesserte. Als Clarisse eines Sonntags nach dem Rum griff, um einen Schuss davon in den Crêpe-Teig zu geben, war die zuletzt noch volle Flasche leer.

»Du hast den ganzen Rum getrunken!«

»Entschuldige. Soll ich runtergehen und eine Flasche kaufen?«

»Sonntagnachmittags hat der Supermarkt zu.«

Auf einmal sah sie die leeren Flaschen unter ihrem Bett, in den Schränken und sogar im Zimmer von Lucas und Zack. War sie nach Hendrik mit François etwa vom Regen in die Traufe gekommen? Vom Prototyp ihres unzuverlässigen Vaters zum Modell ihrer alkoholkranken Mutter?

Im Gegensatz zu ihrer Mutter beschimpfte François sie nie. Doch seine sanfte, bedrückende Anwesenheit schluckte wie ein Loch alle Energie. Er duschte nicht mehr und ließ sich einen Bart wachsen, der kitzelte, wenn man ihn küsste. Die Veränderungen vollzogen sich nach und nach, innerhalb von zwei Monaten, mit minimalen Verschlechterungen von Tag zu Tag. Die Kinder wunderten sich nicht darüber, bis der Tag kam, an dem Lucas neben ihm saß und die Nase rümpfte.

»Bäh! Du stinkst wie Peppers Katzenklo, wenn man's nicht sauber macht!«

François lächelte, Zack prustete los, und dann fingen die beiden Jungen an, ihn Pepper zu nennen und »Du stinkst wie Peppers Katzenklo!« zu singen, bis Clarisse sie anschrie, damit aufzuhören.

Wann würde er wieder aus dieser Lethargie erwachen? Sie traute sich nicht, mit Isabelle darüber zu sprechen, die ihn kannte, erzählte aber irgendwann Florence davon. Florence runzelte die Stirn.

»Ist er selbstmordgefährdet?«

Und Clarisse wurde klar, wovor sie die größte Angst hatte: dass die Kinder von der Schule nach Hause kommen und ihn finden würden, aufgehängt an der Deckenleuchte.

»Ich weiß nicht. Ich glaube nicht.«

»Er muss sich behandeln lassen. Das kann er euch nicht zumuten, Clarisse. Wenn er von seiner Krankheit wusste, wie konnte er dann überhaupt mit euch zusammenziehen, ohne dich zu warnen?«

Als Clarisse am Abend nach diesem Gespräch neben ihm lag, stieg ihr der säuerliche Geruch in die Nase.

»Du musst mal duschen, mein Liebling«, sagte sie in möglichst lockerem Ton.

»Entschuldige. Wasser ist im Moment nicht so meins ...«

»Und dich behandeln lassen«, fügte Clarisse behutsam hinzu. »Du musst zu einem Psychologen gehen, François. Es ist schwierig für die Kinder, weißt du?«

Er antwortete nicht. Bald darauf hörte sie ihn regelmäßig atmen. Er war eingeschlafen.

Als sie im Morgengrauen die Augen aufschlug, war der Platz neben ihr leer. Erschrocken sprang sie aus dem Bett und lief ins Wohnzimmer. Da lag er, schlief mit offenem Mund in Embryonalhaltung auf dem Sofa, das er nicht ausgezogen hatte. Ein hartnäckiger Geruch nach Marihuana hing in der Luft, und am Fuß des Sofas stand eine Flasche Whisky. Sie nahm die Flasche, öffnete das Fenster, um zu lüften, und legte eine Decke über ihn.

Als sie am Abend aus der Galerie nach Hause kam, war er nicht da. Hatte sie ihm den Schubs gegeben, den er gebraucht hatte, um aus seiner Apathie herauszukommen?

Im Badezimmer inspizierte sie seinen Rasierer und tastete

das Handtuch nach einem Rest von Feuchtigkeit ab. Hatte er geduscht?

An diesem Abend kam er nicht zum Essen.

Als sie in der Nacht aus einem Alptraum erwachte, an dessen Inhalt sie sich nicht erinnerte, schoss ihr ein Gedanke durch den Kopf. Sie knipste das Licht an und öffnete den Schrank. Seine Schrankbretter waren leer. Auf dem Boden, unter den Mänteln, fehlte eine große Reisetasche aus Leinen, die ihm gehörte. Dass er seine Sachen mitgenommen hatte, war beruhigend. Er hatte sich also nicht umgebracht.

Drei Tage vergingen, ohne dass sie von ihm hörte. Die Kinder fragten, wo er denn sei.

»Er hat wieder angefangen zu arbeiten, er muss allein sein.«

»Und hat sich nicht von uns verabschiedet?«, wunderte sich Lucas.

»Das Wichtigste ist, dass es ihm besser geht«, sagte Martin.

Als die Kinder am Montag in der Schule waren, fuhr sie nach Saint-Ouen und fand mit etwas Mühe den Weg von der Métro-Station zu der alten Lagerhalle. Sie klopfte an die Tür und war erleichtert, kurz darauf Schritte zu hören. Er hatte sich tatsächlich wieder an die Arbeit gemacht. Was sie den Kindern vorgelogen hatte, war also keine Lüge. Doch nicht François öffnete die Tür.

»Entschuldigen Sie. Ich habe mich wohl geirrt …«

»Falls Sie François Dolbecq suchen, ich habe seinen Mietvertrag übernommen.« Seit der Schlüsselübergabe vor zwei Monaten hatte er ihn nicht mehr gesehen.

Wie erreichte man jemanden, der kein Handy hatte?

Außer Isabelle hatten François und sie keine gemeinsamen Freunde. Sie waren seit über zwei Jahren ein Paar, lebten zusammen, und Clarisse kannte seine Freunde nicht – wenn er denn Freunde hatte.

Im Telefonbuch von Cholet fand sie die Nummer seiner Eltern. Eine Frau, deren Stimme alt klang, nahm den Hörer ab. Als Clarisse sagte, dass sie auf der Suche nach François sei, antwortete die Frau in angespanntem, fast erschrockenem Ton, dass er hier nicht wohne, und legte auf.

Mitte April lud Isabelle sie zum Mittagessen ein. Sie hatte eine Nachricht für Clarisse.

»Er kommt nicht zurück.«

»Wo ist er?«

»Ich weiß es nicht. Er hat Antoine eine Sprachnachricht geschickt. Er hat gesagt, dass er die Miete zahlen wird, bis der Mietvertrag endet.«

Clarisse zuckte ungeduldig zusammen. Als ginge es hier um die Miete!

»Es ist nur eine Phase. Er hatte mich ja gewarnt. Er wird zurückkommen.«

»Clarisse, hör mir zu. Warte nicht auf ihn. Denk an dich und deine Kinder. Es tut mir wirklich leid, dass ich ihn dir vorgestellt habe.«

Clarisse brach in Tränen aus.

»Aber ich liebe ihn doch!«

Beim letzten Mal hatte er vorher mit den Kindern geredet und ihnen versprochen, dass er zurückkommen würde. Doch jetzt hatte er ihr die gegenteilige Nachricht überbracht: Er würde nicht zurückkommen. Er ließ sie also nicht wie eine Spinne am Faden in der Luft hängen und warten. Es war eine

Form von Anstand, eine Form von Zuverlässigkeit. Sie konnte ihm das glauben. Er war gegangen.

Am selben Tag schrieb sie ihm einen langen Brief, in dem sie ihn wissen ließ, wie sehr sie das, was sie aus reiner Sorge um ihn ausgesprochen hatte, bereute. Wenn es für ihn notwendig sei, mehrere Jahre lang Winterschlaf zu halten, schrieb sie, habe sie damit kein Problem. Sie akzeptiere ihn so, wie er sei. Sie liebe ihn. Den Brief brachte sie zu seinem Atelier, wo sie wieder den Künstler antraf. Er hatte keine Nachsendeadresse bekommen. Sie rief Isabelle an, die auch nicht mehr wusste als er. Antoine glaubte, dass er Frankreich verlassen hatte.

Seit über einem Monat war er fort. Die Kinder erkundigten sich nach ihm. Clarisse behauptete, er sei wieder nach Mexiko geflogen. Sie spürte, dass sie ihnen die Wahrheit schuldete. Sie musste die Verbindung kappen, damit ihre Kinder diesen Ersatzvater begraben konnten. Sie wartete das Wochenende ab.

»Ich muss euch etwas sagen.«

Sie blickten auf.

»François kommt nicht zurück.«

»Ist er tot?«, fragte Martin.

»Nein.«

Erst brach Lucas in Tränen aus, dann Zachary. Martin wirkte wie unter Schock.

»Was hast du gemacht? Was hast du zu ihm gesagt?«

»Nichts, Martin. Es hat nichts mit euch zu tun. Er ist krank.«

Zachary schluchzte.

»François! Ich will François!«

Lucas stand auf.

»Das ist meine Schuld! Weil ich gesagt habe, dass er stinkt wie Peppers Katzenklo!«

»Du Blödmann!«, brüllte Martin.

»Halt den Mund, Martin! Nein, Lucas, du kannst überhaupt nichts dafür!«

Aber da hatte der Junge den Kater schon gepackt und warf ihn so schnell, dass niemand mehr reagieren konnte, aus dem offenen Fenster. Clarisse und Martin rannten hin. Sie rechnete damit, Pepper drei Stockwerke tiefer zermatscht auf dem Boden liegen zu sehen. Martin und Zachary schrien aus vollem Hals seinen Namen. Es war das reinste Chaos. Wie in einem Irrenhaus. Clarisse schluchzte. Es klingelte an der Tür. Martin war schneller dort als sie. Es war nicht François, sondern der Nachbar aus dem zweiten Stock, mit Pepper im Arm.

»Ihre Katze ist auf meine Fensterbank gesprungen! Sie hat sich gar nicht wehgetan.«

Dass sie Pepper lebend wiederhatten, brachte ihnen kein bisschen Erleichterung.

Instinktiv hatten die Kinder begriffen, dass es real war: François würde nicht zurückkommen.

∽

In der Nacht wurde der Schmerz so unerträglich, dass sie in ihr Kissen biss, um nicht laut zu schreien. Martins Worte hallten in ihr wider: »Was hast du gemacht? Was hast du zu ihm gesagt?« Und sie sah Lucas vor sich, wie er »Das ist meine Schuld!« brüllte und den Kater aus dem Fenster warf, weil ihm bewusst war, dass seine Worte – »du stinkst wie Peppers Katzenklo« – François verjagt hatten. Aber Lucas hatte sie mit der Unschuld eines Kindes ausgesprochen. Während es bei ihr die Worte einer Erwachsenen gewesen waren, kalt und scharf wie ein Fallbeil.

Vielleicht war François ein Soziopath. Normal war es jedenfalls nicht, wie schnell sich dieser zweiundvierzigjährige Mann ohne eigene Familie, der nicht mehr mit seinen Eltern redete, ihrer Familie angeschlossen hatte und Vater ihrer Kinder geworden war.

Vielleicht hatte er ja gehofft, für immer geheilt zu sein. Vielleicht hatte er daran geglaubt.

Sie dachte wieder an seine Geduld mit Lucas und an die Liebe, die er ihnen gegeben hatte. Irgendwann hatte François es geschafft, seine Verletzbarkeit auszusprechen. Er hatte sich in ihre Hände begeben. Und sie hatte es ihm mit der Aufforderung vergolten, zu duschen und zu einem Psychologen zu gehen. Genauso gut hätte sie sagen können: »Du stinkst.« Mit einem einzigen Satz hatte sie ihn zurückgewiesen. Hatte seine Schwäche gerade mal zwei Monate lang ertragen. Sie hatte ihn allein gelassen. Es war reiner Selbsterhaltungstrieb, dass er noch am selben Tag gegangen war.

Sie kam sich vor wie die Märchenheldin, die das Biest in einen Prinzen hätte verwandeln können, an dieser Prüfung jedoch gescheitert war. Aus eigenem Verschulden würde sie diesen Körper, dessen Geruch sie liebte, nie wieder an sich spüren. Die unglaubliche Chance auf eine große Liebe hatte sich ihr geboten, und sie hatte es verpatzt.

Zu Hause war die Situation katastrophal. Lucas wollte nicht mehr lesen, keine Hausaufgaben mehr machen, und er hatte auch aufgehört zu singen. In der Schule überkamen ihn immer wieder so heftige Bauchschmerzen, dass die Schulkrankenpflegerin bei ihr anrief und Clarisse jedes Mal, wenn die

Babysitterin nicht auf die Schnelle einspringen konnte, ihren Arbeitsplatz in der Galerie verlassen musste. Mit seinen elfeinhalb Jahren hatte Lucas wieder angefangen, ins Bett zu machen. Bestimmt würde er die sechste Klasse wiederholen müssen. Bei Zachary wiederum ließ die Lehrerin Clarisse kommen, um ihr zu sagen, dass sie mit ihm zum Psychologen gehen solle.

»Er ist deprimiert.«

»Deprimiert? Er ist doch gerade mal sechs Jahre?«

Aber das Wort passte zu Zacks Verhalten: Er spielte nicht mehr, malte nicht mehr, nervte seine Brüder nicht mehr, stellte keine Fragen mehr. Er saß nur noch mit dem Kater im Schoß auf dem Boden und streichelte ihm mechanisch über das Fell. Sie fand eine Psychologin für ihn. Jeden Mittwoch musste sie ihn dorthin begleiten.

Die Zeit reichte nicht, auch noch an Martin zu denken. Sobald er von der Schule nach Hause kam, schloss er sich wie vor zwei Jahren in seinem Zimmer ein und hörte in ohrenbetäubender Lautstärke Hardrock. Es war ein Schock für sie, als Martins Schule anrief und ein ärztliches Attest für sein Fernbleiben vom Unterricht verlangte. Seit den Osterferien war er dort nicht mehr erschienen. Als sie mit ihm redete, erwiderte er, dass es eh nichts bringe, in die Schule zu gehen. In ein paar Monaten sei er außerdem sechzehn und somit nicht mehr schulpflichtig. François, der ein großer Künstler sei, habe auch mit sechzehn ohne Abitur die Schule abgebrochen. Die Schule töte die Fantasie. Die Schule des Lebens sei wichtiger.

»Nein, Martin! Für François war die Schule äußerst wichtig. Er war stolz auf dich, wenn du gute Noten hattest!«

»Es war ihm scheißegal. Nur dir nicht, mit deinen spießigen Ansichten.«

Sie hatte keinen Einfluss mehr auf diesen großen, fünfzehneinhalb Jahre alten Jungen mit seinem engelsgleichen Gesicht, dessen Vater am anderen Ende der Welt lebte. Er hatte sich einer Bande von harten Jungs angeschlossen, die an der Place de la République dealten. Davon erfuhr sie, als er sie eines Abends um Mitternacht aus dem Polizeirevier des 10. Arrondissements anrief: Er war zusammen mit einem Freund, der Marihuana verkaufte, verhaftet worden. In ihrer Panik rief Clarisse einen befreundeten Anwalt an. Wenn es wirklich ernst wird, kommt manchmal Hilfe von Menschen, die dafür keine Gegenleistung erwarten. Er begleitete sie zum Polizeirevier, und Martin kam mit einer Verwarnung davon. Er würde also nicht vorbestraft sein. Ihn selbst schien das alles nicht zu erschrecken, auch nicht die Androhung, in einem Erziehungsheim zu landen. Er war stolz darauf, eine Nacht im Gefängnis verbracht zu haben. In die Schule wollte er keinen Fuß mehr setzen, das Abitur war ihm egal. Wenn seine Mutter mit ihm redete, hielt er sich angewidert die Ohren zu: Er konnte ihre Stimme nicht ertragen. »Du bist toxisch!«, sagte er ihr einmal. Ihr begabtester Sohn war im Begriff, sich seine Zukunft zu versauen. Am Ende ihrer Kräfte angelangt, rief sie Hendrik an, aber Martin weigerte sich, mit seinem Vater zu sprechen. Isabelle und Antoine versuchten abwechselnd, ihn zur Vernunft zu bringen. Er ließ nichts an sich heran.

Sie machte einen Termin mit dem Schulleiter, zog ein elegantes Kleid an, erklärte ihm, dass Martin nacheinander zwei Väter verloren habe, dass er traumatisiert sei, jung, unreif, und sie weinte in seinem Büro, flehte ihn an, Martin nicht der

Schule zu verweisen. Bisher sei er doch ein ausgezeichneter Schüler gewesen. Der Schulleiter willigte ein, ihn das Jahr wiederholen zu lassen.

Irina wiederum, die mehr auf sich und ihre Gesundheit geachtet hatte, seit es François gab, hatte wieder angefangen zu trinken. Clarisse wusste, es war Irinas Kummer, also ihrer mütterlichen Liebe anzulasten, als sie an dem Tag, an dem Clarisse sie unangekündigt besuchte, ihr die Wohnung putzte und ihr beim Duschen half, mit schwerer Zunge und hämischem Lachen sagte: »Auch du wirst allein alt werden!«

Ihr Leben war ein einziger Schiffbruch, in dem nun auch ihre Kinder und ihre Mutter untergingen. Der Galerist bestellte sie in sein Büro, um ihr mitzuteilen, dass es ihm leidtue und er Verständnis für ihre Probleme habe, aber die Galerie Lelong sei keine wohltätige Einrichtung. Sie fehle zu oft. Er schlug ihr eine Kündigung mit Entschädigungszahlung vor.

Als sie in der Nacht wach lag, dachte sie an die Schachtel Schlaftabletten im Badezimmerschrank. Dann wurde ihr bewusst, dass die beiden älteren Jungen vielleicht dasselbe dachten, und warf alles in den Müll. Mit fünfzehn hatte sie bei ihrem ersten Selbstmordversuch die Schlaftabletten ihrer Mutter genommen. Und auch bei ihrem zweiten, mit sechzehn, kurz nach der Vergewaltigung.

Eins wusste sie in den Abgründen ihrer Verzweiflung: Ihr Zuhause würde keinem Mann mehr offenstehen.

Eines Morgens im Juni, dreieinhalb Monate nach François' Verschwinden, hörte sie, während sie Auberginen in Scheiben schnitt, Radio France Inter.

»Das Verlassensein ist etwas Strukturelles«, sagte der Psychologe in dem Interview. »Etwas, das sich wie ein Muster von Generation zu Generation wiederholt.«

Sie drehte das Radio lauter und hörte zu, regungslos, das Gemüsemesser in der Hand.

Man hätte meinen können, dass dieser Mann die Geschichte ihrer eigenen Familie erzählte. Sie dachte an ihre litauische Urgroßmutter, verheiratet mit einem Mann, der sich umgebracht und sie mit sechs Kindern alleingelassen hatte. Sie dachte an ihre Großmutter, die mit vierundzwanzig nach Paris gekommen war, um Klavier zu studieren, und drei Jahre später, 1931, von einem Medizinstudenten geschwängert wurde. Als sie nach Lyon fuhr, um ihn anzuflehen, Irinas Vaterschaft anzuerkennen, empfingen die Eltern die junge, fremde Jüdin in ihrem großbürgerlichen Salon: »Woher wollen Sie wissen, von wem das Kind ist? Verschwinden Sie!« Sie dachte an ihre Mutter, verheiratet mit einem Mann, der sie verlassen hatte, als ihre Tochter zwei war. Und sie dachte an sich, vom Vater verlassen, von ihrem ersten Freund verraten, mit sechzehn von drei Jungen vergewaltigt, von ihrem Ehemann mit ihrer besten Freundin betrogen und nun von der zweiten großen Liebe ihres Lebens abserviert. Sie gehörte zu einer Linie von Frauen, die ihre Männer nicht halten konnten. Frauen, die sich selbst für wertlos hielten, Frauen, die man als Mann nehmen und wieder entsorgen konnte.

Endlich ließ sich ihr Schmerz in Worte fassen. »Die Struktur des Verlassenseins.« Zum ersten Mal begriff sie, dass sie keine Schuld an dieser Katastrophe trug, sondern selbst das Opfer war. In ihr wiederholte sich ein Schicksal.

In der Nacht schlief Clarisse durch. Als sie aufwachte, fühlte sie sich anders. Befreit, als hätte sie einen Fluch gebannt und den Kreislauf der Schuld durchbrochen.

Sie musste umziehen. Die Miete war für sie allein zu hoch.

Einen Makler einzuschalten, war sinnlos. Als arbeitslose, alleinerziehende Mutter von drei Kindern konnte sie nur auf einen persönlichen Kontakt mit einem menschenfreundlichen Eigentümer hoffen, sofern diese beiden Wörter nicht ein Widerspruch in sich waren. Aber sie brauchte jemanden, der für sie bürgte; das hatte ihr ein Wohnungseigentümer, dem sie es angetan hatte, einmal bedauernd gesagt. Antoine und Isabelle wollte sie nicht fragen, weil sie fürchtete, sie in Verlegenheit zu bringen; es hätte ihrer Freundschaft geschadet. Mit ihren neununddreißig Jahren war sie blank. Warum sollte man sich für eine Frau, die nicht mal zur Familie gehörte, potenzielle Schulden aufbürden?

Es war Sommer. Hendrik und Bérangère waren samt Baby aus Neuseeland angereist, um mit den Jungs erst nach Belgien und dann nach Italien zu fahren, wohin Clarisse' Vater nicht nur seine Enkel, sondern auch die Frau eingeladen hatte, mit der sein Schwiegersohn seine Tochter betrogen und ein Kind gezeugt hatte. Zu Fuß durchstreifte Clarisse Paris, Tag für Tag, Stadtteil für Stadtteil. Die stundenlangen Märsche waren anstrengend genug, um nachts ein paar Stunden Schlaf zu finden. Mitte Juli hatte sie immer noch nichts aufgetan.

Anfang August entdeckte sie eine kleine Annonce für eine Wohnung im 4. Arrondissement, einer Gegend, die für ihren Geldbeutel unerschwinglich war. Keine Mietwohnung, ein Verkauf. Zu einem so niedrigen Preis, dass sie einen Tippfehler vermutete. Dazu der Hinweis: »Renovierung einplanen«.

Das stille, kleine Sträßchen im Quartier de l'Arsenal hatte nichts mit den angesagten Flanierstraßen des übrigen Marais zu tun. Im Erdgeschoss des Hauses hatte ein Klempner seinen Laden. In der sechsten Etage eines mit Teppich ausgelegten Treppenhauses wurde Clarisse von einer Dame mit weißem Haarknoten erwartet, die sie über eine enge Treppe noch ein Stockwerk höher führte. Ein ekelerregender Gestank vermischte sich mit dem Geruch nach Chlorreiniger. Die Frau erklärte Clarisse, dass ihre achtundachtzig Jahre alte Mieterin gestorben sei, ohne dass jemand es bemerkt hätte, dass der Geruch aber wieder verschwinden würde. Fast wäre Clarisse gegangen.

Zum Verkauf stand die armselige, heruntergekommene Mansarde, in der die bettlägerige alte Frau gestorben war, dazu auf der anderen Seite eines Flurs, den man samt Toilette der Eigentümergemeinschaft abkaufen konnte, drei Kämmerchen mit Fenstertüren und Balkonvorsprüngen. Die Eigentümerin ließ Clarisse ehrlicherweise wissen, dass sämtliche Wände tragend seien und man aus Denkmalschutzgründen ohne behördliche Genehmigung nichts einreißen dürfe. Bisher hatten der Gestank, die sieben Stockwerke ohne Aufzug, die aufwändigen Renovierungsarbeiten und die ungewissen Genehmigungen alle Interessenten abgeschreckt, mit Ausnahme eines jungen Pärchens, dem aber gerade der Kredit versagt worden war. Die alte Dame hatte keine Kraft mehr, die sieben Stockwerke hochzusteigen, und würde am nächsten Tag in Urlaub fahren. Sie war also bereit, über Schleuderpreise zu reden.

Beim Anblick der Fenstertüren, hinter denen sich der Himmel auftat, hatte Clarisse ein Gefühl inneren Friedens verspürt. Dieser Ort war das genaue Gegenteil von dem dunklen Loch, in dem sie aufgewachsen war. Sie war sich sicher, dass oben im siebten Stock jede tragende Wand eingerissen werden konnte und dass die Renovierung in Schwarzarbeit nicht so teuer sein würde.

Bei ihrer Bank hatte sie seit fünfzehn Jahren dieselbe Kundenbetreuerin, die begeistert von dem Projekt war. Obwohl Clarisse Angst vor der eigenen Courage hatte, machte sie der alten Dame ein schamlos niedriges Angebot. Die Bankfrau verschaffte ihr einen Kredit mit dreißig Jahren Laufzeit und einer monatlichen Rückzahlung von 405 Euro. Drei Monate später unterschrieb sie den endgültigen Vertrag und erhielt die Schlüssel: vier an der Zahl, wuchtig wie aus einer anderen Zeit, vier echte Ritter-Blaubart-Schlüssel.

Pech in der Liebe, Glück mit der Immobilie.

Dieses Minimum an Glück brauchte sie auch, um Ende August, als Hendrik aus Belgien anrief, den nächsten Schlag zu verkraften: Martin würde nach Neuseeland gehen. Sie hatten ein Zimmer für ihn, Bérangère hatte ihn auf einer guten Schule angemeldet – keine französische, die gab es in Auckland nicht –, und Clarisse' Vater bezahlte das Flugticket und die Schulmaterialien. Alles war bereits organisiert. Martin würde Englisch lernen, »eine tolle Gelegenheit«.

Ihr Ex-Mann, ihr Vater und ihr Sohn stellten sie vor vollendete Tatsachen. Sie war ja nur die Mutter, mit anderen Worten nichts. Dass sie auf diese Weise abermals verlassen wurde, war niederschmetternd, auch wenn Clarisse wusste, dass ihr Sohn, der ja für sie weder Vater noch Mann noch Geliebter war, ihr nichts schuldete. Dass er sich einfach nur in Sicherheit brachte.

Als Clarisse eines Abends im Januar 2010 ans Festnetztelefon ging, erkannte sie die Stimme, die sie seit acht Jahren nicht mehr gehört hatte, sofort.

»François?«

Er war aus ihren Gedanken verschwunden. Mit dem Einzug in ihr lichtdurchflutetes Refugium hatte ein neues Leben begonnen. Dieser Ort hatte ihr die Kraft gegeben, mit der Krankheit und dem Tod ihrer Mutter fertig zu werden, bei der im Frühjahr 2004, nachdem sie auf der Treppe zur Métro gestürzt war und sich das Handgelenk gebrochen hatte, Krebs im Endstadium diagnostiziert worden war. Da hatte sie nur noch drei Monate zu leben. Clarisse war jeden Tag zu ihr gegangen und hatte sie bis zum Ende unter ihre Obhut genommen.

Als Zack seine Melancholie überwunden hatte, war ein echter Spaßvogel aus ihm geworden, der für die Schule nur das Nötigste tat, um versetzt zu werden. Lucas dagegen, dem der Tod seiner Großmutter zwei Jahre nach François' Verschwinden furchtbar nahegegangen war, war von Clarisse sieben Jahre lang Schritt für Schritt begleitet worden. Als die Lehrer drei Jahre vor dem Abitur darauf bestanden, ihn in einen technischen Zweig zu stecken, hatte sie gekämpft und schließlich durchgesetzt, dass ihr Vater die Kosten einer Privatschule übernahm. Die Mühen hatten sich gelohnt: Gerade hatte er sein Abitur geschafft.

Mit Martin war per Mail eine neue Verbundenheit entstanden. Als er sich verliebt hatte, war seine Mutter diejenige, der er sich anvertraute. Und sie zuckte inzwischen auch nicht mehr zusammen wie beim Quietschen von Kreide auf einer Tafel, wenn er seine süße kleine Schwester erwähnte. Sechs Jahre lang kam er jeden Winter – wenn in Neuseeland Sommerferien waren – nach Frankreich und verbrachte den ganzen Januar bei ihr. Weil sie kein Zimmer für ihn hatte, überließ sie ihm ihres. Im Laufe dieses Monats verwandelte sich der braungebrannte Fremdling wieder in ihren Sohn. Er war leidenschaftlicher Surfer geworden, sprach fließend Englisch, glänzte in Schule und Studium. Nach der University of Auckland war er in Yale im Studiengang Architektur angenommen worden und lebte seit zehn Monaten in den USA, wo ihn nur noch fünftausend Kilometer, sechs Flugstunden und sechs Stunden Zeitverschiebung von ihr trennten.

Sie war endlich am richtigen Ort, im Reinen mit sich und ihren Jungs, die sie auf dem Weg ins Mannesalter begleitete. Lucas und Zack verlangten so viel Aufmerksamkeit, dass sie sich keine feste Stellung suchte; mit ihren Gelegenheitsjobs kam sie aber gut zurecht. Dem Vorsatz, den sie nach François' Verschwinden gefasst hatte, war sie treu geblieben: Seit acht Jahren hatte kein Mann mehr einen Fuß in ihre Wohnung gesetzt, nicht einmal der Violinist, der verrückt nach ihr war und wollte, dass sie mit ihren Söhnen in seine große Wohnung in der Rue de l'Abbé-de-l'Épée einzog. Irgendwann hatte er sie für eine jüngere Frau verlassen, der er dann auch ein Kind gemacht hatte, kehrte aber – immer noch verliebt – regelmäßig zur ihr zurück. Er war nicht ihr einziger Liebhaber. Auch andere verheiratete Männer, die etwas Freude, Fantasie und Genuss in ihr Leben bringen wollten, begehrten Clarisse.

»Isabelle hat mir deine Nummer gegeben«, sagte François. »Ich muss dich sehen.«

Sie schlug ihm ein Treffen im Les Chimères vor, Place Saint-Paul, wo es in der ersten Etage einen kleinen, angenehmen Raum gab. Ob er ihr nach acht Jahren sein Verschwinden erklären würde? Sie verschwendete nicht einen Gedanken an ihre Kleidung und feuchtete auch ihre Locken nicht an, die am Haaransatz im Übrigen schon grau wurden. Was er von ihr halten würde, hatte keine Bedeutung. Er war vor ihr da, in Jeans und einem alten dunkelgrauen Baumwoll-T-Shirt, auf dem das Wort *Respekt* stand. Es erinnerte sie an den großen Serben mit den blitzenden Zähnen (bestimmt ein Gebiss), der vor sieben Jahren in Schwarzarbeit die Renovierung für sie gemacht hatte. Durch ihren Single-Status und ihr freundliches Lächeln offenbar in die Irre geführt, hatte er sie eines Tages an die Wand gepresst und ihr klares »Nein« ganz offensichtlich für das »Ja« einer Frau von Welt gehalten. In einer plötzlichen Eingebung hatte sie ihm genau dieses Wort hingeschleudert, RESPEKT, und jeden Buchstaben überdeutlich ausgesprochen, um sicherzugehen, dass er sie verstand, denn er sprach kaum Französisch. Erstaunt und mit einem Anflug von Bedauern hatte der Serbe sie losgelassen. Er war kein unangenehmer Kerl. Sie hatte ihn nicht fortgeschickt. Gemeinsam hatten sie die Renovierung zu Ende gebracht und waren sogar Freunde geworden.

»*Respekt?*«, sagte sie.

François runzelte die Stirn, bis ihm klar wurde, dass sie die Aufschrift seines T-Shirts meinte.

»Das ist der Name einer Zeitschrift in Prag. Du siehst so aus, als ginge es dir gut.«

»Danke, ja, es geht mir gut.«

Sie empfand nichts. Als wäre ihr Herz in eine dicke Watteschicht gehüllt. Er hatte sich nicht verändert, nur die Haare waren grau und die Falten in seinem Gesicht tiefer geworden. Das Alter stand ihm gut. Sie unterhielten sich wie alte Freunde, die sich am Vortag noch gesehen hatten, ohne sein Verschwinden auch nur zu erwähnen. Er stellte ihr unzählige Fragen zu Martin, Lucas und Zachary, war beeindruckt, dass Martin in Yale Architektur studierte, und froh, dass Lucas das Abitur geschafft hatte.

»Dank seinem Wahlfach Musik: eins plus im Schwerpunkt Gesang.«

»Weiß er, was er machen will?«

»Grundschullehrer. Er bereitet sich jetzt auf die Aufnahmeprüfung vor.«

»Er wird toll mit den Kindern umgehen. Und Zachary?«

»Er ist dreizehn, geht aufs Lycée Charlemagne und hat massenhaft Freunde.«

»Dreizehn! Hast du ein Foto?«

Sie nahm ihr Handy heraus. Zack war gleich auf dem Startbildschirm.

»Er sieht dir dermaßen ähnlich! Er hat deine Augen, deine Nase, deinen Mund, deine Haare.«

»Ich weiß, der Arme.«

»Überhaupt nicht! Er ist sehr schön. Aber man sieht, dass er nach einem anderen Muster gestrickt ist. Martin und Lucas sind dagegen quasi identisch, nur die Farben unterscheiden sich, der eine brünett mit blauen Augen, der andere blond mit braunen Augen.«

Es war angenehm, mit ihm zu sprechen. Er interessierte sich mit dem Blick eines Malers für ihre Söhne.

»Und deine Mutter?«

»Sie ist tot.«

»Tot! Seit wann? Wie?«

»Seit 2004. Ein Leberkrebs, der erst entdeckt wurde, als sich schon überall Metastasen gebildet hatten.«

»Arme Irina … Das tut mir leid, Clarisse.«

Er streckte die Hand aus und berührte ihre Wange.

Auch bei ihm hatten sich Dinge verändert. Er war in Behandlung und blieb kreativ. Vor vier Jahren, als er in Prag eine Ausstellung hatte, war ihm dort eine tschechische Künstlerin begegnet. Sie hatten miteinander geschlafen: Im fünften Monat schwanger war sie mit ihrem Koffer in Paris aufgekreuzt. Clarisse lächelte.

»Wie in *Die unerträgliche Leichtigkeit des Seins*. Das muss eine tschechische Strategie sein.«

Mit fünfundvierzig hatte er endlich das Gefühl gehabt, dass er bereit für ein Kind war. In den vier Monaten vor der Geburt zeigte er ihr Frankreich. Es war die einzige Zeit, in der sie zu zweit zusammen waren. Denn dann kam schon der kleine Prinz, ein Junge, Oskar. Auf dem Handy (inzwischen hatte er eins) zeigte er ihr das Foto eines goldigen kleinen Jungen, der dreieinhalb Jahre alt war.

Aber Ivana hatte sich verändert. Sie kritisierte François' spartanisches Leben und forderte einen Umzug ins 6. Arrondissement, um Oskar die besten Schulen zu ermöglichen. Sie stritten sich in einer Tour. Schließlich hatte sie einen Unternehmensanwalt kennengelernt und François verlassen. Unter dem Einfluss schlechter amerikanischer Fernsehserien und ihres Anwaltsgatten versuchte sie jetzt, ihm seinen Sohn wegzunehmen, und argumentierte dabei mit seiner psychischen Erkrankung. Clarisse verzog den Mund.

»Das ist mies.«

Warum vertraute er sich ausgerechnet ihr an, die weder seine Psychologin noch seine Freundin noch seine Anwältin war?

»Ich muss dich um einen Gefallen bitten, Clarisse.«

Sie blickte in sein schönes Gesicht mit den flachen Wangen und den grauen Augen.

»Ja?«

»Könntest du einen Brief schreiben, in dem du versicherst, dass ich ein guter Vater bin? Für die Familienrichterin.«

»Ein guter Vater?«

»Ich habe mich doch gut um deine Kinder gekümmert, oder? Sie hatten mich sehr gern.«

Ihre Augen weiteten sich.

»Erstens bist du nicht ihr Vater. Und zweitens hast du sie verlassen, du erinnerst dich? Weißt du, was du damit bei ihnen angerichtet hast?«

»Es tut mir leid.«

»Und wie kannst du mich bitten, für das Kind einer anderen Frau einen Brief zu schreiben, nachdem du von mir die Abtreibung verlangt hast?«

»Abtreibung?«

»Weißt du das nicht mehr?«

»Nein, entschuldige.«

Er klang ehrlich. Sie beließ es dabei. Ein Kellner brachte die Rechnung. Er zahlte.

Auf der Straße verabschiedeten sie sich. Fast hätte sie ihm noch angeboten, den Brief zu schreiben.

Auf dem Weg zur Rue Jacques-Cœur fing sie an zu lachen. Ein guter Vater! An Dreistigkeit fehlte es ihm jedenfalls nicht.

KAPITEL 8

Die moderne Krankheit

2013–2016

Im November 2013 wurde Ève nach einer Routine-Mammographie gebeten zu warten. Sie würden noch einen Ultraschall machen, erklärte ihr die medizinische Assistentin. Diese zweite Untersuchung war vergleichsweise gut zu ertragen. Ève hatte extrem empfindliche Brüste – so empfindlich, dass Paul sie kaum streicheln konnte und es einem Wunder gleichkam, dass Ève ihre Töchter gestillt hatte. Jedes Mal, wenn Hannah ihre Brustwarze zu fassen bekam, hatte Ève anfangs solche Schmerzen gehabt, dass Tränen flossen. Tränen waren ihr heute nicht gekommen, aber als ihr die ferngesteuerte Plastikplatte die Brust einquetschte, war ihr die Luft weggeblieben.

Ihr Brustgewebe war sehr dicht, und als Folge des Stillens gab es winzige Kalkablagerungen, die beobachtet werden mussten. Sechs Monate später wurde bei der Kontroll-Mammographie samt Ultraschall keine Veränderung festgestellt. Sollte es in einem halben Jahr genauso sein, würde wie früher eine Mammographie pro Jahr reichen. Damit rechnete Ève fest. Wobei es ja schon sein Gutes hatte, in einem Land zu leben, in dem medizinische Vorsorge ernst genommen wurde.

Nach ihrer dritten Ultraschalluntersuchung im November 2014 saß sie fröstelnd in ihrem Patientenkittel zwischen anderen Frauen, die nach und nach aufgerufen wurden. Sie fragte sich schon, ob man sie vergessen hatte, da kam die Assistentin und forderte sie auf, ihr ins Büro der Radiologin zu folgen. Die Ärztin zeigte ihr einen Schatten auf dem Bildschirm und empfahl eine Biopsie.

»Du weißt doch, dass Ärzte immer total übertrieben auf Nummer sicher gehen. Die wollen für den Fall, dass es einen Prozess gibt, geschützt sein und nebenbei natürlich ordentlich absahnen«, erklärte Ève am Abend ihrem Mann, dessen Miene sich verdunkelt hatte, als er die Neuigkeit hörte. »Jedes Mal, wenn ich zur Hautärztin gehe, kommt sie mir garantiert mit einer Biopsie. Eins der ersten Symptome bei Krebs ist Müdigkeit, und ich bin topfit.«

Sie hatte die Vorstellung, dass man Krebs nicht einfach so, rein zufällig bekam, sondern als Folge von Erschütterungen und Widrigkeiten. Viele Frauen, die von ihrem Mann verlassen worden waren, bekamen Brustkrebs. Bei ihr selbst war die Firma schon ein Stressfaktor, klar, und die vielen Reibereien mit ihrer jüngeren Tochter, die ein rebellischer Teenager war, natürlich auch, aber Ève übte den Beruf ihrer Wahl aus, lebte mit dem Mann zusammen, den sie liebte, und hatte zwei gesunde Töchter. Außerdem führte sie ein gesundes Leben, aß Bio-Produkte, fuhr in New York oft mit dem Rad, ging zwei Mal pro Woche schwimmen und war viel zu Fuß unterwegs. Außer dem alljährlichen Schnupfen und den Rückenschmerzen, die sie vom langen Stehen vor ihren Öfen und Herden bekam, war sie nie krank. Es lag näher, sich um Paul Sorgen zu machen, der ständig vor irgendeinem Bildschirm saß, noch mehr rauchte, seit er auf die geruchsfreie E-Zigarette umgestiegen war, zur Entspannung jeden Abend Whisky trank, und dem der frühe, kurz hintereinander eingetretene Tod beider

Eltern sehr nahegegangen war. Sein Vater war mit achtundsiebzig am plötzlichen Herztod gestorben und Rivka nur zwei Jahre später mit siebenundsiebzig durch ein geplatztes Aneurysma, ausgerechnet in dem Bus, der sie zum Union Square bringen sollte, wo sie mit ihrem Sohn zu Mittag essen wollte. Für sie ein sanfter Tod, aber hart für ihre Familie, die keine Zeit gehabt hatte, sich darauf vorzubereiten.

Eine Woche nach der Biopsie rief die Gynäkologin an: »Keine guten Nachrichten, Ève.« Sie nannte ihr den Namen eines Onkologen.

Ève hatte sofort das Gefühl, dass hier etwas sehr Schlimmes geschah, ein Bruch mit ihrem bisherigen Leben. Für diesen Krebs gab es keinen Grund. Er war einfach passiert, das war alles. *Accidit* hieß so etwas auf Lateinisch. *Accident* auf Französisch, ein Unfall. Also etwas, das aus heiterem Himmel kommt und die Logik der Dinge durcheinanderwirft. So einem Zufall war sie nun ausgeliefert. Sie hatte keinerlei Kontrolle. Dieser Krebs war eine Lehrstunde in Sachen Demut – denn Ève konnte es mit der Sinngebung einfach nicht sein lassen. War es wirklich Zufall, dass ausgerechnet der sensibelste Teil ihres Körpers betroffen war? Sorgen wir nicht selbst dafür, dass die Dinge, vor denen wir Angst haben, schließlich passieren?

Ein befreundeter Psychologe hatte mit ihr über generationsübergreifende Traumata gesprochen. Sie überlegte, ob dieser Krebs vielleicht etwas mit dem Geheimnis ihrer Mutter zu tun hatte, dem verdrängten Schmerz des Verrats, der in der zweiten Generation wieder zum Vorschein kam.

Eins folgte nun aufs andere, schnell, langsam und monoton zugleich. Die Operation: Ève hörte auf den Rat ihres Chirurgen, der eine einfache Tumorektomie empfahl. Im Wächterlymphknoten wurde eine Mikrometastase gefunden, und auch wenn der Arzt ihr versicherte, dass es nicht schlimm sei, geriet Ève bei der Vorstellung, dass es in ihrer ganzen Brust von unsichtbaren Tumoren wimmelte, in Panik. Dies waren für sie die deprimierendsten Momente, trotz ihres Umfelds, das sie unterstützte: Paul, Hannah (sie rief jeden Abend an) und ihre Mutter, die das Fliegen hasste und trotzdem kam, um vier Tage an ihrer Seite zu sein. Ève wollte Houston schützen, weil das laufende Jahr so entscheidend für ihre Zukunft war; sie hatte die Aufnahmeprüfungen fürs Studium vor sich. Die Chemotherapie dauerte drei Monate, die zu den schlimmsten ihres Lebens gehörten. Es ging ihr permanent schlecht, und gegen die Nebenwirkungen musste sie alle möglichen Medikamente schlucken. Trotzdem hörte sie nicht auf zu arbeiten, nahm jeden Auftrag an. Paul, der eigentlich noch strenger als sie auf die Einhaltung der ärztlichen Anweisungen achtete, hatte begriffen, dass sie durch die Arbeit Kontrolle über ihr Leben zurückgewann.

Es folgten zwei Monate Strahlentherapie, im Vergleich zur Chemo eine fast entspannte Zeit. Sie hatte entschieden, immer morgens um sieben Uhr hinzugehen, so blieb ihr danach noch der ganze Tag. Der Raum befand sich im zweiten Untergeschoss des Krankenhauses, es war, als stiege man in eine Gruft hinab. Willig ließ sie alles mit sich machen und befolgte die Anweisungen so präzise, dass man sie lobte wie eine gute Schülerin. Wenn sie das Krankenhaus verließ, fuhr sie mit dem Taxi in den Süden der Stadt (Paul hatte ihr verboten, die Subway zu nehmen) und kaufte auf dem Markt am Union Square ein, um von da aus in die Lispenard Street zu fahren, eine kleine Straße in Tribeca, wo sich im Erdgeschoss eines heruntergekommenen

Gebäudes mit riesigen Fenstern und sehr hohen Decken seit elf Jahren ihre Küche befand.

Ein Jahr nach ihrer letzten Bestrahlung kam das erste Kontroll-MRT und mit ihm der Urteilsspruch: komplette Remission, das Zauberwort, von dem jeder Krebspatient träumt. Sie würde nur, für die Dauer von zehn Jahren, eine Hormontherapie fortsetzen müssen. Um die gute Nachricht mit Paul und den Mädchen zu feiern, gingen sie ins Restaurant.

Zwei Wochen später traf sie in Capri ein, um dort Ferien zu machen, die eigentlich schon zwei Sommer früher mit ihrer Freundin Francesca hätten stattfinden sollen, damals aber wegen der Krebsdiagnose auf später verschoben werden mussten.

Es war ein unerhörtes Pech, dass nun Francesca gezwungen war, die Reise im letzten Moment abzusagen, weil sie von jetzt auf gleich für einen verunglückten Kollegen einspringen musste. Weder Paul, der an einem Buch saß, mit dem er schon viel zu spät dran war, noch ihre Töchter, die im Sommer beide arbeiteten, konnten sie begleiten, aber Paul hatte Ève ermuntert, trotzdem zu fahren: Sie habe doch alles organisiert und könne sich auf die von ihr persönlich ausgebildete Mitarbeiterin verlassen. Zehn Tage am Meer waren jedenfalls – auch allein – keine schlechte Sache. Sie hatte ein paar gute Romane im Gepäck, und an drei Abenden würden die literarischen Gespräche stattfinden, an denen Francesca hatte teilnehmen wollen, weshalb sie das Reisedatum gewählt hatten.

Bei ihrer Ankunft stellte Ève fest, dass man in dem bezaubernden Häuschen von Francescas Freunden oberhalb der Via Matermania auch mit einer Person, die einem nicht ganz vertraut war, gut zusammenleben konnte, denn die beiden Zimmer mit je einem Bad befanden sich auf zwei Etagen. Es wäre schade gewesen, eine ganze Etage leer stehen zu lassen, wo Capri doch so schön und die Hotels unbezahlbar waren. Auch wenn es unwahrscheinlich war, dass sich so kurzfristig noch jemand freinehmen konnte, hatte sie allen Freunden in Frankreich und Amerika eine Einladung geschickt, nach Rückfrage bei Paul auch einem Kollegen von ihm, den sie drei oder vier Mal in New York getroffen hatte. Im April hatte ihr dieser indischstämmige Journalist bei einem Abendessen mit gemeinsamen Freunden anvertraut, dass seine Frau ihn nach neunundzwanzig Jahren verlassen hatte. Vier Jahre später sei er immer noch nicht darüber hinweg. Der Sechzigjährige hatte Ève berührt, seit ihrer Krankheit war sie empfänglicher für das Leid anderer geworden. Und nun hatte Varun nicht nur Ja gesagt, sondern sich auch noch so schnell in den nächsten Flieger gesetzt (am selben Abend), dass sie schon fürchtete, er könnte einem Irrtum aufgesessen sein, was den Inhalt ihrer Einladung betraf. Vielleicht hatte dieser Inder aus Bombay, der in Kalifornien aufgewachsen war, das amerikanische Klischee der leichtlebigen Französinnen verinnerlicht.

Auf dem Rückweg vom Strand hatte Ève an dem Platz oberhalb der Drahtseilbahn Halt gemacht, um auf Varun zu warten; vor drei Stunden war er in Rom gelandet, er würde also bestimmt innerhalb der nächsten Stunde kommen. Von ihrer Bank oberhalb des Meeres war der Ausblick so schön, dass die Menschentrauben sie nicht störten.

Erinnerungen an andere Momente des Wiedersehens stiegen in ihr hoch. In dem Sommer, als sie fünfundzwanzig war, hatte sie hinter dem Rücken ihres französischen Freundes in Genua ein Rendezvous mit Paul vereinbart. Sie hatte ihn zwei Monate zuvor in Boston kennengelernt. Erst als ihr Zug in den Bahnhof einfuhr, wurde ihr klar, dass sie sich nicht wie verabredet an der Stazione Piazza-Principe befand, sondern an einem anderen, kleineren Bahnhof. Es gab keine Möglichkeit, Paul zu erreichen. Panisch und in Tränen aufgelöst lief sie den Bahnsteig entlang, als ein Mann sie an der Schulter zurückhielt: »*Dove vai, signorina?*« Bereit, sich gegen den unverschämten Kerl zur Wehr zu setzen, hatte sie sich umgedreht und war vor Freude fast in Ohnmacht gefallen. »Paul! Wie hast du mich gefunden?« – »Ich war zu früh am Hauptbahnhof. Und weil da gar kein Zug aus Südfrankreich erwartet wurde, habe ich mich erkundigt.« Worauf sie den längsten aller Küsse getauscht hatten.

Alle zehn Minuten kam eine Gruppe Touristen mit ihren Koffern die Treppe von der Seilbahn hochgestiegen. Überrascht sah sie, dass ihr Gast unter den Neuankömmlingen war; er überragte die anderen um Kopfeslänge und war trotz der Ray-Ban-Sonnenbrille, die seine Augen verbarg, an der dunklen Haut und den grauen Haaren gut zu erkennen. Jetzt schon? Widerstrebend stand sie auf. Sie hätte ihre nostalgischen Träumereien gern noch ein wenig fortgesetzt. Er hatte sie unter ihrem breitkrempigen Hut noch nicht erkannt.

»Varun!«

Lächelnd kam er auf sie zu, stellte seinen kleinen Hartschalenkoffer ab, umarmte sie nach amerikanischer Art und drückte sie dabei ein bisschen zu lange und ein bisschen zu fest an seinen Bauch. Ève versteifte sich. Schließlich ließ er sie los und sah sich um.

»Wie schön es hier ist! Ich kann gar nicht glauben, dass ich gestern noch in New York war!«

»Ich bin auch beeindruckt. Ich dachte nicht, dass du vor achtzehn Uhr kommen würdest.«

»Ich weiß mir zu helfen.«

»Bis zum Haus brauchen wir eine Viertelstunde, es liegt oben am Hang. Willst du deinen Koffer von einem Gepäckboten bringen lassen? Kostet nur sechs Euro.«

»Von meinem Koffer trenne ich mich nie. Da ist mein Computer drin.«

Sie gingen über den Platz. Varuns Blick blieb höchst interessiert an den belebten Café-Terrassen hängen.

»Die berühmte *piazzetta*! Trinken wir was?«

»Jetzt? Der Vortrag fängt bald an.«

An diesem von Touristen überlaufenen Platz etwas trinken? Francesca hätte ihr niemals einen so banalen Vorschlag gemacht.

Sie stiegen ein paar Stufen hoch und nahmen das gepflasterte, von Bougainvilleen gesäumte Sträßchen oberhalb des Meers. Zehn Minuten später, sie hatten gerade den Kabinenroller der Gepäckboten an sich vorbeigelassen, stieß Varun einen Seufzer aus.

»Ist es noch weit? Ich bin wohl doch erschöpfter, als ich dachte.«

»Die Hälfte haben wir hinter uns. Soll ich mal deinen Koffer ziehen?«

»Ja, gerne. Es ist nicht nur die Reise. Ich habe eine anstrengende Woche hinter mir. Bin da an einer Riesensache dran.«

»An was denn?«

»Ist top secret.«

Der Weg war steil und der Koffer schwerer zu ziehen, als Ève gedacht hatte. Endlich waren sie da. Sie öffnete das schmiedeeiserne Tor, und sie stiegen die Treppe zur Terrasse hoch, die mit blauen Mosaiksteinen aus Keramik gekachelt war.

»Herrlich!«

»Die Terrasse ist das, was den Reiz des Hauses ausmacht. Der Ausblick.«

Sie nutzte den Moment, um für klare Verhältnisse zu sorgen: »Paul wäre so gern mitgekommen, aber er steckt in der Endphase eines Buchs. Ich habe gestern allen meinen Freunden geschrieben. Dass ausgerechnet ein New Yorker die Einladung annimmt, habe ich für höchst unwahrscheinlich gehalten, ist ja doch ganz schön weit!«

»Tja, ich weiß, wie man Gelegenheiten nutzt.«

»Ich zeige dir dein Zimmer.«

Sie stiegen die Außentreppe hinunter, die zum zweiten Zimmer führte. Als Varun die Wände sah, von denen die Farbe abblätterte, runzelte er die Stirn.

»Oh, hier ist es aber feucht. Ich habe leichtes Asthma, das ist ungesund.«

»Oben steht ein Luftentfeuchter. Willst du den haben?«

»Ja. Ich hole ihn mir runter.«

Zehn Minuten später kam er zu ihr in die Küche, wo sie mit feuchten Haaren, in beigefarbenen Bermudashorts und einem hellblauen Leinenhemd Sandwichs machte.

»Es gibt kein heißes Wasser!«

»Tut mir leid, das kommt vor. Hängt immer vom Zeitpunkt ab.«

Er nahm sein Handy aus der Tasche und runzelte die Stirn.

»Kein Netz.«

»Am äußersten Ende der Terrasse funktioniert's.«

»Wie lautet denn das WLAN-Passwort?«

»Es gibt kein WLAN.«

»Das ist nicht dein Ernst.«

Er schien fassungslos. Ève errötete, als wäre es ihre Schuld.

»Ich habe dich gewarnt: Es ist eine einfache Unterkunft. Wenn du wieder runtergehst, Richtung Capri, kommt nach zehn Minuten ein Café mit WLAN.«

»Morgen früh gehe ich hin. Ich warte auf sehr wichtige Nachrichten.«

Mit halbstündiger Verspätung erreichten sie die Esplanade, die am Fuß des Hotels Punta Tragara das Meer überragte. Es war das schönste Hotel der Insel, eine orangefarbene Festung, in der einst Churchill und Eisenhower abgestiegen waren, wie Varun auf einer Tafel las. Es gab keinen einzigen freien Stuhl mehr. Sie hatten die Hälfte des Vortrags von Erica Jong bereits verpasst. Varun schien freudig überrascht, in die Zivilisation zurückgekehrt zu sein, die er seit gestern verlassen hatte.

Während sich die Menge zerstreute, kam ein Mann auf sie zu. Varun stellte Ève dem amerikanischen Journalisten vor.

»Sie müssen unbedingt Antonio kennenlernen!«

Der Mann führte sie zum Organisator des Festivals, der sie liebenswürdig begrüßte und zu dem Fest einlud, das für diesen Abend geplant war. Varun war hocherfreut.

»Der weiß natürlich, wer ich bin. Gehen wir hin, Ève? Das wird lustig!«

Mit Francesca hätte sie auf einer Terrasse zu Abend gegessen und sich über Erica Jong und den Feminismus der Siebzigerjahre unterhalten.

Sie folgten einer großen Gruppe, die sich in erster Linie aus eleganten Römern und Amerikanern zusammensetzte. Eine halbe Stunde später fanden sie sich in den Gärten einer luxuriösen Villa wieder, wo Kellner in weißen Jacketts Champagner in Kristallflöten servierten. Ève hatte ein Gefühl von Unwirklichkeit. Das war nicht ihr Capri. Ausgerechnet sie, die in New York lebte, ein Flugzeug bestieg wie andere Leute den Bus, in einem schicken Stadtteil von Brooklyn ein Haus besaß, Zugang zu den besten Krankenhäusern der Welt hatte, ihren Töchtern Privatuniversitäten finanzierte und die Ferien in Capri verbrachte, fühlte sich unwohl unter den Reichen und schämte sich fast für den materiellen Komfort, den sie sich so hart erarbeitet hatten. Du stehst nicht zu dir, hätte Paul gesagt.

Varun war von Leuten umringt, die ihn zu den nächsten Wahlen befragten, und schwang große Reden. Er hatte noch gar nicht erwähnt, wann er wieder abreisen würde. Am nächsten Samstag würde er zu Freunden in die Toskana fahren. Ob er vorhatte, die ganze Woche auf Capri zu bleiben?

»Ich frage mich, wo morgen gefeiert wird«, sagte Varun, als sie gegen Mitternacht heimgingen.

»Meinst du, wir sind eingeladen?«

»Natürlich!«

Am nächsten Morgen rief er im Café seine Mails ab. Nachmittags ging sie mit ihm nach Marina Piccola, einem der wenigen Strände der Insel, eine kleine, überfüllte Bucht mit Kiesstrand, zu der man Hunderte von Stufen hinabsteigen musste. Varun war von allem begeistert, dem Meer, das für ihn, der in Kalifornien groß geworden war, die ideale Temperatur hatte, dem Glas Chianti, zu dem er Ève im Schatten eines Sonnenschirms einlud, und dem gegrillten Tintenfisch, den er dazu bestellt hatte, eine hervorragende Entscheidung. Er freute sich darüber, dass er seine Miles benutzt hatte und ins nächste Flugzeug gesprungen war, kaum dass er ihre Nachricht bekommen hatte: Er sei wirklich urlaubsreif.

Ève hatte inzwischen ausgemacht, was sie an ihm störte. Er redete nur von seinen eigenen Befindlichkeiten, seinen eigenen Bedürfnissen und seiner eigenen Zufriedenheit, ohne ihr jemals eine Frage zu stellen. Ein witziger Spruch, den sie einmal von Hannah gehört hatte, fiel ihr dazu ein: »Oh mein Gott, gib mir die Hälfte von dem Selbstvertrauen eines mittelmäßigen weißen Mannes!« Varun war zwar nicht weiß, aber der männliche Egozentrismus war universell. Ob sich die Dinge ändern würden, wenn – sehr bald – eine Frau Präsidentin der Vereinigten Staaten sein würde? Ève war nie eine Revoluzzerin gewesen. Houston war ja der Meinung, sie sei eine perfekte Vertreterin des traditionellen Paarmodells, seit fünfundzwanzig Jahren mit demselben Mann verheiratet, für den sie ihr Heimatland verlassen habe und sich ein Leben ohne ihn gar nicht vorstellen könne. In ihrem Französischkurs hatte Houston dieses Jahr *Eine gebrochene Frau* gelesen, Èves Lieblingsroman von Simone de Beauvoir. Ihre Tochter hatte die Figur der Monique, die an der Trennung von ihrem Mann zerbricht, nervig gefunden: »Die ist immer nur am Jammern! Wir fanden die alle furchtbar!« Die neue Generation war unerbittlich. Houston, die diesen Sommer in einer Ferienfreizeit das Fußballcamp leitete, war für ihre Mutter, die Ballspiele und Gruppenurlaube immer gehasst hatte, ein Mensch von einem anderen Stern. Paul fand, dass sich Houston und Ève an Willenskraft und Unnachgiebigkeit in nichts nachstanden, von daher auch ihre häufigen Konflikte.

Jedenfalls musste sie Varun loswerden, auch wenn es wahrscheinlich ein unangenehmes Gespräch werden würde. Sie würde sich von ihm nicht die Ferien vermiesen lassen.

Varun ließ sich von ihr vor dem Meer und der Steilküste fotografieren. Er trug ein Hemd in leuchtendem Rosa, das gut zu den Bougainvilleen passte und seine dunkle Haut und den erstaunlichen Goldton seiner Augen zur Geltung brachte. Er sah nicht schlecht aus, aber er war nicht Èves Typ: zu hager, zu spröde und vor allem zu selbstzufrieden. Er betrachtete die Fotos.

»Das da ist richtig schön! Das lade ich auf Facebook hoch.«

Wenigstens schlug er ihr nicht vor, ein gemeinsames Selfie zu machen.

Während er ihr von seinen außergewöhnlichen kulinarischen Reisen in Spanien und Vietnam erzählte und sich dabei immer wieder unterbrach, um auf seinem Handy nach neuen Nachrichten zu schauen, dachte Ève an die zärtliche Fürsorge, mit der ihr Paul während der Krebserkrankung zur Seite gestanden hatte. Obwohl er den kahlen Schädel sehr hübsch an ihr fand und Perücken hasste, hatte er sie dazu ermuntert, gleich die teuerste zu nehmen, die mit den langen blonden Locken aus Naturhaar, und sich aus ihren eigenen Haaren eine Mütze mit Haarkranz machen zu lassen, die sie im Winter getragen hatte. Trotz seiner immensen Arbeitsbelastung hatte er sie zu jeder Chemo begleitet. Und eines Samstags war Paul, der selbst nie ein Haustier gehabt hatte und Tiere eigentlich nicht mochte, zur Freude ihrer jüngeren Tochter mit einem Spaniel nach Hause gekommen, einem liebenswerten Kerlchen, und hatte Ève auch noch erlaubt, ihn *Réglisse*, Lakritz, zu nennen, ein Geschmack, der ihm zuwider war. Nur einmal hatten sie sich gestritten: Als er ihr das Radfahren verbieten wollte. Es gab Frauen, die mit ihren Männern gar nicht erst über den Krebs sprachen, weil sie Angst hatten, dass ihnen die fehlende Empathie zusetzen würde in einem Moment, in dem sie ihre ganzen Kräfte bündeln mussten. Womöglich hatte Varuns Frau ja aus solchen Gründen aufgehört, ihn zu lieben, und er hatte es gar nicht gemerkt. Plötzlich wurde Ève bewusst, dass gerade der zweite Juli war.

»Varun, kannst du mir vielleicht dein Handy leihen? Heute ist unser Hochzeitstag, und mit meinem französischen Handy kann ich Paul in Amerika gar nicht anrufen.«

»Natürlich! Der wievielte?«

Sie rechnete kurz.

»Der sechsundzwanzigste.«

»Zu unserem fünfundzwanzigsten, unserer Silberhochzeit, habe ich meine Frau in ein Fünfsternehotel nach Saint Lucia eingeladen, in die Karibik. Ich hatte das richtig schön vorbereitet. Da habe ich mir natürlich nicht vorgestellt, dass sie mich vier Jahre später verlassen würde!«

Er gab ihr sein iPhone. Sie entfernte sich. An einem Samstagmorgen um zehn Uhr war Paul wahrscheinlich gerade mit Réglisse draußen. Er ging ran.

»Hallo?«

»Herzlichen Glückwünsch, Liebling!«

»Sie haben sich verwählt.«

Sie lachte irritiert.

»Ich bin's, Paul! Heute ist unser Hochzeitstag!«

»Oh, entschuldige, mein Schatz, die Entfernung verzerrt deine Stimme! Aber ja, heute ist der zweite Juli! Herzlichen Glückwunsch, Eva-Love! Alles in Ordnung bei dir? Ist Varun gut angekommen?«

»Ich rufe dich über sein Telefon an. Komischer Typ.«

»Er redet viel.«

»Oh, ja! Ich habe mich schon gefragt, ob es eine gute Idee war, ihn einzuladen. Du fehlst mir!«

»Du mir auch. Wie gern wäre ich jetzt bei dir auf Capri, anstatt den ganzen Tag vor meinem Bildschirm zu versauern!«

Als sie Varun von Pauls erster Reaktion erzählte, lachte er schallend.

»Stimmt, durchs Telefon klingt die Stimme anders. Ich weiß noch, wie ich einmal …«

Es kränkte sie nicht, dass Paul den Hochzeitstag vergessen hatte. Jedes Jahr dachten sie beide mit ein paar Tagen Verspätung daran und lachten gemeinsam über ihr Versäumnis. Allerdings war es das erste Mal seit fünfzehn Jahren, dass Ève an einem zweiten Juli nicht an den Schalthebeln ihrer New Yorker Profiküche saß und rund um die Uhr auf den Unabhängigkeitstag hinarbeitete. Capri war gar nicht so weit von New York entfernt, Varun hatte es ja bewiesen. Und der vierte Juli war ein Feiertag, Paul hätte sich ein verlängertes Wochenende nehmen können. Drei Tage Spazierengehen, Schwimmen, Sonne und Meer hätten ihm wahnsinnig gutgetan. Warum hatte sie ihm nicht einfach ein Flugticket gekauft und ihn vor vollendete Tatsachen gestellt? So wie an ihrem zehnten Hochzeitstag, als sie ihn nach Venedig eingeladen hatte, während sich ihre Mutter in Paris um ihre damals noch sehr kleinen Töchter kümmerte? Auf die Idee war sie gar nicht gekommen. Warum definierte sich ihrer beider Leben über die Arbeit?

Es hatte schon etwas Abartiges, dieses New Yorker Leben, um das ihre Pariser Freunde sie so beneideten. Kein Wunder, dass das Wort *Workaholic* aus Amerika kam. Paul ging jeden

Abend mit dem Gedanken an seine Arbeit ins Bett und stand jeden Morgen mit dem Gedanken an seine Arbeit wieder auf. In seinem Kopf drehte sich alles um seine Recherchen. Und Ève, die Meisterin der Logistik, hatte ihr Talent nicht nur als Köchin, sondern auch als Geschäftsfrau bewiesen. Sie hatte zwölf Angestellte, hatte Küchenroboter, die auf dem neuesten Stand der Technik waren, hatte lukrative Verträge mit Banken und Unternehmen und im Internet einen stetig wachsenden Bekanntheitsgrad. Mit Wehmut dachte sie an ihre »Warschauer Jahre« zurück, jenen Raum der Stille und Einsamkeit, der es ihr vor zwanzig Jahren erst ermöglicht hatte, sich und ihr Leben neu zu erfinden.

Der Krebs war eine Botschaft. Sie mussten wieder Leere um sich herum schaffen, mussten aus diesem Gefängnis namens Leistung, Erfolg und Gewinn ausbrechen, um auch ihre Libido wiederzuentdecken. Seit zweieinhalb Jahren hatten Paul und sie nicht mehr miteinander geschlafen. Sie hatte schon gar kein Verlangen mehr danach. Dabei liebten sie sich. Nicht mehr so leidenschaftlich, dafür mit mehr Verständnis und Zusammenhalt als früher.

Über diese Dinge hätte sie gern mit Francesca gesprochen, deren klugen Worten sie so gern lauschte.

Als sie am späten Nachmittag wieder die Stufen erklommen, war Varun mehrmals so außer Atem, dass er stehen blieb und nach Luft schnappte. Sie wartete geduldig. Paul hätte bestimmt darauf bestanden, den Minibus oder eins der sündhaft teuren Taxis zu nehmen. Die Beteuerungen nach Rivkas Tod, dass er seine Lebensweise ändern würde, waren leere Worte geblieben.

An diesem Abend trafen sie schon eine halbe Stunde vor Beginn bei den *Conversazioni* ein, um noch Stühle zu bekommen.

Am Ende der Veranstaltung steuerte Varun als Erstes auf seinen Journalisten-Freund zu und kam enttäuscht zu Ève zurück: Das Essen fand an diesem Abend im kleinen Kreis statt. Sie ließ sich ihre Erleichterung nicht anmerken. Er lud sie in ein Restaurant ein, das im Restaurantführer Zagat erwähnt wurde, und sie aßen ein Ossobuco, an dem Ève nichts auszusetzen hatte.

Zu Varuns Enttäuschung wurden sie auch am nächsten Abend nach der Veranstaltung nicht zum Fest eingeladen. So kehrten sie zur Via Matermania zurück, und Ève bereitete ihnen ein Abendessen zu, während er dort, wo die Terrasse Netz hatte, im Liegestuhl Weißwein trank und seine Nachrichten durchging.

Es hatte sich ein wenig abgekühlt. Ève trug ein Kleid mit schmalen Trägern, und der leise Wind streichelte ihre Haut. Sie hätte es schön gefunden, wenn Paul bei ihr gewesen wäre, hier auf dieser Terrasse, und seine Hand auf ihre Schulter gelegt hätte. Sie hörte Varun mit halbem Ohr zu. Jeder, der seine Artikel las, hätte es sicher als schmeichelhaft empfunden, sich unter vier Augen mit ihm zu unterhalten – nun ja, sich seine Monologe anzuhören.

Sie lächelte in sich hinein. Eine scharfe Zunge hatte sie immer noch, Krebs hin oder her. Sie nahm es Varun übel, dass er nicht Paul war, das war alles. Er schenkte ihr noch ein Glas Wein ein.

»Danke, das reicht.«

»Komm, du musst mir helfen! Ich habe schon mehr als die Hälfte ganz allein getrunken. Sag mal, hast du vorhin die Frau in der ersten Reihe gesehen? Wunderschön, in einem roten Kleid. Sie hatte Ähnlichkeit mit meiner Frau.«

Er ging ihr auf die Nerven.

»Ist mir nicht aufgefallen. Ach, übrigens, Varun, wann fährst du eigentlich wieder?«

»Ich fahre am Samstag zu Freunden in die Toskana. Du hast das Haus doch noch bis Samstag, oder?«

Sie wurde rot und fasste sich ein Herz.

»Ich freue mich sehr, dass du hier bist, aber … ich brauche auch ein paar Tage für mich.«

Vor Überraschung verschlug es ihm die Sprache. Doch er hatte sich schnell wieder gefangen.

»Natürlich. Wenn ich Mittwoch fahre, ist das okay?«

»Das wäre perfekt.«

»Dann nutze ich die Zeit, um mir noch eine andere Insel anzuschauen, bevor ich zu meinen Freunden fahre. Zum Beispiel Ischia. Morgen gehe ich wieder ins Café und reserviere mir ein Zimmer.«

Am nächsten Morgen fand er im Internet ein Hotel auf Ischia, direkt am Strand. Wirklich nicht teuer, sagte er, und sie böten auch Tauchkurse an. Das habe er schon immer mal ausprobieren wollen. Fast hätte er Ève noch dafür gedankt, dass sie ihn rauswarf.

Sie nahmen den Bus nach Anacapri, dann den Sessellift hoch zum Monte Solaro, wo sie wieder mit herrlichem Ausblick picknickten und dann unter Pinien über gewundene Wege den Abstieg in Angriff nahmen. Ève merkte, dass sie ihm gegenüber wohlwollender war, seit sie das Datum seiner Abreise kannte. Zum ersten Mal stellte er ihr Fragen über ihre Arbeit. Sie sagte ihm, dass sie mit dem Gedanken spiele, ihre Cateringfirma zu verkaufen, um wieder ein anderes Verhältnis zur Zeit zu gewinnen. Dieser Wunsch sei nach einer Brustkrebserkrankung in ihr wach geworden.

»Du hattest Krebs? Das ist auch meine größte Angst, seit mich meine Frau verlassen hat, weil mich das so geschockt hat! Wie hast du es gemerkt?«

Er sah sie mit ganz neuem Respekt an und stellte wie ein Journalist präzise Fragen zu ihrer Behandlung. Die Vorstellung, Strahlen als Therapie einzusetzen, fand er entsetzlich und staunte, dass man nichts davon spürte. Es war das erste Mal, dass sie von ihrem Krebs »erzählte«, und ihr wurde bewusst, dass diese Zeit wirklich hinter ihr lag.

Nach einem langen Marsch durch die Gluthitze und einem göttlichen Bad im blauen Licht der Grotta Azzurra brachte ein Bus sie wieder nach Anacapri. Varun schaute alle fünf Minuten auf sein Handy. Obwohl Amerika so weit weg war und so ein schöner Tag zu Ende ging, bekam er New York nicht aus dem Kopf. Sie stiegen in einen anderen Minibus um und kamen bei Einbruch der Nacht wieder in Capri an. Das iPhone meldete sich mit einem Ping, als sie sich an den Aufstieg zu ihrer Bleibe machten.

»Ah! Es ist so weit, Ève! Am Freitag erscheint der Artikel! Diese Geschichte ist von großer, großer Bedeutung. Jetzt kann ich mit dir darüber reden. Aber du darfst es noch niemandem sagen, auf keinen Fall. Auch nicht Paul.«

»Natürlich.«

»Hast du von Michail Lessin gehört?«

Sie schüttelte den Kopf.

»Hätte ich jetzt eigentlich gedacht, mit einem Ehemann, der Journalist ist! Lessin war ein russischer Milliardär, er ist letztes Jahr am 5. November in einem Washingtoner Hotel gestorben. Die amerikanische Justiz ist zu dem Schluss gekommen, dass es ein natürlicher Tod war. Der Typ sei an heftigen Stößen gegen Kopf, Hals und Rumpf gestorben, die er sich zugezogen haben soll, als er sturzbetrunken mehrmals hintereinander aus dem Bett gefallen ist! Beim FBI glaubt zwar keiner an diese Unfall-These, aber meine Fragen will man von offizieller Seite nicht beantworten: zu gefährlich.«

»Gefährlich?«

»Es geht nicht nur um Lessin. In den letzten Jahren hat es vermehrt ›Unfälle‹ russischer Dissidenten gegeben. Als ich versucht habe, Leute zu interviewen, stand ich überall vor verschlossenen Türen. Wer mit mir redet, hat selbst mit einem ›Unfall‹ zu rechnen.«

Er malte Anführungszeichen in die Luft.

»Das hört sich ja an wie ein James-Bond-Film.«

»Es *ist* James Bond – und *Der Pate* gleich noch dazu. Der russische Geheimdienst und die Mafia arbeiten Hand in Hand. Lessin wurde ganz offensichtlich ermordet. Unter Jelzin und Putin war er Informationsminister. 2005 hat er RT gegründet, Russia Today, eine englischsprachige Mediengruppe, deren Ziel es ist, aus einer alternativen, also russischen Sicht über wichtige Weltereignisse zu berichten …«

Sie trat zur Seite, um auf dem gepflasterten Sträßchen einen Mann vorbeizulassen – ein magerer, armer Teufel, der eine mit eingeschweißten Wasserflaschen schwer beladene Sackkarre hinter sich herzog. Er schleppte sich an diesen Hängen zu Tode. Seine Haut war dunkler als die von Varun, der Mann kam aus Sri Lanka, nicht aus Capri. In den letzten Tagen war Ève aufgefallen, wie viele von ihnen es hier gab. Sie wurden für die anstrengendsten Arbeiten eingespannt, Ève vermutete, dass es eine Form der Sklaverei war. Gern hätte sie mehr über die Immigration und die Arbeitsbedingungen dieser Leute gewusst. Das wäre der Artikel, den sie gern gelesen hätte.

Der Tod dieses russischen Dissidenten, fuhr Varun fort, ausgerechnet am Tag vor seiner Befragung durch die amerikanische Justiz, die von ihm erfahren wollte, wie Putin RT für seine Propaganda benutzte, stehe in direktem Zusammenhang mit den US-Wahlen, der russischen Einmischung und Trumps Kompromittierung. Es sei unglaublich.

»Ich hatte Angst, dass der Herausgeber der Zeitung dem Druck der Regierung nachgeben und meinen Artikel nicht veröffentlichen würde.«

»Warum sollte Obama die Veröffentlichung eines Artikels verhindern, der Trump kompromittiert?«

»Um sich nicht in die Wahlen einzumischen.«

»Aber warum ist das so wichtig, wo Hillary doch sowieso gewinnen wird?«

»Das glaubt man in New York, in Boston und in Kalifornien. Die Russen wollen Hillary nicht und werden alles tun, damit Trump gewählt wird.«

Um sich wichtig zu machen, schrieb Varun die Geschichte neu. Paul würde sich bestimmt darüber amüsieren. Überraschungen konnte es natürlich immer geben – dass Obama Präsident wurde, war jedenfalls so eine gewesen. Im Herbst 2007 hatten alle ihre Freunde diesem schwarzen Kandidaten für den Fall seiner Wahl sogar einen frühen Tod vorausgesagt, so sehr fürchteten sie das Attentat eines weißen Extremisten. Aber dass ein Clown mit Toupet Präsident des mächtigsten Landes der Welt werden würde, lag nun wirklich jenseits alles Vorstellbaren!

Während sie den Spinatsalat und die frischen Ricotta-Ravioli verspeisten, die Ève zubereitet hatte, schilderte Varun ihr die Details seiner Recherche.

»Die Russen haben Donald am Wickel. Mein Artikel bringt die geheimen Absprachen zwischen Trump und dem Kreml ans Licht. Er darf es keinesfalls ins Weiße Haus schaffen. Der Typ ist ein Betrüger. Mit diesen Recherchen bin ich selber das Risiko eines ›Unfalls‹ eingegangen. Aber für unser Land und die ganze Welt steht zu viel auf dem Spiel.«

Alles, was er sagte, unterstrich er mit ausholenden Gesten. Er hatte die Ärmel über seinen dunklen, mageren Armen hochgekrempelt. Genauso wie am vorherigen Abend streichelte der laue Wind Èves Nacken und ihre nackten Schultern, die erogensten Zonen ihres Körpers. Wäre Varun doch nur Italiener gewesen und hätte aufgehört zu dozieren, um stattdessen in die Stille des Moments hinein zu lauschen und seine Hand auf ihre Schulter zu legen. Sie wusste, dass dieses aufsteigende Verlangen nichts mit ihm zu tun hatte, er zog sie ja gar nicht an. Es lag am Wein, an der warmen Sternennacht und an den Erinnerungen an andere sehnsuchtsvolle Momente unter Italiens Himmel.

Italien, dieses Land, das sie im April 1984 nach einer Begegnung mit ihrem Erzeuger durch fluchtartiges Verlassen der Stadt Rom aus ihrem Leben verbannt hatte, war zwei Monate später durch die Hintertür doch wieder hineingelangt, als eine bezaubernde italienische Philosophiestudentin sie im Pariser Jardin du Luxembourg an der Fontaine Médicis mit leiser, melodischer Stimme ansprach: »Was liest du da?« Francesca war es zu verdanken, dass Ève Italienisch gelernt hatte und jedes Jahr nach Italien gefahren war – nur nicht nach Rom, wohin sie nie wieder zurückkehrte, weil sie an jeder Ecke gefürchtet hätte, Alberto Moretti über den Weg zu laufen. Italien war ein Teil von ihr.

Und da waren sie nun, ein Mann und eine Frau, allein in einem Haus auf Capri. Ève erinnerte sich daran, was ein Freund Francescas vor dreißig Jahren gesagt hatte, als sie ihm gestand, dass sie in der Wohnung in Pisa mit Francescas Lover geschlafen habe und sich Vorwürfe mache, ihre Freundin hintergangen zu haben. »Ève, ein Mann und eine Frau, nachts, allein unter einem Dach, da muss doch so etwas passieren. Es ist unvermeidlich. Ein Naturgesetz. Francesca weiß das, und sie hat trotzdem entschieden, zu dem Kolloquium zu fahren und dich mit ihrem Freund in ihrer Wohnung allein zu lassen.« Nun ja, für Amerikaner und Europäer galten unterschiedliche Naturgesetze. Und als Einwanderer der zweiten Generation war Varun Amerikaner; und sie eine Französin, in der auch italienisches Blut floss. In Europa gab es mehr Freiheiten. Was hinderte sie und ihn daran, sich miteinander im Bett zu vergnügen? Wäre eine streichelnde Hand an seinem Glied nicht angenehm für ihn? Konnte er nicht endlich mal die Augen zumachen und sich gehen lassen? Am liebsten hätte sie ihm einen Finger auf den Mund gelegt und seinen Redeschwall unterbrochen. Es war ihr letzter Abend.

»Varun, darf ich dich – als Freund – um einen Gefallen bitten?«

»Natürlich. Was denn?«

»Dass du mir die Hand auf die Schulter legst.«

Er lachte, als hätte sie einen Witz gemacht.

»Varun, könntest du mir deine Hand auf die Schulter legen?«

Überrascht gehorchte er und legte eine Hand auf ihre warme Schulter. Er schwieg. Von Haut zu Haut sprang ein Funke über. Ève schauderte. Varun fing wieder an zu reden.

»Es fällt mir wirklich schwer, mich zu entspannen. Ich muss lernen, auf die Bremse zu treten. Vielleicht über Meditation … Meine Frau wollte, dass ich's versuche …«

Mit Varuns Hand auf Ève's Schulter veränderte sich der Inhalt dessen, was er sagte. Er gab zu, dass ihn etwas belastete. Sie wusste genau, wovon er sprach: von der New-York-Krankheit, dieser modernen Krankheit, die Ève auszukurieren versuchte. Er war ein Gefangener der Schnelllebigkeit, gefangen in den Netzwerken, dem Handy, der Konkurrenz, dem Erfolg, er konnte nicht mehr loslassen. Sie empfand ihm gegenüber eher geschwisterliche Zuneigung als erotische Anziehung.

Varuns Handy klingelte. Seine Hand löste sich von Èves Schulter. Er steuerte auf die Terrassenecke zu, wo die Verbindung besser war. Als er wieder auflegte, leuchteten seine Augen.

»Übermorgen kommt der Artikel raus! Auf der Titelseite. Mein Chefredakteur hat Angst, dass uns jemand den Scoop klaut. Das ist ein Riesending. Die ausländische Presse wird es auch bringen.«

Sie trugen die Teller in die Küche und gingen ins Bett.

Wie jeden Abend las sie und machte das Licht erst aus, als der Schlaf sie schon einholte, aber dann schlief sie doch nicht ein. Nach einer Weile ging sie ins Bad. Sie schob ihr Nachthemd hoch und lehnte sich mit dem Rücken an die Fayencefliesen, deren Kühle ihr das Gefühl eines anderen Körpers vermittelte. Sie spreizte die Beine, ging leicht in die Knie, streichelte sich und ließ sich von der Vorstellung eines Mannes durchfluten, der sie von hinten nahm. Ihr Orgasmus kam schnell und heftig.

Als sie wieder im Bett lag, war sie hellwach. Sie machte das Licht an, las ihren Roman weiter, da spürte sie, dass eine neue

Welle der Lust in ihr aufstieg. Auf allen Vieren im Bett, den Hintern in die Luft gestreckt, kam sie noch einmal genauso heftig. Es war das erste Mal seit dem Krebs, dass ihre Libido sich überhaupt einmal meldete, und dann gleich zwei Mal hintereinander! Wie schade, dass Paul in diesem Bett nicht bei ihr war. Dass ausgerechnet ein Mann, dem jede Sinnlichkeit fehlte, ein Mann, den sie nicht einmal anziehend fand, ihr sexuelles Verlangen unwissentlich (und widerstrebend) zu neuem Leben erweckt hatte! Während ihre einsamen Lüste bisher immer mit einem vagen Schamgefühl einhergingen, war sie jetzt geradezu stolz auf diesen doppelten Orgasmus, diesen Beweis, dass ihr Körper lebendig war.

Im Badezimmerspiegel betrachtete sie ihren gebräunten Oberkörper und zog den Bauch ein. Ihr Busen war immer noch schön, selbst mit der Narbe unter der rechten Brust, die man kaum sah. Eine chirurgische Glanzleistung. Zweiundfünfzig, das war nicht alt.

Es war besser, dass nichts passiert war. Sie hatten gemeinsame Freunde in New York.

Am nächsten Tag brachte Varun den Vormittag im Café mit seinem Mailverkehr zu. Beim Mittagessen sagte er, die Zeitung stelle sich auf einen Riesenskandal ein. Er müsse früher als geplant nach Amerika zurück und auf die Toskana-Woche im Anschluss an Ischia verzichten. Am Nachmittag begleitete sie ihn hinunter nach Marina Grande und weiter zum Hafen. Sie umarmten sich.

»Ève, das war richtig nett! Wir beide können gut gemeinsam reisen. Ich bin ein unkomplizierter Begleiter, oder?«

In Marina Grande ging sie noch schwimmen, bevor sie sich wieder zur Via Matermania aufmachte und sich unterwegs an der besten Eisdiele von Capri ein Hörnchen mit drei Kugeln kaufte: Cassis, Lakritz, Nuss. Sie brauchte Zucker, um die Melancholie zu verdrängen, die Varuns Abwesenheit, das plötzliche Fehlen seiner Begeisterung und Energie bei ihr auslöste. Es erstaunte sie selbst, dass sie jetzt mit solcher Zuneigung an ihn dachte. Letzten Endes war er doch ein sehr netter Mann.

»Dabei fand ich ihn am Anfang unerträglich!«, sagte sie zu Paul, als er abends anrief. »Was mal wieder beweist, dass man sich nicht vom ersten Eindruck täuschen lassen sollte.«

Obwohl sie beschlossen hatte, auf Capri komplett abzuschalten, ging sie am nächsten Morgen mit ihrem iPad ins Café, um die Dankeschön-Mail zu lesen, die Varun ihr sicher schon geschickt hatte. Was nicht der Fall war. Also schrieb sie ihm und fragte, wie es ihm ergangen sei und ob das Hotel seine Erwartungen erfülle. Eigentlich hätte er ihr zuerst schreiben müssen, aber das, was man in Frankreich *lettre de château* nennt, war ihm als Höflichkeitsgeste offenbar nicht geläufig.

Am Nachmittag badete sie in Marina Piccola. Sie nahm ihren eigenen Rhythmus wieder auf und wusste auch die Einsamkeit wieder zu schätzen.

Abends ging sie aus Neugier noch einmal ins Café, bevor es zumachte. Keine Antwort. Varun klebte dermaßen an seinem iPhone, dass er ihre Nachricht mit Sicherheit gelesen hatte. Deutete er ihr Schreiben als Annäherungsversuch? Männer waren Trottel.

Am nächsten Morgen schrieb sie Francesca einen Brief und erzählte ihr humorvoll vom Besuch des Journalisten. Als sie am späten Nachmittag auf dem Rückweg vom Strand durch den Ort Capri kam, überflog sie die Titel der englischsprachigen Zeitungen, doch von Varuns Artikel war nichts zu sehen. Die englischsprachige Presse kam hier allerdings immer mit Verspätung an. Sie kaufte sich das lokale Käseblatt, setzte sich an der *piazzetta* in ein Café und bestellte eine *granita di limone.* Mit ihrer italienischen Zeitung kam sie sich sehr einheimisch vor. Immerhin war sie genetisch Halbitalienerin, auch wenn sie mit ihrer weißen Haut, den eher hellen Haaren und den Sommersprossen nicht so aussah.

In der Rubrik Vermischtes blieb sie an den Worten »*Turista americano … Scuba diving … Ischia*« hängen. Hastig las sie die paar Zeilen, von denen sie fast jedes Wort verstand. Auf Ischia war ein amerikanischer älterer Tourist beim Sporttauchen vermisst worden. Der Tauchlehrer hatte ihn gefunden, mit abgerissenem Schlauch hing er an einer Koralle. Er hatte den Amerikaner sofort an die Oberfläche geholt, doch er konnte nicht reanimiert werden. Eine Obduktion würde nun die Ursache für diesen bedauerlichen Unfall klären – vermutlich Magen- oder Herzprobleme.

Ève wurde bleich. Den Namen des Mannes verriet der Artikel nicht, aber das Alter, die Staatsangehörigkeit, das Tauchen und den Unfallort. Alles passte zu Varun.

Ein Unfall. Sie sah ihn wieder vor sich, wie er Anführungsstriche in die Luft malte. Sie hatte ihn nicht ernst genommen. War er beschattet worden? Hatte sie sein Todesurteil unterzeichnet, als sie ihn nach Ischia schickte?

»*Signora, tutto va bene?*«

Der Kellner sah sie beunruhigt an. Sie wischte sich die Tränen aus dem Gesicht.

»*Si, grazie … Brutte notizie!*«

Sie bezahlte ihre Granita und stand auf. Das Café hatte zwar WLAN, aber mit ihrem veralteten Klapptelefon, das sie in

Europa immer benutzte, kam sie nicht ins Netz. Sie musste ihr iPad holen und Paul kontaktieren.

Im Eiltempo lief sie die lange gepflasterte Straße zu ihrem Häuschen hoch und dann schnell wieder hinunter zum Café gegenüber dem Supermarkt, wo der Kellner schon die Stühle stapelte. Sie googelte Varuns Namen und fand weder eine Todesanzeige noch einen Hinweis auf den Unfall. Dann gab sie auf Italienisch »Tauchunfall Ischia« ein. Der Amerikaner hieß Jack Beacon; er hinterließ eine zweiundfünfzigjährige Ehefrau – genau Èves Alter. Sie seufzte erleichtert, nicht ohne Anteil am Unglück des Amerikaners zu nehmen.

Als sie ihr Postfach öffnete, sah sie unter den Absendern Varuns Namen.

Liebe Ève, es geht mir sehr gut. Gleich unterhalb meines Hotels gibt es einen Sandstrand (keine Treppe!), das Internet funktioniert gut, und ich weiß die Klimaanlage zu schätzen, wo die Luft doch so feucht ist. Ich habe wirklich eine gute Wahl getroffen und kann dir dieses Hotel nur empfehlen, falls du mal nach Ischia fährst. Ich habe auch mit dem Sporttauchen angefangen. Es macht großen Spaß, und ich komme schon ziemlich gut zurecht! Nur eins hat mich enttäuscht: Die Veröffentlichung meines Artikels wurde verschoben. Das riecht nach Druck von ganz oben. Tja, die Zeiten von Watergate und Ben Bradlee sind vorbei! (Falls du nicht weißt, wer das ist, frag Paul. :-)) Das Gute ist, dass ich meine Ferien jetzt verlängern kann.

Dir eine gute Rückreise nach New York.

Liebe Grüße,

Varun

Varun, ganz er selbst.

Sie bedauerte, dass sie es Paul nicht erzählen konnte. Zusammen hätten sie herzhaft gelacht.

KAPITEL 9

»Auch du wirst allein alt werden«

14. November 2016

Sie hatte gerade die erste Stiefelette angezogen, da klingelte das Festnetztelefon. Humpelnd lief sie durchs Wohnzimmer.

»Hallo, Clarisse! Heute Abend, stimmt's?«

Diana hatte das Datum nicht vergessen. Seit ihrer Begegnung vor den Lauchstangen im Supermarkt der Rue Saint-Antoine war die junge Bosnierin Clarisse' enge neue Freundin geworden.

»Ja. Ich bin nervös.«

»Vor zwei Monaten warst du dir sicher, dass sie es schrecklich finden würden. Und sie fanden es toll.«

»Ich habe Angst wegen dem Ende. Der Schluss ist immer mein Problem.«

So konnte man es ausdrücken. Seit Clarisse fünfzehn war, hatte sie etliche Hefte vollgeschrieben. Und nie ein richtiges Ende gefunden, immer ohne Schluss aufgehört. Nie irgendetwas zur Veröffentlichung vorgelegt.

Seit der einmütigen Reaktion der Gruppe vor zwei Monaten träumten die beiden davon, wie es weitergehen würde: Veröffentlichung, Erfolg, Film mit Juliette Binoche, Filmfestival von Cannes und – warum nicht – Hollywood.

»Ich bin mir sicher, alles wird gut. Was ziehst du an?«

»Meine schwarze Jeans und die Tunika von Isabel Marant, die du so magst.«

»Gut. Und du bleibst, bis alle weg sind? Hilfst ihm, die Küche aufzuräumen?«

»Pascale wird mich nie im Leben mit ihm allein lassen.«

»Nervig ist die.«

»Das kann man wohl sagen.«

»Du kriegst das schon hin. Ich glaube daran. Er ist geschieden und hat Kinder, genau wie du. Er ist jünger als du, sieht aber älter aus. Er fühlt sich zu dir hingezogen, das steht fest. Und du hast von ihm geträumt. Außerdem wird er dir helfen, deinen Roman zu veröffentlichen.«

Clarisse trug einen Hauch rosa Lippenstift auf. In einem Roman, der im Winter erschienen war, hatte sie einen Witz gelesen: »Welche Superpower haben Frauen über fünfzig? Die Unsichtbarkeit.« Auf sie traf das nicht zu, vor allem seit sich jenes Haarwunder ereignet hatte, das ihr Friseur, der darüber genauso überrascht war wie sie, zum Phänomen einer Oxidation durch Sonneneinstrahlung erklärt hatte. Vor ein paar Jahren hatte Clarisse beschlossen, sich die Ansätze färben zu lassen, die langsam grau wurden, worauf ihre Haare begonnen hatten, in einem schönen Aschblond nachzuwachsen. Die krausen Locken, die sie als Jugendliche verzweifelt zu kaschieren versucht hatte, waren jetzt, mit fünfzig, ihre verlässlichsten Verbündeten. Ihre spektakuläre helle Lockenpracht, die im Kontrast zu ihrem olivfarbenen Teint und den dunklen Augen stand, machte sie zehn Jahre jünger. Sie musste nicht online gehen, um Männer kennenzulernen.

Sie prüfte ihre Mails. Yves verlangte die längst fällige Übersetzung. Sie versprach, sie ihm am nächsten Tag zu schicken. Die letzten Arbeiten an ihrem eigenen Text hatten sie so beschäftigt, dass sie nicht daran gedacht hatte. Yves nannte sie

Madame Mañana. Zum Glück mochte er sie. Immerhin hing ihr materielles Überleben von ihm ab. Aber wenn das Buch bei einem Verlag erscheinen würde, wenn es einen Literaturpreis bekommen und eine Filmproduktion die Rechte kaufen würde, ja dann … vielleicht … irgendwann …

Achtung, nicht das Fell des Bären verteilen, bevor er erledigt ist.

Sie steckte die Backform, die sie neben dem Ofen stehen gelassen hatte, in ihre Tasche, zog eine Jeansjacke an und schlang sich den Schal um den Hals, den Martin ihr zum Geburtstag geschenkt hatte. Seit einer Woche war es kalt; nach dem herrlichen Herbst brach plötzlich der Winter herein. Pepper und Pizzicato beobachteten sie, und während der fuchsrote Pizzi ihre Kleiderwahl gutzuheißen und ihr viel Glück zu wünschen schien, sah der alte Pepper traurig und erschöpft aus. Sie streichelte das arme, krebskranke Tier, vergewisserte sich, dass die beiden genügend Wasser und Trockenfutter hatten, und wollte gerade die Tür hinter sich zuschlagen, da klingelte das Festnetztelefon. Sie kehrte um.

»Hallo?«

»Maman!«

Wie Badewasser, das durch den geöffneten Abfluss rauscht, entschwand ihre gute Stimmung. Sie bedauerte, drangegangen zu sein.

»Sie hat wirklich jemanden kennengelernt!«

»Du weißt doch gar nicht, ob das von Dauer ist, Schätzchen. Komm morgen zum Mittagessen. Ich muss los.«

»Glaubst du, sie kennt ihn schon seit …«

»Morgen Mittag, mein Engel. Kannst du den Abend bei Simon verbringen?«

»Es tut so weh …«

Simon, den er seit dem Kindergarten kannte, war sein einziger Freund. Lucas weinte. Hätte sie ihm doch nur ein bisschen von ihrer eigenen Kraft einhauchen können.

»Geh zu Simon, Schätzchen. Bis morgen Mittag.«

Sie legte auf, ohne ihm Zeit für eine Antwort zu lassen. Unten könnte sie ihn eigentlich nochmal per Handy anrufen, aber das hätte sie für nichts und wieder nichts ihre ganze Energie gekostet. Sie brauchte diese halbe Stunde Einsamkeit, während sie zu Seb ging. Morgen würde sie Lucas davon überzeugen, wieder einen Termin bei Dr. Afzal zu machen und sich ein Antidepressivum verschreiben zu lassen.

Als ihr Sohn vor einem Monat angekündigt hatte, wieder bei ihr einziehen zu wollen, hatte sie immerhin Einfallsreichtum bewiesen. Vor lauter Entsetzen angesichts der Perspektive, ihre Wohnung wieder mit ihm teilen, den ganzen Tag seinen Anblick in Unterhose ertragen und ihn von morgens bis abends aufmuntern zu müssen, hatte sie Isabelle angerufen, deren Tochter in England studierte und ein Dachzimmer zurückgelassen hatte, das zu klein war, um legal vermietet zu werden. Alle ihre Freundinnen waren sich einig: Die Rückkehr nach Hause wäre eine Regression. Seine Mutter konnte ihn nicht weiter durchs Leben schleppen.

Bei allem Groll gegen Noémie, die wie eine Tochter von ihr aufgenommen worden war, konnte Clarisse sie schon auch verstehen. Lucas war eine Last. Eine charmante, liebenswerte Last, aber eine Last. Die Depression war anstrengend für sein Umfeld. Weil Noémie elf Jahre älter war als er, hatte Clarisse gehofft, dass sie ein Kind bekommen und Lucas Vater und Hausmann werden würde. Welche Möglichkeiten blieben ihm denn, nachdem er drei Mal hintereinander das erste Jahr des Geschichtsstudiums nicht geschafft hatte und dann auch noch drei Mal im Psychologiestudium gescheitert war? Der Traum, Grundschullehrer zu werden, war ausgeträumt. Scheitern war ein Teufelskreis. Um Geld zu verdienen, musste er mit seinen sechsundzwanzig Jahren Hunde ausführen.

Aber sie würde dieses Problem, das wie ein tiefes, Angst machendes Loch vor ihr aufklaffte, nicht heute lösen. Sie stieg die engen Stufen aus dem siebten zum sechsten Stock hinab und dann weiter durch das mit Teppich ausgelegte Treppenhaus. Ihr Fahrrad konnte sie nicht nehmen, weil der kaputte Reifen immer noch nicht repariert war. Wegen Lucas' Anruf würde sie nicht wie sonst zehn Minuten früher da sein.

»Salut, Clarisse!«

Abdou, der große Senegalese, der im Gemüse-Obst-Laden arbeitete, schenkte ihr sein strahlendes Lächeln. Sie schickte ihm einen Luftkuss und machte ein Zeichen, dass sie in Eile war. Als sie mit einer Flasche Rosé aus Nicolas' Laden trat, gab sie erst der Syrerin, die mit ihrem Kind auf einer Matratze saß, und dann der Verrückten im Pelzmantel einen Euro. Letztere bedankte sich wie eine Frau von Welt: »Herzlichen Dank, Madame! Das ist ganz reizend von Ihnen!«

Als Clarisse am Buchladen *La Belle Lurette* vorbeiging, stellte sie sich ihr gedrucktes Buch im Schaufenster vor, mit ihrem Namen in blauer Schrift auf weißem Untergrund. Siebzig Seiten, ob das zu wenig war? Müsste sie eine zweite Geschichte schreiben, bevor sie das Manuskript losschickte? Seb hatte gesagt, in Frankreich würden Texte jeden Umfangs veröffentlicht.

Mit schnellen Schritten lief sie die Rue de Turenne hoch und bog in die Rue de Saintonge ein. In fünfzig Metern Entfernung zum Bataclan marschierten Soldaten mit Maschinengewehren den Boulevard Voltaire auf und ab. Gestern hatte sich das Attentat zum ersten Mal gejährt, und die Stadt stand unter Strom. Sie dachte an die Zufälle, die einem das Leben retten konnten, nachdem man sich vorher über sie geärgert hat. Am 12. November 2015, der deutlich milder gewesen war als der Abend heute, hätte sie um ein Haar auf der Terrasse des Petit Cambodge zu Abend gegessen. Gerade als Florence und sie sich schon setzen wollten, hatte ihnen ein Paar ganz dreist den letzten Tisch weggeschnappt. Sie waren ein Stück weiter in ein Restaurant ohne Terrasse ausgewichen. Als die verstörten Menschen hereinstürzten und von einer Schießerei berichteten, hatten Florence und Clarisse an einen Vergeltungsakt im Drogenmilieu gedacht. Auf der Terrasse des Petit Cambodge und des Carillon waren zwölf Menschen getötet worden. Insgesamt gab es einhundertdreißig Tote. Unter den Opfern im Bataclan war auch ein Ex-Geliebter von Clarisse.

Im letzten Februar hatte sie auf Radio France Culture ein Interview mit Seb gehört. »Ich bin ein ausgemachter Stümper«, sagte er. »Meine ersten Versuche sind grausames Mittelmaß. Schreiben ist für mich ständiges Neuschreiben.« Na schön, aber woher kam die Motivation, immer wieder von vorn anzufangen? Als auf ihrer Facebook-Seite eine Werbung für Sebs Schreibwerkstatt auftauchte, hatte Clarisse dies als einen Wink des Schicksals gedeutet, auch wenn sie eine Manipulation von Google dahinter vermutete. Billig war die Sache nicht: sechshundert Euro für zwölf Stunden, auf zwei Wochenenden verteilt. In Sebs Schreibwerkstatt hatte sie den Abend des 13. November beschrieben, an dem sie, ohne es selbst zu merken, jedes Detail abgespeichert hatte: etwa die Angst im Gesicht der jungen Frau, als sie in den Keller des Restaurants rannte und ihr Kind so panisch hinter sich her riss, dass sie ihm dabei die Schulter hätte auskugeln können; oder den alten Mann, der mit seiner Familie am Nachbartisch saß und ungeduldig wurde, weil das Hauptgericht auf sich warten ließ, worauf seine Frau in saloppem Ton zu ihren erwachsenen Kindern sagte: »Damals die Bomben haben wir auch überlebt …«

Seb hatte ihren Text extrem lebendig gefunden und sie nach der letzten Werkstatt gebeten zu warten. »Schreiben Sie?« – »Nein.« – »Das sollten Sie. Sie haben Talent.« – »Dafür ist es ein bisschen zu spät.« – »Warum denn? Haben Sie Kinder?« – »Drei.« Er warf einen Blick auf ihre Hand, an der sich kein Ehering befand. »Sie sind geschieden, und die Kinder leben bei Ihnen, richtig?« Sie hatte genickt. »Schwierig. Wenn sie klein sind, kann man nicht viel machen. Wobei, inzwischen sind sie doch sicher in der Schule, oder?« Für wie alt hielt er sie eigentlich? Es war schmeichelhaft. Er hatte ihr Lächeln als Zustimmung gedeutet – »Jetzt ist der Moment, es zu wagen, Clarisse« – und ihr vorgeschlagen, an der Schreibgruppe teilzunehmen, die er mit ein paar Freunden organisierte, von denen manche schon publiziert hatten, manche aber auch nicht. Sie trafen sich einmal im Monat. »Es spornt an, wenn man eine Deadline hat. Und sieben Menschen, die deine Texte lesen, das sind sieben Spiegel, die dir das, was du schreibst, aus allen Blickwinkeln zeigen. So etwas ist sehr nützlich.« – »Ich glaube, ich hätte zu viel Angst.« – »Wir sind nicht da, um zu urteilen, sondern um Vorschläge zu machen. Die Gruppe ist wohlwollend, und jeder geht darin ein Wagnis ein. Vielleicht fangen Sie einfach damit an, die Texte der anderen zu lesen und zuzuhören, dann sehen Sie selbst, ob es ein Rahmen ist, der Sie inspiriert.«

Ein berühmter Schriftsteller interessierte sich für sie: nicht für ihre Brüste, sondern für ihr Schreiben; es war das Intimste, was sie hatte. Als Seb sie im Mai seinen Freunden vorstellte, kam sie sich vor wie das Nesthäkchen, dabei war sie bei Weitem die Älteste. Schnell wurde die Schreibgruppe ihre Lieblingsbeschäftigung. Sie blickte jedem Treffen mit Ungeduld entgegen. Die Texte der anderen zu lesen und konstruktiv zu kommentieren, auf eine Weise, die den Autor nicht verletzte, war eine spannende Herausforderung. Und Seb hatte sich nicht getäuscht: Im Laufe des Sommers bekam sie Lust, selbst zu schreiben. Im September hatte sie ihnen dann die erste Hälfte eines Textes gegeben, in dem sie von ihrer Liaison mit J.-B. erzählte, Jean-Baptiste Cœur-Aimable, einem vierundzwanzigjährigen Haitianer, den sie in ihrer Erzählung Jules getauft und zu einem Elsässer gemacht hatte, weil sie fürchtete, dass ein Verhältnis zwischen einem jungen Schwarzen und einer älteren Frau, die auf sehr viel jüngere Männer steht (die Realität), zu klischeehaft gewesen wäre. Clarisse hatte ihre Hauptfigur Suzanne außerdem um ein paar Jahre älter gemacht, damit der Altersunterschied noch frappierender war. Die Reaktion war einhellig, was selten vorkam. Sogar Pascale, die Kritischste von allen, wirkte ehrlich, als sie überrascht fragte: »Und du hast wirklich noch nie etwas geschrieben?« Seb hatte in respektvollem Ton mit ihr gesprochen, als wäre sie eine Kollegin. Und auch wenn Clarisse sich fragte, ob das Loblied der Gruppe letztlich darauf abzielte, dem Chef zu gefallen (jede Sozialstruktur ist hierarchisch, selbst eine Schreibgruppe), hatte sie das Treffen in freudiger Erregung verlassen. An diesem Abend ging sie zum Ausgang des Clubs, in dem J.-B. arbeitete, und wartete auf ihn, obwohl sie kein Rendezvous hatten.

Seb hatte schon viele Romane geschrieben, Literaturpreise gewonnen, und zwei seiner Bücher waren verfilmt worden. Wenn man ihn googelte, wurden mehr als zweihunderttausend Einträge angezeigt. Aber Schriftsteller sind trotzdem keine Stars. Mehr als sein Renommee beeindruckte Clarisse die Art und Weise, wie er seine Leidenschaft zum Beruf gemacht hatte, aus eigener Kraft, wenn man ihm glauben durfte. Er gab ihr Hoffnung. Er war groß und massig, ein Bär. Nicht zu vergleichen mit der schlanken Eleganz Jean-Baptistes, dessen Körper – dunkel, muskulös und ohne jedes Fett – ein lebendiges Kunstwerk war. Seb hatte einen Bauch und nikotingelbe Finger. Trotzdem ging von ihm eine starke Anziehungskraft aus, die Clarisse für die Autorität des Meisters hielt – bis er vor einem Monat, im Oktober, nach ihrem Handgelenk gegriffen hatte, um sich ihr indisches Armband anzusehen. Nach dieser Geste hatte sie noch in derselben Nacht von ihm geträumt: Sie standen nebeneinander in einem Museum, sein kleiner Finger und ihr kleiner Finger ineinander verhakt, ohne dass die Museumsführerin (Pascale!) es sah, und Clarisse war vor Verlangen zerflossen.

Anfang September hatte er ihr vorgeschlagen, im Musée d'Orsay am geöffneten Donnerstagabend eine Ausstellung mit ihm zu besuchen, die in drei Tagen enden würde (daher das Museum in ihrem Traum einen Monat später). Sie hatte geschmeichelt Ja gesagt. Am Donnerstagnachmittag kam jedoch eine SMS von J.-B., der sie am selben Abend sehen wollte, und sie hatte Seb unverschämterweise abgesagt; den Grund dürfte er beim Lesen ihrer Erzählung erraten haben. Er würde sich nicht noch einmal vorwagen. Es war an ihr, den ersten Schritt zu tun.

Sie bog in die Rue Morand ein. Wie gewöhnlich saß auf der Terrasse des Cafés gegenüber der Moschee keine einzige Frau, und die Blicke der Männer klebten an ihr. Wegen solcher Sachen mochte sie die muslimische Religion nicht, wie sie überhaupt jede Religion ablehnte, die der Freiheit der Frauen Grenzen setzte. Sie tippte den Code der Eingangstür und stieg, obwohl es einen Aufzug gab, die Treppe hoch. Im vierten Stock öffnete ihr Seb die Tür und küsste sie zur Begrüßung auf beide Wangen. Pascale war schon in der Küche und lehnte mit einer Bierflasche in der Hand an der Arbeitsfläche. Sie begrüßten sich herzlich.

Pascale war eine schöne Frau, fünfundvierzig, kurzes graues Haar. Vor zehn Jahren hatte sie im Verlag P. O. L. einen Roman veröffentlicht und arbeitete in den Zeitritzen, die ihr die eigene kleine Consultingfirma ließ, an einem Erzählband. Seb und Pascale kannten sich schon lange. Sie wachte zwar wie eine Wölfin über ihn, war für Clarisse aber sicherlich keine Rivalin. Clarisse nahm die Flasche Rosé und den Oliven-Cake aus ihrer Umhängetasche und bat Seb um eine Platte; er gab ihr einen angeschlagenen Teller und bot ihr ein Bier an.

»Clarisse trinkt doch keinen Alkohol«, warf Pascale ein.

»Stimmt, entschuldige. Einen Tee, ein Glas Wasser?«

Es klingelte. Während er zur Tür verschwand und Pascale auf ihr Handy schaute, ging Clarisse auf die Toilette. Durch einen Türspalt sah sie ein Zimmer, in dem Spielsachen herumlagen. Seb hatte zwei Kinder: einen Jugendlichen, der seinen Vornamen – Lucien – Balzacs *Verlorenen Illusionen* verdankte, und eine siebenjährige Tochter, die in Anlehnung an Sebs Lieblingsfigur aus Hugos *Die Elenden* Eponine hieß: Eponine war in dem Roman ein junges Mädchen mit edlen Gefühlen, das in eine fürchterliche Familie hineingeboren wird, sich später für Marius opfert, in den sie verliebt ist, und dafür mit dem Tod belohnt wird anstatt mit ein wenig Dankbarkeit. Immer wenn sich die Gruppe traf, verbrachten Sebs Kinder die Woche bei ihrer Mutter.

Als sie von der Toilette zurückkam, waren auch Philippe, Emmanuelle und Ben eingetroffen.

»Marie ist erkältet«, ließ Seb wissen. »Sie schickt dir ihren Kommentar per Mail, Clarisse.«

Alle begrüßten sich mit Küsschen. Fehlte nur noch Olivier. Seb überprüfte seine Mails.

»Ah, seiner Frau ist etwas dazwischengekommen, er muss auf die Kinder aufpassen.«

Ob es etwas mit ihrem Text zu tun hatte, dass die beiden nicht kamen? Clarisse versuchte, ihre Nervosität zu bezwingen.

Im Wohnzimmer nahmen sie alle an dem großen Tisch Platz. Emmanuelle erzählte von ihrer neuen Nespresso-Maschine und Pascale und Seb von der israelischen Serie *Hatufim* – mit einer Begeisterung, die inzwischen nur noch Serien hervorrufen können. Emmanuelle, Ben und Philippe erwähnten die Zeremonie zum Gedenken an die Attentate, der sie am Vortag beigewohnt hatten. Es war zwanzig vor acht. Man konnte fast den Eindruck gewinnen, dass niemand Lust hatte anzufangen. Schließlich gab Seb das Startzeichen.

Reihum berichteten alle, wie ihr Monat in puncto Schreiben

gelaufen war: Anzahl der geschriebenen Seiten, aufgetretene Blockaden und angewandte Umgehungstricks, Verlagssuche. Es war das Pendant zu einer Sitzung der Anonymen Alkoholiker, eben nur für Schriftsteller. Sie knabberten dabei Pistazien und in Stücke gebrochene Bitterschokolade, lobten überschwänglich Clarisse' köstlichen Oliven-Cake und leerten die Flasche Rosé. Man zollte Seb Beifall dafür, dass er seinen Roman beendet hatte, und beglückwünschte Philippe, weil er seinen Entschluss, täglich eine Viertelstunde zu schreiben, um nicht aus der Übung zu kommen, umgesetzt hatte. Emmanuelle hatte die gesamte Seitenproduktion eines Monats vernichtet. Man rief ihr in Erinnerung, dass solche entmutigenden Momente Teil des Schreibprozesses seien.

Es gab eine Pause. Pascale ging in Begleitung von Seb und Philippe in die Küche, um am Fenster eine Zigarette zu rauchen. Man setzte sich wieder an den Tisch. Clarisse tat das Zahnfleisch weh, und sie erinnerte sich, wie sie vor zwei Monaten die gleiche Angst gehabt hatte.

»Wer fängt an?«, fragte Seb. »Clarisse, sagst du, wer anfängt?«

Jemand Nettes.

»Emmanuelle.«

Weil sie nacheinander im Uhrzeigersinn das Wort ergriffen, wäre Seb als Letzter an der Reihe.

Emmanuelle hatte die Fortsetzung von Clarisse' Erzählung an zwei Abenden gelesen und sich nach einem Tag voller Arbeit jedes Mal auf das Wiedersehen mit dem Text gefreut. Und das sei ja das Beste, was man von Literatur erwarten könne, dieses Gefühl, dass sie einen wirklich begleite.

»Du musst nur das Ende ein bisschen überarbeiten. Es hat meine Erwartungen enttäuscht.«

Logisch, dass diese zweiundvierzigjährige Frau aus der Picardie, Angestellte eines Schulbuchverlags, verheiratet, kinderlos, sich die Geschichte eines solchen Liebesverhältnisses nicht vorstellen konnte, ohne dass am Ende die gute alte Moral von der Geschicht' kam. Als Homosexueller und Stammgast in den Bars des Marais würde Philippe für diesen Text der bessere Leser sein. Er fing mit einer Reihe von Komplimenten an und fügte dann hinzu, dass er es genauso empfunden habe wie Emmanuelle:

»Man versteht nicht, warum dieses Verhältnis weitergeht. Ich glaube der Geschichte nicht.«

Clarisse hatte das Gefühl, dass sich der Wind drehte. Pascale meldete sich zu Wort:

»Ich halte so ein klares Ende gar nicht für notwendig. Ganz im Gegenteil, mir gefällt dieser Widerstand gegen die gewohnten Regeln des Erzählens. Aber du gehst nicht weit genug, Clarisse. Versuch nicht, die Affäre zu rechtfertigen. Der Text wird an Kraft gewinnen, wenn du dich auf die rein physische Beschreibung beschränkst.«

Pascale erwartete einen anderen, härteren Text. Dieses Urteil, das den ersten beiden Meinungen widersprach, half Clarisse nicht weiter. Nun war Ben an der Reihe.

»Ich sehe das anders, Pascale. Clarisse' Erzählung ist zu plastisch. Mir ist es wurscht, wenn ich das so sagen darf, wie Jules jetzt Suzannes Mund mit seinem Glied ausfüllt, wie er sie von vorne nimmt oder von hinten oder sie wie eine Origamifigur faltet und biegt.«

Philippe und Pascale gluckste n. Clarisse verkrampfte sich. Ben, der selbst Science-Fiction-Romane schrieb, war ein dreißigjähriger Informatiker, sportlich und puritanisch wie diese ganze vermeintlich freie Generation, und hatte den Altersunterschied zwischen Suzanne und Jules bestimmt schockierend gefunden.

Vor einem Monat waren sie mit ihm auch nicht sanfter umgegangen. Bei all der Kritik musste Clarisse die Spreu vom Weizen trennen und durfte sich nur das merken, was für sie nützlich war. Vielleicht hatte sie sich letztlich doch zu viel zugemutet. Aber es ging hier ja nicht um Leben und Tod. Es war einfach nur ein unangenehmer Moment, den sie hinter sich bringen musste.

Blieb nur noch Seb, von allen der einzige echte Profi. Sie nahm einige Schluck Wasser.

»Clarisse, das Treffen heute wird dir richtig viel nützen, weil unsere Meinungen alle in die gleiche Richtung gehen. Dein Text hat wirklich gut angefangen, aber er funktioniert nicht.« Sein Handy, das auf dem Tisch lag, vibrierte. »Entschuldige, ja? Nur eine Minute.«

Er verließ das Zimmer. Ein Stockwerk höher schien etwas Schweres herumgeschoben zu werden, dann war das Dröhnen eines Bohrers zu hören. Alle Blicke wanderten zur Decke, nur Clarisse fixierte die Wand vor sich, während Sebs Worte wie ein Gong in ihrem Kopf widerhallten. »Er funktioniert nicht.« Ein gnadenloses Urteil.

»Vielleicht ist es ja gar kein Bohrer«, sagte Ben. »Sondern eine Kettensäge?«

»Um die Leiche zu zersägen?«

Sie lachten. Wie Kinder. Seb kam zurück.

»Wahnsinn, dieser Krach!«, sagte Philippe.

»Ja, da muss ich mich beschweren.«

Die Zufriedenheit, die ihm deutlich ins Gesicht geschrieben

stand, war sicher dem Anruf geschuldet, den er gerade bekommen hatte.

»Wo war ich stehen geblieben? Ach, ja. Dein Text funktioniert nicht, weil das Ende nicht einleuchtet. Wenn du der Logik deiner Figuren und der Situation, die du geschaffen hast, nicht folgst, wird deine Geschichte falsch.«

»Letztes Mal hast du mir gesagt, alles wäre stimmig.«

»Deine Grundkonstellation hat mich überzeugt: Eine Frau, siebenundfünfzig, geschieden, lernt im Internet einen sehr jungen Typen kennen, der eine Mutter sucht. Ich finde es gut, dass Suzanne nicht die Impulsgeberin ist, sondern von Jules sexuell dominiert wird, dass sie bei ihm wieder zu einer Siebzehnjährigen wird – und dass er sich am helllichten Tag nicht mit ihr auf der Straße zeigen will, weil er sich schämt, mit einer Frau gesehen zu werden, die doppelt so alt ist wie er.«

Es irritierte sie, Seb über ihre amourösen Beziehungen zu J.-B. sprechen zu hören, und sie fragte sich, ob er vielleicht selbst dominant war. Alle warteten nun auf das Unvermeidliche, das »Aber«, das die Kritik einläuten würde.

»Am Anfang profitiert sie nur von dieser heimlichen Beziehung, die ihr ja nichts nimmt. Doch je enger die beiden miteinander werden, desto deutlicher spürt man, dass sich bei ihr etwas Suchthaftes ankündigt, so wie bei einem Ex-Junkie der alte Drang wach wird.«

Immerhin war er klug. Süchtig zu werden, ja, das war mit J.-B. die Gefahr gewesen.

»Um auf die Seiten zurückzukommen, die wir für heute gelesen haben, mir gefällt der Teil, in dem du beschreibst, wie sie nach dem Bruch wieder zusammenkommen. Als Jules drei Monate, nachdem er sich von Suzanne getrennt hat, zu ihr zurückkehrt, ändert sich die Beziehung komplett. Ein Damm ist gebrochen. Suzanne verliebt sich. Sie ist sich ihres alternden Körpers überhaupt nicht mehr bewusst. Das ist faszinierend. Sie wird das, was man einen *unreliable narrator* nennt. Weißt du, was das ist?«

Sie schüttelte den Kopf.

»Eine Erzählerin, der man nicht trauen kann. Sie erzählt ihre Version der Realität, aber der Leser weiß, dass sie auf ein Desaster zusteuert. Diese Diskrepanz der Perspektiven erzeugt Spannung. Nur dass du jetzt auch selbst die Realität als Prinzip aus den Augen verloren hast. Wie soll denn ein junger Typ, vierundzwanzig, auf Dauer in eine siebenundfünfzigjährige Frau verliebt sein?«

»Und die Macrons?«, rief Philippe, dem Clarisse für die Unterstützung dankbar war.

»Bei ihnen ist der Altersunterschied nicht so groß, und außerdem hat ihre Geschichte – diese Geschichte einer außergewöhnlichen Liebe – nichts mit dem Text von Clarisse zu tun, der ja in erster Linie eine Bettgeschichte ist. Jules Zwiespältigkeit hat mich verblüfft. Er schläft gern mit Suzanne, aber zugleich widert ihn der alternde Körper seiner Geliebten an. Er hat keinen Respekt vor ihr, er empfindet keine Liebe. Wenn man so eine Beziehung beschreibt, in der sich eine Person in Abhängigkeit begibt und großer Verachtung aussetzt, kann man sehr weit gehen.«

Er sah sie an.

»Du musst das, was du als Grundkonstellation formuliert hast, konsequent zu Ende führen, Clarisse. Zeig uns Suzannes Niedergang, während sie noch *glaubt*, die Kontrolle zu haben.

Deine Figur ist so tragisch wie Blanche in *Endstation Sehnsucht.* Lass sie Jules heiraten und ihm, als er sie verlässt, die Hälfte von allem geben, was sie besitzt. Lass sie alles verlieren und obdachlos werden, eine von diesen Verrückten, die man mit ihren Plastiktüten in den Straßen herumschleichen sieht. Du hast das Potenzial für so eine Geschichte. Mit einem menschlichen Absturz, der auch narrativ den Schlusspunkt setzt.«

»Ein bisschen dramatisch, oder?«, sagte Clarisse in gezwungenem Ton.

»Im Moment jedenfalls nicht dramatisch genug. Dein Thema, Suza …«

Großes Gelächter brach aus.

»… Clarisse, entschuldige! Dein Thema ist doch Suzannes fortschreitender Niedergang. Das ist der Spannungsbogen in deinem Text. Du musst Suzanne in den Wahnsinn oder in den Selbstmord treiben. Jedes andere Ende wäre seicht und sentimental.«

»Das sehe ich anders. Meine Figur ist nicht verzweifelt. Sie ist eine klar denkende Frau, die in der Lage ist, die Dinge richtig einzuschätzen, und sie ist relativ glücklich.«

»Glücklich? Sie hat sich zeit ihres Lebens abservieren lassen. Sie ist verzweifelt bei der Vorstellung, allein alt zu werden, Jules ist der Rettungsanker, an den sie sich klammert.«

Clarisse fühlte sich matt.

»Dass du die falsche Richtung eingeschlagen hast, ändert nichts an der Qualität deines Schreibens, Clarisse. Du schaffst das, da bin ich mir sicher. Unsere Gruppe ist heute Abend wirklich nützlich, weil wir alle dasselbe gesagt haben. Gut, es ist spät, hören wir auf? Hast du noch Fragen?«

Sie schüttelte den Kopf. Philippe ging als Erster. Emmanuelle folgte ihm, auch sie musste früh aufstehen. Clarisse räumte mit Pascale und Ben den Tisch ab.

»Soll ich dich noch nach Hause bringen?«, wandte sich Pascale zu Ben. »Ich habe einen zweiten Helm.«

Während sie ihre Jacken anzogen, holte Clarisse die letzten Gläser und stellte sie in die Spüle. Als Seb in die Küche kam, hielt sie mit spitzen Fingern den zerfledderten Schwamm hoch und zwang sich zu einem Lächeln:

»Ist das ein Sammlerstück?«

»Du hast recht, ich sollte mir mal einen neuen kaufen. Danke für deine Hilfe, aber ich muss los. Ich räume morgen auf.«

Immerhin konnte sie Diana jetzt schwören, dass sie es versucht hatte.

Sie stieg hinter Pascale und Ben die Treppe hinunter. Das Motorrad war auf dem gegenüberliegenden Bürgersteig geparkt. Man verabschiedete sich, und die beiden fuhren los. Clarisse blieb allein zurück. Sie entfernte sich von Sebs Haus, damit er nicht auf die Idee kam, dass sie auf ihn wartete. Mit wem traf er sich um zehn Uhr abends, wenn nicht mit der Frau, die ihn vorhin angerufen hatte? Aber egal, es spielte sowieso keine Rolle. Er war nicht ihr Typ. Sein nikotingelbes Gebiss erinnerte sie an die Zähne ihrer Mutter.

In der Schaufensterscheibe eines medizinischen Labors sah sie das Spiegelbild einer kleinen, gebeugten, alten Frau. Sie richtete sich auf. Sie fühlte sich so benommen, als hätte ihr jemand mit einem Holzhammer auf den Kopf geschlagen.

Ohne ihre Umgebung wahrzunehmen, ging sie die Straße hoch. An einem Montagabend, bei dieser Kälte waren kaum

Leute unterwegs. Nach einer Viertelstunde erreichte sie die Place de la République, wo ihr klar wurde, dass sie, anstatt die Richtung ihres Stadtteils einzuschlagen, zur Rue de l'Échiquier unterwegs war. Gegen ein Uhr morgens verließ J.-B. dort den Club. Als sie vor zwei Monaten nach der Schreibgruppe hingegangen war, hatte sie sich in einen Hauseingang gestellt und auf ihn gewartet, durchaus darauf gefasst, ihn irgendwann eng umschlungen mit einem jungen Mädchen davongehen zu sehen. Um Viertel vor zwei war er allein herausgekommen. »J.-B.?« Als er sich umdrehte, lag in seinem Blick alles, wovon sie träumen konnte: freudige Überraschung, Verlangen. Doch jetzt, an diesem Abend, an dem sie Zuspruch brauchte, würde ihre Stimmung Ablehnung hervorrufen.

Von sich aus kontaktierte sie J.-B. nie, schrieb ihm keine Nachrichten, nichts. Wenn er aber Verlangen nach ihr hatte, stand sie zur Verfügung. Was in der Regel alle drei bis vier Wochen der Fall war. Sie konnte nicht auf ihn zugehen, ohne dass er eine Abhängigkeit spüren würde, die ihn vertrieben hätte. Es wäre das Ende der Geschichte gewesen. Sie lächelte bitter. »Das Ende der Geschichte.« Vielleicht sollte sie darüber schreiben: die Reaktion der Gruppe, ihr nächtliches Umherirren, die Schlussszene mit J.-B., der wütend wäre, weil sie ihn bedrängt hätte, und dann? Dass sie sich wie Anna Karenina vor einen Bus werfen würde? Wäre Seb damit zufrieden? Könnte das ein guter Film werden?

Sie dachte an ihren Sohn. Wie hart sie vorhin mit ihm umgesprungen war! »Bis morgen« hatte sie gesagt und dann aufgelegt, als ließe sich Schmerz durch Zeit und Vernunft kanalisieren. Wie sollte Lucas mit so einer Mutter zurechtkommen?

Einer abhängigen, egoistischen Mutter? Sie hatte ihren labilen Jungen daran gehindert, wieder bei ihr zu wohnen, und ihn in ein acht Quadratmeter großes Zimmer gesperrt. Damit er wieder die Kraft fand zu leben – wirklich? Nein. Damit sie J.-B. mit nach Hause nehmen, nackt in ihrer Wohnung herumlaufen und überall vögeln konnte.

Es tat so weh, dass sich Clarisse in die eigene Hand biss; fast hätte sie geblutet.

An der Ecke zur Rue Léon-Jouhaux blieb sie unter einer Straßenlaterne stehen. Sie schrieb ihm eine Nachricht: »Bist du bei Simon, mein Schatz? Küsschen, bis morgen. Dein Mamilein.«

»Bist du allein?«

Sie zuckte zusammen. Sie hatte den näherkommenden Mann nicht bemerkt. Alt, klein, in einen grauen Regenmantel gezwängt, kam er wahrscheinlich aus einem der Sex-Shops in der Rue Saint-Denis.

»Verpiss dich!«, zischte sie.

»Schlampe«, murmelte der Mann und entfernte sich.

Um nicht weiter in die nördliche Richtung zu gehen, wo es sie hinzog, nahm sie die Rue Saint-Martin. Der Ekel, den sie gegenüber diesem Typen empfand, dachte Clarisse, war genau das, was Suzanne bei Seb auslöste. Das gleiche Elend, menschlich und sexuell.

Sie sah sich durchs Sebs Augen: ein erbärmlicher Anblick. Eine alte Frau, die sich an einen vierundzwanzigjährigen Jungen klammerte, zu allem bereit, um sich von ihm die Muschi stopfen zu lassen, sogar bereit, dafür zu zahlen.

Sie hatte J.-B. einen Kaschmirpullover geschenkt, einen Gürtel, ein Hemd von Agnès b., dessen Ärmel für seine muskulösen Arme fast zu eng waren, und Slips, die auf den Pobacken mit lustigen Sprüchen bedruckt waren, *I'm your master tonight.* Sie hatte ihm kleinere Geldsummen geliehen, an deren Rückzahlung er nie dachte. War es denn nicht normal, einem Geliebten Geschenke zu machen? Einmal hatte J.-B. ihr einen Strauß gelber Rosen mitgebracht. Sie waren sofort welk geworden, bestimmt hatte er sie irgendwo in der Métro gekauft, aber die Absicht zählte.

Ein Ping kündigte eine Nachricht an. Nicht von Lucas. Von Diana, die wissen wollte, wie es mit Seb gelaufen war.

Clarisse rief ihren Sohn an und landete auf der Mobilbox. Im selben Moment hörte sie die heulende Sirene eines Krankenwagens. Ein Bild schoss ihr durch den Kopf. Die Nummer des Polizeinotrufs zu wählen, wäre sinnlos. Die würden sich wegen einer bloßen Vorahnung nicht in Bewegung setzen. Sie hinterließ Lucas keine Nachricht, sondern versuchte es bei Isabelle, die nach zweimaligem Klingeln ans Telefon ging.

»Clarisse?«

»Bitte entschuldige, ich weiß, dass es spät ist. Seid ihr schon im Bett?«

»Antoine putzt sich gerade die Zähne. Was ist?«

»Würde es dir etwas ausmachen, mal im sechsten Stock nachzuschauen? Ich kann Lucas nicht erreichen.«

»Lass ihn, Clarisse.«

»Er geht normalerweise immer dran.«

»Vielleicht ist sein Akku leer.«

»Er ist sehr deprimiert, seit Noémie sich getrennt hat.«

Sie wusste, was ihre Freundin dachte: dass sie Lucas mit ihrer Sorge aus der Verantwortung entließ.

»Okay, ich schaue nach«, seufzte Isabelle.

Clarisse schlug die Richtung von Isabelles Wohnung ein, das Handy fest umklammert. Sie musste ihr ausreichend Zeit lassen, sich den Bademantel anzuziehen, den Aufzug zu rufen, bis in den sechsten Stock hochzufahren, zu klopfen, zu warten, bevor sie die Tür öffnete, und wieder hinunterzufahren. Schließlich klingelte das Handy.

»Er ist nicht da.«

»Oh, danke!«

Das Bild des leeren Zimmers verdrängte die Vision eines am Strick hängenden Körpers, die an den Rändern ihres Bewusstseins gelauert hatte. Natürlich gab es auch andere Methoden, man konnte sich in die Seine stürzen oder vor einen Zug werfen, doch die hielt sie für weniger wahrscheinlich.

»Dafür könntest du ihm vorschlagen, mal zu lüften. Und die Krümel aufzukehren, sonst kommen die Mäuse.«

Wie immer, wenn sich Clarisse wegen einem ihrer Kinder, insbesondere Lucas, Vorwürfe anhören musste, zog sich ihr Magen zusammen. Isabelle wusste um ihre Empfindlichkeit. Selbst unter Freunden ist jeder Kredit irgendwann aufgebraucht.

»Es tut mir leid. Lucas sieht die Unordnung einfach nicht.«

»Ich sage dir das ihm zuliebe.« Isabelles Stimme klang jetzt sanfter. »Und du, alles in Ordnung?«

Clarisse hörte, dass Antoine hinter ihr stand.

»Ja, danke.«

Zu Hause machte sie sich einen Kräutertee. Als sie eine Tasse nahm, sprang eine Schraube aus dem Scharnier, und nun hing die Schranktür schief. Es war eine Ikea-Küche: Nach dreizehn Jahren ging sie aus dem Leim. Genauso wie der Rest der Wohnung. Durch die Witterung begann das Holz der Fensterrahmen zu faulen, dieses edle Material, das sie dem Aluminium vorgezogen hatte. Sie mussten abgeschliffen und gestrichen werden. Und in einer Wohnzimmerecke blätterte die Farbe von der Wand; es gab wohl eine undichte Stelle im Dach.

Sie hatte Hunger. Unglaublichen Hunger. Nach Zucker. Als sie eine uralte angefangene Packung weich gewordener Kekse fand, schlang sie, an die Arbeitsplatte gelehnt, den ganzen Inhalt in sich hinein. Hinten in einer Schublade stöberte sie eine halbe Tafel Nougatschokolade auf. Und im Wandschrank einen Rest Kastanienhonig. Sie aß alles auf.

Gegen ein Uhr kam eine SMS von Lucas: Er war bei Simon, sie hatten sich einen Film angeschaut. Beim Zähneputzen fielen ihr die rissigen Fugen in der Dusche und eine lose Kachel auf.

Der Würgegriff hatte sich durch Lucas' Nachricht nicht gelockert. Sie wälzte sich im Bett hin und her, fand nicht in den Schlaf. Von ihren drei Söhnen hatten zwei dafür gesorgt, dass zwischen ihnen und ihrer Mutter ein Ozean lag. Und dem dritten gelang es auch nicht besser als Clarisse, sein Leben zu leben. Keinen einzigen Mann und keinen einzigen Job hatte sie jemals halten können. Sie hatte schreiben wollen und es nie zu Ende gebracht. Und das Einzige, was sie je geschaffen hatte, diese Wohnung, brach langsam über ihr zusammen wie eine Totengruft.

Sie hatte sich in diese Schreibgruppe gestürzt, hatte sich selbst schon als berühmte Autorin gesehen und Seb als ihren schmachtenden Verehrer – genauso wie mit sechzehn, als sie im Glauben, er sei verliebt, einem fremden Jungen blind gefolgt und in die Falle getappt war. Sie war noch genauso wie mit sechzehn. Dumm. Naiv. Anmaßend. Sie dachte an die Prophezeiung ihrer Mutter: »Auch du wirst allein alt werden.« Ihre Tränen flossen in Strömen und durchnässten das Kopfkissen. Sie weinte nicht um sich, sondern um ihre Mutter, um das kleine Mädchen, das 1943 im Alter von sieben Jahren bei einer Razzia festgenommen worden war. Der wachhabende Beamte im Polizeirevier des 9. Arrondissements ließ alle Kinder gehen, und Irinas Mutter hatte ihre Tochter einem anderen, etwas älteren Mädchen anvertraut, doch Irina klammerte sich an sie und ließ erst los, als die Mutter ihr eine Ohrfeige gab. Es war Irinas letzte Erinnerung an ihre Mutter. Eine Ohrfeige, um sie zu retten.

Um vier Uhr stieg Clarisse aus dem Bett, riss im Wohnzimmer die Fenstertüren auf und blickte in die Nacht hinaus. Nicht nur die Angst vor einer Querschnittslähmung hielt sie davon ab zu springen. Sie hing genauso am Leben, wie sie an J.-B. hing.

Sie war dreiundfünfzig. Männer hatten mit fünfzig oder sechzig nicht das geringste Problem, eine dreißig- oder vierzigjährige Frau zu finden. Und jenseits der siebzig suchten sie eine zukünftige Pflegekraft. Dazu fühlte sie sich nicht berufen. Das Verlangen zwischen ihr und J.-B. war real, Lust kannte kein Alter, die Gesellschaft war der Grund, warum sich J.-B. dafür schämte. Martin, der »normalste« ihrer Söhne, würde vielleicht nicht mehr mit ihr reden, wenn er wüsste, dass sie einen Liebhaber hatte, der fünf Jahre jünger war als er selbst. Das alles war so unendlich traurig. Sie ging wieder ins Bett.

Irgendwann sickerte ein bleicher Morgen durch das Dachfenster, dessen Rollo sie nicht ganz heruntergezogen hatte. Sie stand auf und machte sich einen Tee. Sie trank ihn auf dem Sofa vor ihren drei Fenstertüren, die zu den grauen Zinkdächern und dem diesigen Himmel hinausgingen. Pizzicato strich um ihr Bein, und sie musste Pepper aufs Sofa helfen, damit er sich in ihren Schoß legen konnte. Die Angst der Nacht verflüchtigte sich.

Um zwanzig vor neun klingelte das Telefon. Diana. Sie hatte ihre Kinder zur Schule gebracht und war unterwegs zum Büro. Dass Clarisse abnahm, überraschte sie, denn sie wusste, dass ihre Freundin sehr spät schlafen ging und selten vor zehn oder elf aufstand.

»Hast du die Nacht dort verbracht?«

»Du wirst enttäuscht sein: Er hat jemanden kennengelernt.«

»Oh, schade! Du hast zu lange gewartet. Hilft er dir denn, dein Buch zu veröffentlichen?«

»Er findet das Ende furchtbar. Alle fanden es furchtbar. Ich habe mir gestern Abend einiges anhören müssen.« Sie berichtete von den Meinungen der anderen, darunter auch die von Seb, der sogar noch einen draufgesetzt hatte. Diana schwieg, als ob Sebs Argumente mit dem übereinstimmten, was sie nie gesagt, aber insgeheim gedacht hatte.

»Das erinnert mich an eine Sendung, die ich auf France Culture gehört habe«, sagte sie schließlich. »Über einen Roman, von dem du mir mal erzählt hast … *Die Prinzessin von Faye?*«

»*Die Prinzessin von Clèves*«.

Selbst Diana schien einer klaren Antwort ausweichen zu wollen.

»Im siebzehnten Jahrhundert hat man diesem Roman seine

Unglaubwürdigkeit vorgeworfen, weil es nicht sein konnte, dass eine Frau ihrem Ehemann die Liebe zu einem anderen Mann offenbart. Drei Jahrhunderte später ist das aber sehr wohl möglich! Und *Die Prinzessin von Clèves* gilt nicht mehr als unglaubwürdiger, misslungener Roman, sondern als Meisterwerk.«

Clarisse wurde klar, worauf sie hinauswollte.

»Du bist deiner Zeit auch voraus, Clarisse. Was die Leute in deiner Gruppe lesen wollen, ist das Klischee des weißen, heterosexuellen Mannes. In deiner Geschichte gibt es weder Absturz noch Erlösung. Jules verachtet Suzanne nicht. Sie hat etwas Außergewöhnliches, in das er verliebt ist: eine erotische Energie, die die meisten Frauen nie hatten oder mit zunehmendem Alter verlieren. Suzanne ist eine durch und durch freie Frau und keine tragische Figur. Hat Seb das nicht verstanden? Hey, der Typ ist eine Null. Den kannst du vergessen. Aber ich habe dich wegen was anderem angerufen. Robin kommt heute früher nach Hause und kann sich um die Kinder kümmern: Gehen wir ins Kino?«

Als sie auflegte, hatte Clarisse ein Lächeln auf den Lippen. Sie war sich sicher, dass Diana improvisiert hatte, dass sie nicht angerufen hatte, um ihr das Kino vorzuschlagen.

Sie stand fest und mit beiden Füßen auf einem Holzboden aus massiver Eiche, dem die Zeit nichts hatte anhaben können, und war nicht gewillt, sich aus dem Gleichgewicht bringen zu lassen. Sie hatte ihre Katzen, den Himmel, die Stille (nach oben hin keine Nachbarn), ihre Söhne und vor allem ihre Freundinnen. Es war überhaupt nicht notwendig, sich an den Schreibtisch zu setzen, den Computer einzuschalten und die Sache noch einmal in Angriff zu nehmen. Sie würde nicht mehr zur Schreibgruppe gehen. Es gab schon genug Schriftsteller. Sie würde in der Dusche die Fugen erneuern, ihre Übersetzung fertig machen, bei der Eigentümergemeinschaft anrufen, damit das Dach repariert wurde, und dann für Lucas ihr Hühnchen nach südostasiatischer Art zubereiten.

ZWEITER TEIL

Die Geschichte von Ève

Es war vor zweieinhalb Jahren. In einem anderen Leben – dem Leben, bevor ich Clarisse kennengelernt hatte, vor jenem Bruch, den der Tod bedeutet.

Nachdem ich an diesem Morgen im November 2018 meine Mails gelesen hatte, öffnete ich meine Facebook-Seite. Seit dem Verkauf meiner Firma kam das nur noch selten vor, aber an diesem Abend traf sich der Lesekreis bei mir, und ich wollte mir ein altes Posting über allerlei Tricks beim Macaron-Backen durchlesen. Weil ich seit dem Verkauf aufgehört hatte, meine Seite zu aktualisieren, war ich überrascht, als ich sah, dass mir jemand eine private Nachricht geschickt hatte, und das schon vor mehreren Wochen.

»Guten Tag, und ich bitte um Entschuldigung, falls Sie meine Frage seltsam finden: Ist Françoise Caradec ein Mitglied Ihrer Familie?«

Meine Mutter heißt Françoise, und ihr Mädchenname war Caradec.

Für mein Kochbuch, das in Frankreich und in den USA erschienen ist und auf meiner Facebook-Seite immer noch beworben wird, habe ich diesen Namen als Pseudonym gewählt. Ich dachte, eine alte Freundin meiner Mutter hätte mein Buch gesehen und wollte nun über mich den Kontakt wiederherstellen. Aber dann fiel mir der Name der Absenderin auf – Moretti – und ich zuckte zusammen. War Moretti ein verbreiteter Name? Oder hatte diese Clarisse Moretti etwas mit meinem Vater zu tun?

Ich schrieb eine vorsichtige Antwort: »Warum stellen Sie mir diese Frage?«

Es war ungewiss, ob sie meine Nachricht sofort sehen würde. Ich ging wieder nach unten in die Küche. Abgesehen von den Macarons hatte ich vor, Cannelés zu machen, eine Lammkeule, die sieben Stunden schmoren musste, und eine Ratatouille, bei der jedes Gemüse getrennt zubereitet wird. Allerdings war mir inzwischen nicht mehr nach Kochen und auch nicht nach Lesekreis zumute. Die Nachricht und der Name hatten mich irritiert. Als ich die Macarons in den Ofen geschoben hatte, ging ich wieder hoch. Auf meiner Facebook-Seite war eine Antwort.

»Mein Vater, Alberto Moretti, ist vor einem Jahr gestorben. Beim Auflösen seiner Wohnung habe ich Fotos einer jungen Frau gefunden, und auf der Rückseite stand: *Françoise Caradec 1963*. In einem Pariser Buchladen ist mir dann auf einem Kochbuch genau dieser Name, Caradec, aufgefallen, und ich habe Sie gegoogelt. Sie leben in New York, sind aber Französin, also versuche ich es auf gut Glück. Wenn Sie mit Françoise Caradec verwandt sind, würde ich Ihnen die Fotos gern schicken, sie sind sehr schön.«

Es war die Tochter von Alberto Moretti.

Also meine Schwester.

Wusste sie das?

Auf ihrer Facebook-Seite gab es ein kleines Foto mit Hut von ihr. Sie hatte einen dunklen Teint und schwarze Augen. Sie ähnelte Alberto – jedenfalls soweit ich mich nach so langer Zeit noch an ihn erinnern konnte. Sie war am 10. April 1963 in Paris zur Welt gekommen. Ich rechnete schnell nach: auf den Tag genau neun Monate früher als ich.

Ich hatte Alberto Morettis dunkle Stimme mit dem melodischen Akzent noch im Ohr, als er mir 1984 in einer Trattoria in Trastevere auf meine Frage, ob er noch mehr Kinder habe, geantwortet hatte: »Nicht, dass ich wüsste.« Hatte er gelogen?

Oder hatte diese Clarisse ihn noch später kennengelernt als ich? Aber warum hieß sie dann so wie er?

Wenn ich meinen Computer ausgeschaltet hätte, ohne dieser Unbekannten zu antworten, würde ich heute, am 10. April 2021, drei Monate nach ihrem Tod und dem Tag, an dem Clarisse achtundfünfzig geworden wäre, nicht in meinem Haus in Brooklyn an meinem Schreibtisch sitzen und anfangen, von dem zu erzählen, was man ja wohl eine Geschichte nennen muss, unsere Geschichte – sofern sich eine Geschichte darüber definiert, dass sie ein Ende hat. Vielleicht wäre nichts passiert – wenn es denn so ist, dass ich eine Rolle in dieser Geschichte spiele.

Aber wie hätte ich das tun sollen, ihr einfach nicht antworten, wo mir doch all diese Fragen im Kopf herumschwirrten? Es war eine seltsame Gefühlsmischung aus verdrängter Wut und freudiger Erregung, dass ich eine Schwester hatte, eine Schwester meines Alters. Was ich vor vierunddreißig Jahren nach meiner Begegnung mit Alberto tief in mir begraben hatte, würde wieder ans Licht kommen. Ist es nicht immer so mit Geheimnissen? Irgendwann kommen sie ans Licht. Und dieses Geheimnis hatte schwarze Augen, einen dunklen Teint und einen Namen.

Ich schrieb ihr, dass ihr Vater Alberto mein Erzeuger sei und von meiner Existenz nichts gewusst habe – was nicht stimmte, jedenfalls seit ich zwanzig war.

»Clarisse, Sie sind meine Halbschwester.«

Sie wollte sofort wissen, warum ich mir da so sicher sei. Offenbar klebten wir nun beide, jede auf ihrer Seite des Atlantiks, an unseren Bildschirmen. Als Antwort schickte ich ihr eine lange Nachricht und erzählte ihr, wie ich 1981, mit siebzehn, zufällig auf Briefe meiner Eltern aus der Zeit ihrer Verlobung gestoßen war und sie in der Hoffnung auf indiskrete Details aus ihrer Jugend überflogen hatte. Ich war schon vor ihrer Hochzeit auf die Welt gekommen, in unserer katholischen Familie ein außergewöhnlicher Umstand, der mit der langen Afrika-Mission meines Vaters begründet wurde. Pikantes Detail: Im Nachsatz eines Briefs meines Vaters hatte ich folgendes gelesen: »Ein Küsschen auch an meine kleine Ève, die mir fehlt und die ich jetzt schon wie meine eigene Tochter liebe.« An diesem Abend war ich zu meinen Eltern ins Schlafzimmer gegangen und in Tränen ausgebrochen, immer noch in der Hoffnung, dass mein Vater eine harmlose Erklärung für dieses »wie« hatte, das für mich ein Donnerschlag war. Meine Mutter war in Tränen ausgebrochen, und Christian hatte mir, ohne die Ruhe zu verlieren, alles gesagt.

Mit zwanzig hatte meine Mutter, die an der Sorbonne Geschichte studierte, in einem Café im Quartier Latin einen Italiener kennengelernt, der älter war als sie. Sie hatte sich zum ersten Mal verliebt. Ein Jahr später war sie in Albertos Wohnung im 16. Arrondissement eingezogen; ihren Eltern hatte sie erzählt, sie würde aus dem Wohnheim für junge Mädchen ausziehen, um sich mit einer Kommilitonin eine Wohnung zu teilen, die ihnen deren Tante kostenlos überließ. Alberto war oft nicht da, weil er beruflich zwischen Frankreich und Italien pendelte. Meine Mutter war schwanger geworden. Er hatte entschieden, dass es dafür zu früh sei und er sie im Juli in die Schweiz bringen würde, wo Abtreibungen legal waren; danach würde sie wie immer für die Sommerwochen zu ihren Eltern in die Bretagne fahren. Meiner Mutter waren Zweifel an seiner Liebe und seinen Heiratsabsichten gekommen.

Eines Nachmittags, an dem er angeblich nach Italien aufbrach, war sie ihm heimlich gefolgt. Mit der Métro-Linie 10 war er anstatt zur Gare de Lyon einmal quer durch Paris vom Westen in den Osten der Stadt gefahren. An der Station Nation stieg er aus, und sie folgte ihm bis zu einem Gebäude in der Avenue Saint-Mandé. Sie wartete eine halbe Stunde, ehe sie hineinging. An einem der Briefkästen sah sie das Namensschild: Alberto und Irina Moretti. Sie fuhr nach Hause, packte ihren Koffer, schrieb ihm eine kurze Notiz, dass sie alles wisse, dass sie abtreiben werde und dass er nicht versuchen solle, sie jemals wiederzusehen. Für meine katholische Mutter kam eine Abtreibung nicht infrage. Sie war nach Brest zurückgekehrt, wo ich auf die Welt kam. Anderthalb Jahre später, im Sommer 1965, hatte sie Christian kennengelernt, einen Freund ihres Cousins, der die Ferien auf der Halbinsel Crozon verbrachte. Er hatte sie geheiratet und mich adoptiert.

Als ich meine Nachricht abgeschickt hatte, fiel mir auf, dass ich gerade einer mir völlig unbekannten Person ein Familiengeheimnis verraten hatte. Außer Paul, meinen Eltern und mir wusste niemand davon. Meine Mutter hatte sich immer geweigert, meinen Brüdern zu sagen, dass ich die Tochter eines anderen Mannes war. Sie hatte Angst vor ihrem Urteil, vor allem bei Yann, dem Ältesten, der wie mein Vater die École Polytechnique besucht hatte und streng katholisch war. Sie wollte, dass meine Brüder nicht den geringsten Unterschied zwischen uns machten. Ich selbst fand das eigentlich immer unnötig, ich liebte Christian ja »wie« meinen eigenen Vater, aber ich respektierte den Wunsch meiner Mutter und sagte auch meinen Töchtern nichts, damit sie ihre französischen Cousins nicht anlügen mussten. Seit ich Alberto Moretti getroffen hatte, war mir im Übrigen nicht daran gelegen, auch nur irgendjemanden wissen zu lassen, dass ich die Tochter von so einem Mann war. Ich hatte nicht die geringste Lust, über ihn zu reden.

Ich blieb vor dem Schreibtisch sitzen, wie festgeklebt an meinem Stuhl, und wartete auf die Antwort von Clarisse, da stieg mir plötzlich ein Brandgeruch in die Nase, begleitet vom schrillen Pfeifen des Rauchmelders. Ich rannte sofort die Treppe hinunter. Als Erstes musste ich die Leiter aus dem Keller holen, um an den Rauchmelder zu kommen und das unerträgliche Geräusch abzustellen, dann riss ich trotz der Kälte alle Fenster und Türen auf, damit der Rauch abziehen konnte. Meine Macarons waren verkohlt. So etwas war mir seit Jahren nicht mehr passiert, denn eigentlich ist in meinem Kopf ein automatischer Küchentimer eingebaut.

Als ich endlich wieder oben war, hatte Clarisse mir geantwortet. »Ève, ich bin geschockt, aber es überrascht mich auch nicht.« Ihr Vater hatte ihre Mutter verlassen, als Clarisse zwei war. Vielleicht hatte die Schwangerschaft ihn von seiner Frau entfernt, denn Clarisse hatte ihn einmal sagen hören (da war sie selbst schwanger), dass er diese Deformation des weiblichen Körpers verabscheue. In dem Haus in der Avenue de Saint-Mandé war sie großgeworden. Ihre Eltern hatten im fünften Stock gewohnt, aber nach der Scheidung war ihre Mutter in die Pförtnerloge im Erdgeschoss gezogen. Alberto war wieder nach Italien gegangen. Als Clarisse klein war, hatte sie ihn so gut wie nie gesehen, aber später, nach der Geburt ihrer Kinder, den Kontakt wiederhergestellt. Die Großvaterrolle konnte er besser als die Vaterrolle.

Sie fragte mich, ob ich Alberto kennengelernt hätte, was ich verneinte. Ich konnte mir nicht vorstellen, dieser fremden Frau zu erzählen, was in Rom geschehen war.

Sie schrieb, dass sie keine anderen Geschwister habe und dieses neue Gefühl überwältigend für sie sei. Anfang Dezember würde sie ihren ältesten Sohn besuchen, der auch in New York lebte. Wäre ich einverstanden, sie bei dieser Gelegenheit kennenzulernen?

»Natürlich«, schrieb ich sofort.

Auf den eingescannten Fotos, die ich dann von ihr bekam, war meine Mutter sehr hübsch, und so jung! Hannah ähnelte ihr sehr. Auf mehreren Abzügen, die kein bisschen obszön waren, sah man sie nackt auf dem Bauch im Bett liegen und lesen, und die Linien ihres Körpers – die sanfte Wölbung ihres Rückens und ihrer Pobacken und die hinter dem aufgestützten Ellbogen erkennbare Rundung ihres Busens – waren wunderschön. Sie erinnerte mich an Brigitte Bardot in *Die Verachtung*. Auf einem anderen Foto drehte sie den Kopf zur Seite und schaute den Fotografen unter ihrem Pony über die Schulter hinweg mit einem schüchternen, zarten Lächeln an. Aus ihren hellen Augen sprach so viel Arglosigkeit. Mir wurde bewusst, dass sie jünger gewesen war als Hannah heute, als sie sich – allein – dem Schmerz des Verrats, der Missbilligung ihrer Eltern und schließlich auch meiner Geburt stellen musste. Mit siebzehn hatte ich dagegen nur an mich, meinen Schmerz und mein Leid gedacht. An jenem Tag erkannte ich die Notwendigkeit, die dieses Geheimnis für meine Mutter hatte – die Notwendigkeit des Vergessens, des Ausradierens.

Ich konnte nicht warten, bis Paul aus dem Büro zurückkam. Ich rief ihn an und erzählte ihm alles.

»*Mazel tov*!«

»Wobei, nach allem, was ich von Alberto weiß, habe ich ja vielleicht jede Menge Geschwister. Wenn ich mal einen dieser DNA-Tests für fünfzig Euro mache, sprießen sie wahrscheinlich aus dem Boden wie Pilze!«

Wir lachten.

Als ich aufgelegt hatte, rief ich meine Mutter in Paris an. Ich wollte ihr sagen, dass diese Irina, deren Name auf einem Briefkastenschild ihr das Herz gebrochen hatte, damals ein Baby hatte, das inzwischen eine Frau war und kaum älter als ich. Meine Mutter wirkte nicht überrascht. Sie gab zu, dass sie Alberto gesehen hatte, wie er mit einer Frau und einem Kinderwagen aus dem Haus kam.

»Du wusstest, dass ich eine Schwester hatte, und hast es mir nicht gesagt?«

»Du hättest versucht, ihn wiederzufinden, Ève. Ich hätte das Geheimnis nicht aufrechterhalten können. Und du kennst doch meine Haltung dazu: Was zählt, ist die Erziehung, nicht die Veranlagung.«

Der Realitätssinn meiner Mutter war wie eine kalte Dusche. Was würde bei dem Treffen mit dieser fremden Frau Anfang Dezember passieren? Wir würden uns Fotos anschauen, wahrscheinlich unser Aussehen vergleichen, unseren Charakter, und dann? Diese Clarisse Moretti und ich hatten keine gemeinsame Vergangenheit und lebten nicht mal auf demselben Kontinent. Sie hatte außer mir keine Geschwister und hatte von einem »überwältigenden Gefühl« geschrieben. Ich fürchtete, ihre Erwartungen nicht zu erfüllen. Ich selbst war eher überversorgt, was Familie und Freunde betraf. Mein Leben in New York war hinreichend ausgefüllt. Um eine neue Beziehung aufzubauen, brauchte es etwas, das ich nicht hatte: Zeit. Was sollte also mehr dabei herauskommen als eine schöne Anekdote, von der man bei Einladungen erzählen könnte?

Abends beim Lesekreis, wo wir über den Faulkner-Roman *Schall und Wahn* diskutierten, erwähnte ich meine Entdeckung mit keinem Wort, selbst dann nicht, als ein Freund sich scherzhaft über das Fehlen der versprochenen Macarons beschwerte. Als wäre ich abergläubisch und hätte Angst, meine Schwester vor unserem Treffen zu entzaubern.

Anfang Dezember, kurz vor ihrem Besuch, war ich nervös. Paul hatte mir noch einmal geraten, mir keine Hoffnungen zu machen. Wahrscheinlich würden wir keinerlei Gemeinsamkeiten feststellen, und meine Erwartungen würden in Enttäuschung münden. Ich hatte sie um zwei Uhr zum Kaffee eingeladen. Um drei Uhr war sie immer noch nicht da. Ich hatte nichts von ihr gehört, ärgerte mich über die Ungeniertheit dieser Frau und fand mich schon damit ab, dass ich sie doch nicht treffen würde, da klopfte es an der Tür. Réglisse flitzte schwanzwedelnd los. Ich machte auf.

Das Erste, was mich beeindruckte, war das strahlende Lächeln und die Mähne aus üppigen, aschblonden Locken. Sie wirkte groß auf mich, wobei ich später erfuhr, dass wir exakt dieselbe Körpergröße hatten, ein Meter vierundsechzig; aber sie war schlanker als ich und trug Stiefel mit hohen Absätzen. Sie hatte lebhafte schwarze Augen und stand sehr aufrecht vor mir in ihrem taillierten schwarzen Ledermantel, um den Hals ein indischer, aus roten, orangefarbenen und violetten Fäden gewebter Schal. Mit ihrer markanten Nase und ihren schmalen Lippen war sie keine klassische Schönheit, hatte aber wahnsinnig viel Ausstrahlung und Charme. Eine echte Pariserin. Sie beugte sich zu mir hin, um mir nach französischer Art die Wangen zu küssen.

»Ève, ich freue mich so, dich kennenzulernen! Wir duzen uns doch, oder?«

Ihre weiche Stimme versetzte mich für einen kurzen Moment in die Trattoria in Trastevere, 1984.

»Entschuldige die Verspätung: Ich komme aus Harlem, es gab keinen Express-Zug, und als ich endlich wieder aus der Subway rausgekommen bin, habe ich mich verlaufen. Außerdem funktioniert mein Telefon nicht, obwohl ich eine internationale Flatrate gebucht habe!«

Ich lächelte. Ich hatte das Gefühl, mich selbst reden zu hören. Ich komme grundsätzlich zu spät und immer mit einem Schwall von Entschuldigungen, die Paul nerven.

»Mach dir keine Gedanken. In Brooklyn verläuft sich jeder.«

Réglisse sprang um sie herum, bellte aber nicht, das tut er nie. Sie kniete sich hin, um ihn zu streicheln. Der Spaniel leckte ihr die Hand und schenkte ihr sein Herz.

»Hallo, du! Du bist aber süß! Wie heißt du denn, du Hübscher?«

»Réglisse.«

»Nein! So hieß mein Stoffhund, als ich klein war.«

»Verrückt.«

Reichte dieser Zufall, der zugegebenermaßen erstaunlich war, für eine Verbundenheit zwischen uns?

»Du hast einen Hund?«

»Zwei Katzen.«

Während sie mir zur Kücheninsel folgte, ging ihr Blick durch den großen Raum, wanderte über die Ziegelwand, den

Kamin, die Designermöbel und die Glasfront, die zur Terrasse und dem Gärtchen hinausging.

»Ein Haus in Brooklyn: traumhaft!«

»Ja, wir haben Glück. Willst du einen Kaffee? Oder Tee?«

»Einen Kaffee, wenn du Zucker und Milch hast.«

»Da bist du hier genau richtig.«

Unter unseren New Yorker Freunden war ich die Einzige, die ihren Kaffee noch mit Zucker und Milch trank. Clarisse aß hintereinander sieben oder acht von meinen Macadamia-Keksen, die sie köstlich fand. Sie schien genauso gern zu essen wie ich, auch wenn man ihrem Körper nichts davon ansah. Unser Vater auch, sagte sie mir.

»Wart ihr beide euch nah?«

»Nah ist nicht das passende Wort. Er war ein Fisch – ich meine das Sternzeichen –, der einem dauernd durch die Finger glitt.«

Im Alter zwischen zwei und zwanzig hatte sie ihn nur drei- oder viermal gesehen. Nach der Geburt ihres ältesten Sohns war er dann doch noch in ihr Leben getreten, hatte aber nach der Scheidung für ihren Ex-Mann Partei ergriffen, weil er der Meinung war, dass die Männer ihre Frauen seit jeher betrogen hätten und dies kein Trennungsgrund sei. Er hatte etwas Abscheuliches getan: Er hatte ihren Ex-Mann, seine neue Partnerin und deren gemeinsames Baby zu sich nach Rom eingeladen, in die Wohnung, die sie so liebte.

»Das war richtig abartig.«

»Das glaube ich dir gern! Er war ja auch mit meiner Mutter zusammen, obwohl sie erst zwanzig war und obwohl er schon mit deiner Mutter verheiratet war und gerade ein Kind bekommen hatte!«

»Glück für dich, dass du ihn nicht kennengelernt hast. Wobei, vielleicht wäre er ja ganz reizend zu dir gewesen, er war ein Verführer. Aber mich hat er fertiggemacht.«

»Wie denn?«

Ich hing ihr an den Lippen.

»Er hat mich nie unterstützt. Und am Schluss, als er Krebs hatte, war ich diejenige, die sich um ihn gekümmert hat. Ich bin kein nachtragender Mensch.«

»Hast du ihn geliebt?«

»Er war mein Vater.«

Sie hatte nicht gezögert. Ich erzählte ihr auch diesmal nicht, was bei meiner einzigen Begegnung mit Alberto passiert war. Er war immerhin ihr Vater und meiner so wenig.

Wir wollten alles voneinander wissen. Als Kind hatte sie dauernd gelesen und gemalt, sie war schüchtern, so wie ich, und hatte Gedichte geschrieben. Französisch war ihr Lieblingsfach. In Mathe und Sport war sie eine Niete. Genau wie ich, die in dieser Hinsicht immer das hässliche Entlein der Familie war.

Allerdings langweilte sie sich in der Schule zu Tode, während ich als Tochter einer Lehrerin keine Wahl gehabt hatte. Ich hatte studiert, Clarisse war nach Asien gereist. Sie hatte früher als ich Kinder bekommen. Ihr ältester Sohn erwartete ein Baby. Diese Perspektive zeichnete sich bei mir noch gar nicht ab. Hannah arbeitete mit ihren dreiundzwanzig Jahren für eine NGO, die sich um Gefängnisse kümmerte, und hatte vor, in Sozialwissenschaften zu promovieren. Houston, die in der weiblichen Fußballmannschaft ihrer Universität Kapitänin war, hatte noch keinen Freund.

Die Familie war das, worin wir uns am meisten unterschieden. Clarisse war wie ihre Eltern Einzelkind, Vater und Mutter lebten nicht mehr, und die gesamte Nachkommenschaft beider Familien war im Krieg ausradiert worden, während ich dank meiner drei verheirateten Brüder, meiner Eltern und deren zahlreichen Geschwistern in Frankreich Unmengen von Cousins und Cousinen, Neffen und Nichten hatte.

Ich musste lächeln, als ich sah, mit welcher Sorgfalt Clarisse eine Clementine schälte. Als sie einen Blick auf die Uhr warf, schrie sie auf. Sie hatte sich mit dem Freund, bei dem sie wohnte, in einer Galerie verabredet und war jetzt schon eine Stunde zu spät.

»Du schläfst nicht bei deinem Sohn?«

»Nein. Bei einem Freund, David. Ein Ex. Oder so …«

Ihr Lächeln war eindeutig.

Als ich die Tür hinter ihr zugedrückt hatte, rief ich sofort Paul an.

»Sie ist toll. Sie trinkt ihren Kaffee mit Zucker und Milch, sie macht alles mit dem Fahrrad, sie zupft die kleinen weißen Fäden von den Mandarinen, und ihr Stoffhund heißt Réglisse!«

Er lachte auf.

»Sie ist deine Schwester, so viel steht fest!«

Ich hätte nie gedacht, dass sich Clarisse so leicht in mein Leben hineinschleichen und so schnell unverzichtbar für mich werden würde. Innerhalb eines Jahres holten wir fünfundfünfzig Jahre nach. Sie kam nach New York, um ihre neue Enkelin zu sehen. Und weil ich ja schon nicht mehr arbeitete, flog ich oft nach Frankreich, um meine Eltern zu besuchen oder die Arbeiten an dem Haus zu überwachen, das wir uns gerade – dank dem Verkauf meiner Firma – am äußersten Zipfel der Bretagne gekauft hatten. Die günstigen Flugtickets machten die Entfernung zwischen den Kontinenten zu einem Katzensprung.

Es war das Jahr der ersten Male. Das erste Mal, dass ich Clarisse in Paris traf, in einem Café an der Place Saint-Paul, wo sie mit fliegender blonder Lockenmähne zwanzig Minuten zu spät kam und sich entschuldigte, weil ihr Jüngster aus Jamaika angerufen hatte, als sie eigentlich längst weg sein wollte, aber den Schlüssel ihres Fahrradschlosses nicht gefunden hatte. Das erste Mal, dass ich bei ihr zu Hause war, in der Wohnung in der Nähe der Bastille, dass ich mit Verschnaufpausen die sieben Stockwerke erklomm und ihr lichtdurchflutetes Nest unterm Dach sah, so voll mit Büchern und Kunstgegenständen, die alle eine Geschichte hatten – die indonesischen Marionetten, die blauen Keramiken aus Japan, die traditionelle Batik auf dem Sofa. Das erste Mal, dass sie ihr Hühnchen nach südostasiatischer Art für mich kochte und ich vor den Dächern von Paris ihren köstlichen *chai* mit Zucker trank und dabei Nina Simone hörte, ihre Lieblingssängerin. Das erste Mal, dass sie meine Mutter traf – im Rostand, dem Café, wo Maman Alberto kennengelernt hatte.

Die beiden Frauen fühlten sich sofort zueinander hingezogen, als hätte meine Mutter bei Clarisse den Charme ihrer ersten Liebe wiedererkannt. Mit einer Spontaneität, die ihr gar nicht ähnlich sah, lud sie Clarisse für den nächsten Abend zu ihrem Geburtstagsessen nach Boulogne ein. Sie stellte sie meinen Brüdern als meine verschollene, wiedergefundene Kindheitsfreundin vor, deren inzwischen verstorbene Mutter sie gut gekannt habe.

Ich erinnere mich an dieses Abendessen und die gegensätzlichen Reaktionen, die darauf folgten. Etwa die von Yann: »Wer ist diese Tussi? Was hatte die bei unserem Familienfest zu suchen?« Mein ältester Bruder und seine Frau, Muriel, Tochter eines Marineoffiziers und genauso rigide wie er, hatten bei meiner Schwester etwas Freies, Unkonventionelles wahrgenommen, das sie störte. Mein Vater und meine beiden anderen Brüder, Cyril und Laurent, wie auch Laurents Frau und sogar ihr Baby erlagen dagegen dem Charme von Clarisse. Und sie selbst?

»Was für ein Glück du hast, Ève!«, sagte sie. »Deine Eltern sind wundervoll und deine Brüder auch! Eine Familie wie deine zu haben, wäre mein Traum gewesen. So eine Familie ist ein Anker. Man ist nie allein.«

»Genau – deshalb habe ich auch für sechstausend Kilometer Abstand gesorgt!«

Cyril, frisch geschieden, bat mich um ihre Nummer, und ich stellte mir vor, wie sich zwischen den beiden etwas entwickeln und sie meine Schwägerin werden würde. Clarisse war sieben Jahre älter als er, sah aber jünger aus, und nun hatte sie zwar in Paris seit Neuestem einen achtunddreißigjährigen Russen als Liebhaber, doch diese rein sexuelle Beziehung schien keine große Zukunft zu haben. Sie ging mit Cyril in eine Ausstellung und verstand sich sehr gut mit ihm, aber mehr auch nicht. Wahrscheinlich musste sie erst mit dem Russen Schluss machen.

Es gab auch das erste Mal, dass sie Paul traf, in New York, im März 2019. Ich hatte diesen Moment vor mir hergeschoben, er machte mir Angst. Was wäre, wenn Paul meine Schwester nicht leiden könnte? Ich fürchtete, dass ich es meinem Mann verübeln würde. Sie war redselig und quirlig, während er Ruhe und Stille liebt. Ich hatte Clarisse gewarnt, dass er unter der

Woche müde sei und sie am besten gegen zehn gehen würde. Sie unterhielten sich über Politik. Clarisse stellte ihm Fragen. Und hörte aufmerksam zu.

»Deine Schwester ist sehr nett«, sagte Paul danach.

Und sie: »Dein Mann ist wahnsinnig interessant. Und sieht ja richtig gut aus, sag mal.«

»Er sah *früher* richtig gut aus. Jetzt hat er ein bisschen zugenommen.«

»Er *sieht* richtig gut aus!«

Und dann gab es auch gleich ihre erste Nacht bei uns, einen Tag nach diesem ersten Abendessen mit Paul.

Sie wohnte wieder bei ihrem Ex, David, der eben doch kein Ex war. Ich fand es sehr beeindruckend, dass diese Frau, die fast sechsundfünfzig war, zwei Liebhaber hatte, einen in New York und einen in Paris. Von dem Russen bekam sie eine Nachricht nach der anderen.

»Seid ihr immer noch zusammen? Das wird ja eine richtige Beziehung!«

»Ich würde es nicht als Beziehung bezeichnen. Ich habe ihm übrigens gesagt, dass ich in New York bei meiner Schwester bin.«

»Was ja fast stimmt.«

Abgesehen von den Übernachtungen bei David und den paar Besuchen bei ihrem Sohn und ihrer Schwiegertochter, wo sie immer Angst hatte zu stören, verbrachte sie ihre Zeit mit mir.

Einen Tag also nach dem Essen mit Paul, um kurz nach Mitternacht, ich war gerade dabei einzuschlafen, machte mein Handy ping. Es war Clarisse: »Ich habe ein Problem. Kannst du mich anrufen?«

Ich ging aus dem Schlafzimmer, um Paul nicht zu wecken. Mein Anruf kam nicht durch. Ich schrieb ihr über WhatsApp. Sie antwortete sofort: »David hat mich vor die Tür gesetzt. Ich stehe mit meinem Koffer im Regen auf der Straße und weiß nicht wohin.«

»Komm zu uns, ist doch klar!« Ich gab ihr noch einmal die Adresse.

Mit Buch, Kräutertee und Wolldecke setzte ich mich aufs Sofa. Réglisse, der sich über die nächtliche Gesellschaft freute, legte sich mir zu Füßen. Um diese Uhrzeit brauchte man von Bushwick im östlichen Brooklyn bis zu uns in die 450 Degraw Street höchstens zehn bis fünfzehn Minuten. Nach einer halben Stunde schickte ich ihr etwas beunruhigt noch eine Nachricht. Wahrscheinlich war David ihr hinterhergerannt, hatte sie angefleht zurückzukommen, und jetzt schliefen die beiden miteinander, während ich dumm herumsaß und wartete.

Oder hatte der Taxifahrer sie entführt?

Eine Lokalnachricht, die schon ziemlich lange her war, fiel mir wieder ein. Der Türsteher eines Clubs in Soho hatte einer Studentin nach Schließen der Bar angeboten, sie mit dem Auto nach Hause zu bringen. Der Mann, der bereits zweimal wegen Vergewaltigung verurteilt worden war (der Besitzer des Ladens hatte sein Vorstrafenregister nicht überprüft), hatte die Studentin vergewaltigt und ermordet. Von solchen Geschichten bekommt man Gänsehaut. Da ich schon unzählige Male um meine Töchter gebangt habe, weiß ich, dass es meistens eine einfache Erklärung gibt. Solche Monster, von denen nicht viele herumlaufen, greifen außerdem selten sechsundfünfzigjährige Frauen an. Aber ich konnte mich nicht auf mein Buch konzentrieren. Es war Viertel nach eins …

Réglisse und mein Herz taten einen Sprung, als es an der Tür klopfte. Ich lief hin. Da stand meine Schwester, mit tropfnassen Haaren in einem khakifarbenen figurbetonten Jäckchen, das für so ein Wetter wenig geeignet war, einen Koffer in der Hand, eine Tasche über die Schulter gehängt.

»Ève, es tut mir wirklich furchtbar leid! Kein Akku mehr, nirgendwo ein Taxi zu kriegen, und wegen eines Umbaus fährt die Subway nachts nicht! Ich konnte einen Typen in einer Bar überreden, mir ein Uber zu bestellen, und habe bar bezahlt.«

»Was war denn mit David los?«

»Der ist ausgerastet. Drogen, denke ich. Als ich auf eine Nachricht von Boris geantwortet habe, hat er mich beschimpft. Ich habe ihm gesagt, dass ich morgen früh weg bin, aber er hat mich rausgeworfen. Und meine Sachen aus dem Fenster geschmissen!«

Sie lächelte trotz allem, doch ich merkte ihr an, dass sie den Tränen nahe war.

»Und jetzt stehe ich mitten in der Nacht bei euch vor der Tür. Ich konnte Martin doch nicht anrufen: Mit Job und Kind sind die beiden dermaßen erschöpft, und ihre Wohnung ist so klein …«

»Mach dir keine Gedanken. Ich freue mich, dass du da bist.«

Weil sie wusste, dass Paul früh aufstand, drängte sie darauf, sofort schlafen zu gehen. Ich brachte ihr einen Föhn und saubere Bettwäsche.

»Geh, leg dich schlafen, Ève. Ich weiß ja, wie man ein Bett macht.«

Am nächsten Morgen schien die Erinnerung an die nächtliche Demütigung wie ausgelöscht. Boris und sie hatten sich die ganze Nacht über WhatsApp geschrieben.

»Es tut gut, von jemandem zu hören, der einen will. Aber ich konnte ihm natürlich nicht erzählen, was passiert ist.«

»Wenigstens belügst du ihn jetzt nicht mehr. Du bist ja wirklich bei deiner Schwester!«

Zum ersten Mal waren wir von morgens bis abends zusammen und nahmen gemeinsam alle Mahlzeiten ein. Sie war hellauf begeistert von meinen Gerichten und schmeckte mit feiner Zunge alles heraus, ob Koriander oder Anis, Ingwer oder Gewürznelken oder auch nur den kleinen Schuss Cognac, Essig oder Zitronensaft. Fünf Tage lang durchstreiften wir mit Réglisse den Prospect Park und fuhren mit den Rädern durchs riesige Brooklyn, wo man von einer Straße zur nächsten einer anderen Sprache, einem anderen Land begegnet. Clarisse schickte Boris ein Foto des russischen Restaurants, in dem wir auf Coney Island waren, und auch ein Selfie von uns beiden, damit er sehen konnte, dass sie mit ihrer Schwester zusammen war.

Dick eingemummt machten wir an den windigen Stränden von Far Rockaway und Brighton Beach, wo große Möwen schrille Schreie ausstießen, lange Spaziergänge, auf denen wir uns nonstop über unsere Kinder, unsere Männer und unser Leben unterhielten. Natürlich hatte ich mir früher Sorgen um Hannah gemacht, meine nervöse, anfällige Tochter, und es auch bedauert, dass meine Mädchen nicht den nötigen Kampfgeist besaßen, um es auf eine der Ivy-League-Universitäten zu schaffen wie ihr Vater, der in Harvard gewesen war und dann an der Stern School of Business, aber inzwischen studierten beide und wohnten nicht weit von uns, die eine in Williamsburg, einem Viertel im Norden von Brooklyn, die andere auf einem Campus in Connecticut. Mein Verhältnis zu ihnen war eng, vor allem zu Hannah, die seit meinem Krebs wie eine Glucke auf mich aufpasste. Ich hatte überhaupt keine Ahnung von den Schwierigkeiten, seine Kinder allein großzuziehen, den Ängsten und dem Kummer, weil sich das eine als untauglich für die Gesellschaft erwies und die beiden anderen ans Ende der Welt verschwanden. Clarisse hatte die Flucht ihres ältesten, damals sechzehnjährigen Sohns nach Neuseeland als Verrat empfunden, obwohl sie wusste, dass es richtig war. Von ihren drei Söhnen war Martin heute der aufmerksamste, er rief sie oft an, sie hatten den gleichen Humor, lachten viel, und sie verstand sich auch sehr gut mit seiner Lebensgefährtin Leïla; aber er hatte eben nur zwei Wochen Urlaub im Jahr und einen Job, der ihn so in Anspruch nahm, dass sie ihn kaum sah, selbst wenn sie nach New York kam. Ihr Jüngster, Zack, war nach dem Abitur mit einem Freund auf Weltreise gegangen und in Jamaika geblieben, wo er in einer Surfschule arbeitete. Mit seinem Charme und seiner Pfiffigkeit kam er überall zurecht. Aber er flog nur ein Mal im Jahr nach Frankreich, und im Gegensatz zu Martin erzählte er ihr nichts. Ihr kleiner Schatz war für sie ein Fremder geworden.

Lucas, der Mittlere, war immer ihre größte Sorge gewesen. Ihm fehlte das dicke Fell gegen die Gewalt dieser Welt. Als er fünfundzwanzig war, hatte er mit mehrfach abgebrochenem Studium dagestanden, ohne jede Verbindung zur Gesellschaft und ohne Freundin, denn die hatte sich von ihm getrennt. Tag für Tag rief er weinend seine Mutter an. In unseren Gesprächen sagte sie mir ganz offen, dass es damals zwei Schreckensszenarien für sie gab: dass er sich umbringen oder sich lebenslang an sie klammern würde. Manchmal fragte sie sich, ob Lucas' Instabilität auf jenen Morgen im Sommer 1990 zurückzuführen war, an dem sie – im siebten Monat schwanger – entdeckt hatte, dass Hendrik sie betrog, und schlagartig aufgehört hatte, sich Lucas zu wünschen. Sie litt unter dem doppelten Schuldgefühl, ihn erst im Mutterleib zurückgewiesen und später zu sehr beschützt zu haben, und warf sich vor, eine schreckliche Mutter zu sein.

Dass sie überhaupt mit mir darüber sprechen konnte, lag an dem Wunder, das geschehen war: Vor zwei Jahren hatte sie Lucas für ein paar Monate nach Hyères zu ihrer Patentante geschickt, die seit Kurzem Witwe war und für ihren Garten Hilfe brauchte. Lucas hatte dort seine Leidenschaft fürs Gärtnern entdeckt. Als Clarisse dann in Paris im Cognacq-Jay-Museum ihrem alten Chef von der Galerie Lelong über den Weg lief und der höfliche alte Mann beiläufig erwähnte, dass er für sein Landhaus in der Nähe von Lisieux einen Hausmeister und Gärtner suchte, hatte sie gespürt, dass das Glück auf ihrer Seite stand. Zum ersten Mal konnte sie positiv über Lucas sprechen und glaubte auch daran. Der Galerist hatte ihn empfangen, und ihr Sohn war erfolgreich aus dem Vorstellungsgespräch hervorgegangen. Er wohnte jetzt im Wächterhaus des Anwesens, hatte einen Labrador und seit Neustem auch wieder eine Freundin; das Leben auf dem Land passte besser zu ihm als Paris.

Vor sechs Monaten hatte ich Clarisse kennengelernt, und es war so, als hätten wir uns schon immer gekannt. Was wahrscheinlich auch der Fall war. Denn es gibt etwas in uns, das Dinge weiß, die wir eigentlich nicht wissen. Meine Mutter hatte das andere Baby gesehen, und ich war mit ihrem Gefühl von Verrat aufgewachsen und auch mit ihrer Entscheidung, diesen Schmerz aus ihrem und meinem Leben herauszuhalten.

Clarisse' Mutter wusste nicht, dass ihre Tochter eine Schwester hatte, aber Clarisse war mit einem abwesenden Vater aufgewachsen, mit einem Gefühl des Verlassenseins, an dem ich, die ich vielleicht am Tag ihrer Geburt gezeugt wurde, für immer beteiligt war.

Immer wenn wir voneinander getrennt waren, fehlte sie mir. Ihre Fröhlichkeit, ihre Energie, ihre funkelnden Augen, ihre weiche Stimme, ihr Lachen. Mit Clarisse konnte ich wieder an die Freiheit der Kindheit anknüpfen – an das Alter, in dem ich in der Bretagne stundenlang Muscheln sammelte. Schon damals sammelte ich Muscheln nicht einfach so, wegen ihrer Schönheit, sondern um etwas daraus zu basteln, das ich meiner Großmutter schenken würde. Ich hatte immer ein Ziel. Meine Schwester eröffnete mir den Zugang zu einem neuen Ich, auf dessen Suche ich seit dem Krebs war. Im Zusammensein mit ihr spürte man, wie elektrisierend das Hier und Jetzt war. Vielleicht ist diese Wirkung eines Menschen das, was man Sex-Appeal nennt.

Sie war schön. In ihre üppige Lockenmähne wollte man mit den Händen hineingreifen. Ihr dunkler Teint hatte Flair, und ihre schwarzen Augen leuchteten wie die Augen einer wunschlos glücklichen Frau. Ich hatte in den Wechseljahren zugenommen und war besessen von der Idee abzunehmen, als könnte ich, wenn ich fünf Kilo leichter wäre, wieder begehrenswert sein und auch meine eigene Lust wiederfinden. Aber darum ging es nicht; ich musste Clarisse nur anschauen, um das zu begreifen. Sie strahlte eine ungeheure Sinnlichkeit aus. Ihre Attraktivität hatte nichts mit Jung- oder Schlanksein zu tun. Ihr Lächeln, ihre Sanftheit, ihre melodische Stimme, ihre Fröhlichkeit, einfach alles an ihr bejahte die Männer. Und sie spürten das. Wenn Clarisse im Café einen Kellner ansprach, um etwas zu beanstanden, lächelte sie so freundlich und machte so lustige Witzeleien, dass selbst die mürrischsten unter ihnen sofort herbeieilten, um ihr zu gefallen. Sie war liebenswert, im eigentlichen Wortsinn.

Liebenswert und frei. Ich selbst bin in einer linken katholischen Familie aufgewachsen, in der ich von einer Ethik der Arbeit, Disziplin und Sparsamkeit geprägt wurde, und fragte mich immer, wovon Clarisse, die überhaupt nicht zu arbeiten schien, eigentlich lebte. Vom Geld ihres Vaters? Dagegen protestierte sie vehement. Alberto hatte ihr während des Studiums die Miete für ihre Dachkammer gezahlt, sonst aber nichts für sie getan, nicht einmal nach der Scheidung – Lucas' Privatschule war die einzige Ausnahme. Außerdem war er hochverschuldet gestorben; sie hatte also nichts geerbt. Seit fünfzehn Jahren schlug sie sich mit Englisch- und Italienisch-Übersetzungen für eine Import-Export-Firma durch, die einem Freund gehörte, und machte gelegentlich Stadtführungen per Fahrrad. Wenn sie wirklich gar keinen Pfennig mehr in der Tasche hatte, erledigte sie Anstricharbeiten für eine Freundin, die Airbnb-Vermietungen managte. Sie lebte so sparsam wie möglich, ernährte sich von gewürztem Reis und Gemüse, ging selten essen, trank keinen Alkohol, legte alle Strecken mit dem Fahrrad zurück, fand Kleidung immer im Schlussverkauf, machte im Winter so gut wie nie die Heizung an und ja, sie legte sich tatsächlich nach guter uralter Sitte eine Wärmflasche ins Bett. Bei jeder Asienreise sorgte sie dafür, dass ihre Wohnung untervermietet war. Das Wichtigste für sie war, nicht in einem Büro eingesperrt zu sein, keinen zeitlichen Zwängen zu unterliegen und nicht die Launen eines Chefs erdulden zu müssen. Irgendwann akzeptierte ich, dass sie anders lebte als wir, in den Tag hinein, ohne sich um die Zukunft, das Alter oder die Rente Gedanken zu machen. Im Gegensatz zu uns lebte sie ja auch, wie Paul einmal sagte, in einem Wohlfahrtsstaat.

Sie war frei, und sie war leichtsinnig. Als ich sie einmal in Paris besuchte, war ich ganz schockiert, denn sie hatte ein blaues Auge.

»Wie ist das denn passiert?!«

»Was denn? Ach so, das. Ich hatte einen Fahrradunfall.«

»Nein! Wie denn und wo?«

»An der Rue de Rivoli war eine Baustelle, und ich hatte nicht gesehen, dass die Absperrung aus Metall ein bisschen in die Straße reinragte. Bin voll dagegen geknallt. Du hättest mal sehen sollen, was für ein Veilchen ich vor zehn Tagen hatte.«

»Wetten, du hattest keinen Helm auf?«

»Nein, hatte ich nicht, Mütterchen. Hast du übrigens auch nie.«

Da hatte sie recht. Auch ich kann leichtsinnig sein. Wie oft habe ich mich schon mit Paul über den Fahrradhelm gestritten!

Wenn ich mich in Paris mittags mit ihr traf, gähnte sie oft und war müde. Sie hatte die ganze Nacht Sex gehabt.

»Die ganze Nacht?«

»Boris ist verrückt nach Sex. Die Sache zwischen uns ist zwar rein körperlich, aber dafür sehr intensiv. Er berührt mich, und ich stehe in Flammen. Ich liebe seinen Geruch, seine Haut, seinen Körper.«

Ich war beeindruckt. Ich hätte es nicht geschafft, die ganze Nacht Sex zu haben. Wir beide, sie und ich, waren eindeutig nicht aus demselben Holz geschnitzt.

»Wann stellst du ihn mir vor?«

»Er passt nicht in deine Welt.«

»Was macht er denn?«

»Er arbeitet auf dem Flohmarkt von Saint-Ouen, zusammen mit einem anderen Russen, der Uhren, Militärbekleidung, alte Waffen und so verkauft. Da habe ich ihn kennengelernt.«

»Ich bin beleidigt, wenn du mich für einen Snob hältst.«

»Vertrau mir, Ève. Boris spricht ganz schlecht Französisch. Du könntest nicht verstehen, was ich von dem überhaupt will.«

»Ich verstehe sehr wohl, was du von dem willst!«

An diesem Tag sprach ich mit ihr über meine Beziehung zu Paul, über die körperliche Distanz, die es seit fünf Jahren zwischen uns gab. Als hätten wir beide Angst davor, uns gemeinsam im Bett wiederzufinden – Angst, dass es nicht funktioniert. Über dieses Thema sprach ich mit niemandem, weder mit meiner Mutter noch mit meinen engsten Freundinnen. Clarisse hörte mir aufmerksam zu und erlaubte sich keinen Scherz.

»Ich habe euch zusammen gesehen. Ihr liebt euch, das ist ganz offensichtlich. Zwischen euch ist so viel Zärtlichkeit. Nichts ist schöner als eine lange, dauerhafte Beziehung, Ève. Ich bin mir sicher, dass ihr euch wiederfinden werdet. Allein dass du daran denkst, deutet doch schon auf eine Veränderung hin. Hab Vertrauen ins Jetzt.«

Ich war ihr so dankbar für diese Prognose, dass ich feuchte Augen bekam. Sie hatte recht. Es war so viel passiert, erst der Tod von Pauls Vater und kurz darauf auch noch der seiner Mutter, dann meine Krebserkrankung, die Menopause, der Verkauf meiner Firma, Houston, die auszog, der Kauf und Umbau unseres Hauses in der Bretagne. Ich hatte das Tempo noch nicht heruntergefahren.

»Du bist sehr hübsch, Ève, und du hast Glück, nicht ein einziges graues Haar und eine Haut wie ein junges Mädchen. Allerdings musst du zum Friseur und du musst dir Schuhe kaufen.«

»Du meinst, Schuhe mit hohem Absatz? Davon kriege ich Rückenschmerzen.«

Ich sah den Schlitz zwischen ihren Brüsten, die der Büstenhalter zusammenhielt und so zur Geltung brachte. Sie stand immer sehr aufrecht, mit durchgedrücktem Rücken, der Busen schön prall und gewölbt. War ihre wunderbare wilde Mähne eigentlich natürlich oder das Werk eines Friseurs? Beides, sagte sie. Sie kaufte sich spezielle Pflegeprodukte für ihren Haartyp. Ich hatte das eine oder andere von meiner Schwester zu lernen.

Es gab noch ein anderes erstes Mal, ihren Besuch bei uns in der Bretagne im Sommer 2019.

Es war nicht einfach gewesen, einen Termin zu finden. Sie war ständig irgendwohin eingeladen: nach Arles zu einem Freund, der am dortigen Fotografie-Festival mitwirkte, nach Avignon zu einem befreundeten Regisseur, der im Stadtzentrum wohnte, zu ihrer Patentante nach Hyères, zu Isabelle ans Cap Ferret, zu Florence nach Quiberon und in die Provence, wo Martin ein Haus gemietet und seine Eltern jeweils für eine Woche eingeladen hatte. Clarisse liebte die Sonne, das lauwarme Meer, die Hitze, die den ganzen Körper umhüllt, und sie liebte Mimosen; ich hatte Angst, dass unser Zipfel am Ende der Welt, wo die Natur und das Klima rau sind, sie wenig begeistern würde. Ich riet ihr, einen dicken Pullover, eine Hose und eine Regenjacke einzupacken, dabei herrschte in Frankreich gerade eine Hitzewelle.

Als Clarisse in Crozon aus dem Bus stieg, musste ich grinsen: eine echte mediterrane Pariserin in Jeans, goldenen Sandalen und einer pinkfarbenen Leinentunika, die große Sonnenbrille wie ein Diadem in ihre Locken gesteckt.

Sie war begeistert von unserem Steinhaus im Dörfchen und vom Blick über das weite Heideland.

»Man kann sogar das Meer sehen!«

»Ein Fitzelchen Meer.«

»Aber trotzdem, das Meer. Blau! Das Meer!«

Sie weigerte sich zwar, auch nur einen Zeh in dieses eiskalte Gewässer zu halten, aber alles andere machte sie mit – selbst wenn sie die ganze Nacht mit Boris am Telefon verbracht hatte –, auch die morgendlichen Radtouren zum Markt von Crozon, zu dem es von uns aus acht Kilometer sind, oder die ausgedehnten Spaziergänge auf den Wanderwegen oberhalb der Küste. An dem Abend, an dem eine riesige Spinne unter dem Sofa hervorkrabbelte, stieß ich einen so lauten Schrei aus, dass das Ungetüm erstarrte. Paul, der mich gerettet hätte, war schon schlafen gegangen. Clarisse griff zum Kehrblech, bugsierte die Bestie mithilfe einer Zeitschrift darauf, öffnete die Tür zur Terrasse – die Spinne die ganze Zeit fest im Blick – und schüttelte sie draußen ab. Ich war voller Bewunderung.

»Sag mal, du hast ja überhaupt keine Angst!«

»Doch, ich habe Angst!«

Die andere Seite von Clarisse konnte ich zum ersten Mal erahnen, als uns unsere Pariser Freunde Pierre und Maya besuchten. Der Einfachheit halber hatte ich ihnen meine Schwester als eine alte Jugendfreundin vorgestellt. Pierre und Maya, die vor sechsunddreißig Jahren in den Vorbereitungsklassen zum Studium an der elitären École Normale Supérieure gemeinsam mit mir die Schulbank gedrückt hatten, unterrichten beide an der Universität, er ist Philosophieprofessor, sie Professorin für Altgriechisch. Am ersten Abend erwähnte Clarisse mehrmals ihren Sohn, den Yale-Absolventen. Es klang wie eine Bitte um Aufnahme in den Club. Ich spürte den Minderwertigkeitskomplex des jüdischen Mädchens, das mit seiner alkoholabhängigen Mutter in einer Pförtnerloge aufgewachsen war, im Kreis von Mitschülern, die alle katholisch waren und keine geschiedenen Eltern hatten. Ich fürchtete schon, unser Wochenende könnte schiefgehen, vor allem als Maya von meiner Schwester wissen wollte, welchen Beruf sie ausübte, und sich über ihre vage Antwort zu wundern schien. Doch am nächsten Tag hörten sie gar nicht mehr auf, über Clarisse' Scherze zu lachen – oft, aber immer freundlich auf meine Kosten –, und suchten ihre Gesellschaft. Das Wochenende wurde ein Fest der Freundschaft und des Gelächters. Am Sonntagabend kamen dann meine Eltern zum Essen und blieben bis zwei Uhr morgens, dabei geht Christian ungern spät ins Bett. Clarisse war es gelungen, dass mein wortkarger Vater lange von seiner früheren Afrika-Mission erzählte.

Als sie wieder abgereist war, sagte meine Mutter auf einem Spaziergang zu mir:

»Hältst du es eigentlich für klug, eine alleinstehende Frau für eine ganze Woche zu euch einzuladen? Paul und du, ihr seid inzwischen seit achtundzwanzig Jahren verheiratet, alles, was neu ist, hat seinen Reiz – und Clarisse ist wirklich sehr charmant.«

»Maman, sie ist meine Schwester!«

»So naiv kannst du nicht sein, Liebling, oder? Wenn es ums

Begehren geht, spielen immer drei mit. Ich habe gesehen, wie Pierre sie angeschaut hat. Maya hat es auch bemerkt.«

»So ein Quatsch. Maya fand Clarisse wahnsinnig nett. Und mach dir keine Sorgen, Clarisse ist nicht Pauls Typ.«

»Gefahr erkannt, Gefahr gebannt. Clarisse hat doch genau das am eigenen Leib erfahren müssen, oder?«

»Du hast ein gutes Gedächtnis.«

»Es ist nun mal ein sehr geläufiges Szenario, Ève. Niemand ist unersetzlich.«

»Wenigstens weiß ich jetzt, von wem ich meinen Realismus habe!«

»Und deine Naivität hast du von Christian. Er ist idealistischer als ich.«

Ich beließ es bei einem Lachen, als ich Paul von der klischeehaften Warnung meiner Mutter berichtete. Allerdings musste ich feststellen, dass sie wohl doch nicht ganz falsch lag: Im Spätsommer, kurz vor unserer Abreise nach New York, lud Maya Paul und mich noch einmal zum Essen ein.

»Soll ich Clarisse mitbringen?«

Ich war mir sicher, dass Maya gern an das harmonische Zusammensein unseres bretonischen Wochenendes anknüpfen würde.

»Ähm … Ein anderes Mal, ja? Wir würden euch lieber allein sehen.«

Clarisse konnte also als Bedrohung wahrgenommen werden. Im Übrigen wurde sie, wie sie mir einmal erzählt hatte, nur selten von Paaren zum Essen eingeladen. Als ich nachfragte, wie sie Pierre gefunden habe, sagte sie, er sei der Beste aller Männer, aber nicht die Bohne sexy. Ich war mir sicher, dass sie über Paul genauso dachte. Clarisse fand Männer anziehend, die nicht allzu nett waren, dafür aber noch alle Haare auf dem Kopf hatten und einen schlanken, muskulösen Körper. Sie hatte mir Fotos von einigen ihrer Ex-Männer gezeigt, darunter ihr früherer Ehemann, Hendrik. Alle waren auffallend schön. J.-B., der Mann vor Boris, ein Haitianer, der als Tontechniker in einem Club arbeitete, hatte komplett tätowierte Arme, von den Handgelenken bis zu den Schultern. In unserem Umfeld ist kein Mensch tätowiert, mit Ausnahme meiner Tochter Houston. Zu ihrem zwanzigsten Geburtstag ließ sie sich – in erster Linie, um mich zu provozieren – eine kleine Rose auf den unteren Rücken tätowieren.

»Und Boris? Hast du kein Foto von ihm?«

»Er hasst Fotos. Sein Gesicht ist auch nicht berauschend. Aber sein Körper – fantastisch.«

Es gab diese Seite von ihr, die ich nicht kannte, den Nachtfalter Clarisse. Dagegen war ich vollkommen durchschaubar.

Das Bild der gut gelaunten, starken, freien Frau, das ich von Clarisse hatte, änderte sich einen Tag nach dem Abendessen bei Maya, zu dem sie nicht eingeladen war, und zwar komplett. Clarisse erwartete mich bei sich zu Hause zum Tee. Als sie mir die Tür öffnete, fielen mir sofort ihre geröteten Augen auf. In der Wohnung überraschte mich das ungewohnte Durcheinander, denn meine Schwester, die so ein chaotisches Leben führte, war paradoxerweise ordentlicher als ich. In der Bretagne, wo sie immer säuberlich aufgeräumt und nicht eine Falte auf ihrem Bett geduldet hatte, war mir das aufgefallen. Jetzt waren im Wohnzimmer die Schränke aufgerissen und der Inhalt von etlichen Kartons auf dem Holzboden verteilt.

»Was ist passiert?«

»Ich habe auf France Inter eine Sendung mit einer Schauspielerin gehört, die als Kind sexuell missbraucht wurde.«

»Und das hat so eine Wirkung auf dich gehabt?«

»Ich bin auch vergewaltigt worden. Mit sechzehn.«

Sie hatte das so harmlos dahingesagt, dass ich erst dachte, ich hätte mich verhört.

»Du bist vergewaltigt worden?«

»Von drei Jugendlichen, im Ferienclub, den meine Patentante damals geführt hat.«

»Davon hast du mir nie etwas gesagt!«

»Es ist so lange her, dass ich mich kaum noch daran erinnere. Ganz ehrlich, so schlimm war es eigentlich nicht. Ich weiß auch nicht, warum mich die Geschichte dieser Schauspielerin so aufgewühlt hat. Als ich vor vier Jahren allein durch den Iran gereist bin, hatte ich viel mehr Angst. In Teheran sind in einer menschenleeren Straße mal zwei Männer aus einem Auto gesprungen und hinter mir hergerannt. Wenn die mich eingeholt hätten, würde ich jetzt nicht hier sitzen und dir davon erzählen. Ich bin gerannt, was die Beine hergaben. Wenn ich nur daran denke, kriege ich wieder Angst. Aber meine Vergewaltigung mit sechzehn? Als es passiert ist, habe ich alle Gefühle und Gedanken von meinem Körper abgespalten. Ich habe nichts gespürt.«

»Ist das nicht die Definition eines Traumas?«

Sie fing an zu weinen. Ich nahm sie in den Arm und spürte ihre Tränen an meinem Hals. Sie sagte, sie habe überall nach dem Foto eines der Jugendlichen gesucht, das sie damals als greifbaren Beweis für das, was passiert war, gekauft hatte, aber sie könne es nicht mehr finden.

»Erinnerst du dich an ihre Namen?«

»Nur an einen Vornamen, Samuel.«

»Könntest du nicht deine Patentante fragen?«

»Ich bezweifle, dass sie die Reservierungsbücher aufbewahrt hat. Das war 1979, da gab es ja noch kein Internet. Abgesehen davon ist es sowieso verjährt. Und ich habe keinen Beweis. Sie würden es abstreiten. Vielleicht haben sie es sogar vergessen und würden mich für verrückt erklären.«

Ich folgte ihr in die winzige Küche, wo sie Wasser und Milch aufsetzte. Dabei erzählte sie mir kurz von der Vergewaltigung und ihrer Scham, die verhindert hatte, dass sie mit jemandem darüber sprach – bis zu einem Abendessen mit ihren Eltern, zwanzig Jahre danach. Als Alberto und Irina Großeltern geworden waren, hatten sie sich versöhnt, und wenn Clarisse' Vater nach Paris kam, um seine Enkel zu sehen, lud sie die beiden zusammen zu sich ein.

»Es war im September '99, ein paar Monate nach meiner Trennung. Als wir mit dem Essen fertig waren und meine Söhne in ihrem Zimmer spielten, haben wir uns über eine Zeitungsmeldung unterhalten: Eine Frau war in einem Vorstadtzug vergewaltigt worden. Mein Vater sagte, dass es in Frankreich weniger Vergewaltigungen geben würde, wenn wir hier weniger Schwarze und Araber hätten, weil ›diese Leute‹ aus einer Kultur der Triebunterdrückung kämen und ein anderes Frauenbild hätten. Da ist es aus mir rausgeplatzt, ich hatte vorher nicht darüber nachgedacht: ›Ich bin auch vergewaltigt worden. Mit sechzehn. Und weißt du was, Papa? Von drei weißen Typen, Juden.‹ Willst du wissen, was er gesagt hat?«

»Was denn?«

»Nichts. Ève, meine Eltern haben auf ihre Teller geschaut und kein Wort gesagt. Weder mein Vater noch meine Mutter.

Dass sie einfach nicht reagiert haben, war so unerträglich, dass ich abrupt aufgestanden und in die Küche gegangen bin, um zu spülen. Als ich irgendwann mit dem Nachtisch wiedergekommen bin, redeten sie über einen Film und fragten mich, ob ich ihn auch gesehen hätte. Als wäre nichts gewesen. Oder eher so: Als hätte ich gegen den guten Geschmack verstoßen, am Esstisch meine Intimsphäre auszubreiten, was sie mir in ihrer unendlichen Güte aber verziehen hätten.«

»Das ist schrecklich.«

Wir setzten uns mit unseren Teetassen aufs Sofa.

»Und es geht noch weiter, Ève. Ein paar Jahre später, es war die Zeit der Outreau-Affäre – diesem Missbrauchsprozess, hast du davon gehört? Da habe ich mit meiner Mutter telefoniert. Sie hat mir erzählt, dass ihre Mutter und sie sonntags immer bei einem Cousin ihrer Eltern zu Mittag aßen, ›so ein Typ‹, ein alter Emigrant, der meine Mutter dauernd auf den Knien reiten ließ. Da war sie fünf oder sechs. Ihre Mutter hat das Spielchen dieses Großonkels durchschaut, und von da an sind sie nicht mehr hingegangen. Und dann hat meine Mutter zu mir gesagt: ›Meine Mutter hat mich damals beschützt.‹ Das hat mir die Sprache verschlagen, Ève, ich dachte: Weiß sie das mit meiner Vergewaltigung nicht mehr, oder habe ich es bei unserem Essen vielleicht doch nicht ausgesprochen? Ich habe sie gefragt, ob sie mich einmal bei einem Abendessen hätte sagen hören, dass ich mit sechzehn vergewaltig worden bin, ob sie sich daran erinnerte. Am anderen Ende war es ganz still, und weil sie so krank war, hatte ich Angst, sie wäre ohnmächtig geworden. ›Maman? Bist du noch da?‹, habe ich gefragt, und sie hat geantwortet: ›Ja, ich erinnere mich.‹«

Clarisse seufzte.

»Sie hatte Krebs im Endstadium, da konnte ich sie doch nicht zur Rechenschaft ziehen. Zumal sie mit sieben ihre eigene Mutter verloren hat. Im Rückblick glaube ich, dass sie mir diese Geschichte erzählt hat, um sich zu entschuldigen. Vielleicht nicht mal mit Absicht. Aber das Schweigen bei diesem gemeinsamen Abendessen hat auf ihrem Gewissen gelastet. Und willst du wissen, was mir dann noch mit meinem Vater passiert ist?«

»Oh ja.«

»Gegen Ende der Zweitausenderjahre hat er mich in ein schickes Restaurant ausgeführt, das hat er bei seinen Besuchen immer gern gemacht. Er hat Austern gegessen – was ich eklig finde …«

»Wirklich? Ich liebe Austern.«

»Allein schon der Anblick dieser lebendigen Weichtiere … Jedenfalls habe ich ihn geradeheraus gefragt, ob er sich noch daran erinnert, wie ich ihm gesagt habe, dass ich mit sechzehn vergewaltigt wurde. Vor lauter Überraschung hat er erst mal den Kopf gesenkt. Dann hat er wieder aufgeschaut und mich gefragt: ›Und wie war's? Sahen sie wenigstens gut aus?‹«

»Nein. Ich glaub's nicht.«

»Dann hat er hinzugefügt: ›Ich nehme mal an, dass es angenehm sein kann. Es ist doch die größte Fantasie der Frauen, oder?‹ Ich habe meinen Ohren nicht getraut, Ève. Ich war dermaßen schockiert, dass ich so getan habe, als wäre mir irgendwas eingefallen, was ich nicht vergessen durfte. Ich habe mein Notizbuch aus der Tasche geholt und mir diese beiden Sätze aufgeschrieben.«

»Verrückt. Diese Verweigerung ist wie eine zweite Vergewaltigung.«

Ich versuchte, mir die Reaktion meiner Eltern vorzustellen. Sie hatten beide großen Respekt vor Autoritäten und hätten mich niemals gegen einen Lehrer, auch nicht gegen einen ungerechten Lehrer verteidigt. Ein Lehrer war und blieb ein Lehrer, und man musste lernen, mit Ungerechtigkeiten zu leben. Aber eine Vergewaltigung. Meine Eltern hatten eine klare Vorstellung von Gut und Böse. Sie wären sofort mit mir zur Polizei gegangen. Sie hätten alles getan, um mich zu beschützen.

Das Geständnis meiner Schwester war wie eine Aufforderung an mich.

»Clarisse, ich muss dir etwas sagen. Ich habe Alberto 1984 in Rom getroffen.«

»Hast du mir nicht gesagt, du hättest ihn nie gesehen?«

»Ich wollte nicht darüber reden. Es ist keine schöne Erinnerung.«

Ich hatte ihn unbedingt kennenlernen wollen, diesen Italiener, den meine Mutter mit zwanzig so leidenschaftlich geliebt hatte und dessen Tochter ich war. Ich hatte so darauf gedrängt, dass sie mir schließlich seinen Namen verriet. Ich rief bei der internationalen Auskunft an, wählte die italienische Vorwahl, dann die zehn Ziffern, und er nahm den Hörer ab und sagte »*Buona sera*«, die Stimme, die ich zum ersten Mal hörte, so dunkel und warm und melodisch, mit diesen Satzenden, von denen man sich zärtlich umfangen fühlt. Ich hatte mich vorgestellt: die Tochter von Françoise Caradec. ›Äh … Ihre Tochter, Monsieur.‹ Er war sehr überrascht und wollte mich kennenlernen. Ich nahm den Zug nach Rom. Stieg in einer kleinen Pension in der Nähe des Pantheons ab. Als ich die Trattoria in Trastevere betrat, wo er mich hinbestellt hatte, war er schon da. Ohne dass ich jemals ein Foto von ihm gesehen hatte (meine

Mutter hatte alle vernichtet), erkannte ich ihn sofort: ein gutaussehender Mann, dunkler Typ mit braunem krausem Haar, markanter Nase und schmalen Lippen, sein Lächeln herzlich und charmant, sein weißer, gut sitzender Leinenanzug mit Krawatte der Inbegriff italienischer Eleganz. Er war höflich aufgestanden und hatte mir nach alter Schule den Stuhl zurechtgerückt. Er war kultiviert, geistreich, hatte die Welt gesehen, kannte alle großen Museen und zitierte Proust, Baudelaire, Moravia, Borges und Pavese. Er war der Vater, von dem ich träumte, so anders als meine französische, bürgerliche, katholische Familie. Ich war extrem stolz, einen jüdischen Vater zu haben, der nicht gläubig war, aber zur Religion des ewigen Hinterfragens gehörte. Er erkundigte sich mit ehrlichem Interesse nach meinem Studium, meinen Freunden, meiner Familie. Er hatte mir Wein eingeschenkt, einen außergewöhnlichen, sonnengetränkten Lambrusco, den ich unbedingt probieren müsse. Ich war es nicht gewohnt, Alkohol zu trinken, schon gar nicht zum Mittagessen, und war ein bisschen betrunken.

»Am Nachmittag hatte er zu tun, ich habe mir die Stadt angesehen, und für den Abend hat er mich zu sich eingeladen.«

»In die Wohnung an der Piazza di Spagna? Hast du die wunderbare Terrasse gesehen?«

»Ja. Er hat eine Flasche Champagner aufgemacht, den wir auf der Terrasse getrunken haben. Er hat mich gefragt, ob ich *Die Kunst der Liebe* von Ovid gelesen hätte, wo ich doch klassische Philologie studierte. Genau dieses Fach hätte er auch studiert, meinte er, wenn er nicht in jungen Jahren schon hätte arbeiten müssen, um für sich und seine Mutter zu sorgen. Und dann hat er einen lateinischen Vers zitiert, *Odi concubitus, qui non utrumque resolvunt*, und ihn auch gleich übersetzt: ›Ich hasse Geschlechtsverkehr, bei dem nicht beide gleichzeitig einen Orgasmus haben.‹ Ich bin knallrot geworden, habe mir aber gesagt, dass Italiener eben offen über solche Dinge sprechen. Mein damaliger Freund und ich schafften es nicht, richtig miteinander zu schlafen, es tat mir immer weh, aber wir haben nicht über unser Problem gesprochen. Als Alberto mir gesagt hat, dass die körperliche Liebe – laut Ovid die Kunst des Liebens – etymologisch gesehen tatsächlich eine Kunst sei, mit anderen Worten eine Technik, was ja die erste Bedeutung des lateinischen Wortes *Ars* sei, dass man sie also lernen könne, war ich natürlich ganz Ohr.«

»Ich fürchte, ich weiß, was jetzt kommt.«

»Er hat mir dann erklärt, dass manche Männer, insbesondere ältere, erfahrene Männer, bessere Lehrer seien als andere, und dass er mich ausgesprochen hübsch finde und sich sicher sei, dass ich genauso wie er ein frei denkender, nonkonformistischer Mensch sei, sehr sinnlich und intelligent, mit dem er in aller Offenheit sprechen könne. Da habe ich angefangen zu schwitzen. Ich habe mich extrem unwohl gefühlt. Ich hatte Angst, dass er mir ein Schlafmittel in den Champagner getan hatte. Ich bin aufgesprungen und habe gesagt, mir sei schlecht. Er hat mir vorgeschlagen, mich im Schlafzimmer ein bisschen hinzulegen, aber ich habe darauf bestanden, ins Hotel zu gehen, und ihm versprochen, dass wir uns am nächsten Tag wiedersehen würden. Am nächsten Morgen habe ich meine Fahrkarte umgetauscht und den Zug nach Paris genommen. Er hat mir geschrieben, und allein schon die Schrift zu sehen, fand ich so widerlich, als würde mich eine schleimige Bestie anfassen. Ich habe ihm nicht geantwortet. Ich habe ihn aus meinem Leben gestrichen.«

»Pervers«, sagte Clarisse kopfschüttelnd.

»Hat er sich dir gegenüber nie unangemessen verhalten?«

»Du meinst, ob er mich sexuell missbraucht hat? Nein.«

»Es gibt Dinge, die man verdrängt.«

»Nein, das glaube ich nicht. Übrigens aus einem einfachen Grund: Ich sehe ihm ähnlich. Ich war nicht sein Typ. Während du deiner Mutter wie aus dem Gesicht geschnitten bist. Wahrscheinlich hatte er das Gefühl, dass sich plötzlich zwanzig Jahre in Luft auflösten.«

Das enttäuschende Erlebnis in Rom führte bei mir letztlich dazu, dass ich Christian wirklich als meinen Vater akzeptieren konnte – die Erziehung ist das, was zählt, nicht die Biologie. Anstatt mich als Opfer eines Schicksals zu sehen, war ich nach der Begegnung mit Alberto selbstbewusster geworden. Diese Kraft wollte ich an meine Schwester weitergeben.

»Warum schreibst du nicht über deine Vergewaltigung, Clarisse? Du würdest das, was du damals erlitten hast, zu deinem Material machen, das du heute mit Worten bearbeiten kannst. Du würdest dich zur Gestalterin deiner eigenen Geschichte machen.«

»Nein, keine Lust, über mich zu schreiben. Ich würde lieber über dich schreiben.«

»Mein Leben ist langweilig und banal. Da passiert doch nichts!«

»Das stimmt nicht. Außerdem ist doch die Schreibweise und nicht die Geschichte das, was Literatur ausmacht, oder?«

Wir kannten uns seit zehn Monaten. An diesem Tag erreichte unser Verhältnis eine neue Ebene. Ich empfand tiefe Zuneigung zu Clarisse, meiner Schwester, meinem Double, meiner lädierten Doppelgängerin, und der Wunsch, sie zu beschützen, war so groß, wie ich es bisher nur von der Beziehung zu meinen Töchtern kannte.

ꟹ

Im November 2019 kam sie nach New York, um ihre Enkelin zu sehen. Am Flughafen nahm sie die Subway und war zum ersten Mal zur angekündigten Uhrzeit bei uns. Es klopfte, ich machte auf, und da war sie, zwar lächelnd, aber trotzdem nicht dieselbe Clarisse. Da war kein Leuchten mehr. Die zusammengebundenen Haare legten ihr Gesicht bloß, in dem die Falten um Augen und Mund nicht mehr zu übersehen waren. Sie sah genauso alt aus, wie sie war. Boris hatte sich vor zehn Tagen per SMS von ihr getrennt: »Ich habe andere Frau getroffen jünger. Liebe ich die. Will dir nicht sehen mehr.«

»Aber du wusstest doch, dass es nicht von Dauer sein würde, oder?«, fragte ich, als wir uns auf das königsblaue Sofa gesetzt hatten, um Tee zu trinken. »Du fandest ihn besitzergreifend und wolltest dich von ihm trennen, bevor er zu sehr an dir hängt.«

Sie seufzte.

»Ja.«

Nachts war sie jetzt nicht mehr damit beschäftigt, Boris Nachrichten zu schicken, konnte aber trotz Jetlag nicht schlafen. Vormittags kümmerte sie sich um ihre Enkelin, Malika. Dieses goldige sieben Monate alte Baby war das Einzige, was ihr Freude machte. Clarisse stellte den Wecker auf sieben Uhr und machte sich mit dem Fahrrad auf den Weg. Sie fuhr von uns aus zur Manhattan Bridge, überquerte die Brücke und radelte dann die Hudson Street hoch, immer weiter Richtung Norden bis zur 127th Street in Harlem, wo ihr Sohn wohnte.

Für eine Strecke brauchte sie mindestens eineinviertel Stunden, und ich fragte mich, woher sie die Energie nahm, wo sie doch nachts höchstens vier Stunden schlief.

Sie machte Videos von Malika, die sie mir zeigte. Selbst in solchen Momenten konnte ich ihre Melancholie spüren. Das Baby reichte nicht, um die Leere in ihrem Leben zu füllen. Das letzte Mal hatten wir uns in Paris gesehen und davon gesprochen, ein Essen mit Martin, Leïla, Hannah und ihrem Freund zu organisieren, doch jetzt fehlte ihr dafür die Kraft. Weil sie aber nichts dagegen hatte, einen Mann kennenzulernen, Paul und ich nur leider so gut wie keine Singles im Bekanntenkreis hatten, lud ich Varun ein, auch wenn ich mir schon dachte, dass er nicht ihr Typ war. Es wurde ein munterer Abend, aber als Varun gegangen war, sagte Clarisse lachend:

»Der Typ ist ja vollkommen geschlechtsneutral! Oder schwul, ich weiß nicht – jedenfalls ist er an mir wirklich nicht interessiert.«

Der Abend hatte umso schmerzhafter deutlich gemacht, wie sehr sie Boris nachtrauerte. Um sie abzulenken, erzählte ich ihr von meinem Capri-Urlaub mit Varun. Wenn es eins gibt, was ich gut kann, ist es Selbstironie. Damit brachte ich sie zum Lachen.

Beim Spaziergang durch Brooklyn unterhielten wir uns über die Liebe. Als ich ihr sagte, dass ihre heftige sexuelle Leidenschaft für Boris eine Form von Sucht sei und der Entzug schmerzhaft und lang, dass sie Geduld haben müsse, die Zeit ihr aber helfen werde, kam von ihr nur der Kommentar, ich würde gerade offene Türen einrennen. Aber es gab auch kein anderes Thema, das sie interessierte. Ich erzählte ihr von der kurzen Affäre, die ich vor siebzehn Jahren mit einem jungen Franzosen gehabt hatte, der vorübergehend in New York lebte und dessen Sohn in dieselbe Vorschule ging wie Houston (ohne seinen Namen zu nennen oder den Roman zu erwähnen, zu dem ihn unsere Geschichte inspiriert hatte). Wahrscheinlich wollte ich mein braves Image zerstören. Clarisse war schockiert. Es war paradox, aber ausgerechnet sie mit ihren unzähligen Liebhabern war moralischer, monogamer, treuer und kompromissloser als ich.

Am Ende der Woche war sie so erschöpft, dass ich ihre Abreise als Erleichterung empfand. Ich hatte Angst, sie könnte wieder mit dem Fahrrad stürzen oder womöglich das Baby fallen lassen. Kurz bevor sie die Subway zum Flughafen nehmen musste, war sie auf dem Sofa eingeschlafen, und zwar so fest, dass ich sie kaum wach bekam. Zum ersten Mal, seit wir uns kannten, wartete in Paris niemand auf sie.

Zum ersten Mal stand auch etwas Unausgesprochenes zwischen uns. Ich war es leid, sie aufzumuntern, ihr Mut zu machen. Wenn man liebt, ist man zwanzig, die Menschen um einen herum aber nicht. Hannah hatte ich nach ihrer ersten großen Trennung monatelang getröstet und wirklich keine Lust, mit meiner sechsundfünfzigjährigen Schwester wieder damit anzufangen. Seit ich nicht mehr berufstätig war, hatte ich außerdem mehr zu tun als je zuvor: Ich kochte für eine Tafel in der Bowery, organisierte die jährliche Galaveranstaltung eines Vereins, der sich für Brustkrebsvorsorge starkmachte, bereitete einmal im Monat für unseren Lesekreis ein Feinschmecker-Menü zu, engagierte mich auf lokalpolitischer Ebene gegen Trump und machte gerade einen Podcast, in dem ich Kochrezepte aus dem antiken Griechenland mit den alten

Mythen in Verbindung brachte. Es fiel mir schwer zu verstehen, dass sich Clarisse durch diesen Russen, den sie nach eigener Auskunft ja nicht einmal liebte, so kaputtmachen ließ. Ich hatte ihr noch einmal geraten, mit dem Schreiben anzufangen; es konnte eine Möglichkeit sein, ihre Gefühle kreativ umzusetzen und hinter sich zu lassen.

Vielleicht war unsere Beziehung an ihre Grenzen gestoßen. Wir waren zu unterschiedlich.

Nichts davon kam zur Sprache, als ich Ende Dezember auf dem Weg in die Bretagne, wo wir mit der ganzen Familie Weihnachten feiern würden, einen Zwischenstopp in Paris machte. Wir trafen uns in einem Bistro, Place Saint-Paul, wo wir ein in Tabasco getränktes Tatar mit schön salzigen Pommes Frites aßen – noch eine gemeinsame Vorliebe –, aber ich hatte sie nicht zu uns in die Bretagne eingeladen, und sie hatte mir auch nicht vorgeschlagen, bei ihr zu übernachten, dabei war Boris kein Hindernis mehr und ihre Wohnung im Marais praktischer gelegen als die Banlieue, in der meine Eltern lebten.

Sie hatte sich mit der Trennung anscheinend abgefunden und verbrachte ihre Tage in den Programmkinos, wo sie sich hintereinander drei, vier ausländische Filme ansah. Und sie hatte eine neue Perspektive: Ende März würde sie für einen Monat nach Japan fliegen, sie hatte ein 400-Euro-Ticket nach Tokio ergattert. Seit Albertos Tod war sie nicht mehr in Asien gewesen, und das fehlte ihr.

An diesem Punkt, an dem wir begonnen hatten, unsere Verschiedenheit festzustellen, und uns beide wieder aus dem Leben der anderen hätten herausschleichen können, nahm das Schicksal seine Würfel in die Hand und tat in diesem Bistro einen richtungsändernden Wurf.

Clarisse schaute auf und fixierte plötzlich etwas hinter mir. Ich drehte mich um. Ein Fernseher. Darin lief ein Interview mit einem Romanautor. Man muss schon in Frankreich sein, um in einem Café einen Schriftsteller im Fernsehen reden zu hören.

»Hast du sein Buch gelesen, Clarisse?«

»Nein, aber ich kenne ihn: Ich war in seiner Schreibgruppe.«

»Ist das der Schriftsteller, der dir den Mut genommen hat zu schreiben?«

»Da tust du ihm zu viel Ehre an. Den Mut habe ich schon selber verloren.«

»Sébastien Bélair, glauben Sie, dass …«, sagte der Journalist, der das Interview machte.

Ich zuckte zusammen und drehte mich wieder zum Fernseher um. Ich traute weder meinen Augen noch meinen Ohren.

»Das … Das ist Sébastien Bélair?«

Er hatte einen Bart, eine Brille, eine beginnende Glatze und zwanzig Kilo mehr am Leib. Und ich gehöre zu denen, die Freunde schon nicht mehr wiedererkennen, wenn sie nur eine neue Frisur haben.

»Ja, warum?«

»Die Welt ist klein! Den habe ich auch mal gekannt! In New York, vor langer Zeit. Er hat sich verändert. Damals war er viel schlanker.«

»Wo hast du ihn denn kennengelernt?«

»Sein Sohn war in derselben Vorschule wie Houston.«

Clarisse' Augen wurden schmal.

»Ist das der Franzose, mit dem du eine Affäre hattest?«

Mein roter Kopf genügte als Antwort.

»Du hast Paul mit diesem Idioten betrogen?«

»Damals sah er gut aus …«

»Darum geht es nicht. Außerdem sieht er auch jetzt noch gar nicht so schlecht aus, auch wenn er ein paar Kilos zu viel drauf hat. Aber dieser Typ denkt nur an seinen Erfolg. Wetten, er hat dich in einem seiner Romane untergebracht?«

Ich merkte, dass sie auf Konfrontationskurs war, und hätte mich lieber davor gedrückt. Aber sie hatte den Finger auf einen wunden Punkt gelegt, von dem ich noch nie jemandem erzählt hatte.

»Bingo. *Die Bäckerin von Ploumor.*«

»Der Roman, zu dem ihn die Affäre Gregory inspiriert hat? Der Roman, in dem ein Kind ertrinkt, während seine Mutter mit einem Schriftsteller schläft, der sich aufs Dorf zurückgezogen hat, um zu schreiben? Die Geschichte spielt doch gar nicht in New York!«

»Er hat sich einen anderen Schauplatz ausgedacht. Aber es ist unsere Geschichte. Die Bäckerin bin ich.«

Bei der Lektüre dieses zwei Jahre nach unserer Liaison erschienenen Buchs war mir äußerst unbehaglich zumute gewesen. Ich fand darin ganze Sätze wieder, die ich irgendwann selbst gesagt hatte. Er muss sich Notizen gemacht haben. Vor allem aber hätte ich um ein Haar in Paris in seinen Armen gelegen, während in New York Hannah mit einer Meningitis im Sterben lag. Ich hatte ihm die Nachricht auf Band gesprochen, dass meine Tochter schwer erkrankt sei. Und er hatte einen Roman daraus gemacht.

»Er hat den Grand Prix der *Elle*-Leserinnen bekommen«, erwiderte Clarisse. »Der muss richtig Kohle gemacht haben, dann kam ja auch noch der Film! Ich habe gehört, wie er mal gesagt hat, ein totes Kind wäre für einen Roman ein sicheres Erfolgsrezept. Da würden die Weiber heulen, und sie seien ja diejenigen, die lesen. Der Typ ist so was von zynisch.«

Ich stimmte ihr wortreich zu. Dann wechselten wir das Thema.

Als ich Anfang Januar aus der Bretagne zurückkam und Clarisse im selben Bistro wiedersah (ohne meine Familie, die schon wieder in New York war), hatte ich das Gefühl, dass sie aus ihrem Tunnel raus war. Sie gab mir einen Umschlag.

»Herzlichen Glückwunsch zum Geburtstag.«

In dem Umschlag lagen zwei Eintrittskarten für eine Veranstaltung mit Sébastien Bélair, am nächsten Tag in der Maison de la Poésie.

»Ich dachte, du kannst ihn nicht ausstehen.«

»Dass wir beide denselben Mann kennen, ist ein unglaublicher Zufall – das muss gefeiert werden. Als ich gesehen habe, dass er einen Tag vor deiner Abreise diese Veranstaltung macht, war das für mich ein Zeichen. Ich hatte Mühe, noch an Karten zu kommen, das Ding war eigentlich ausverkauft. Ich schlage vor, dass wir ihn am Ende ausbuhen und mit ein paar faulen Tomaten bewerfen.«

Ich lachte.

»Ich kann danach allerdings nicht mehr mit dir essen, ich hab's schon meinen Eltern versprochen …«

»Ich kann auch nicht. Diana hat morgen Geburtstag.«

Am darauffolgenden Abend waren die Menschen in Scharen zur Maison de la Poésie gekommen. Die Schlange zog sich um den halben Block. Sébastien Bélair war nicht nur ein Erfolgsautor, sondern hatte in seinem letzten Roman, der im Herbst erschienen war, auch ein hochaktuelles Thema behandelt. Vor Kurzem war nämlich die Schilderung eines sexuellen Missbrauchs veröffentlicht worden, was im Zuge der Me-too-Bewegung einen Skandal um Ethos und Moral der Pariser Literaturszene ausgelöst hatte. In diesem Kontext erzählte Sébastiens Roman nun von einem Pädophilen, einem vierzigjährigen Romancier, der eine Liebesgeschichte mit einer vierzehnjährigen Gymnasiastin hat. Der Autor vertrat die Ansicht, dass man erwachsen sei, sobald man alt genug sei, einen anderen Menschen zu begehren, und wenn zwei Erwachsene sich begehrten, habe sich das Gesetz nicht einzumischen. Sein Roman sei, so sagte er, eine moderne Version von *Romeo und Julia* und kämpfe gegen die grassierende politische Korrektheit. Die Männer-Jury, die ihm einen der bedeutendsten Literaturpreise des Herbstes verliehen hatte, war eindeutig einer Meinung mit ihm. Die zu der Veranstaltung erschienene Menge, hauptsächlich Frauen, würde ihn sich allerdings vorknöpfen. Clarisse und ich warteten mit der sadistischen Freude antiker Arenenbesucher auf seinen Untergang. Wir wollten ihn in der Defensive sehen, in die Ecke gedrängt, lächerlich gemacht. Tomaten hatte Clarisse allerdings nicht mitgebracht.

Doch anstatt Sébastien unter Druck zu setzen, stellte die Moderatorin ihm respektvolle Fragen, in denen sogar Bewunderung mitschwang. Er erklärte, dass die Literatur der zentrale Ort des Unausgesprochenen sei – der Scham, des Tabus, der Ausgrenzung – und somit jedem, der von der Gesellschaft geächtet werde, eine Stimme geben müsse. Andererseits müsse die Literatur für die Opfer von Gewalttätern und für ihren Schmerz das Wort erheben. Er habe selbst Kinder und würde jeden Pädophilen, der ihnen etwas angetan hätte, mit allen

Mitteln verfolgen. Er gab zu, dass der Roman aufgrund seiner Mehrdeutigkeit auch etwas Perverses habe. Er beurteile seine Figuren nicht. Literatur dürfe nicht moralisch sein. Sie sei aber auch nicht unmoralisch, sondern amoralisch.

Auf sein Schlusswort folgte langer, kräftiger Applaus. Er hatte die anwesenden Frauen und auch mich überzeugt – nicht aber Clarisse, die empört schien.

Ich zog meinen Mantel an und näherte mich dem Tisch, an dem er seine Bücher signierte, um ihn mir aus der Nähe anzusehen. Zwischen zwei Unterschriften blickte er auf und erkannte mich, worauf ich nicht gefasst war, denn auch ich hatte mich verändert.

»Ève?«

Er stand auf, kam mit einem Lächeln auf mich zu, das seine Augen zu Schlitzen machte, und streckte die Hände nach meinen aus. Die Spontaneität seiner Reaktion berührte mich. Plötzlich war die Erinnerung wieder da, an eine Wohnung am Washington Square, an einen Kuss im Sprühregen am Ufer des Hudson River. An eine Zeit, in der wir jung waren. Ich wollte ihm gerade gratulieren, da wurde ich zur Seite gestoßen. Von Clarisse, die hinter mir aufgetaucht war. Sie klatschte ihm die Zitronentarte mit Baiserhaube, die sie für Dianas Geburtstag gekauft hatte, mitten ins Gesicht. Es war nun komplett mit weißem Baiser bedeckt, und an der Nasenspitze haftete ein Klecks Zitronencreme, der ihm etwas Clowneskes verlieh. Der Tortenboden war Sébastien aus dem Gesicht gerutscht und ihm vor die Füße geplatscht. Clarisse trat wie eine Maskenbildnerin, die ihr Werk begutachtet, einen Schritt zurück und konnte ein Lachen nicht ganz unterdrücken.

Sébastien, der wie erstarrt war, kam wieder zu sich. Er gab

Clarisse einen so kräftigen Stoß, dass sie rückwärts umkippte. Menschen schrien auf, und im Nu breitete sich Panik aus. Alle rannten in Richtung Ausgang, als gäbe es einen Terrorangriff. Es herrschte Chaos. Clarisse lachte. Ich half ihr, wieder aufzustehen.

»Bist du verrückt geworden?«

»Ihr kennt euch?«, fragte Sébastien.

Seine Stimme klang verblüfft, aber auch wütend, als hätte ich mitgemacht und wäre nur auf ihn zugekommen, um Clarisse hinter mir zu verstecken.

»Sie ist meine Schwester!«, antwortete Clarisse. »Und die Torte war für die Bäckerin von Ploumor!«

Ich wäre am liebsten im Erdboden versunken. Ich war vollkommen auf Sébastiens Seite, auf der Seite von Gesetz und Ordnung. Mit einer entschuldigenden, fast flehenden Geste hielt ich ihm ein Päckchen Tempotücher hin, das ich aus meiner Tasche hervorgekramt hatte. Schon kamen zwei Polizisten angerannt und packten Clarisse. Während sie ihr Handschellen anlegten, brachte der Leiter des Hauses Sébastien in die Räume hinter der Bühne. Leute machten Fotos. Ich hatte einen knallroten Kopf. Und Angst, auf Instagram oder in irgendeiner Zeitung mit dieser Verrückten abgebildet zu werden, die hier öffentlich als meine Schwester auftrat. Ich folgte Clarisse aufs Polizeirevier, das sich in einer Straße hinter dem Centre Pompidou befand, nur drei Minuten entfernt. Die Leute starrten uns an. Wahrscheinlich dachten sie, dass diese elegante Frau, so heiter in ihren Handschellen, bei einem Diebstahl erwischt worden war.

Wir verbrachten zwei Stunden auf dem Revier. Während Clarisse verhört wurde, wartete ich im Vorraum. Niemand erstattete Anzeige, weder Sébastien noch der Leiter der Maison de la Poésie, und Clarisse wurde auf freien Fuß gesetzt. Der Polizist, der sie zur Tür begleitete, unterhielt sich mit ihr über brasilianische Musik. Ich rechnete schon damit, dass er sie nach ihrer Telefonnummer fragen würde. Wir gingen die Rue Rambuteau entlang.

»Was ist denn in dich gefahren, Clarisse? Du bist total verrückt! Und was ist jetzt mit Dianas Geburtstag? Die Tarte solltest du doch mitbringen!«

»Und es war auch noch eine von Mulot, die mich ein Vermögen gekostet hat! Wenn ich das gewusst hätte, hätte ich bei den Chinesen in Belleville eine schöne Sahnetorte gekauft.«

»Wenigstens war die Sache nicht geplant, da bin ich beruhigt! Aber warum?«

»Ich war wütend, als ich gesehen habe, wie er dich wieder um den kleinen Finger wickelt … Ich habe nicht nachgedacht. Worte hätten nicht gereicht, ich musste ein Zeichen setzen und ihm mal richtig das Maul stopfen.«

»Was hat er dir denn getan?«

»Fandest du es etwa gut, wie er dich benutzt hat? Dass er ein Kind sterben lässt, nachdem deine Tochter fast dran glauben musste? Ich habe mich für dich gerächt.«

»Ich hatte nicht darum gebeten!«

»Ève, mach dir keine Sorgen um den. Kennst du Noël Godin, den belgischen Tortenwerfer? Der erste Mensch, den er eingetortet hat, war Marguerite Duras, das war 1969. Fünfzig Jahre später ist es natürlich ein bisschen abgedroschen, das gebe ich zu, aber man wird Seb mit Duras vergleichen, und die liebt er abgöttisch. Ein schöneres Geschenk konnte ich ihm gar nicht machen.«

»Findest du, dass er zufrieden aussah? Er war total sauer!«

Wir versöhnten uns nicht. In der Métro, die mich nach Boulogne brachte, trieb mir die Erinnerung an Sébastiens fassungslosen Blick, als er von der Verbindung zwischen Clarisse und mir erfuhr, die Schamesröte ins Gesicht. Morgen früh, vor der Fahrt zum Flughafen, würde ich ihm über seinen Verlag einen Brief schreiben. Ich würde meine Schwester verleugnen.

Es war schon nach Mitternacht, und meine Eltern schliefen. Nachdem ich von den Resten gegessen hatte, war ich immer noch zu wütend, um zu schlafen, und rief Paul an. Als ich ihm erzählte, dass der Mann, den Clarisse eingetortet hatte, der Schriftsteller war, den ich vor siebzehn Jahren in New York kennengelernt hatte, lachte er schallend.

»Deine Schwester hat wirklich Schneid. Chapeau.«

Es gibt keinen gesetzestreueren Menschen als Paul. Warum ergriff er für Clarisse Partei? Weil er eine Schwäche für sie hatte? Weil er sich an die Begegnung mit Sébastien vor dem Weihnachtsbaum im Metropolitan Museum erinnerte und dachte, dass sie sich für ihn gerächt hatte?

Genau das hatte sie getan.

Das Gelächter, mit dem Clarisse zu Boden gegangen war, klang mir wieder in den Ohren, und im Nachhinein packte mich ein überwältigendes Gefühl von Zuneigung. Es gibt so wenige Menschen, die sich trauen, in der Geschichte über des Kaisers neue Kleider das Kind zu sein. Ich rief sie an, denn ich ging davon aus, dass sie noch wach war.

»Bist du wirklich nicht sauer?«

Sie war erleichtert über meinen Anruf. Sie hatte schon begonnen, ihre Tat zu bereuen.

Diese Versöhnung räumte die ganze Distanz, die bei ihrem

Besuch in New York im November entstanden war, aus dem Weg. Ich hatte das Gefühl, meiner verrückten Schwester etwas schuldig zu sein. Vielleicht war dieses Gefühl maßgeblich für alles Weitere.

Am zwölften März flog ich zu Cyrils fünfzigstem Geburtstag wieder nach Paris. Er hatte eine Bar im 10. Arrondissement gemietet und etwa hundert Freunde eingeladen, darunter Clarisse, die mich begleitete. Wenn Leute mich husten hörten, wichen sie lachend vor mir zurück: »Ist das Covid?« Welch ein Glück für Cyril, sagten hinterher alle, dass er am dreizehnten und nicht erst am zwanzigsten März auf die Welt gekommen war, auch wenn der dreizehnte dieses Jahr auf einen Freitag fiel. Eine Woche später hätte er sein Fest absagen müssen, denn am Montag nach der Feier kündigte der französische Präsident den Lockdown an. Keinem von uns war der Ernst der Lage bewusst. Keinem außer Paul, der nicht wollte, dass ich nach Paris flog, zumal ich zwei Tage vor meiner Abreise angefangen hatte zu husten. Ich hatte meinen Geschmackssinn verloren, was für eine Köchin ein schwerer Verlust ist. Eine befreundete Ärztin meinte, ich hätte bestimmt eine Nebenhöhlenentzündung. Noch wusste niemand, dass Geschmacksverlust eins der Symptome des neuen Coronavirus war. Ich hatte kein Fieber, und meine Lunge war nicht angegriffen. Paul und ich gerieten in Streit. Mein Brustkrebs lag fast fünf Jahre zurück. Das MRT von 2018 und die Blutwerte von 2019 hatten die komplette Remission bestätigt. Im Juni würde ich das nächste MRT machen, und bei einem positiven Ergebnis, womit ja durchaus zu rechnen war, würden sich die Abstände zwischen den Kontrollterminen noch weiter vergrößern. Ich sah nicht ein, warum mich ein Schnupfen daran hindern sollte, beim Geburtstag meines Bruders dabei zu sein, der schließlich nur einmal fünfzig wurde.

In seinem Studium an der Stern School of Business hatte sich Paul mit Wahrscheinlichkeitsrechnung beschäftigt und war überzeugt davon, dass das neue Coronavirus nach Italien auch das restliche Europa und dann die USA treffen würde, dass Hunderttausende, wenn nicht Millionen Menschen sterben und wir mindestens ein Jahr lang damit zu tun haben würden – so lange, wie es im besten Fall dauern würde, einen Impfstoff zu entwickeln und auf den Markt zu bringen. Anfang März 2020 klang dies wie eine apokalyptische Prophezeiung. Aber ich hielt mein Versprechen, auf dem Fest niemanden zu umarmen und mit den Leuten um mich herum das Desinfektionsmittel zu teilen, das ich aus New York mitgebracht hatte. Cyrils Freunde fanden mich sehr amerikanisch – um nicht zu sagen lächerlich.

Als die Bar um zwei Uhr morgens zumachte, ging die Party bei Cyril in der Rue Lucien-Sampaix weiter, aber Clarisse und ich beschlossen, lieber zu Fuß zu ihr nach Hause zu gehen. Wir konnten gar nicht mehr aufhören zu lachen. Sie hatte wirklich ihren Spaß gehabt, auch wenn meine fast siebenundfünfzigjährige Schwester all diese fünfzigjährigen Männer, die rauchten, tranken und sich kein bisschen um ihren Körper scherten, wenig attraktiv fand. Wir wussten noch nicht, dass dieser unbeschwerte nächtliche Spaziergang das Ende einer Epoche markierte.

Am darauffolgenden Tag machte Houstons Universität zu, und Paul fuhr nach Connecticut, um sie abzuholen. Sollte das Virus New York erreichen, wären wir in der Bretagne am Ende der Welt besser davor geschützt. Man würde die Grenzen schließen, wir mussten uns also sehr schnell entscheiden. Noch am selben Abend saß Paul mit Houston im Flugzeug nach Paris. Réglisse hatte er Hannah anvertraut, die mit ihrem Freund in New York blieb.

Ich überlegte, ob ich Clarisse anbieten sollte, mit uns auf die Halbinsel zu kommen, aber Paul, der gerade ein Buch über Trumps Steuerflucht schrieb, brauchte dafür Ruhe, und mir ging es auch nicht wirklich gut. Den Grund erfuhren wir, als wir zwei Tage später im Radio hörten, dass der Verlust des Riech- und Geschmackssinns ein Symptom des Virus war. Ich war fast einen Monat krank. Ich musste dauernd husten, und der ganze Körper tat mir weh. Noch dazu machte ich mir Sorgen um meine Eltern, die ich in Paris besucht hatte, und um alle Freunde von Cyril. Die einzige Erkrankte, von der wir bisher wussten, hatte sich nicht bei mir angesteckt, weil sie auf der Feier nicht dabei sein konnte: Muriel, die Frau meines Bruders Yann, die Anästhesistin in einem Krankenhaus war. Sie hatte hohes Fieber und so starke Atembeschwerden, dass sie intubiert werden musste.

Trotz meines deprimierenden Geschmacksverlusts, durch den ich Salziges und Süßes nicht auseinanderhalten konnte, kochte ich oft für Paul und Houston und die alten Nachbarn in unserem Dörfchen. Houston und ich brachen jeden Abend auf, um die Sonne im Meer untergehen zu sehen. Houston war in den ersten beiden Jahren ihres Studiums reifer geworden: Es war angenehm, mit ihr zusammen zu sein, und ich lernte meine Tochter noch einmal ganz neu kennen. Paul hatte die Gartenarbeit für sich entdeckt; wenn er nicht vor dem Computer saß, fand man ihn draußen, mit einer Hacke oder einem

Rechen in der Hand. So weit weg von New York war er viel entspannter; als ich wieder gesund war, schliefen wir zum ersten Mal seit fünf Jahren wieder miteinander. Einerseits waren wir seit Langem nicht mehr so glücklich gewesen, andererseits sorgten wir uns um Muriel, meine Eltern und natürlich Hannah und unsere Freunde in New York, wo das Virus wütete. Unsere ältere Tochter verließ das Haus gar nicht mehr, abgesehen von den zehnminütigen Pflichtgängen mit dem Hund. Meine Schwester, mit der ich die letzten Stunden unseres alten Lebens verbracht hatte, vergaß ich darüber ein bisschen. Wenn ich Zeit hatte, rief ich sie an – nachdem ich mit meiner Mutter, mit Hannah und den Freunden jenseits des Atlantiks telefoniert hatte.

Anfangs war Clarisse gut gelaunt. Das Radfahren, das Kino, ihre Freunde und ihre Freiheit fehlten ihr zwar, und sie trauerte der stornierten Japan-Reise nach, aber sie freute sich, dass sie endlich Zeit hatte, den Inhalt ihrer Schränke zu sortieren. Ihre Söhne riefen oft an, sogar Zack, bei dem das Ausbleiben der Touristen zu Kurzarbeit geführt hatte; was Lucas betraf, konnte sie beruhigt sein, er war nicht allein. Seine Freundin lebte bei ihm, und weil der Galerist für die Dauer der Pandemie seinen Wohnsitz in die Normandie verlegt hatte, unterhielten sich Lucas und er oft draußen im Park, mit Abstand. Clarisse surfte nachts im Internet und teilte über WhatsApp witzige Links zu Bildern, Liedern und Sketchen rund um das Thema Coronavirus. Damit brachte sie mich zum Lachen.

Nach und nach begann sich ihre Stimmung einzutrüben. Drei Wochen nach Beginn des Lockdowns kam eine sehr aufgebrachte Nachricht von ihr. Sie war innerhalb des erlaubten Radius von einem Kilometer spazieren gegangen und kontrolliert worden. Ihre Ausgangsbescheinigung hatte sie zwar ausgefüllt, sich dabei aber mit dem Datum vertan. Die Polizisten waren unerbittlich und forderten die sofortige Zahlung des Bußgelds von 350 Euro. Ihr Zorn auf den Präsidenten, seinen Umgang mit der Krise und seine Menschenverachtung äußerte sich in Worten, die gar nicht harsch genug sein konnten. Sie ertrug das Eingesperrtsein nicht mehr und fühlte sich sehr allein, konnte nicht schlafen und dachte nächtelang über ihr gescheitertes Leben nach.

Sie tat mir furchtbar leid, aber ich hatte andere Sorgen. Nachdem Muriel aus dem künstlichen Koma geholt worden war und wir sie auf dem Weg der Besserung glaubten, hatte sich ihr Zustand wieder verschlechtert. Paul war pessimistisch. Die Statistiken verhießen nichts Gutes, auch wenn Muriel mit ihren achtundvierzig Jahren, sportlich und ohne Vorerkrankungen, eigentlich auf der sicheren Seite war. Eines Abends sagte mir meine Mutter, sie hätten endlich das richtige Antibiotikum gegen die Lungenentzündung gefunden, ihr Zustand habe sich leicht verbessert. Wir waren erleichtert. Muriel würde lange brauchen, um zu genesen, und unter den Folgen dieser üblen Krankheit leiden, aber sie würde es schaffen. Am nächsten Tag rief ich Maman an, ohne vorher die Nachricht abzuhören, die sie mir geschickt hatte, während ich unter der Dusche war. Sie weinte.

»Ève, sie ist tot!«

Plötzlich war die Epidemie sehr real. Die Umstände von Muriels Tod waren fürchterlich. Sie hatte dreieinhalb Wochen auf der Intensivstation gelegen, wo weder Yann noch die Kinder sie besuchen durften. Als sie starb, war sie allein. Niemand hatte sich von ihr verabschieden können. Ich weinte, wenn ich an die letzten Wochen von Muriels Leben dachte, an die fünf Kinder, die sie zurückließ, und an meinen verwitweten Bruder. Sie war seine erste Liebe gewesen. Die beiden hatten sich sehr gern gehabt. Zum Glück waren sie praktizierende Katholiken und hatten ihre Kinder im Glauben erzogen; vielleicht würde ihnen das helfen. Ich musste allen Mut zusammennehmen, um meinen Bruder anzurufen, so grauenhaft war die Belanglosigkeit von Worten gegenüber seinem Schmerz. Seine Stimme klang ausdruckslos. Er fing an zu schluchzen, als er mir erzählte, dass sie nur noch halb so viel wog, als er sie nach ihrem Tod im Krankenhaus gesehen hatte. Es war entsetzlich, was die Krankheit mit ihr gemacht hatte. Ich hatte Yann noch nie weinen hören und konnte nicht verhindern, dass auch ich in Tränen ausbrach. Als er sich wieder gefangen hatte, erzählte er mir von den Kindern; sie seien stolz auf ihre Mutter, die als Ärztin für andere gestorben sei. Für die Beerdigung bereiteten sie Gedichte vor. Yann war im Handlungsmodus, er organisierte die Beerdigung, an der wir nicht teilnehmen durften, und redete mit dem Gemeindepfarrer, der Muriel gut kannte.

Clarisse reagierte völlig entsetzt. Es tat ihr so leid für meinen Bruder, dessen Frau sie letzten Winter an dem Abend bei meinen Eltern kennengelernt hatte. Sie wollte wissen, ob sie etwas tun könne: vielleicht etwas kochen und ihnen mit dem Fahrrad vorbeibringen? Ich bedankte mich bei ihr, aber es war nicht nötig. Muriels Mutter hatte sich bei ihrem Schwiegersohn einquartiert. Clarisse selbst schien es viel besser zu gehen. Mir kam der Gedanke, dass die Stimmungsschwankungen meiner Schwester, dieses Hin und Her zwischen Verzweiflung und Hochgefühl, vielleicht durch ein chemisches Ungleichgewicht ausgelöst wurden. Doch es war nicht der Moment, dieser Frage nachzugehen, man konnte sowieso keinen Termin beim Psychiater machen. Und kaum hatte ich aufgelegt, nahmen mich die Gedanken an Yann und seine Kinder wieder voll in Anspruch. Beim Essen sprachen Paul, Houston und ich nur noch über sie. Und Maman las mir am Telefon die Gedichte vor, die meine Nichten und Neffen geschrieben hatten. Ich weinte und weinte.

Am ersten Tag, an dem Clarisse nichts auf WhatsApp teilte, fiel es mir nicht auf; am zweiten dann doch; am dritten fehlte es mir; am vierten fragte ich mich, was los war, und schrieb ihr; und am fünften schickte ich eine Voicemail hinterher. Sie reagierte nicht. Schlechte Nachrichten machen Angst vor noch mehr schlechten Nachrichten, als wäre der Tod ein Zug, neben dem ein zweiter Zug fährt, den man nicht sieht. Ich war zu schnell gewesen mit meiner Einschätzung, dass es Clarisse wieder besser ging. Ich wusste ja gar nicht, was es hieß, wochenlang von morgens bis abends allein zu Hause zu sein, immer nur mit sich selbst konfrontiert. Die Leidenschaft fürs Kino und fürs Reisen war ihre Überlebensstrategie gewesen, sie brauchte diese Fluchten. Und weil sie empfänglich für die feinsten Nuancen eines Gesprächs war, hatte sie bestimmt gespürt, dass ihr Schmerz in meinen Augen anders einzuordnen war als der Schmerz von Yann und seinen Kindern. Vielleicht schlief sie auf ihrem Bett längst den ewigen Schlaf, nachdem sie eines Nachts einem Impuls nachgegeben hatte. Wie ließ sich ihr Schweigen denn sonst erklären?

Paul dachte – ebenso wie meine Mutter –, dass ich längst davon wüsste, wenn ihr etwas zugestoßen wäre. Ich erklärte ihm, dass Clarisse eine Wohnung gekauft hatte, in der die Vormieterin, eine achtundachtzigjährige Dame, ganz allein gestorben war; ihre Leiche musste erst einen Monat lang verwesen, ehe jemand den Geruch bemerkte.

»Ein Grund mehr, Ève. Deine Schwester würde nicht wollen, dass ihr so etwas passiert.«

»Seit einer Woche habe ich kein Lebenszeichen von ihr! Wie erklärst du dir das?«

»Du wirst es erfahren.«

An diesem Abend rief sie schließlich an. Ich sprang auf, als ich ihre Nummer sah.

»Clarisse! Was ist passiert?«

»Nichts, warum?«

»Ich habe dir mehrere Nachrichten geschickt, und du hast nicht geantwortet und hast auch gar nichts mehr geteilt! Ich habe angefangen, mir Sorgen zu machen.«

»Ich kann nicht mehr auf WhatsApp gehen, weil mein Telefon zu voll ist, und habe auch nicht daran gedacht, meine Voicemails zu checken. Entschuldige! Es ist alles in Ordnung.«

Sie wirkte tatsächlich gut gelaunt und klagte nicht mehr über den Lockdown. Es gab auch einen Grund dafür: Jemand teilte Wohnung und Bett mit ihr. Boris.

»Hast du ihn wieder kontaktiert?«

»Wir sind uns auf der Straße über den Weg gelaufen.«

»Aber er wohnt doch gar nicht in deiner Nähe, oder?«

Die Lockdown-Regeln besagten, dass man seine Wohnung nur in einem Umkreis von zwei Kilometern verlassen durfte.

»Er wohnt nirgendwo. Er musste aus dem Zimmer raus, das er sich mit einem anderen Russen geteilt hat. Der Flohmarkt musste zumachen, da konnte er die Miete nicht mehr bezahlen.«

»Und seine Freundin?«

»Das ist vorbei. Ah, ich höre was an der Tür, er kommt vom Einkaufen zurück. Ich rufe dich wieder an.«

Als ich auflegte, war ich wütend auf Clarisse. Während ich dachte, sie wäre tot, hatte sie Tag und Nacht gevögelt. Mit einem Typen, der sie bei der ersten Gelegenheit für eine Jüngere sitzen gelassen hatte und zurückgekommen war, als er nicht mehr wusste wohin. In meinen Augen war es ein Rückschritt. Paul zeigte sich toleranter:

»Ihre Söhne sind nicht in Paris, sie kann ihre Freunde nicht sehen, sie ist allein, und sie hat auch kein Meer vor der Nase wie wir, keine Heidelandschaft, keine Familie. Jetzt hat sie etwas gefunden, das ihr guttut.«

Wie immer hatte er recht. Es war besser, sich Clarisse mit Boris vorzustellen, als in einem Sarg.

Als Boris wieder einmal einkaufen war, rief sie mich zurück. Der Lockdown war für die Beziehung der beiden perfekt. Clarisse traf sich mit niemandem und durfte nur für eine Stunde täglich die Wohnung verlassen; Boris hatte keinen Grund zur Eifersucht mehr. Seine Angst legte sich, die sanfte, verliebte Seite kam jetzt zum Vorschein. Clarisse badete in seiner Zärtlichkeit. Nach der Trennung und Wiederannäherung hatten sich ihre Gefühle für ihn vertieft, auch wenn sie ahnte, dass dieser Honeymoon situationsbedingt war und Boris wieder verschwinden würde. Er kochte die Rezepte seiner russischen Großmutter für sie – einen sensationellen Borschtsch, zu dem es Knoblauch-Dill-Brot gab. Wenn sie sich nicht liebten, spielte er Handyspiele, und sie lernte auf Duolingo Russisch. Bei ihren ersten Versuchen, ein paar einfache Sätze zu sagen, hatte Boris sich krumm- und schiefgelacht.

Nach der Aufhebung des Lockdowns änderte sich für uns

nichts, nur dass wir jetzt um Hannah in Sorge waren, die in New York an den Demonstrationen gegen Rassismus teilnahm, nachdem ein Schwarzer von einem weißen Polizisten umgebracht worden war und ein junges Mädchen es gefilmt hatte. Amerika stand in Flammen. Was Clarisse betraf, gab es allerdings Veränderungen. Boris hatte wieder angefangen zu arbeiten, und sie konnte wieder rausgehen und ihre Radtouren machen. Sie half ihm auf dem Flohmarkt. Und an einem Wochenende nahm sie den Zug, um Lucas in der Normandie zu besuchen, ohne Boris, der arbeitete. Ich lud sie ein, im Sommer zu uns in die Bretagne zu kommen – natürlich mit ihm.

»Mit ihm? Nein. Du würdest ihn kein bisschen mögen.«

»Warum würde ich ihn nicht mögen?«

»Weil er primitiv ist. Weil er seine Launen nicht unter Kontrolle hat. Er wird eifersüchtig, sobald ich einem anderen Menschen Aufmerksamkeit schenke, sogar meinen eigenen Kindern oder dir. Er hat überhaupt keine Bildung und keine Manieren.«

»Aber wenn ihr zusammenbleibt, muss er deine Familie, deine Freunde, dein Leben doch akzeptieren. Ihr könnt doch nicht völlig zurückgezogen leben!«

Ich fürchtete, dass sie es nicht schaffen würde, ihn allein zu lassen, um uns zu besuchen. Durch Zufall ergab es sich, dass Boris seinen Chef zu einem Flohmarkt in die Provinz begleiten musste. Mitte Juli würde er eine Woche lang unterwegs sein. In der Zeit würde sie kommen.

An dem Morgen, an dem sie eigentlich ihren Zug nehmen sollte, rief sie mich an.

»Ève, es tut mir leid, aber ich muss meine Reise verschieben.«

»Ist der Flohmarkt von Boris abgesagt worden?«

»Warum denkst du sofort, ich wäre abhängig von ihm?«,

sagte sie gereizt. »Es hat nichts mit ihm zu tun. Er ist gestern gefahren.«

Ich entschuldigte mich. Dann erzählte sie mir, dass sie am Abend vorher, nach Boris' Abreise, am Seineufer spazieren gegangen sei. Auf dem Rückweg sei sie an einer verlassenen Straßenecke in der Nähe der Métro-Station Sully-Morland überfallen worden. Der Typ hatte ihr die Tasche aus der Hand gerissen und sie brutal gegen eine Mauer gestoßen. Ein Vorderzahn war abgebrochen, sie musste einen Zahnarzt finden.

»Du Arme! Hast du Anzeige erstattet?«

»Er hatte eine OP-Maske und ein Sweatshirt mit Kapuze an. Ich könnte ihn gar nicht identifizieren.«

»Aber es war ein Überfall, das musst du melden.«

»Im Moment ist ein Polizeirevier der ideale Ort, um sich Covid einzufangen.«

Was nicht ganz falsch war.

Ich war mir sicher, dass sie nicht kommen würde.

Doch sie kam, gleich in der darauffolgenden Woche. Paul und ich holten sie am Bahnhof von Brest ab. Ich erkannte ihre hell leuchtende Mähne schon von Weitem. Sie trug eine hübsche Stoffmaske, die ihre immer noch geschwollene Lippe verbarg. Der Zahnarzt hatte den Zahn provisorisch repariert.

Boris hatte sie erzählt, dass ich mir ein Bein gebrochen hätte und ihre Hilfe bräuchte. Sie wollte erst wieder nach Hause fahren, wenn alle Spuren aus ihrem Gesicht verschwunden wären. Es war ihr lieber, Boris nichts von dem Überfall zu sagen.

»Warum das denn nicht?«

»Weil er mich dann gar nicht mehr allein aus der Wohnung

lässt. Außerdem würde er sagen, dass es ein Schwarzer oder ein Araber war, und ich müsste mir noch mehr rassistische Sprüche anhören!«

»So wie du ihn beschreibst, scheint er ja wirklich ganz bezaubernd zu sein.«

»Du hast recht, ich muss aufhören, immer so schlecht über ihn zu reden. Die Wahrheit ist, dass wir drei wahnsinnig glückliche Monate hatten.«

Das Leben mit ihr war genauso unkompliziert wie im letzten Jahr. Jeden Morgen fuhren wir mit den Rädern zum Markt und machten auf dem Rückweg bei meiner Mutter halt, die gerade mit vier von Yanns Kindern auf der Halbinsel angekommen war. Kaum hatten wir das Gartentor geöffnet, schrien die Jüngsten schon nach Clarisse, ohne meinen Namen auch nur einmal in den Mund zu nehmen. Meine Mutter, die um meine Empfindlichkeit wusste, erklärte mir, Clarisse sei einfach exotischer für die Kinder, weil sie ja nicht zur Familie gehöre. Natürlich war ich überhaupt nicht beleidigt. Es freute mich, dass Clarisse diesen Kindern, die ihre Mutter verloren hatten, etwas von ihrer Herzlichkeit schenkte und sie zum Lachen brachte.

Clarisse war auch gut darin, sich bei Paul mit ihrer Begeisterung für sein Gartengemüse einzuschmeicheln, und sie verstand sich bestens mit Houston, der ich auf Wunsch meiner Mutter nicht gesagt hatte, dass diese ungewöhnliche Frau ihre Tante war. Meine Tochter verbrachte ja viel Zeit mit ihren Cousins und Cousinen, und die Wahrheit hätte Yann, dessen Leben schon genug in Unordnung geraten war, zu Ohren kommen können.

An einem Nachmittag spazierten Clarisse und ich im Sprühregen einen der großen Strände entlang. Sie sammelte dabei Kieselsteine mit weißen Streifen, und ich merkte, dass ihr Rucksack extrem schwer war. Unser Spaziergang hatte gerade erst begonnen.

»Die kannst du doch nicht alle mitschleppen, du machst dir den Rücken kaputt.«

»Ich habe schon Rucksäcke getragen, die schwerer waren.«

»Das macht doch keinen Sinn. Du bist verrückt!«

Mit ihrer weichen Stimme und ihren blitzenden Augen sagte sie:

»Für mich sind Leute verrückt, die an diesem Strand spazieren gehen, ohne Steine mit weißen Streifen zu sammeln.«

Ich lachte. Dabei war gerade ich dermaßen normal!

Geld, Anerkennung, mondänes Leben – nichts davon interessierte Clarisse. Sie machte Jagd auf kurze Momente der Schönheit.

Wenn wir den Strand verließen und oben auf dem Wanderweg an eine Stelle kamen, wo wir wieder Netz hatten, zeugte ein Ping nach dem anderen von den Nachrichten, die Boris in der Zwischenzeit geschickt hatte. Manchmal war es ein Dutzend, und ich sah, wie sich ihre Schultern verkrampften, als wäre sie ein kleines Mädchen, mit dem geschimpft wird. Sie schien es nicht eilig zu haben, ihren leidenschaftlichen Liebhaber wiederzusehen.

Ich glaube, das war es, was mich auf den Gedanken brachte, dass ihre Beziehung toxisch war. Clarisse hatte von Anfang an immer wieder gesagt, dass Boris besitzergreifend, eifersüchtig und unbeherrscht sei; es gebe deshalb keinen besseren Modus für ihre Beziehung als die Zweisamkeit des Lockdowns. Eines Tages sagte sie auf einem unserer Spaziergänge plötzlich:

»Ich frage mich, ob ich ihn nicht heiraten sollte. Um ihm die Angst zu nehmen.«

»Du wirst ihn doch nicht heiraten!«

Sie lächelte verschmitzt.

»Und du wirst meine Trauzeugin, dann lernst du ihn auch endlich kennen.«

»Clarisse!«

»Beruhige dich. Ich bin doch nicht verrückt.«

Ich war mir da nicht so sicher. Ich fürchtete, dass sie im Anschluss an eine Liebesnacht wirklich mit ihm zum Standesamt gehen und mir hinterher schreiben würde: »Es ist vollbracht, ich bin Madame Boris Woloschenko!« Oder wie auch immer er hieß. Ob Clarisse, die so großzügig war und Knauserei hasste, auf die Idee kommen würde, ihre wenige Habe zu schützen? Inzwischen hatte sie mir so oft gesagt, ihre einzige gemeinsame Beschäftigung sei der Sex. Mit jedem weiteren Tag wurde eine Trennung schwieriger. Und sie würde auch niemanden kennenlernen, solange sie mit ihm zusammen war. Einmal versuchte ich sie nachmittags am Strand davon zu überzeugen.

»Es ist nicht so einfach, Ève. Ich habe keine Lust, wieder allein zu sein. Der Lockdown war grauenhaft. Als Boris zurückgekommen ist, war ich von einem Tag auf den anderen glücklich.«

Was wusste ich schon von Einsamkeit? Seit dreißig Jahren lebte ich mit demselben Mann zusammen, und dass meine Mutter einmal sterben würde, war noch völlig undenkbar für mich. Auf ihrem Badetuch sitzend, das Gesicht zur Sonne gewandt, sah Clarisse mich an.

»Außerdem macht jeder das, was er kann. Du auch. Warum sind Paul und du seit dreißig Jahren zusammen? Ich glaube, es geht gar nicht anders. Ihn zu verlassen, wäre für dich der Tod. Und denkst du nicht auch, dass wir das wiederholen, was unsere Eltern gemacht haben? Mit deiner Beziehung zu Paul reproduzierst du die Beziehung deiner Mutter zu Christian und auch die Beziehung deiner Großeltern.«

»Wie?«

»Was deine Mutter mit Alberto erlebt hat, war sexuelle Leidenschaft, während es bei Christian, der ja eigentlich Priester werden wollte, als die beiden sich kennengelernt haben, dauerhafte Zuneigung war. Und deine Großmutter mütterlicherseits hat nach dem Krieg hingenommen, dass dein Vater eine Geliebte hatte, Hauptsache er blieb bei ihr. Der Sex war aus dem Leben der beiden verschwunden, er war nicht das Wichtigste. Paul und du, ihr hattet eine starke körperliche Bindung, die ist verschwunden, aber du bleibst bei ihm, du liebst ihn immer noch. Die sexuelle Leidenschaft ist nicht die Basis deiner Liebe; genauso wie bei deiner Mutter und bei deiner Großmutter.«

So hatte ich das noch nie gesehen. Denn im Gegensatz zu meiner Mutter und Christian hatte ich mit Paul anfangs eine heftige Liebesbeziehung und habe für ihn immerhin einen Ozean überquert. Aber Clarisse hatte nicht unrecht: Im Ergebnis war es dasselbe.

»Vielleicht seid ihr eine Linie von kastrierenden Frauen – du, deine Mutter und deine Großmutter. Nach allem, was du mir erzählt hast, seid ihr Frauen mit einer ungeheuren Energie, ihr nehmt alles Licht für euch. Von daher der Verlust an Triebkraft bei euren Männern.«

Kastrierend. Ein aggressives Wort, aber ich horchte auf. Clarisse brachte mich zum Nachdenken.

Als wir auf unseren Badetüchern am Fuß der hellgrauen Felsklippen lagen und ich Clarisse' Körper betrachtete, der zwar schlanker war als meiner, dem man die Schwangerschaften und das Alter aber auch ansah, musste ich an diesen Mann denken, der nach zwei Jahren mit der gleichen Intensität wie am ersten Tag mit ihr schlief. Ich stellte mir das zerwühlte Bett und ihre ineinander verschlungenen Körper vor, und es erinnerte mich an meine Jugend und die überbordende Freude am Tag meiner Hochzeit, dieses Gefühl totaler Übereinstimmung mit meinem sexuellen Verlangen. Ich wusste, dass ich außer in der Erinnerung nie wieder so ein starkes Glücksgefühl haben würde.

Vielleicht war die Idee, Boris zu heiraten, ja doch nicht so schlecht? Dann wäre Clarisse nicht mehr allein.

Meine Töchter und mein Mann warfen mir regelmäßig vor, ich würde ihre Neigungen und Herangehensweisen nicht akzeptieren, sobald sie nicht mit meinen übereinstimmten. Ich hatte immer die möglicherweise verheerenden Folgen ihres Handelns vor Augen. Die Psychologin, bei der ich eine Zeit lang war, empfahl mir, ich solle mir das Schlimmste vorstellen und es in Worte fassen, um meinen Ängsten ins Auge zu blicken. Was also könnte Clarisse wegen Boris schlimmstenfalls passieren? Dass er ihr alles wegnahm und sie sich plötzlich auf der Straße wiederfand, aber wie Paul ja gesagt hatte: Sie stand mit beiden Beinen im Leben. Höchstwahrscheinlich würde Boris eine jüngere Frau kennenlernen und Clarisse endgültig verlassen. Sie würde leiden, aber sie würde sich davon erholen. Wenigstens hätte sie ihr Leben gelebt und müsste nichts bereuen.

Im Juli 2020 kämpfte ich mit so zwiespältigen Gefühlen und

versuchte so sehr, die Dinge anders zu sehen, dass ich keinen Verdacht schöpfte. Was man nicht kennt, kann man sich nicht vorstellen.

Als Clarisse Ende Juli wieder fuhr, konnte sie es kaum erwarten, Boris wiederzusehen. Sie war braun geworden und hatte dank unserer Wanderungen abgenommen – trotz ihrer Leidenschaft für den bretonischen Kouign-amann. Sie war schöner als je zuvor. Die beiden verabredeten sich auf dem Gleis an der Gare Montparnasse. Achtundvierzig Stunden nach ihrer Rückkehr rief sie mich an. Sie hatten die ganze Zeit im Bett verbracht. Boris hatte in ihrer dreiwöchigen Abwesenheit Angst gehabt, sie zu verlieren, und zeigte sich von seiner besten Seite, er hatte in der ganzen Wohnung Blumen verteilt. Im August fuhren sie übers Wochenende nach Honfleur. Es war ihre erste gemeinsame Reise, und trotz des Regens lief alles sehr gut. Boris' Umgangsformen schienen sich zu bessern.

Ende September, nach sechseinhalb Monaten in der Bretagne, machten wir im Haus alles dicht, um wieder nach New York zu fliegen und endlich Hannah und Réglisse wiederzusehen und auch Houston, bei der schon Mitte August die Seminare auf dem Campus wieder begonnen hatten. Bei meinem Zwischenstopp in Paris ohne Paul, der direkt nach New York weitergereist war, lernte ich Boris kennen.

Nicht dass er mir offiziell vorgestellt wurde. Eigentlich sollte ich am Nachmittag, wenn er auf dem Flohmarkt arbeiten würde, zu Clarisse kommen. Eine Freundin, mit der ich vorher verabredet war, musste unser Treffen im letzten Moment verschieben, so dass ich schon früher Zeit hatte. Ich rief Clarisse an, doch sie ging nicht ans Telefon. Ich war in der Nähe, kannte den Türcode am Eingang und ging hinein. In dem kleinen Innenhof deutete ihr Fahrrad darauf hin, dass sie zu Hause war. Die zweite Tür hatte eine Sprechanlage, aber ich musste nicht klingeln, weil gerade jemand herauskam. Ich stieg die sieben Stockwerke hoch. Oben hörte ich Gebrüll – eine Männerstimme. Ich überlegte, wieder zu gehen, aber dann klingelte ich doch.

»Wer ist da?«

»Ich bin's, Ève!«

Clarisse machte auf. Sie schien nicht gerade erfreut, mich zu sehen.

»Du bist zu früh. Boris wollte gerade gehen.«

Er stand am anderen Ende des Zimmers und schnappte sich eine Jeansjacke, die auf einem Sessel lag. Ich sagte ihm Guten Tag, er antwortete nicht.

»Heute Abend ich sehe dir«, sagte er mit russischem Akzent zu Clarisse.

Dann ging er, ohne mich anzusehen, während mein Blick ihm folgte, diesem Mann, von dem ich schon so viel gehört hatte. Er war fast zwei Meter groß, schlank, athletisch, mit breiten Schultern. Unter der eng anliegenden Jeans wirkten seine kräftigen Oberschenkel wie zwei Pfeiler. Im Vergleich zu den Beinen war sein Kopf klein. Er hatte kurze, glatte, dunkelblonde Haare und eine niedrige Stirn. Er war nicht hässlich, aber ich wusste jetzt, was Clarisse gemeint hatte, als sie sagte, sein Gesicht sei nicht berauschend. Er hatte nichts von der subtilen Schönheit jener anderen Männer, deren Fotos sie mir gezeigt hatte. Sein mürrisch verzogener Mund und dass er meine Begrüßung nicht erwidert hatte, machte die Sache nicht besser. Mein Neid löste sich in Luft auf. Niemals hätte ich diesen Mann begehren können.

Sie machte die Tür zu.

»Du hättest mir schreiben können, bevor du hier aufkreuzt.«

»Tut mir leid, ich habe versucht, dich anzurufen, und habe dir auch eine Nachricht hinterlassen. Ich dachte, er wäre schon auf dem Flohmarkt, ich …«

»Er war spät dran. Ich weiß genau, was du jetzt denkst, Ève. Ich hab's dir gesagt. Er ist kein angenehmer Mensch. Er hat keine Manieren. Mir war nicht daran gelegen, dass du das selbst feststellst.«

Es war warm, und Clarisse hatte die Ärmel ihrer Bluse hochgekrempelt.

»Hast du dir nochmal wehgetan? Hoffentlich nicht wieder mit dem Rad?«

Ich zeigte auf den Bluterguss an ihrem Unterarm.

»Ich stoße mich dauernd an den Möbeln.«

»Mit der Innenseite des Arms?«

Ich wollte ihr nicht auf die Nerven gehen, es war eigentlich nur ein Versuch, das Gespräch umzulenken, weg von Boris. Aber manchmal spielt einem das Unterbewusstsein einen Streich, und man landet genau dort, wo man eigentlich nicht hin wollte.

»Ève, logisch und rational wie immer. Man kann dich einfach nicht anlügen. Ja, Boris ist manchmal ein bisschen brutal, wenn er mit mir schläft.«

Ich sah sie mit großen Augen an.

»Er schlägt dich?«

»Jetzt übertreib doch nicht immer gleich. Wir kämpfen ein bisschen. Es macht mir Spaß, ihn zu provozieren.«

»Aber Clarisse, das geht doch nicht, das ist nicht gut!«

»Nein, das ist *nicht gut*«, wiederholte sie spöttisch. »Aber manchmal macht man eben Sachen, die *nicht gut* sind. Die aber erregend sein können, meine liebe Ève. Das ist ein Spiel zwischen uns. Ein erotisches Spiel, falls du weißt, was das ist.«

In dieser gefährlichen Stimmungslage war sie drauf und dran, mich zu beleidigen und Dinge, die ich ihr anvertraut hatte, gegen mich zu verwenden. Ich ließ es dabei bewenden und erkundigte mich nach ihren Söhnen und ihrer Enkelin, die sie seit zehn Monaten nicht mehr gesehen hatte; sie fehlte ihr so. Martin hatte ihr neue Videos geschickt, die wir uns anschauten, während wir ihren köstlichen *chai* tranken. Malika tanzte, brabbelte in die Kamera und streckte ihre Patschhändchen danach aus. Ich lachte und sagte, dass Malika wirklich süß sei. Clarisse wurde wieder umgänglich und erkundigte sich nach Paul, nach meinen Töchtern, nach Yann, nach seinen Kindern. Es war nicht wie sonst. Wir redeten um den heißen Brei herum.

Am nächsten Tag nickte ich im fast leeren Flugzeug gleich nach dem Frühstück ein und schreckte mit der plötzlichen Gewissheit aus dem Schlaf hoch, dass weder ein Sturz mit dem Fahrrad noch ein nächtlicher Überfall jemals stattgefunden hatten. Clarisse hatte sich eine Schlange in ihr Nest geholt. Sie brauchte Hilfe, und niemand wusste es außer mir, die ich zu spät darauf gekommen war und nun in diesem Flugzeug saß, das den Atlantik überquerte.

Bei meiner Ankunft erzählte ich Paul von meinem Bauchgefühl. Er nickte.

»Ja, das kann gut sein.«

Er meinte, da könne ich nicht viel tun, vor allem so aus der

Ferne, höchstens die Adresse eines Frauenhauses herausfinden, wo Clarisse um Hilfe bitten könnte. Er bezweifelte allerdings, dass sie das tun würde. Und riet mir, mich da nicht einzumischen. Man kann sich nie in den anderen hineinversetzen, gerade in Sachen Liebe. Ich hatte – eigentlich mit den besten Absichten meinerseits – auf diese Weise tatsächlich schon mehrere Freunde verloren. Wenn ich die Zuneigung von Clarisse nicht verlieren wolle, so Paul, müsse ich mich aus ihrem Liebesleben heraushalten.

Ich wusste, dass er es gut meinte, aber ich konnte ihm nicht zustimmen. Clarisse war meine Schwester. Ich war mir sicher, dass sie sich von Boris trennen wollte, aber nicht wusste wie. Sie hatte mir gesagt, sie habe Angst, ihn zu verletzen. Wahrscheinlich hatte sie Angst vor ihm.

Ich besorgte mir Berichte von misshandelten Frauen. Alle sagten das Gleiche: dass sie die Menschen, die ihnen nahestanden, belogen hatten, um ihren Mann zu schützen, und dass sie nie aufgehört hatten, an seine Liebe zu glauben. Die Welt, die sie beschrieben, war Lichtjahre von meiner entfernt. Aber das soziale Milieu spielte keine Rolle. Manche hatten Universitätsabschlüsse, andere nicht. Nur eins war immer gleich: die Schuldgefühle. Oft waren die Täter als Kinder selbst geschlagen, gedemütigt oder missbraucht worden, und das einzige Ausdrucksmittel, das sie kannten, war Gewalt. Es war keine Entschuldigung. Und eins war klar: Gewalt gegen Schwächere – Frauen, Kinder, Tiere – durfte nicht hingenommen werden.

Ich hatte einen Alptraum, in dem ich von einem Mann erwürgt wurde. Kurz bevor er mich vollends umbrachte, wachte ich schweißgebadet auf, hatte aber bis dahin genügend Zeit gehabt, am eigenen Leib zu erfahren, wie es ist, durch die Hand eines anderen Menschen zu sterben. Einem Mann, sogar Paul, wäre es schwerer gefallen, sich so etwas vorzustellen: in einem Nahkampf Opfer sein, einer höheren Gewalt unterliegen. Mit aller Kraft um sein Leben kämpfen und es verlieren, weil man erwürgt wird.

In jedem von uns steckt Gewalt. Als Hannah klein war, heulte und jammerte sie beim Haarebürsten einmal so ausdauernd, dass ich ihr irgendwann mit der Bürste auf den Kopf schlug. Der Stiel brach ab. Sie war sechs. An diesem Tag bekam ich Angst vor mir selbst. Und beschloss, zu einer Psychologin zu gehen. Ich schilderte ihr meine Wut: »Meine Tochter hat mich rasend gemacht. Ich habe mir selbst dabei zugesehen, wie ich ihr mit der Bürste auf den Kopf geschlagen habe, aber ich konnte nichts dagegen machen, als würde ich in einen Brunnen fallen, dessen glatte Wände meinen Sturz weder stoppen noch abbremsen konnten. Es war ein schreckliches Gefühl der Ohnmacht.« – »Warum konnten Sie sich denn nicht beherrschen?«, fragte die Psychologin. Diese Frage befreite mich damals von meinem Ohnmachtsgefühl.

Sogar Paul, der geduldigste, sanfteste und beherrschteste Mann, den es gibt, konnte gewalttätig werden. Am Anfang des Irakkriegs waren wir einmal im Kino, Rivka passte auf die Kinder auf. Als wir nach Hause radelten, riss ein Typ in einem parkenden Auto, das neben dem Radweg stand, die Tür auf, ich konnte gerade noch ausweichen, stürzte aber und verletzte mich an der Hand. Mit zitternder Stimme sagte ich zu dem Mann: »Sie müssen doch nach hinten gucken, bevor Sie die Tür aufmachen, hier ist ein Fahrradweg, das ist lebensgefährlich«, und anstatt sich zu entschuldigen, erwiderte er: »Geh doch dahin, wo du herkommst, du Schlampe!« Ich habe einen starken französischen Akzent, und zu dieser Zeit weigerte sich der französische Präsident Chirac, Bush in seinem heiligen Krieg zu unterstützen. Paul stieg vom Rad, ging auf den Typen zu, holte aus und versetzte ihm einen Fausthieb mitten ins Gesicht. Er war so erschrocken über meinen Sturz und so aufgebracht über diese fremdenfeindliche Reaktion, dass er es tat, ohne vorher nachzudenken. Wenn wir Freunden später erzählten, wie er den kühnen Recken gespielt hatte, lachten wir darüber. Die Wahrheit ist: Er hatte die Beherrschung verloren.

Ich rief Clarisse jeden Tag an. Ich hatte die abergläubische Hoffnung, dass ich durch das An-sie-Denken etwas verhindern könnte. Je öfter ich mir Boris' finsteres Gesicht und seinen verschlagenen Ausdruck in Erinnerung rief, desto deutlicher spürte ich, dass er gefährlich war. Am Telefon konnte ich Clarisse nicht sagen, was ich erraten hatte, und so schwang viel Unausgesprochenes in unseren Gesprächen mit. Sie schimpfte gegen den neuen Lockdown. »Die schüren immer weiter Panik, weil ihnen das in den Kram passt.« – »Wer, ›die‹?« – »Die Regierung natürlich.« – »Warum sollte sie das tun?« – »Na, um die Protestbewegung zu lähmen, was denkst du denn? Hast du noch nie von den Gelbwesten gehört, Ève? Du lebst in deiner Blase!« Aus ihrem verschwörungstheoretischen Gerede war der Einfluss von Boris herauszuhören, während ich meine Mäßigung Paul verdankte.

Es gab auch eine beruhigende Neuigkeit. Als der Flohmarkt wieder zumachte, fand Boris Arbeit in einem Supermarkt. Clarisse und er verbrachten nicht mehr ihre ganze Zeit miteinander.

Es war nicht so, dass ich in New York nur an sie dachte. Wir hatten unsere Freunde wieder, die wir mit Maske und Abstand in unseren Garten einluden. Und die näher rückenden Wahlen machten uns Angst, denn es stand viel auf dem Spiel, und Paul befürchtete einen Bürgerkrieg. Als an jenem historischen 7. November der demokratische Kandidat schließlich gesiegt hatte, war unsere Freude so groß, dass ich mir zutraute, mit Clarisse zu reden. Wir verabredeten uns auf Skype – ich wollte sie sehen. Zur Vorbereitung des Gesprächs machte ich mir Notizen wie in den Zeiten, in denen ich meine heranwachsende, rebellische jüngere Tochter zu beeinflussen versuchte. Ich durfte nicht zu sehr insistieren, sonst würde sie sich verschließen und ich ihr Vertrauen verlieren, womit alle Chancen, ihr zu helfen, dahin wären.

Lächelnd tauchte sie auf meinem Bildschirm auf – von blauen Flecken war nichts zu sehen. Als ich ihr sagte, was mir klargeworden sei, stritt sie nichts ab und wurde auch nicht böse. Sie schien sogar erleichtert, dass es nun jemand wusste – dass ich es wusste. Nein, es habe weder einen Sturz mit dem Fahrrad noch einen Überfall auf der Straße gegeben. Sie versicherte mir, dass Boris sie außer diesen beiden Malen nie geschlagen habe. Die Art und Weise, wie sie miteinander schliefen, sei eben sehr intensiv – zärtlich und gleichzeitig brutal, er drücke sie sehr, sehr fest, was ihre blauen Flecken erkläre. In diesem Punkt habe sie nicht gelogen.

»Aber auch zwei Mal ist zu oft, Clarisse. Ein Mal ist schon zu oft. Du kannst nicht mit einem Mann zusammen sein, der dich schlägt. Wenn doch, bedeutet es, dass du dich selbst nicht respektierst.«

Sie lachte schallend, ein Lachen, das eher bitter als fröhlich klang.

»Ich respektiere mich nicht – na, das ist ja mal eine Neuigkeit, Ève! Aber weißt du, ich sterbe lieber leidenschaftlich und durch die Hand eines Mannes als in dreißig Jahren in einem Pflegeheim.«

Es war die rebellische, stolze Clarisse, die mir diese Antwort gab. Aber sie wollte noch nicht sterben, da war ich mir sicher. Sie sagte mir, Boris und sie hätten im August nach ihrer Rückkehr aus der Bretagne eine ernste Unterhaltung gehabt. Boris habe geweint und sie angefleht, ihm zu verzeihen.

»Eine Szene wie aus einem russischen Roman.«

Er hatte zugegeben, dass er sie um das beneidete, was sie hatte: ihre Wohnung, ihre Kinder, ihre Freunde, ihre Freiheit, ihre Reisen nach New York, wo er noch nie gewesen war, und sogar um das Grab ihrer Mutter auf dem Friedhof von Bagneux. Er selbst hatte nichts, kein eigenes Zimmer, nichts, er lebte im Exil und konnte nicht einmal das Grab seiner Babuschka besuchen.

»Er ist ein armer Junge, Ève. Als Baby hat ihn seine Mutter verlassen, und er wurde von seiner Großmutter aufgezogen, die gestorben ist, als er zehn war. Dann kam er ins Waisenheim, wurde geschlagen und vergewaltigt. Er hat furchtbare Angst, dass ich ihn verlasse. Er ist noch ramponierter als ich. Er tut mir leid. Und er tut mir ja schon auch gut, das weißt du. Es ist alles nicht so einfach.«

Clarisse zufolge war die Lage im Moment unter Kontrolle. Boris hatte eingeräumt, dass ihre Beziehung zu leidenschaftlich war. Im September war er wieder in das Zimmer gezogen, das er sich mit einem anderen Russen geteilt hatte, und konnte es dank seinem Lohn als Auslieferer auch behalten. Sie hatten eine Balance gefunden, sahen sich ungefähr drei- oder viermal die Woche. Er redete nicht mehr davon, sie zu heiraten.

Ich ließ nicht locker: Den richtigen Moment für eine Trennung gebe es nicht, am bestens so schnell wie möglich. Der nächste Streit werde kommen, Boris sei unkontrollierbar. Sie könne ihn nicht ändern. Clarisse seufzte.

»Es hat auch etwas Beruhigendes, wenn jemand so von dir Besitz ergreift.«

Sie hatte recht. Es war nicht so einfach. Hätte ich sie doch nur zu uns nach New York holen können, so lange, bis Boris sie vergessen hätte und sie ihn. Die zweite Welle der Pandemie machte diese Pläne zunichte. Clarisse versprach, sich von ihm zu trennen, aber sie brauche Zeit.

Ende Dezember flog ich wieder nach Paris, um meine Eltern zu sehen, ohne Paul, dem das Virus Sorgen bereitete. Ich brachte Clarisse ein Geschenk von ihrem Sohn Martin mit, dem ich im September, als ich aus Frankreich zurückkam, von seiner Mutter ein Kleid für Malika gegeben hatte. Martin und ich hatten uns dafür mit Maske an einer Straßenecke verabredet. Er wusste, dass ich die Halbschwester seiner Mutter war, seine einzige Tante, aber ein richtiges Treffen wurde auf später, nach der Pandemie verschoben.

Den Silvesterabend verbrachte ich bei Pierre und Maya, gemeinsam mit Clarisse, deren Anwesenheit ich den beiden aufgedrängt hatte. Wegen der Ausgangssperre hatten sie nur Nachbarn eingeladen. Clarisse und ich konnten im Zimmer ihrer Tochter schlafen, die nicht mehr bei ihnen wohnte. Wir waren zu neunt. Ich war erleichtert, dass Clarisse eingewilligt hatte, mich zu begleiten, anstatt die Silvesternacht, Symbol des beginnenden Jahres, mit Boris zu verbringen. Sie war strahlend schön in ihrer schwarzen Smokinghose und der goldbraunen Seidenbluse einer japanischen Modeschöpferin, ein Geschenk von Martin. Ihre blonde Lockenmähne war zu einem voluminösen Chignon hochgesteckt, durch den ihre tropfenförmigen Mondstein-Ohrringe besonders zur Geltung kamen. Sie sah wirklich jünger aus, als sie war. Beim Essen saß sie neben einem kahlköpfigen Chirurgen, den sie zum Lachen brachte und dem sie zu gefallen schien. Hin und wieder verschwand sie im Zimmer – vermutlich, um mit Boris zu schreiben. Um Mitternacht wurde auf die Impfung, aufs Reisen und auf einen echten Neuanfang im beginnenden Jahr angestoßen. Dann tanzten alle bis auf Clarisse, der die Musik nicht gefiel. Gegen ein Uhr sagte sie mir, dass sie nach Hause fahren würde. Angeblich hatte sie Angst, jemand könnte ihr Fahrrad klauen, wenn sie es die ganze Nacht draußen stehen ließ.

»Und die Sperrstunde? Nachher kriegst du wieder ein Bußgeld.«

»Ich habe mir eine Sondergenehmigung ausgedruckt: Ich muss mich um meine alten Eltern kümmern. Das überprüfen die nicht.«

Ich ahnte, dass sie sich mit Boris verabredet hatte. Wir machten aus, dass ich am nächsten Nachmittag vor dem Abendessen bei meinen Eltern zum Tee vorbeikommen würde.

Als ich am 1. Januar aus Cyrils Wohnung kam, wo ich mit Yann und seinen Kindern zu Mittag gegessen hatte, ging ich zu Fuß Richtung Bastille. Das Wetter war schön und kalt. In Clarisse' Straße war es so ruhig wie immer. Am Eingang ihres Hauses tippte ich den Türcode. Im Innenhof war ein Rumpeln zu hören, als würden gerade Leute einziehen. Um ein Haar hätte mich von oben ein Gegenstand getroffen, der stattdessen neben mir auf den Pflastersteinen zerschellte. Ich erkannte die Scherben, dunkelblaue japanische Keramik, eins von Clarisse' ältesten Stücken. Dann hörte ich sie um Hilfe rufen und drückte wie wild auf alle Klingelknöpfe. Jemand machte auf. Zwei Stufen auf einmal nehmend, hetzte ich die Treppe hoch, wo mir Boris entgegengerannt kam. Er stieß mich um. Als ich nach den letzten Stufen, die besonders hoch und eng waren, völlig außer Atem im siebten Stock ankam, stand die Wohnungstür halb auf. Der Holzboden war mit Büchern und Gegenständen bedeckt, der Weihnachtsbaum lag quer im Zimmer, die Lampen umgekippt, die bunten Scherben von Èves kostbaren Christbaumkugeln überall verstreut.

»Clarisse? Clarisse?«

Ich hörte ein Stöhnen und rannte ins Schlafzimmer. Sie lag nicht auf dem Bett, sondern in einer Ecke auf dem Boden. Ihr Kimono war offen und sie darunter nackt, ich sah ihre Brüste, ihren Bauch, ihr dichtes schwarzes Schamhaar. Als sie mich sah, reagierte sie nicht, als wäre sie nicht ganz bei sich. Dann lächelte sie.

»Ève.«

Sie legte die Kimonoenden übereinander.

Ich hockte mich zu ihr. Sah die Schwellung an ihrer Schulter, und der Gedanke an einen ausgekugelten Knochen jagte mir einen Schauer über den Rücken. An ihrem Hals waren rote Striemen zu sehen.

»Oh, Clarisse!« Vor Angst und Erleichterung fing ich an zu weinen. »Was ist passiert?«

»Als ich unter der Dusche war, ist er an meinen Computer gegangen und hat die Kurzgeschichte über mein Verhältnis mit J.-B. gefunden.«

»Ich dachte, du hättest sie gelöscht?«

»Anscheinend ist doch noch eine Version drauf. Er ist wütend geworden, weil in der Geschichte jemand anders vorkam als er, und gleichzeitig hatte er wahnsinnige Angst, ich könnte auch über ihn schreiben. Dieser Mann überrascht mich immer wieder! In meinen Augen war er ein Analphabet.«

»Soll ich einen Notarzt rufen?«

»Nein.«

»Deine Schulter. Die muss behandelt werden.«

»Wir gehen ins Hôtel-Dieu, das ist nicht weit.«

Mit schmerzverzogenem Gesicht schaffte sie es aufzustehen und bat mich, ihr einen Schal um den Hals zu knoten, um mit der Schlinge den Arm zu stützen. Sie schluckte drei Schmerztabletten. Ich half ihr, eine Weste und einen Mantel anzuziehen. Den verletzten Arm ließ sie draußen.

Langsam, Stufe für Stufe, stiegen wir die Treppe hinunter. Wir gingen den Boulevard Henri-IV entlang bis zur Seine, deren smaragdgrünes Wasser in der Wintersonne schimmerte. Keine Stadt konnte schöner sein als dieses historische Paris mit seinen mittelalterlichen Fassaden und Palästen aus dem siebzehnten Jahrhundert, und unser friedlicher Spaziergang an diesem ersten Tag des Jahres 2021 hatte etwas Irreales, dieses Seine-Ufer, wo zwischen den Familien im Sonntagsstaat die Kinder auf ihren blitzblanken Rädern herumkurvten, eine Viertelstunde nachdem ein Mann versucht hatte, meine Schwester umzubringen. Sie war so bleich, dass ich Angst hatte, sie könnte ohnmächtig werden. Sie erklärte mir, wie der Streit begonnen hatte. Sie hatte ihm gesagt, er müsse sich keine Sorgen machen, es bestehe keinerlei Gefahr, dass sie jemals über ihn schreiben werde, weil es da nichts zu erzählen gebe, er sei es nicht wert, eine Romanfigur zu werden – okay, sein Schwanz vielleicht, aber dann wäre es wohl eher ein Graphic Novel. Sie hatte ihn provoziert.

»Ich habe gehofft, er würde mich umbringen.«

»Du wolltest sterben?«

»Nein, offenbar doch nicht. Du hättest mal sehen sollen, wie ich mich gewehrt habe, als er angefangen hat, mich zu würgen! Es ist unglaublich, wie sehr man am Leben hängt!«

»Wie hast du ihn dazu gebracht, dass er aufhört?«

»Das hätte ich gar nicht geschafft. Er hat von selbst aufgehört. Dann hat er in der Wohnung alles umgeschmissen, hat den Weihnachtsbaum auf mich geworfen wie eine Lanze, hat mich als dreckige Jüdin beschimpft, hat eine meiner japanischen Keramiken aus dem Fenster geworfen, als er merkte, dass ich sie vor ihm retten wollte, und dann hat er mich gegen die Wand geschleudert. Als du geklingelt hast, ist er geflohen.«

»Clarisse, können wir nach dem Krankenhaus bitte zur Polizei gehen und Anzeige erstatten, ja? Boris ist verrückt. Beim nächsten Mal wird er dich umbringen.«

Wir kamen an der im Aufbau befindlichen Église Notre-Dame vorbei. Die schmale Straße war voller Menschen. Sie sahen sich Fotos und Beschreibungen zu technischen Details des Wiederaufbaus an, die am Bretterzaun vor der Kathedrale angebracht waren. Es war nicht einfach, sich einen Weg durch die Menge zu bahnen; wie ein Schutzschild ging ich Clarisse voraus. Schließlich erreichten wir das Hôtel-Dieu. Im Wartezimmer der Notaufnahme war es nicht allzu voll. Wir nahmen in möglichst großem Abstand zu einem jungen Mann Platz, der zitterte wie Espenlaub und nach Pisse roch – wahrscheinlich drogensüchtig. Als wir das Gebäude eine Stunde später verließen, befand sich Clarisse' Schulter wieder an ihrem Platz, und ihr Arm lag in einer Schlinge, die deutlich professioneller aussah als ihr Schal. Der Orthopäde hatte die Striemen an ihrem Hals gesehen und Clarisse empfohlen, Anzeige zu erstatten.

»Vielleicht haben Sie beim nächsten Mal nicht so viel Glück.«

Das Polizeirevier des 4. Arrondissements befand sich auf dem Boulevard Bourdon, vom Krankenhaus zwanzig und von Clarisse' Wohnung zwei Gehminuten entfernt: Praktischer hätte es nicht sein können. Vor der großen, geschlossenen Eingangstür war eine Metallabsperrung aufgebaut. Wir schlängelten uns durch und klingelten. Mir grauste ein bisschen vor dem Grinsen der Polizisten, wenn sie hören würden, dass eine siebenundfünfzigjährige, alternativ angehauchte Wohlstandsbürgerin sich von ihrem vierzigjährigen russischen Liebhaber hatte verdreschen lassen. Ich hatte auch Angst vor Clarisse' Reaktion, denn ihre letzten Begegnungen mit der Polizei waren die Bußgeld-Forderung während des Lockdowns und dann die Verhaftung bei Sébastiens Veranstaltung gewesen.

Eine uniformierte Frau mit blondem Pferdeschwanz machte uns auf. Ein Teil ihres Gesichts war zwar hinter der Maske versteckt, aber sie sah sehr jung aus.

»Frohes neues Jahr! Kann ich Ihnen helfen?«

Sie hatte den melodischen Akzent aus dem Südosten Frankreichs. Ich erklärte ihr, warum wir gekommen waren.

»Ah ja, gut, meine diensthabende Kollegin ist für häusliche Gewalt zuständig.«

Die ältere Polizistin, zu der sie uns brachte, erklärte uns den Unterschied zwischen einer Meldung und einer Anzeige. Sie war wie ich der Meinung, dass Clarisse zu ihrem Schutz ein Kontaktverbot erwirken solle und insofern rechtliche Schritte notwendig seien. Clarisse wollte wissen, womit Boris zu rechnen hatte. Die Frau erklärte ihr den weiteren Verlauf: Sobald dem Staatsanwalt die Anzeige vorlag, würde er darüber entscheiden, ob es zu einem Ermittlungsverfahren kommen würde oder nicht. Wenn ja, musste Boris vor Gericht erscheinen. Weil es aber das erste Mal war, er eine feste Arbeit hatte und (das konnte sie im Computer überprüfen) keine Vorstrafe, würde er höchstens zu sechs Monaten auf Bewährung verurteilt werden und ein Kontakt- und Annäherungsverbot bekommen. Clarisse erklärte sich einverstanden, Anzeige zu erstatten.

Bei der Frage nach der Vorgeschichte mischte ich mich ein.

»Er ist schon zwei Mal tätlich geworden, aber meine Schwester hat es nicht gemeldet.«

»Kannst du aufhören, in der dritten Person über mich zu sprechen? Danke.«

»Sind noch Spuren von Verletzungen zu sehen? Hat es eine ärztliche Untersuchung gegeben?«

»Ich will nicht in der Vergangenheit herumstochern.«

Woraufhin die Polizistin ihre Formulare ausfüllte und den Staatsanwalt anrief. Das Verfahren nahm jetzt seinen Lauf. Sie empfahl uns, noch einmal zum Hôtel-Dieu zu gehen und uns in der Notaufnahme ein gerichtsverwertbares Attest geben zu lassen, das als Beweisstück aussagekräftiger sei als ein einfaches ärztliches Attest. Clarisse zeigte sich seltsam gefügig, wahrscheinlich stand sie noch unter Schock.

Weil ihr Geliebter einen Wohnungs- und Haustürschlüssel

hatte und der gewaltsame Übergriff erst durch mein Kommen unterbrochen worden war, ging der Staatsanwalt davon aus, dass Clarisse noch in Gefahr schwebte. Am selben Abend ließ er Boris in Pantin von zwei Polizisten festnehmen. Bei der Befragung stritt Boris nichts ab, er schilderte lediglich seine Sicht der Dinge und verbrachte die Nacht auf dem Polizeirevier. Am nächsten Morgen stimmte er dann einer Verurteilung im Eilverfahren zu. Ich erfuhr, dass direkt am nächsten Tag, einem Samstag, Termine für Gerichtsverfahren dieser Art angesetzt waren, denn die Untersuchungshaft durfte 48 Stunden nicht überschreiten.

In der Vergangenheit hatten befreundete Anwälte mir gegenüber heftige Kritik am Justizsystem unseres Landes geübt, wo sich das kleinste Verfahren über Monate, wenn nicht Jahre hinziehen kann. Clarisse hatte also Glück im Unglück, auch wenn der Justizpalast in der Nähe ihrer Wohnung nicht mehr zuständig war und sie deshalb bis zur Porte de Clichy fahren musste, was ein sehr viel weiterer Weg war. Am nächsten Morgen begleitete ich sie im Taxi zum Tribunal de Paris, diesem riesigen Hochhaus, das wie eine große, dreistufige Treppe gebaut ist. In dem nagelneuen Gerichtssaal, der mit seinen Buchenholzwänden und dem weißen Mobiliar etwas von einem Designer-Showroom hat, schilderte Clarisse kurz und bündig, was geschehen war, ohne Boris dabei direkt anzugreifen. Er hielt die ganze Zeit den Kopf gesenkt, um ihrem Blick nicht zu begegnen. Er gestand seine Schuld ein und entschuldigte sich höflich. Sein Chef sagte aus, dass Boris immer pünktlich zur Arbeit erscheine und freundlich zu den Kunden sei. Die Richterin, deren Gesicht hinter einer großen Brille und einer schwarzen OP-Maske verschwand, wandte sich mit müder

Stimme an Boris und sagte mit wohlgesetzten Worten, die mich an das Gedicht *Die Verleugnung des heiligen Petrus* von Baudelaire erinnerten, das ich mit achtzehn auswendig aufsagen konnte:

»Verstehen Sie, Monsieur, dass man nicht die Fäuste sprechen lässt, sondern Worte?«

Ich weiß nicht, ob Boris es verstand, aber er antwortete mit Ja und fügte in demütigem Ton ein *Madame* hinzu.

Die Polizistin hatte sich nicht getäuscht. Er bekam eine dreimonatige Bewährungsstrafe aufgebrummt und dazu das Verbot, sich Clarisse zu nähern. Als die Richterin ihn fragte, ob er im Besitz einer Waffe sei, zuckte ich zusammen. Warum brachte sie diese Idee ins Spiel? Er verneinte. Nach einer Stunde war alles vorbei. Wir verließen den Gerichtssaal und fanden uns auf dem Vorplatz des Hochhauses wieder. Es bestand keine Gefahr, Boris über den Weg zu laufen, denn er musste noch Papiere unterschreiben und würde das Gebäude durch eine andere Tür verlassen. Ich umarmte Clarisse.

»Bravo. Ich bin stolz auf dich.«

Worauf sie die Augen verdrehte.

»Ich bin doch nicht mehr im Kindergarten! Aber ich habe Lust auf ein Eis. Gehen wir zu Berthillon?«

Wir fuhren mit dem Taxi wieder in ihr Viertel. An einem 2. Januar, mittags, bei einer Außentemperatur von 3 °C war der berühmte Eissalon wie leergefegt. Wir nahmen beide drei Kugeln. Ich war verblüfft, als Clarisse, die als Erste bedient wurde, ausgerechnet meine drei Lieblingssorten wählte: Cassis, Lakritz, Nuss. Die Wahrscheinlichkeit, dass außer mir jemand diese Kombination nimmt, scheint mir immer noch mit der eines Millionengewinns im Lotto vergleichbar zu sein.

Ein Problem war noch zu regeln. Boris hatte zwar die Schlüssel abgegeben, aber ich war misstrauisch. Also ließ ich den nahegelegenen Schlüsseldienst aus der Rue de la Cerisaie kommen. Das Austauschen des Türschlosses kostete an einem Samstag 600 Euro, ich bestand darauf zu bezahlen. Anschließend ging ich einkaufen und kochte: Lachsfilets mit Ingwer, dazu Süßkartoffelpüree und als Nachtisch Tiramisu. Nachdem ich die letzten Reste des von Boris angerichteten Chaos beseitigt hatte, verspeisten wir unser kleines Festessen, das Clarisse zu schätzen wusste, auch wenn sie noch benommen wirkte, fassungslos und auch traurig, als würde ihr jetzt erst klar, dass die Geschichte mit Boris zu Ende war.

Am nächsten Morgen wachte ich früher auf als sie und ging hinunter, um Croissants zu kaufen. Auf dem Treppenabsatz vor ihrer Tür war über Nacht ein großer Karton aufgetaucht. Ich stellte ihn in die Wohnung.

Als ich mit den Croissants wieder oben war, machte ich Café au lait mit aufgeschäumter Milch, wie Clarisse ihn am liebsten mochte. Dank der Schlaftablette war sie trotz ihrer Schulter gut durch die Nacht gekommen und fühlte sich besser. Wir frühstückten, bevor sie den Karton öffnete, in dem sich alle Briefe und Karten befanden, die sie Boris geschrieben, und die Geschenke, die sie ihm gemacht hatte.

»Er war diese Nacht hier, Clarisse, obwohl er Kontaktverbot hat. Vielleicht hat er auch versucht, in die Wohnung reinzukommen. Du musst noch mal zur Polizei gehen und Anzeige erstatten.«

»Ève, er ist nur vorbeigekommen, um diese Sachen zurückzubringen. Wir haben das Schloss ausgetauscht. Ich denke, das reicht. Es ist schon erstaunlich«, fügte sie nachdenklich hinzu.

»Was?«

»Seit Jahrhunderten hat sich nichts geändert. Die Männer können es nicht ertragen, wenn man sich über sie lustig macht. Sie fühlen sich in ihrer Ehre verletzt.«

Nach allem, was inzwischen passiert war, dem Kontaktverbot, Boris' Bewährungsstrafe, dem ausgetauschten Schloss und der Rückgabe aller Briefe und Geschenke, hatte ich das Gefühl, dass Clarisse in Sicherheit war. Wir hatten es geschafft, Boris Angst zu machen. Ich hätte sie gern nach New York mitgenommen, doch wegen der Pandemie war es einfach nicht möglich. Gemeinsam erstellten wir einen kleinen Katalog von Verhaltensmaßnahmen. Sie versprach mir hoch und heilig, dass sie die Polizei kontaktieren würde, sollte Boris ihr nachstellen. Für den Fall, dass er ins Treppenhaus gelangen würde, informierte sie vorsorglich zwei Nachbarn. Und sollte er sie auf der Straße ansprechen, würde sie schreien. Ihr Akku wäre immer aufgeladen, und ich hatte ihrer Favoritenliste die Nummer des Polizeireviers des 4. Arrondissements hinzugefügt.

»Er wird nichts tun, Ève. Die ganze Sache hat ihm einen wahnsinnigen Schrecken eingejagt, du hast ihn doch gesehen, wie er da vor der Richterin stand, wie ein kleiner Junge. Und er hat sowieso immer nur auf meine Provokationen reagiert. Ich habe das unter Kontrolle.«

Auf meinem Rückflug nach New York am 6. Januar trieb mich etwas um, das mir keine Ruhe ließ, irgendeine Ungereimtheit, aber ich kam nicht darauf, was es war. Ich hatte das Gefühl, ein wichtiges Indiz übersehen zu haben.

Am Tag nach meiner Ankunft und auch an allen darauffolgenden Tagen rief ich Clarisse an. Sie traf sich mit ihren Freunden, machte ihre Touren. Sie hatte zwei SMS von Boris bekommen. In der ersten erging er sich in Entschuldigungen und erklärte ihr seine Liebe. In der zweiten, die sicher durch Clarisse' Schweigen ausgelöst wurde, beschimpfte er sie als dreckige Jüdin und verfluchte sie und ihre Kinder vor den Gräbern seiner Mutter und seiner Babuschka.

»Kannst du sie mir vorlesen?«

»Habe ich gelöscht.«

»Das hättest du nicht tun sollen. Du brauchst doch Beweise, falls er dir nachstellt.«

»Ich will hier keinen erbitterten Kampf führen, Ève. Ich habe nicht geantwortet, und er hat mir nichts mehr geschickt.«

Fünf Tage nach meiner Rückkehr klingelte um zehn Uhr morgens, also vier Uhr nachmittags in Paris, mein New Yorker Telefon. Paul war nicht zu Hause. Der Mitarbeiter einer Jalousien-Firma war gerade dabei, unsere Fenster auszumessen, die zum Garten hin gehen.

»Hier ist Martin. Der Sohn von Clarisse.«

Ich wusste es sofort.

Am Abend war sie bei Freunden gewesen und gegen Mitternacht – trotz Ausgangssperre – mit dem Fahrrad nach Hause gefahren.

»Mit dem Fahrrad? Sie hatte sich doch die Schulter ausgerenkt!«

Als wäre dies das Problem. Als ginge es hier um einen Fahrradunfall.

Vor ihrer Haustür war sie abgestiegen und hatte mit dem gesunden Arm den Code getippt. Als sie die schwere Tür aufstemmen wollte, war Boris in der menschenleeren Straße hinter ihr aufgetaucht. Er hatte ihr drei Mal in den Rücken geschossen. Im gegenüberliegenden Gebäude hörte ein Mann die Schüsse, hielt sie für Kracher und machte das Fenster auf. Er sah das umgekippte Fahrrad und die hochgewachsene Silhouette, die einem am Boden liegenden Körper einen Fußtritt versetzte und dabei zwei Mal in hasserfülltem Ton ein Wort brüllte, das so ähnlich wie »Blatt« klang – vermutlich *blyat*, das russische Wort für »Hure«. Der Nachbar hatte den Notarzt gerufen. Clarisse war auf dem Weg ins Krankenhaus gestorben.

Martin brach jetzt zum Flughafen auf. Er hatte nicht Boris gesagt, sondern immer nur »der Mann«. Er kannte das Privatleben seiner Mutter nicht. Aufgrund der Informationen von Diana, bei der Clarisse zu Abend gegessen hatte, war der Mörder festgenommen worden. Wegen der Ermittlungen würde die Beerdigung nicht sofort stattfinden. Martin würde mir Bescheid sagen.

Das Gespräch war zu Ende. Ich heulte auf.

»Geht's Ihnen nicht gut, Madam?«

Ich hatte den Jalousien-Mann vergessen. Ich wusste nicht mehr, wer er war, was er bei uns machte. Dieser Mexikaner legte mir seine Hand auf die Schulter. Es war die menschliche, mitfühlende Geste eines Mannes, dem die Trauer um Angehörige nicht fremd ist.

»Entschuldigen Sie bitte. Jetzt ist tatsächlich nicht der richtige Moment. Ich rufe Sie wieder an.«

Paul kam sofort nach Hause. Er weinte. Die Information, die sich in einem Winkel meines Hirns versteckt hatte, fiel mir wieder ein.

»Sie hat es gewusst!«

»Wovon redest du?«

»Der Chef von Boris hat auf dem Flohmarkt auch Teile russischer Militärausrüstung verkauft – Uniformen, Mäntel, Stiefel … und Waffen! Boris hatte Zugang zu Waffen, und Clarisse hat es der Richterin nicht gesagt!«

»Sie wollte keinen erbitterten Kampf, das hast du mir erzählt.«

»Sie wusste genau, was passieren würde, wenn Boris ihretwegen der Demütigung einer Gerichtsverhandlung ausgesetzt wäre. Deshalb war sie so gefügig! Sie wollte in Boris' Augen eine Schlampe sein. Paul, ich hätte auf dich hören sollen! Ich hätte nicht eingreifen oder wenigstens mit ihr in die Bretagne fahren sollen! Ich habe sie im Stich gelassen!«

Ich war in Tränen aufgelöst. Er nahm mich in den Arm.

»Nein, Ève. Du konntest nicht mehr tun.«

Die Beerdigung fand drei Wochen später im jüdischen Teil des Friedhofs von Bagneux statt. Paul kam aus New York mit. Viele Menschen waren gekommen. Um die hundert Personen hatten vor Entsetzen über Clarisse' gewaltsamen Tod den Corona-Maßnahmen getrotzt; alle trugen Masken und hielten Abstand.

Martin hatte Delphine Horvilleur dafür gewonnen, die Zeremonie zu leiten. Die bekannte Rabbinerin sprach mit so viel Wärme und Achtung über Clarisse, dass die Fröhlichkeit, das Lächeln und die Herzlichkeit meiner Schwester wieder lebendig wurden. Delphine Horvilleur erinnerte an das leidenschaftliche Leben einer Frau, die bis zum Ende auf der Suche nach Liebe war. Anschließend las Martin einen Text vor, in dem er der Bewunderung für seine Mutter Ausdruck verlieh. Er wisse nicht, wie sie das alles geschafft habe, allein mit drei

Jungs; er selbst habe nur eine zweijährige Tochter und fühle sich oft überfordert, obwohl er sie ja gemeinsam mit seiner Frau großziehe. Es gelang ihm, uns zum Lachen zu bringen, als er von dem Fußballmatch erzählte, bei dem ein traumhafter Schuss in einer Lampe aus Muranoglas gelandet war, und uns das Gesicht seiner Mutter beschrieb, als sie ins Wohnzimmer gerannt kam.

Danach trat ein großgewachsener junger Mann vor, der ihr mit seinen dunklen Augen sehr ähnlich sah, nur dass die Haare heller waren. Ich dachte mir gleich, dass es Lucas war. Er sang für uns das Lieblingslied seiner Mutter, *I Put a Spell on You*. Er sang so laut wie auf einer großen Bühne, und als er mit seiner klaren Stimme ein bebendes »*I love you, I love you!*« hinausschrie, hatte ich Gänsehaut und weinte. Ich war nicht die Einzige.

Delphine Horvilleur ließ uns um den Sarg versammelt ein jüdisches Lied anstimmen, dessen Rhythmus alle mitriss. Dann wurde der Sarg hinuntergelassen auf den Sarg von Clarisse' Mutter, und die Menschen bildeten eine Schlange, um eine Hand voll Erde ins Grab zu werfen. Wie alle anderen warf auch ich meine Handvoll Erde hinein. Außer meinen kalten Füßen spürte ich in diesem Moment nicht mehr viel.

Martin und seine Brüder hatten für diejenigen, die Clarisse nahestanden, eine kleine Trauerfeier in ihrer Wohnung organisiert. Wir waren ein Dutzend Leute. Ich ging ohne Paul hin, er wollte kein Risiko eingehen. Ein virtuelles Treffen wäre vermutlich besser gewesen, aber sollten sie sich wirklich so von ihrer Mutter verabschieden? Die Katzen waren nicht mehr da. Der Tag ging zu Ende, und das Blau des Himmels wurde immer dunkler hinter den großen Fenstertüren, von denen eine geöffnet war, damit eine kleine Gruppe auf dem Balkonvorsprung rauchen konnte. Kalte Luft strömte in die Wohnung. Endlich konnte ich den Namen auch Gesichter zuordnen: Florence, Diana, Isabelle und Antoine, Hendrik und François, der wirklich Ähnlichkeit mit Willem Dafoe hatte. Der große Schwarze mit der Rastafrisur konnte nur J.-B. sein. Ich unterhielt mich mit einem alten Herrn, weißes Haar, freundlicher Blick, der vorsichtshalber zwei Masken übereinander trug und sich mir als Leiter der Galerie Lelong vorstellte. Er hatte Lucas mit dem Auto aus der Normandie nach Paris gebracht. Dass Sébastien auch dabei war, wunderte mich. Hatte ihn die Meldung angelockt, schwebte ihm ein Roman vor? Unter den wenigen Menschen, die noch lasen, hatte sein Name einen Klang. Er kam und redete mit mir. Obwohl er nun ganz nah vor mir stand, regte sich rein gar nichts in mir. Er sagte mir, dass er Clarisse kein bisschen böse, sondern sogar dankbar dafür sei, dass sie ihn eingetortet habe. Es klang ehrlich, er wirkte erschüttert über ihren Tod und war insgesamt weniger prätentiös, als wir es ihm unterstellt hatten.

Inmitten des Stimmengewirrs und Gelächters saß Lucas still auf dem Sofa, und sein abwesender Blick verlor sich in der Weite des Himmels; so ähnlich hatte wohl auch seine Mutter dort gesessen. Eine alte Dame mit weißem Haarknoten setzte sich neben ihn – Paulette, Clarisse' Patentante, trotz ihrer neunundachtzig Jahre war sie mit dem Zug aus Hyères gekommen, ganz ohne Angst vor dem Virus, das sie sich im Oktober bereits eingefangen und es überstanden hatte. Lucas legte seinen Kopf an ihre Schulter.

Mein Blick wanderte zu Zachary, den ich mühelos erkannt

hatte. Frisch aus den Tropen eingereist, war er der einzige Sonnengebräunte unter uns. Er war kleiner als seine Brüder und sah seiner Mutter zum Verwechseln ähnlich, die gleichen schwarzen Augen, die gleiche markante Nase, der gleiche Mund mit den schmalen Lippen, die gleiche Lockenmähne, nur in braun. Das männliche Ebenbild seiner Mutter. Im Gegensatz zu Lucas unterhielt er sich mit vielen Leuten, denen er zum Gruß den Ellbogen entgegenhielt. Martin stellte mich ihm vor.

»Zack, das ist Ève. Mamans Halbschwester.«

»Cool! Sie leben in New York, oder?«

»Ja.«

Sein strahlendes Lächeln war genauso herzlich wie das von Clarisse.

»Maman war doch im Sommer bei Ihnen in der Bretagne, oder? Sie fand es megaschön.«

»Ihr müsst irgendwann auch mal hinkommen, alle drei. In der Nähe unseres Hauses gibt es einen Surf-Spot. Und vor allem: Wenn mal irgendwas sein sollte, ganz egal was, meldet euch. Ihr seid meine Familie.«

Das Du war mir spontan über die Lippen gekommen. So stark war meine Zuneigung zu den drei Jungen, meinen Neffen, auch wenn ich wusste, dass die Chance nicht groß war, Zack, der in Jamaika lebte, oder Lucas, der sich in der Normandie niedergelassen hatte, wiederzusehen. Vielleicht Martin. Aber er wohnte in Harlem und ich in Brooklyn, an entgegengesetzten Enden New Yorks. Und wir kannten uns ja kaum. Wir hatten keine Zeit gehabt, eine Familie zu werden.

»Danke«, sagte Martin. »Ève, ich wollte Ihnen sagen ...«

»Sagt doch einfach du zu mir.«

»… also, ich wollte dir sagen … ich habe auf Mamans Computer eine Datei gefunden, die *Ève und Clarisse* heißt.«

»Und was ist der Inhalt?«

»Ich habe den Text nicht gelesen. Es scheint etwas Persönliches zu sein, und er ist lang. Ich glaube, wenn es etwas von Maman gibt, das Ihnen … das dir zusteht, dann ist es diese Datei.«

Er gab mir einen USB-Stick.

Noch in der Nacht bei meinen Eltern, als ich nicht schlafen konnte, öffnete ich den Stick. Es waren über 250 Seiten. Ich las die ganze Nacht.

Clarisse hatte die Geschichten niedergeschrieben, die wir uns in den letzten Jahren gegenseitig erzählt hatten. Nicht in der Absicht, dies vor mir zu verheimlichen, da war ich mir sicher. Aber sie hatte ja noch nie etwas zu Ende gebracht; bestimmt wollte sie mir von diesen Texten erst dann erzählen, wenn sie fertig wären.

Zurück in New York las ich alles noch einmal. Ich hatte zu nichts anderem Lust. Solange ich las, war sie da, war sie bei mir. Es war, als würde ich ihre Stimme hören.

Sie hatte unsere parallel verlaufenden Leben, von denen das eine ein Echo des anderen war, miteinander verwoben, zwei Leben, einander so nah und dabei so verschieden in den Erfahrungen mit Liebe, Lust, dem Muttersein und dem Älterwerden. Natürlich war das nicht ich. Es war Ève aus der Sicht von Clarisse. Aber ich erkannte mich wieder. Während die Geschichten aus Clarisse' Leben genau die waren, die ich erwartet hatte, fragte ich mich, warum sie bei mir ausgerechnet die Begegnung mit dem obdachlosen Fotografen schilderte oder meine Tage auf Capri mit Varun, also Episoden, die im Vergleich zu meiner Begegnung mit Alberto in Rom oder meiner stürmischen Beziehung zu Paul Ende der Achtzigerjahre eher unwichtig waren. Verstanden habe ich die Logik meiner Schwester nie. Aber respektiert.

Für mich war klar: Dies war das Buch, von dem Clarisse geträumt hätte, es in den Schaufenstern der Buchläden zu sehen. Was ihm fehlte, war das Ende. Ich würde die Aufgabe übernehmen, es zu schreiben. Der Gedanke, dass ich auch diejenige war, die in gewisser Weise *ihr* Ende geschrieben hatte, ließ mich schaudern. Ich schwor mir, dass dieses Buch veröffentlicht werden würde, und zwar nicht nur auf eigene Kosten gedruckt, sondern bei einem Verlag. Ich würde für meine Schwester dasselbe tun, was sie damals für ihren Freund Mehdi getan hatte.

Der Text hatte kein Deckblatt und keinen Titel, sondern fing gleich mit dem ersten Kapitel an, »Die Definition von Glück«. Für Clarisse existierte Glück nicht auf Dauer, nicht als Kontinuum (das war meine Form von Glück), sondern als Fragment, als einzigartiger, funkelnder Diamantsplitter, auch wenn nach dem Funkeln der Absturz kam.

Ich sah meine Schwester in Gestalt der Arachne vor mir, dieser rebellischen Weberin, die Athene die Stirn geboten hatte, um die Götter zu entlarven, Arachne, die sich lieber erhängt hatte, als sich demütigen zu lassen, und von Athene dazu verdammt wurde, bin in alle Ewigkeit an einem Faden zu hängen und zu weben. Clarisse hatte ihr Netz geduldig und mit großer Sorgfalt gewebt. So wie ein Spinnennetz das Licht einfängt und damit sein kunstvolles Gewebe sichtbar macht, hatte sie in diesen Texten das Leben eingefangen.

Ich hatte die Stimme meiner Schwester noch im Ohr, als sie in der Bretagne sagte, dass sie ein Spinnennetz niemals zerstören würde; zu groß sei ihre Bewunderung für so ein Meisterwerk, in dem der Morgentau glitzert.

DANKSAGUNG

Isabelle Pacaly, Charles Kermarec, Jean-Paul Guédé, Mylène Abribat, Wadie Sanbar, Rosine und Jean-Claude Cusset, Jacqueline Letzter, Caroline Tobianah, Luciana Floris, Myriam Akoun-Brunet, Sophie Cusset, Maya Vidon-White, Gordana de la Roncière, Hilary Reyl, Véronique Shéron, Meredith Blodget, Ben Lieberman und Vlad, an deren Seite ich dieses Buch geschrieben habe – meinen Freunden, meiner Familie, euch allen ein riesiges Dankeschön für euren Ansporn, euren Rat, eure Informationen und eure Offenheit.

Ich bin Paola Mieli dankbar, die es mir möglich gemacht hat, an dieses Projekt zu glauben, wie auch den Mitgliedern meiner Schreibgruppe in New York, Amanda Filipacchi, Richard Hine, Shelley Griffin, Jennifer Stiller und Alessandro Riciarelli, welche von mehreren Kapiteln die erste Version gelesen haben.

Antoine Gallimard, mein Verleger und Freund, hat mir sein Vertrauen und seine warmherzige Unterstützung ausgesprochen.

Von der Begeisterung, mit der meine Lektorin Karina Hocine den Text angenommen hat, wurde dieses Buch getragen. Ihr genaues Verständnis meiner Figuren, ihr klarer Blick und ihre sensiblen, feinsinnigen Vorschläge haben mir geholfen, den Roman in seine druckreife Form zu bringen.

Ich danke meinem Freund Jean-Marie Laclavetine, der mich daran erinnert hat, was Schreiben bedeutet, nämlich kürzen.

Ein großes Dankeschön an Charlotte von Essen, diese akribische und warmherzige Spitzenklöpplerin!

Ich danke auch Marie-Aude Cap und Delphine Leperchey für die mühselige Arbeit der Manuskriptvorbereitung sowie Pascale Richard, David Ducreux, Blandine Chaumeil, Vanessa Nahon, Jean-Charles Grunstein, Clara Fernandes und dem gesamten großartigen Team von Gallimard, das nach dreißig Jahren weniger ein Ort der Arbeit als eine Familie für mich ist.

Dem Centre National du Livre danke ich für das Autorenstipendium, von dem dieses Buch profitiert hat.